ため　エンド

ローリー・フォスター

兒嶋みなこ 訳

SISTERS OF SUMMER'S END

by Lori Foster

Translation by Minako Kojima

mira

SISTERS OF SUMMER'S END

by Lori Foster

Published by K.K. HarperCollins Japan, 2021

すべての読者へ

まずはお礼を申しあげます――

ネット上に投稿してくださった好意的な感想や、

〈フェイスブック〉のわたしのページを訪れてコメントを残してくれたこと、

そしてなによりわたしの本を買ってくれたことに。

世界でいちばんやさしくて賢くて思いやりのある

読者がついているのだと、ひしひしと感じます。

みなさんがわたしの物語に失望することがありませんように！

読者のみなさまへ

前作『胸さわぎのバケーション』と本作『ためらいのウィークエンド』の日常から離れた舞台設定を楽しんでいただけるよう願っています。わたし自身は、自然豊かなRVリゾートという独特な空間を舞台に友情と家族とロマンスの物語が書けて、本当に楽しかった。

舞台のモデルについては多くの人に質問されました。登場人物と筋書きにはいくつか欠かせないことがあったので、設定はおおむね架空のものですが、長年訪れているRVリゾートも参考にしました。じつは、美しい小川のそばに停めた自分のキャンピングカーのなかで書いた作品もいくつかあるんですよ。樹齢を重ねた木々に囲まれているので、キャンプ場のただなかにいても、森に一人きりのような気がするんです。

美しくて趣があってほっとできる場所。もっと知りたい方は、*naturalspringsresort.com* をご覧ください。

わたしの小説と同じように、スキューバダイビングができて、かつては採石場だった湖が広がり、すてきなキャンプストアとグリル料理が待っていて、ほかにも楽しいことがたくさん。

登場人物は百パーセント架空の存在で、リゾートで働く実在の人物はいっさいモデルにしていません が、敷地内の配置については似ているところが多くあります。どこがそうなのか、探してみてください。

わたしの〝ハッピーな場所〟は自然のなか、とりわけ水辺です。湖畔の家を買ってしまったので、リゾートには行かなくなりました。いまは太陽と新鮮な空気がほしくなると、湖畔の家に行ってボートに乗ったり泳いだり、ときには水上スキーを楽しんだりしています。

ほかに夫とわたしのお気に入りは、ホッキングヒルズ、カンバーランドフォールズ、グレートスモーキーマウンテンズ。そして、どこへ行こうともちろん本持参！

どうぞみなさんも数多くのすてきな読書体験を。みなさんご自身のハッピーな場所で。

ためらいのウィークエンド

おもな登場人物

ジョイ・リー――――――――〈クーパーズ・チャーム〉のレクリエーション係
ジャック・リー――――――――ジョイの一人息子
カーラ・リード――――――――ジョイの母親
ウォレス・リード――――――――ジョイの父親
ヴォーン――――――――ジョイの元夫
ロイス・ナカーク――――――――ドライブインの新オーナー
マリス・ケネディ――――――――キャンプストアの経営者
ダロン・ハーディ――――――――リペアマン
クーパー・コクラン――――――――〈クーパーズ・チャーム〉のオーナー

1

息子を幼稚園に送り届けたあと、ジョイ・リーは〈クーパーズ・チャーム　RVパーク&リゾート〉に戻った。このキャンピングカー用リゾートで、ジョイは働き、暮らしている。午前中に幼稚園の近くで用事があるから、行ったり来たりになるけれど、向こうに三十分早く着いても意味はない。

そもそもオハイオ州のこの小さな町、ウッドバインでは、本当に遠い場所というのはないも同然だ。車で十五分も走れば、幼稚園とパークだろうと、パークと食料品店だろうと行き来できる……そしてドライブインの新しいオーナーを訪問することもできる。今朝はその人に会う予定だ。

ミスター・ナカークが仕事を継続してくれるといいのだけれど。パークのレクリエーション担当責任者であるジョイは、前のオーナーと協力していくつもの行事を計画し、多くの成功を収めてきた。ハロウィンはもうすぐだし、キャンパーが喜ぶことは証明ずみの企画を没にしてゼロから考えたくはない。

リゾートの広い正門を抜けると、その美しさに見とれずにはいられなかった。もう六年も同じみごとな景色を見ているのに、毎回、心が癒《いや》される。

ここで安らぎを見つけた。存在するとも知らなかったような安らぎを。いまでは別の場所で暮らすなど想像もできない。

秋の色をまといはじめた大きな並木は、キャンプ場にプライバシーを与える役割をしている。

池と大きな湖を仕切る歩行者用の木の橋。あちこちに建つログキャビンに、キャンピングカー用のいくつもの停車スペース、テントを好むキャンパー用の平らな芝生エリア。運動場も手入れが行き届いており、カラフルで遊び心を誘う。

コーヒーを一杯飲んでもかまわないだろうと、ジョイはキャンプストア〈サマーズエンド〉に向かった。年齢の近いマリス・ケネディはいつもコーヒーを用意してくれている。おまけにノンストップで働くし、だれに対してもフレンドリーだ。

ジョイがキャンプストアに入ったとき、マリスはせっせとブース席を拭いていた。顔をあげて言う。「おはよう」

いろいろな面で、ジョイはマリスを尊敬していた。まず、この女性は疲れた顔を見せない。朝早くに店を開けて、閉めるのは遅い時間。そのあいだ、ペースを落とすことはほぼなし。繁忙期にはアルバイトを雇うものの、大きな責任を一人で背負っている。

マリスはそのほうが好きなようだ。

それ以外の尊敬できる点？　マリスはいつ、いつもすてき。濃いブロンドを頭の高い位置でポニーテールにまとめ、少なくともワンサイズは大きいシャツを着て、デニムを穿《は》いている。

着飾らなくてもこんなにすてきだなんて、なんだか不公平な気がするけれど、マリスは本当にいい人だし、パークで働く全員の面倒をよく見てくれるので、ジョイはその完璧さを許すことにしていた。「いい朝ね」

「そうなの？」マリスが視線を窓に向けた。「ほんとだ、お日さまが出てる。コーヒーは？」

マリスに仕事を中断させたくなかった。「いただきたいけど、あとでいい――」

「待ってて」掃除用品の入った小さなケースを手に、マリスは厨房《ちゅうぼう》へ向かった。手を洗う音が聞こえ、ほどなくカップ二つを手に戻ってくる。「ちょうど淹《い》れたところだったの」

もちろんそうだろう。ジョイは笑顔でうなずいた。

〈サマーズエンド〉のダイナーでは、サンドイッチとスープ、それに日々のおすすめを提供している。テーブル席の奥の壁には棚があり、必要最低限の食料品や救急用品のほか、浮き輪や釣り具といったものでいっぱいだ。キャンパーは、一度パークに着いたら外へ買い物に出る必要がないし、自分で火をおこしたくない利用者には、いつでもマリスがなにか提供してくれる。

ジョイは一口コーヒーを飲んでため息をついた。いつもどおり、好きな飲み方にしてあった。

マリスは別の用事に移ることなく、自分のコーヒーを手にその場にたたずんでいた。

「考えてたことがあるんだけど」

「そうなの？」マリスとは友好的な関係だ。というより、だれにでも親切なこの女性と友好的にならない人などいない。それでも、二人の関係は密接とは言えなかった。

悲しいかな、周りの人と一定の距離をおくことが、ジョイの習慣になっている。

「どうやったら、いつもそんなにきちんとしていられるの？」

その問いに驚いて、コットンのスカートとボタンを留めたニットカーディガンを見おろした。「なんの変哲もない服装よ」しかも持っている服のほとんどと同じで、買って五年は経《た》っている。パークに越してきてから買い足したものは、ほぼない。

「そうなんだけど、あなたが着るとなんでもファッション誌から抜けだしてきたように見えるのよね。いつだろうと、なにを着てようと、頭のてっぺんからつま先まできちんと整ってる。わたしなんて髪をポニーテールにまとめるのがやっとの日もあるのに、あなたときたら、いつだってしわ一つない」

照れくさくなると同時に、さっき考えていたことを思い出しておかしくなり、ジョイは笑った。

「どうして笑うの？」マリスが好奇心いっぱいに尋ねた。

この女性を引き止めておいてはいけないと、ジョイは急いで説明した。「わたしのほうこそ、どうしてあなたはいつもこんなにすてきなんだろうと考えていたのよ。とくにそのポニーテール！　周りでなにが起きていようと、あなたは……輝いてるわ」

「わたしが？」マリスが鼻で笑った。「輝く？」

ますます気まずくなってきて落ちつきを失いつつも、ジョイは続けた。「あなたにはメークなんていらないわ。いつもいきいきしてるもの。一日中、働いたあとだってそうよ。まぶしいパワーがみなぎってる」めったな女性にはかもしだせない明るさ。その光を放っているのは外見だけでなく態度でもあるのだろう。マリスはみんなにフレンドリーでありながら、パーソナルスペースはきっちり確保している。ジョイには絶対に真似《まね》できない芸当だ。「断言してもいいけれど、ナチュラルなスタイルはあなたにぴったりなの」

マリスが笑うといっそう輝いて見えたが、ジョイがそう言う前に、尋ねられた。「それで、今日の予定は？」

あら。いま、マリスは話をそらした？　もしかしたらわたしと同じくらい、ほめられるのは苦手なのかもしれない。「ドライブインの新しいオーナーと会う予定よ」

「ああ。オーナーが変わったって話は聞いたわ」

「つい最近ね」ジョイは言った。

「新しい人は、かなりそそるセクシーガイだって噂《うわさ》よ」

「ええ？」ジョイはうろたえた。かなりそそるセクシーガイ？　望んでいたのとは大違いだけれど、まあ、関係ない。わたしにとって男性の魅力は意味をもたないから。それで助かった。なにしろパークで働く男性は、みんなそれぞれにとてもすてき。「だれから聞いたの？」

「わたしって、バーテンみたいなものじゃない？」マリスが両眉を上下させて言う。「みんなわたしにはつい話しちゃうの。そのうちあなたもなにか話してみて」

この小さな町では、ほとんどすべてが筒抜けだ。リスが木の実を落としたらだれかが教えてくれるし、ゴシップは野火のように広まる。けれど、だれともそういう近しい関係を築いていないジョイには、たいてい最後に伝わった。もしかして、もっとマリスとおしゃべりするべきなのかもしれない。ウッドバインの町で起きていることに追いつくだけのためでも。

「まだ会っていないから、セクシーガイかどうかは知らないけれど、それはどうでもいいわ。関心があるのは――」

「パークのレクリエーションだけ、でしょ」マリスがおどけて天を仰いだ。「だけどレクにもいろいろあるし、あなたは男がらみのレクを試してみてもいい気がするわ」

緊張した笑いが漏れた。いつからマリス・ケネディは、わたしの恋愛不足に関心があったの？　それはそんなにわかりやすい？

　わたしは……寂しそう？　それとも、ああ、まさか欲求不満に見える？

　だけどそんなわけはない。女性の幸せに男性は不可欠ではないことなら、パークのだれよりマリスがわかっているはずだ。それでなくてもわたしの人生はすでに手一杯。

　なごやかな雰囲気を保とうと、ジョイは笑顔で言った。「ジャックがいるから自由な時間はないの。デートする余裕もないわ」念のためにつけ足す。「まあ、だれからも誘われないしね」

「もしもーし」マリスが言う。「あなた、自分が〝空き室なし〟っていう昔ながらのでっかいネオンサインを掲げてることに気づいてる？　誘いなんてどんどん来るわよ、あなたのほうからほんのちょっとだけ――」そこで人差し指と親指をくっつきそうなほど近づける。「――その気にさせてやれば」

「でも、だれもその気にさせたくないのよ。つまり、そういう理由では」

「どうして？　ジャックはいま幼稚園なんだから、一、二時間なら捻出できるでしょう」

「ええ、まあ、できなくはないわ」ジョイは言いながらカウンター席に腰かけて締めくくった。「だけど、しないの」

「つまらない」マリスも左どなりのスツールに腰かけた。

　これはめずらしい。たしかにマリスはおしゃべりをするけれど、ふだんはあくまで仕事しながらで、一緒に座って、ということはない。

なにごとだろうと思いつつ、ジョイは言った。「仕事の邪魔をするつもりは……」

「日課が終わって、ちょっと休憩しようと思ってたところなの」

興味を引かれてジョイは尋ねた。「日課って？」

「まずはコーヒー。立ち寄る人のためだけど、自分のためでもあるわ。次はオーブンのスイッチを入れて、前の晩に用意しておいた生地でクッキーを作る」

「すごい」

「もう一度掃除して夜のあいだのほこりを払ったら、金属製品に曇りがないか確認して、雑然として見えないよう棚を整理する」マリスは見るからに誇らしげな顔で店内を見まわした。「それから食事の用意も忘れちゃいけない。お鍋でスープを作りながら紅茶を淹れる。ああ、そしてお金をレジに戻す。毎晩、家へ帰る前には、次の日に補充しなくちゃいけないものを知っておきたいから在庫のチェックをする。つまり、ホットドッグや調味料の補充をしなくちゃいけない日もあるってこと」

ジョイは首を振った。「その全部を一人でやってるなんて」

「よくおっしゃるわ、スーパーママ」

「そんなことない――」

「あるの。パークではいろんなママを目にするけど、あなたは難なくやってるようにしか見えない」

「ええと……その、ありがとう」この状況で、ほかになんと言えばいいのだろう。ジョイにはわからなかった。

ウッドバインに越してくる前、マリスのような友達はいなかった。人づき合いはごく表面的で、深く根ざしたものではなかった。話題にしても、高級ファッションブランドの流行や次の大きな社交イベントが中心だった。いわゆる〝友達〟のなかで〈サマーズエンド〉のようにすてきなキャンプストアを経営しそうな人はいなかったし、シングルマザーになりそうな人もいなかった。彼らを失うのはつらくなかった。

ほかのことはつらかった。本当につらかった。

自分は一人だと気づくこととか。

数年がかりで順応したけれど、いまでは相手がだれであれ、近づきすぎないようにしている。そのほうが人生は安全に思えた。

「ともかく」まるで心の奥の考えごとをのぞいていたかのごとく、マリスがまっすぐほほえみかけてきた。ぬくもりとまごころのこもった笑顔だ。「わたしが言いたかったのは、もしデートする気になったら、それか、一人の時間がほしくなっただけでも、そのときは知らせてということ。喜んで力になるわ」

その申し出に心を打たれ、ジョイは胸に手を当てた。本物の友情は遠ざけようとしているのに、それでもマリスは手を差し伸べてくれる。とてもありがたいし、自分の選択のいくつかを考えなおしたい気にさせられた。

じつは三十歳になってから、そのことはずっと頭の片隅にあった。もしかしたら、そろそろ少し心を開いてみるべきなのかもしれない。

ジャックはマリスに心を開いた。とはいえ息子はまれに見るほどかわいらしくて愛嬌《あいきょう》があって人好きがする……まあその評価には、息子にいだいている果てしない愛情が、ひょっとすると、ほんの少しだけ、影響しているかもしれないけれど。

ジャックはマリスが大好きで、逆もまたしかりだ。

だからといって、マリスが急にデートを勧めるようになった理由にはならない。「その……どうなってるの？」

マリスが両眉をあげた。「どういう意味？」

とぼけて！　そんな純真な顔をしても無駄だ。「なにか企《たくら》んでいるでしょう。知り合って五年になるけれど、あなたがデートについて訊《き》いてきたことなんて一度もないわ」

「あるわよ。あなたがあんまり答えないから、訊かなくなっただけ」

否定できない。

「そんなやましそうな顔しないで」マリスが言う。「いい？　あなたは無口で、わたしは仕事に追われてたから、お互いその件は流した。それだけのことよ。だけどね。わたし、三十一になったの。三十一」

「驚いた」二人の思考が同じ道をたどっていたらしいと気づいて、ジョイは言った。「わたしも三十だから、あなたが言いたいことはよくわかるわ」

「昨日ね」マリスは続けた。「子どもを三人連れた女性が店に来たの。一人は生まれたばかりだった。彼女も夫もへとへとだけど幸せそうで、聞けば、これが家を買ってから初めての休暇なんですって。その女性、いくつだと思う?」

ジョイは考えた。「そうね……三十代?」

「二十九。わたしより二歳下!」

「わたしたちより年下」ジョイは訂正した。

「ええ、でもあなたには子どもがいるわ。それも、ものすごくいい子」マリスは頬杖をついた。「要するにね、わたしには家族とか家とかは無理だけど、あなたにはできるってこと。というより、もう半分できてる」

家族? ジョイは咳《せ》きこみそうになった。家族なら、わたしといっさいの関わりをもちたがっていない。マリスが言いたいのはそういうことではないとわかってはいるけれど。

「あなたに無理というのは……どうして?」

「わたし向きじゃないから」マリスはあっさり片づけた。「あなたはすばらしいママよ。というより、なにをやらせてもすばらしいわ。だからわたしにできるのは手を貸すことくらい。まあ、あとはちょっと背中を押すくらい？」

そう言ってマリスはにっこりした。じゅうぶんな説明がついたので、あとは安心して話に乗ればいいと言わんばかりだ。

目をぱちくりさせただけのジョイに、マリスが続ける。「いま、背中を押してるつもりなんだけど」

笑ってしまいそうになったが、やさしさは胸に染みた。ジョイは心をこめて言った。

「どうもありがとう。さしあたり予定はないけれど、申し出には感謝するわ」

「友達って、こういうときのためにいるんでしょう？」

実体験がないのでわからないものの、それでもジョイはうなずいた。「わたしも同じ気持ちよ。わたしにできることがあったらいつでも言って」

「やった。あなたにできること、知ってる？　その新しいオーナーと会ったら、噂どおりのセクシーガイかどうか教えて。知りたくてたまらないの」

「いいわよ。もちろん」ここまでの会話を正しく解釈していなかったのだろうかと思いつつ、ジョイは言った。「よかったら、彼にあなたのことをそれとなく話しておきましょうか……？」

マリスが目をしばたたき、笑った。「わたしじゃなくて、あなたの話をしてるの。でもありがとう」コーヒーをあごで示して尋ねる。「おいしい？」

もう一口、今度は慎重に飲むと、ため息が漏れた。「ええ、とっても。あなたが淹れるコーヒーは世界一よ」

「知ってる」マリスが不意にくんくんとにおいを嗅いだ。「ちょっと待ってて」

マリスの休憩はここまでだ。「おいしそうな香りね」この五年間、ジョイは試行錯誤を通じて独学で料理を覚えてきたものの、マリスの料理の腕前にははるか遠く及ばない。正式なディナーだろうと本日のスープだろうと、マリスは魔法をかけてしまう。

一分も経たないうちに、マリスがチョコレートチップクッキーをどっさりのせた皿を手に戻ってきた。「焼きたてよ。一枚どう?」

「喜んで、と言いたいところだけど、そろそろ行かないと遅刻だわ」ジョイは自分のプロ意識を誇りにしている。約束の時間に遅れるなど考えられない。

「あなたもわたしも忙しすぎね。時間を工面してもっと会わなくちゃ」マリスが言いながらクッキー二枚をナプキンで包んだ。「途中で食べて」

ジョイの口にはもう生唾が湧いていた。「五分以内になくなるわ。ありがとう」ほほえんで席を立ち、ハンドバッグのストラップを肩にかけた。少しためらってから言う。「楽しかったわ。こんなふうにおしゃべりできて」

「そうよね?」ドーム型のガラスの覆いの下にクッキーを移動させながら、マリスが言った。「もっと頻繁にやりましょう」

その提案に驚いて、ジョイはうなずいた。「そうできたらうれしいわ」パークのレクリエーション担当責任者という役割は大いに気に入っているし、ここで働くすばらしい人たちも大好きだ。自分はいい仕事をしていると思う――が、本当の意味でここに馴染《なじ》んでいるとは言えない。今朝、数分だけれど、マリスは知り合いというより友達に思えた。マリスが三人の子を連れた夫婦を見て、急に年齢を気にしはじめたせいだろうか。

理由はどうあれ、うれしかった。心の底からうれしかった。

二十分後、ジョイは寒さに震えながら、ドライブインの売店入り口の小さなガラス窓からなかをのぞきこんだ。

この天気の急変はなに？

名ばかりのひさしでは、突然訪れた嵐のたたきつけるような雨からは満足に守ってもらえない。とはいえジョイはすでにずぶ濡《ぬ》れなので、どのみち関係なかった。

マリス、いまのわたしを見せたいわ……。

濡れネズミの状態で、ファッショナブルとはほど遠い。ここまでひどいありさまになったことなど、一度でもあっただろうか。

気まぐれな豪雨が恨めしい。

ノックの代わりに、もう一度なかをのぞいた。こんなふうに、だれかにはっとすることなどほとんどないのだが、いまは完全に当惑していた。

ロイス・ナカークはマリスの言ったとおり――いえ、それ以上だった。

身長は百八十センチを超し、体はとても……引き締まっていて、黒髪は売店の青い照明を受けて輝いている。

関係ない。わたしにとって男性は、たとえそれが人生の旬にある魅力的な男性だろうと、なんの意味ももたない。

わたしは母親。

仕事熱心な従業員。

一度やけどして、二度とする気のないバツイチ。

ああ、だけど噂は誇張ではなかった。

年配のミスター・オステンベリーに戻ってきてほしい。彼になら対処できる。愛想よくふるまって交渉を進めて有利な条件を引きだそうとしても、相手が彼なら腿に目を奪われたりしない。肩にも。

それから……お尻にも。

ミスター・オステンベリーについて気づいたことといえば、鼻の大きさと嘘のない笑顔とやさしさだけだった。

けれどこの新しいオーナーはまったく別の生き物だ。ジーンズブランドは彼をモデルに雇うべきだし、体にフィットしたTシャツが広い肩と平らなお腹を強調するさまときたら、卵巣がぴくりと目を覚ますほどだ。いまこの瞬間まで、自分に卵巣があることも忘れていた。

母親。

従業員。

バツイチ。

呪文が頭のなかを行進するものの、あまり効果はない。これについて話したら、マリスはなんと言うだろう。

話すの？

そうだ、話してみよう。この衝撃を打ち明けるのは楽しいかもしれないし、きっとマリスは気の利いたコメントをしてくれるはず。

新しいオーナーがこちらに背を向けたまま、泡だらけの水が入ったバケツのなかで雑巾を洗おうと、しゃがんだ。

ジョイは唇を噛《か》んで、その後ろ姿に視線を這《は》わせた。

やめて、と心のなかでつぶやいた。自分に言ったのか、それとも前任者よりはるかに若くて魅力的なオーナーに言ったのか、自分でもよくわからなかった。

オーナーが振り返り、一心にカウンターの隅をこすりはじめた。

カウンターがうらやましいくらいだった。最後にあれほど一心な視線をそそがれたのは、いったいいつのことだろう。五年前？　六年前？

オーナーが眉をひそめて時計をちらりと見たので、すでに十五分近く遅刻していることをはっと思い出した。

ジョイは濡れた髪を顔からかきあげて、湿った服を整えた。もはやいい第一印象を与えることは期待できない。今日が陽光と青空で明けていなければ、傘を置いてこなかったのに。もう少しでドライブインに着くというところまでは天気も味方してくれたのだが、その直後、黒雲がむくむくと広がって、ゴールを目指して競争するかのごとく、一つまた一つと空を埋めていった。大雨が空を裂き、十字路を水没させてしまったので、ジョイは迂《う》回《かい》せねばならず、それで遅刻した。

皮肉なのは、徒歩なら森を抜けて五分以内に到着できたことだ。車だと大回りしなくてはならないが、とはいえ歩くとなると服装の問題が出てくる。先ほどマリスがほめてくれたこのスカートとかわいいフラットシューズでは、森を抜けられなかっただろう。

いまとなってはどうでもいい。どのみちなりはずたぼろだ。

これ以上ことを悪化させる前にと、ジョイは小さなガラス窓の脇にさがり、きびきびとノックをした。

かっきり二拍後、ドアが開いた。あの脚の長さだ、ミスター・ナカークは一歩でドアまで来たに違いない。

一瞬、黒い目がジョイの全身を見まわし、ますます眉根が寄った。口元をさすり……まっすぐ目を見た。「ジョイ・リー？」

背中にたたきつける雨もほとんど感じなかった。プロとしての自信を呼び起こすのに必死だった。窓からのぞき見るのには胸さわぎがさせられたけれど、面と向き合うのに比べればなんでもなかった。

返事をしなくては。

「ええ」凍りついた唇にどうにか笑みを浮かべて、あごをあげた。「遅れてごめんなさい」よし。いまのは礼儀正しく、きちんとして聞こえた。咳払いをして言う。「道路が通行止めになって、迂回しなくてはならなかったの」唇はまだ笑みを浮かべているはずだが、さらに口角をあげてみた。

ミスター・ナカークがその口元を見て、うなずく。「どうぞ」遅ればせながら脇にさがり、道を空けた。「マットの上にいてくれ。ここの床は濡れると滑りやすくなる。タオルを取ってこよう」

「ありがとう」遅刻についてくどくど言わずにいてくれるの？　ほっとした。

彼が売店の奥へ消えるのを見送ってから、屋内を見まわした。カウンターには染み一つない。お菓子を収めたショーケースの正面ガラスはぴかぴかで、白黒タイルの床さえ輝いている。新しく生まれ変わったような姿に感心しつつ顔をあげると……お馴染みの汚れたタイル天井が目に入った。

「そこが次だ」ミスター・ナカークが言いながら戻ってきたので、ジョイははっとした。片手にオレンジ色の縞模様《しま》のビーチタオルを、もう片手には雑巾を持っている。そのまま、ジョイが広げつつある水たまりに入ってきた。

これほど近づくと、思っていたより背が高いのがわかった。身長百七十五センチのジョイを小柄だと思わせる男性はめったにいないが、いまはのけぞってようやく、謎めいた目を見つめられる。そして……また思考が停止した。「いまなんて？《パードン》」

ミスター・ナカークの唇が引きつった。「その言いまわしを聞いたのは、十年前に祖母が亡くなって以来だ」

いま、おばあさんの話をした？　胸がぽっと温まる。

だめ、待って。わたしは職業人としての自分に誇りをもっている。いいふるまいができることに誇りをもっている。

男性のお尻だの、祖母の話だので、冷静さを失ったりしない。

だけどあの目……驚くほど黒くて、豊かな漆黒のまつげに囲まれている。顔立ちがこれほど柔和でなかったら、あの目も不穏に感じたかもしれないが、この男性について危険なところは強烈すぎる魅力だけだ。

「パードン、か」ミスター・ナカークが説明するように言う。「ばあちゃんがよく言ってたな。最近の人はもうそこまで礼儀を気にしない」

祖母を〝ばあちゃん〟と呼んだ――それでなぜ、ますます魅力的に映るのだろう。

ジョイは咳払いをした。「そうね」さすがわたし。いまのは最高の切り返しだったわ。ああ。

ミスター・ナカークが話を戻した。「天井だが、時間ができたらタイルを張り替えようと思ってる。冬のあいだになるだろうな。そうすれば次のシーズン前に完成だ」言いながらビーチタオルを差しだした。

手が触れないように気をつけながら受け取った。彼の手は大きく、手首は太く、腕には黒い毛が生えていた。

わたしはいったいどうしてしまったの？　この男性には手がある。たいていの男性には手がある。体温が急上昇する理由にはならない。

めずらしく気が散ってしまうのは、おそらくマリスのせいだ。デートの話なんてされていなければ、こんなふうにはならなかったはず。

タオルで顔を押さえながら、必死さを隠して品位を保とうとした。ミスター・ナカークは雑巾を水たまりに落として、足で左右に動かしはじめた。

ジョイの髪からも服からも、鼻先からさえ、まだ水滴が落ちている。この気詰まりな時間を打ち破ろうと、脳みそは話題を探した。

彼が近くにいるせいで、うまくいかなかった。

「ええと」ジョイは体にへばりついたニットをつまんだ。彼を見ていなければ、脳みそも機能するはずだ。「ウッドバインの町があなたをきちんと受け入れたならいいんだけれど」

「まだほんの数人にしか会ってないんだ」

衝撃を与えるにはじゅうぶん。

「今週はずっとここにこもりっきりでね。金曜の映画ナイトの前にきれいにしてしまいたかったから」

「ミスター・オステンベリーはとてもいい人なんだけど、整理整頓は苦手だったの」

「掃除も、だな」ミスター・ナカークが笑顔で言った。

一瞬、その笑顔に見とれてしまったものの、すぐに我に返った。「すごくがんばったのね。なにもかも輝いてるわ」

このドライブインは、三月から十月末までの金曜と土曜の夜に営業するが、ミスター・オステンベリーは客の少ない時間帯にしばしばイベントを催していた。その慣習が続くだけでなく、なにか追加できることをジョイは期待していた。

不意にミスター・ナカークが顔の前で手を振った。「考えごとかな？　よかったら洗面所を使ってくるといい。そのあいだにコーヒーを淹れておこう」

　顔を押さえたタオルに目をやると、化粧で汚れていた。たいへん。寒さと恥ずかしさで床に膝をつきそうだ。「じゃあ、お言葉に甘えて」

「それから——」ミスター・ナカークはカウンターの奥に戻り、たたんだTシャツを棚から取って、こちらに差しだした。「ちょっと、その……寒そうだから」

　全身ずぶ濡れで化粧の崩れた女性を前にしても、慌てたりしない男性なのだろう。ジョイは胸にドライブインのロゴが入った紺色のTシャツを受け取った。「着替えてほしいということ？」

「いや、くつろいでほしいんだ。震えてちゃ無理だろう？」そう言うと、売店スタンドの奥に入れるよう、腰の高さのスイングドアを押し開けた。「こっちだ」

　案内されながら、ジョイは自分に檄《げき》を飛ばした。六年近くセックスしていないことなんて気にしない。一緒にいるのがセクシーさの権化だということは忘れる。自分がときどき寂しくなることも考えない。

　あのジーンズについて夢想するのも、そのジーンズに包まれたすてきなお尻のことを夢想するのもやめるし、体のほかの部分に注目したりもしない。顔にも。あの深く響く声にも。

　この打ち合わせの目的だけに意識を集中させる。

「ここだ」ミスター・ナカークが言いながら別のドアを押し開けると、これまでにジョイがさまざまな施設で見てきたなかでいちばん清潔なトイレが現れた。白い陶製便器と洗面台は輝いているし、床と壁のタイルもぴかぴかだ。「必要なら、あの角の向こうにドライヤーがある。スカートを乾かすのに」

驚きのあまり、自分が垂らした水で滑りそうになった。「ドライヤーがあるの？　ここに？」

「便利じゃないかと思って小さな棚を運びこんだ。モップヘッドと清掃用のタオルは定期的に洗濯に出す」

プラス点が積みあがっていく。ジョイは心のなかで挙げていった。お尻。ばあちゃん。きれい好き。

そして、あの罪深いほど色濃い目。

落ちつきなさい、と自分に言い聞かせた。プロらしく。「すぐに戻るわ」

ミスター・ナカークはうなずいて向きを変えた。「コーヒーの準備をしておこう」

それから……。自分に言い聞かせたことをもう忘れて、後ろ姿を見送った。

そのとき彼が振り返った。「ごゆっくり」見とれていることに気づかれていたのだ。

屈辱を覚えつつ急いでドアを閉じ、礼儀正しくと心のなかでつぶやいた。そうして鏡を一目見たとたん、心臓が止まりそうになった。

初対面で笑みを浮かべようとしたのも哀れな試みにすぎず、なんの効果も生まなかったに違いない。マスカラは頬に滑稽な黒い筋をつけていて、明るい茶色の長い髪は頭とのどと胸にへばりつき、見るも無残だ。

最悪なのはニットだった。

不透明ではあるけれど、やわらかな素材の向こうから、凍えた胸のいただきが注目を求めて叫んでいた。わたしを見て、わたしを見て！

この子たちを責められない。あんな男性がそばにいたのだし、そういうことはめったにないのだから。断言してもいいけれど、あんな男性は見たことがなかった。画像修整された雑誌広告のなかでも、男性はみんなあれほど……完璧に男性的ではない。

だけど、はしたないわ。

鏡の前で一人、乳首について一方通行の議論をしているなんて。

どうにかしようと、深く息を吸いこんだ。いい母親でいることが最優先事項。以上。男性の気を惹《ひ》くことなんて考えない。

そうよ。だったらどうして浜に打ちあげられた他殺体のように見えることを気にするの？　気にするもんですか。

こうしているいまも、女性ホルモンは冬眠状態に戻りつつある。

それでもジョイは必死に顔をこすって髪を整えはじめた。

ロイスは自分用にコーヒーをそそぎ、時計をちらちら見るのをやめようとした。彼女はなにをしているんだ？

Tシャツに着替えて頬の筋を取りのぞくのには、二十分もかからないはずだ。うなじをさすり、濡れた服に包まれた長身で均整のとれた体については考えまいとしたが、そんなのは呼吸をやめろと自分に命じるようなものだった。あの光景はきっとしばらく頭から消えないだろう。

雨でずぶ濡れのうえ化粧が台無しになってもまだあれほど上品に見える女性がいるとは、驚きだ。あの女性には状況をものともしない落ちつきが備わっている。

Tシャツを渡したのは自分のためだった。そうすれば、重要な用件に意識を戻すのが楽になると思って。

あの胸のふくらみが重要でないというのではない。いまは重要ではないというだけだ。いくつかの理由から、この打ち合わせは優先事項だった。一つめに、さびれたドライブインを引き継いだばかりだし、どういうわけか、ここまでの改善作業について彼女の意見が聞きたかった。二つめに、この小さくて居心地のいい町になるべく早く受け入れられなくてはならない。彼女と仕事をするのはその第一歩になるだろう。三つめに……ああ、ドアが開く音が聞こえたとたん、三つめは忘れてしまった。

髪は濡れて顔に貼りついているので本当の色がわからないものの、目の緑色は見間違いようがなかった。ただの緑ではなく、明るい緑に琥珀《こはく》色が混じっていて、周辺はブルーだ。きれいな目。見開かれた目。ジョイ・リーはまるでおれに驚かされたようにこちらを見ていた。

こちらは文句なく彼女に驚かされた。オステンベリーから聞いた話で、礼儀正しいけれど形式張った、仕事一辺倒の女性を想像していた。もしかしたらそうなのかもしれない……ふだんは。

だが今日は。

あんな目で見つめられては。

見つめ返さずにはいられなかった。

そんなことをしている場合ではない。自由な時間はゼロなのだ。ドライブインの営業期間はあと一カ月しかなく、それを最大限に活用するつもりだった。華々しく営業期間を終えて、春にふたたび開業したときも地元の人が覚えていてくれるようにしたい。さらに休業期間中のためにもいくつかアイデアを練っていた。ジョイ・リーが乗ってくれるといいのだが。

それにはまず、トイレから出てきてくれないと。

もう少しコーヒーを飲んで、オステンベリーの話から受けた印象についてまた考えた。

老人はジョイの年齢のことは言っていなかったが、その描写から、もっと年上を想像していた。もっと魅力的ではない人物を。

厳しくてよそよそしい人物を。

ところが実際のジョイ・リーは、あけすけにこちらを見つめて頬とのどをピンク色に染めた。

集中しろ、と自分に言い聞かせた。長いあいだ人の世話に追われてきて、ようやく自分のことに専念できるときが来たのだ。濡れた服がまとわりついた甘美な体にも、まっすぐ見つめる魅惑的な目にも、脱線させられたりしない。

それを念頭に、ロイスはドアに歩み寄って呼びかけた。「大丈夫か?」

ひょいと首が現れた。トイレからではなく、用具室から。「ええ、ごめんなさい。ドライヤーを使っていいと言われたから……」そう言って、まだ湿っている長い髪をかきあげた。

またやってしまった。脳みそが向かうべきではない道に進むのを許してしまった。少なくとも今回は、見つめるもっともな理由があった。

彼女はロゴ入りTシャツを着て、ウエストに合うよう裾の片端を結び、ビーチタオルをトーガのごとく腰に巻いていた。色同士は衝突しているものの、その場しのぎの寄せ集めが最新流行のスタイルのように見えた。

彼女が両手の指を組んでほほえんだとき、ロイスは腹を蹴られたような衝撃を感じた。幸いその蹴りで我に返ることができた。

咳払いをして言った。「カウンターに椅子を運んでおいた」建物内には小さな休憩室があるのだが、二人きりの打ち合わせにはふさわしくないように思えた。

先に行くよう手でうながしたが、すぐに後悔した。通りすぎるジョイ・リーのすらりとした脚がビーチタオルの合わせ目を分かち、ふくらはぎと太ももをちらりとのぞかせたのだ。

ふくらはぎと太ももだと？　自分のリビドーに待ったをかけた。いまは十八世紀じゃないぞ。男は脚など見慣れている。ゴージャスな脚も、それほどゴージャスではない脚も、若い脚も年配の脚も、それ以外のいろいろな脚も、いつだって好きなときに拝める。この女性の脚だからといって特別にはならない。

たしかにこの一年間は……きつかった。セックスもデートもなし。たいへんな責任を背負い、病気を中心にすべてが回って、ついには避けがたい命の終わりを迎えた。

だとしても、脚？

彼女の後ろに続きながら、どうにか視線を後頭部からそらすまいとした。

ウッドバインというこの町で、ドライブインを可能なかぎり立てなおすことが目標だ。美しい緑の目やきれいな脚に計画を狂わされてはならない。

それを頭にたたきこんで、仕事上の関係を築くという作業に取りかかった。仕事上の関係。そう、絶対に、百パーセント、それだけだ。

三日後、〈クーパーズ・チャーム　RVパーク&リゾート〉の入り口に車を停《と》めたとき、ロイスはしばし景色に見とれた。息を呑《の》むような色彩のパレットで、秋が自然を彩っている。鮮やかなオレンジ色のアメリカサイカチ《ハニーローカスト》、赤いカエデ《メイプル》、紫のモミジバフウ《スイートガムツリー》、やわらかな黄色のヤマナラシ《アスペン》。淡いブルーの空には数えるほどしか雲がなく、果てで出会う波立つ湖面はより濃い青だ。

子どものころは、どの木ものぼって制する相手だった。大人になったいまは、色彩に見とれて、ほかの人の目にどう映るかが理解できる。なぜ母があれほどひたむきに、景色をとらえることを追い求めていたのかも。

記憶の痛みを払いつつ、すがすがしい香りを吸いこんで、秋の花々を見まわした。

気がつけば、敷地をそぞろ歩く人々を眺めていた。ほとんどはおそらくキャンパーだろうが、すらりとした女性が脚の周りで柄入りスカートをひるがえしながら歩いているのが見えた瞬間、ジョイだとわかった。

あの女性のことは考えまいとしてきたが、それでもいつの間にか体に力が入っていた。仔鹿《こじか》色の長い髪をそよ風に躍らせながら、目的をもった足取りでさっそうと敷地の奥に向かい、ある建物のなかに消えていった。

彼女と出くわすだろうか。あの美しい目をもう一度見つめられるほど近づける？　ありえなくはないし、そうなることを間違いなく願っている。

目標を忘れるな、と自分に言い聞かせて、予備の駐車場からパークのなかへ、なだらかに傾斜した道を進んだ。ここへ来たのはパークのオーナーであるクーパー・コクランと約束があったからで、若造みたいな妄想にふけるためではない。

キャンピングカーやテントの外では焚《た》き火《び》が燃えていて、あたりには煙のにおいが漂っていた。通りすぎるロイスに、だれもが驚くほど気さくに手を振る。プレイエリアは空っぽで静かだが、クーパーの説明によると、学校がまた始まったので当然ながら平日は静かなのだそうだ。週末になればパークも人でにぎわうのだろう。とくに月末が近づいて、ジョイがエリアごとにハロウィンイベントを演出するようになると。利用者はキャンピングカーを飾りつけ、子どもたちは仮装して、大人はお菓子を配り、ロッジは全年齢の子どもを対象にした〝親しみやすい〟お化け屋敷を催す。

夜を締めくくるのはドライブインだ。キャンパーは割引チケットと無料のポップコーンを一袋手に入れる。ジョイによれば、こうすると暗くなる前に子どもたちを落ちつかせられるのだそうだ。暗くなったあとも子どもがお菓子を求めてみんなのところを訪ねていたら、トラブルが起きかねない。

今日、パークを訪ねたのは、自分以外の事業家とよく知り合うためだった。ドライブインはパークを縁取る森を抜けてすぐのところにあるので、クーパーは隣人のようなものだ。高い木々がなければ、キャンパーは毎週末、音なしの映画を無料で見られただろう。

そのとき突然、ほんの数メートル先の角を曲がってジョイが現れた。腕にどっさり箱を抱え、片腕の下には大きなかかしを押さえつけて、サングラスはずり落ちそうだ。

ロイスは行く手を遮った。「ジョイ」

急に立ち止まったせいでいちばん上の箱がぐらつき、秋の飾りがジョイの足元に散らばった。傾《かし》いだサングラス越しに、ジョイが目をしばたたいた。「ロイス」

「手伝おう」いまもジョイが抱えている荷物に手を伸ばし、脇におろしてからしゃがんで、落ちたものを拾いはじめた。「驚かせたなら悪かった」

「驚いてないわ」少し息を切らしたような声だった。サングラスを頭の上に押しあげて、初めて会ったときと同じ、あの一心な視線をそそいでくる。

「おれを見てものをぶちまけただけ、かな？」冗談めかして言い、すぐ近くにいることを意識しないようにしつつ、なるべく丁寧にすべてを箱に戻したが、そもそもどうやってこれら全部が箱のなかに収まっていたのか、さっぱりわからなかった。

ジョイの唇が開いた。やわらかそうな唇。裸の唇。

考えるべきではないことを考えていたとき、突然ジョイが説明しはじめた。

「時間に遅れそうだから、頭がお留守になっていたみたいで……」言葉を切って自分もしゃがみ、いそいそと箱の中身を整える。「ここでなにをしてるの？」

いい香りだ。かすかだがセクシーな香り。もしかしたら十月の太陽を浴びた肌か、髪のぬくもりが放っているのかもしれない。それを吸いこんでから説明した。「キャンプストアでクーパーと会う約束なんだ。少し時間があるから、これを運ぶのを手伝うよ」

同じ箱に手を伸ばしたとき、二人の手が触れた。

ジョイがさっと引っこめた。「悪いわ」緊張した笑いを漏らす。「大丈夫よ。本当に」

なぜ彼女が緊張するのかは見当もつかない。観察して、突き止めようとした。自分の気持ちも突き止めようとした。ここでぐずぐずしている理由はないのだ。彼女に鉢合わせできたからといって、一緒の時間を長引かせている理由は。

それでも、自分で自分に言い聞かせた〝やるべきこと〟とは正反対に、どうにも立ち去りがたかった。仕事が第一。地域の共同体のなかで関係を築く。自分を確立する。そのためにはドライブインに集中しなくてはならないはずだ。

それなのにどうしてこの女性から目をそらすのがこれほど難しいのか。ジョイの頰が染まっているところからすると、向こうも同じ思いに違いない。

おれと同様、危険だと思いつつ胸を躍らせているのか？

視線をそらせないまま、両手に箱を一つずつ持ってゆっくり立ちあがった。本当に愚かなことをしてしまわないための、さりげない防衛策のつもりだ。たとえば彼女に近づくとか。

魔法を解こうと、ロイスは尋ねた。「どこへ運べばいい?」

ジョイは深く息を吸いこむと、どうにか明るい笑みを浮かべて、かかしを抱きあげた。

「こっちよ」

彼女に続いてパークを歩くあいだも、ロイスは見とれた……いや、もちろん周囲に。敷地内の配置はじつにすばらしく、手入れも行き届いている。だがジョイにも見とれた。揺れるヒップ、流れるような髪、だれからも笑顔で挨拶されるさま。

ただし、ゴルフカートで近づいてきた男は別だ。座席のとなりには道具箱がのせられている。男は頭のてっぺんにサングラスを押しあげ、眉をひそめてジョイに言った。「おいおい、それはおれがやるって言ったのに。もう行かなくちゃいけないんだろ?」

先ほど、遅れそうだとか言っていたのを思い出した。この若い男がだれなのかはわからないが、おそらくパークで働いているのだろう。

「これをロッジに置いたらすぐに出かけるわ」ジョイが言い、手でこちらを示す。「ロイスが手伝ってくれてるの」

男がこちらを見た。「ロイスって、ドライブインの新しいオーナーの?」

「ああ、そうだ」箱を片腕で操って、ロイスは空いた手を差しだした。「ロイス・ナカークだ。よろしく」

「ダロン・ハーディだ。たぐいまれなる便利屋、なんて言われてる」二人は握手を交わした。「ハロウィンに合わせてホラー映画はやる？　めちゃくちゃ怖くて、セクシーなガールフレンドがぴったり寄り添ってくるような？」

ロイスはジョイを見た。

ジョイが息を呑み、慌てて否定した。「わたしのことじゃないわよ！」

ダロンがにやりとした。「きみかもしれないよ。セクシーだし、おれたちは友達だろ？」

そしてロイスに向けて言う。「残念ながら、ジョイには相手にされてない。どうやら彼女の人生に、男は一人だけらしいんだ」

そうなのか。ロイスは反射的にジョイの手を見たが、そこに指輪がはまっていないことはすでに知っていた。結婚はしていない……が、だからといって決まった相手がいないことにはならない。

まったく気に食わなくて、視線をダロンに向けた。「当日の夜には子ども向けの映画を二本立てで上映するつもりだが、それまではお役に立てそうなやつをかける予定だ」大劇場でヒットした、最新の血みどろ映画のタイトルを挙げた。

「まあ、それで満足するか」ダロンがまたジョイに言う。「きみもハロウィンの週末には子ども向け映画を見に行くんだよね？　ジャックがそれまで起きてられたら」

ジャック？　ちらりと見ると、ジョイはますますうろたえていた。

「ええ、その週末は二人で行くつもりよ。パークにいるほかの大勢の家族と一緒に」ハンドバッグのストラップを整えた。「ジャックといえば、やっぱりあなたの助けが必要みたい。さもないと本当に遅れてしまいそう」そしてゴルフカートの後ろに回った。「代わりにこれをロッジまで運んでくれる？」

「喜んで」

若者を観察していたロイスは、彼が本当にジョイには興味がないのだと悟った。気があるようなことを言うのも親しさゆえで、まったく真剣ではない。

もう歩きだしながらジョイが言った。「ロイス、手伝ってくれてありがとう。箱はダロンに任せて。あとは彼がやってくれるから」そう言うと、ふくらはぎの周りでスカートを躍らせながら駐車場のほうへ駆けていった。

ダロンが大げさに咳払いをしたので、ロイスはそちらを向いた。

「あのさ、時間の無駄だと思うよ」

「なにが？」彼女を眺めてなどいなかったふりをしつつ、ロイスは後ろ向きの座席に箱を積んでから、上にかかしをのせた。

「ジョイはデートしないんだ。全神経がジャックにそそがれてる」

「ジャックって……？」なるべくさりげない口調で尋ねた。

ダロンのにんまり顔からすると、ごまかせなかったらしい。「ジョイの五歳の息子。かわいい子だよ。ちょっと人見知りで」

彼女との交際はもちろん、デートにさえ興味がないはずなのに、ロイスは腹に一発食らった気がした。「母親なのか?」

「頭のてっぺんからつま先まで」

「だが……独身?」やめさせようとしても、脳みそはその事実にしがみついた。

「おれの知るかぎり、ずっとね」

ロイスが振り返ると、ちょうどジョイが小さな黄色のフォードハッチバックで駐車場から出ていくところだった。女手一つの子育ては並大抵のことではない。身をもって知っている。

「もう一つ、事前に忠告だ」ダロンが言う。「ジョイは男全員を〝無難な友達〟枠に入れる。彼女がここへ来てから、何人もがその枠を突破しようとしたけど無理だった」

ロイスは鋭い目でダロンを見た。「きみは?」

ダロンは笑って帽子を取り、くしゃくしゃの茶色の髪をかきあげてから、またかぶりなおした。「おれは違うよ。仕事と遊びは混同しないって言ってもいいけど、実際のところ、ジョイはとことん母親なんだ。おまけにすごくいい人だし、恐ろしいくらい働き者だし、おれにはこれっぽっちも興味を示したことがない。それどころか、たいていのときはおれのことをジャックのでっかい版みたいに扱うね」

ふむ。見たところダロンは二十代なかばで、健康的で、まずまずのルックスの男だ。それをジョイは子どもと見ている？　興味深い。

おれのことはそんなふうには見なかった。すっかり錆《さ》びついているとはいえ、性的な関心はいまでも察知できる。「じゃあ、いまは息子を迎えにどこかへ行ったのか？」

「幼稚園へね。報われない努力がしたい派なら教えるけど、一時間で戻ってくるよ」

もう一度会うのも悪くないが、ここへ来たのはそのためではない。「いや、クーパーと約束があるし、気づいたらおれも遅刻だ」ほんの二分。「じゃあまた。遅くともハロウィンナイトで」

2

臆病なのは認めるけれど、ジョイはこの新しい自分を信用できなかった。だからまっすぐパークに戻るのではなく、ジャックを連れてレストランに行き、フライドチキンとビスケットを味わった。

ジャックは痩せっぽちだが胃袋は底なしで、ジョイがチキンウイングを一つかじるあいだに、チキンレッグを二本とビスケットを一つ平らげた。

ジョイの思考はロイスからそう長くは離れていられなかった。子どもがいると知られたいま、向こうはどう思っているだろう。関係ないけれど、それでも……。

「どうかしたの、ママ?」

息子の大きな茶色の目を見つめて、ジョイはにっこりした。「どうもしないわ。ただ、今日はまだやることがたくさんあるの」

ジャックが三つめのチキン越しに、慎重な目でこちらをうかがった。「あとで遊べる?」

愛情がこみあげて、ジョイは息子の金髪をなでた。「毎日、一緒に遊ぶでしょう?」

「今日はもうちょっと長く遊んでいい?」

ああ、この丸めこむような口調。ジャックはなんでも交渉にもちこむ年ごろになった。息子の成長を示す新たな面を見つけるたびに、小さな地平線が広がるのを感じるたびに、ジョイはうれしくなった。ジャックはまだ人見知りをするけれど、幼稚園に通いはじめて友達ができた。ありがたい。夏のあいだはひっきりなしに催しがあるものの、これから春までパークは驚くほど静かだ。幼稚園がなければ、ジャックは毎日、同じ年ごろの子抜きで過ごすはめになっていた。

もう何回めになるかわからないが、ジョイは〈クーパーズ・チャーム〉に移り住むという自分の決断を振り返った。あのときは仕事に飢えていた。赤ん坊に理解があり、子育てと両立できるような仕事に。

なぜなら、頼れるのは自分だけだったから。

クーパー・コクランがパークの経営者になってほどなく、ジョイはここへやってきた。大きなお腹で職歴ゼロにもかかわらず、この仕事に自分はぴったりだと宣言し、だれよりも熱心に働くと誓った。あのときのジョイに差しだせたのは、決意と約束だけだった。あまりにも心細くて完全に一人きりだったから、採用されたときは泣き崩れてしまった。

前向きに集中できるものが必要だったのと、クーパーの信頼に心から感謝していたのとで、ジョイは仕事に邁進《まいしん》し、要求をはるかに超える働きをした。その過程で、新たに愛するものを見つけた。子どもと大人、両方のためのレクリエーションを企画立案することだ。ジャックはほかの従業員を家族に育った。ジョイの本当の家族でもここまでの関係性にはなれなかっただろう。けれどジョイ本人は、いまもほかの人と距離をおいていた。

一度破れた信頼は、じつに深い恐怖心を植えつける。

「ねえ聞いて」ジョイは言い、テーブルに両肘をついて息子にほほえみかけた。「このあと、まずキャンプストアでアイスクリームを食べて、それから一時間、遊びましょう。ただし、あとでママの仕事を手伝うって約束すること」家計が厳しいのでアイスクリームはごちそうだが、どのみちマリスに会わなくてはならない。ジャックはそれを知らないし、この子は明確な指示さえしてやれば、工作用品を整理するのがとても上手だ。お手伝いも好きだし、そうすることでジャックの手が埋まる。そしてそばにいられる。

「いいよ!」

ぱっと輝いたジャックの顔を見て、ジョイも笑顔になった。つましい生活を送っているせいで、ジャックはめったに外食をしたりアイスクリームを食べたりしない。ジョイはその正反対の環境で、ばかばかしいほど甘やかされて育った。家で食事をすることはほとんどなく、ジェリービーンズとミルクセーキですませることにしても、だれもだめと言わなかった。

両親がそんなふうだったのは、溺愛ゆえではなく無関心ゆえだったのだと気づいたのは、あとになってからだ。このつらい真実に直面させられたとき、ジョイは二十四歳で、ある意味ではその瞬間から本当に人生が始まったように思えた。

家族の後ろ盾を失ったいまはぎりぎりの予算で暮らしているけれど、気にしない。いまが最高に幸せなのだ。ジャックがいるから、本当に必要なものはすべてある。息子には、人生においてもっと大切なものを与えていくつもりだ。関心や導き、庇護《ひご》や見守り。そしてもちろん絶対の愛。

そしてもし、たまに一人でベッドにいるときに漠然とした切望を感じることがあるとしても……やはり気にしない。気にしてはいけない。

息子の頰に手を添えて、かわいいおでこにキスをした。「こんなに完璧な男の子はほかにいないわ」

「ママ」ジャックが不満そうに言ってもぞもぞと離れ、茶色の目で店内をすばやく見まわして、母親の愛情表現をだれにも目撃されなかったことを確認した。ハグも寄り添うのもキスもいやがらないけれど、二人だけのときに限るのだ。

ジョイは笑みをこらえてテーブルの上をざっと片づけ、そろそろパークへ帰ることにした。ジャックを後部座席に座らせて絵本を持たせ、シートベルトを締めてしまうと、思考は当然のようにロイスへ戻っていった。

　初めての打ち合わせの翌朝、ジョイの報告を聞いたマリスは大いに興味と関心を示した。けれどジョイが知るかぎり、マリスはまだ直接ロイスと会っていない――今日、ジョイが幼稚園のお迎えに出発したあと、二人が引き合わされていなければ。

　わたしと同じくらい、マリスも彼の外見にはっとする？

マリスが彼を思って眠れない夜を過ごすとは、なぜか思えなかった。それに、彼が来たからといってパークから逃げだすとも思えない。

　いえ、わたしはただ逃げだしたのではなく、あの男性に感じる引力が怖くて責任を放りだした。

　十月のあいだは頻繁に顔を合わせなくてはならないのだから、どうにかして体の反応を抑える方法を編みださなくては。

　それより、このごちそうにも手を伸ばしてしまえば？

　だめよ。絶対にだめ。ロイスはとくに関心を示していないし、いずれにしても、そんな時間がどこにあるというの？　ジョイは容赦なくそんな考えを握りつぶした。

　車を停《と》めて、ジャックと二人で〈サマーズエンド〉に向かう途中、船着き場の端にあるスキューバ小屋のそばにクーパー・コクランを見つけた。左手の湖岸には別の男性二人がいて、どちらもウエットスーツを腰までめくりおろしていた。

　一人はスキューバダイビングのインストラクター、バクスターだ。バクスターなら、そのみごとな肉体も含めて、何度も目にしてきた。彼を眺めるのは芸術作品を鑑賞するときに似ている。評価はするけれど、それだけ。わたしの夜を眠れないものにするのはバクスターではない。

けれどもう一人は……ロイスだった。

上半身をあらわにして黒髪を後ろになでつけ、広い肩に陽光を浴びた姿には、まったく別の評価がこみあげてきた。心臓が早鐘を打ちはじめ、胃は翼が生えたかのようで、息ができない。

ジョイは自分の決意を忘れた。なにもかも忘れた。

どうしよう、わたし……生きてる。

「どうだった？」クーパーが尋ねた。

ウエットスーツを腰までめくりおろしたいま、ロイスは上半身に鳥肌が立つのを感じた。

「死ぬほど寒いのをのぞけば、すごく楽しかった。もぐったのはカレッジ以来だよ。またやりたいね、今度はもっと長く」心からリラックスするのがどれほど気持ちのいいことか、忘れていた。絶え間ない責任を果たし終えたあとは、自分の人生を再始動するために全力をそそいできた。楽しんだり遊んだりは論外だった。

まあ、状況はいまもそれほど変わらないのだが、ときどき泳ぐくらいは？　心配ごとを忘れて湖を――かつて採石場だったため、いまも水中で独特な景色を見せてくれるこの湖を探検するのは？　ああ、それくらいなら対処できる。

「もともと向いているんだな」バクスターが器具を脇に置いて、タオルを一枚ロイスに放り、自分も一枚取った。「いまは夏より水温が低いが、透明度は高い。泳ぐ連中にかきまわされないからな」

気になるのは冷たい水ではなかった。そちらからはウエットスーツが守ってくれる。だがひんやりした十月の空気は骨身に染みた。足ひれのせいで歩きにくいから、着替えのために小屋へ向かうのはばからしい。もし次回があるなら……いや、かならずある次回は、湖からあがったときのためにもっとよく準備しよう。

クーパーが水中マスクと酸素ボンベを受け取ってくれた。「利用者向けのスキューバシーズンはハロウィンが過ぎたら終了だが、バクスターは水が凍らないかぎりもぐるんだ」

手早く体を拭いながらバクスターが肩をすくめた。「走るやつもいる。おれはもぐる」

ロイスは波立つ湖面を見渡した。一羽の鳥が鳴きながら水面すれすれを飛び、遠くで大きな銀色の魚が跳ねる。太陽と水と砂、その組み合わせになぜか心穏やかになった。「迷惑でなければ、冬が来る前にまた何度か一緒にもぐりたい」

「仲間は大歓迎だ」バクスターが言う。

「ありがとう」向きを変えながら、タオルでざっと頭を拭った。陽光で肩は温かいが、きりっとしたそよ風には身を切られる。

　この時期のパークは美しかった。人気《ひとけ》のない浜と泡立つ岸辺に目を向けて……ぴたりと動きが止まった。左手の遠方にジョイがいる。キャンプストアの入り口近くに立って、小さな男の子と手をつないでいる。

　こちらを見て、驚きに凍りついてしまったらしい。そう思ったとき、上半身がむきだしなのを思い出した。ジョイの視線の先はおれの顔ではない。

　体だ。

　ジョイを目にしたせいで、感じていた寒気のほとんどが消え去った。もっと言えば、見つめるうちにほかのすべてが頭から消え去った。そばにいる男性二人の存在も。

「ジョイにはもう会ったよな？」

　視線を彼女から引き剥がして、ちらりとクーパーを見た。正直に答えるのがいちばんだろう。「ああ、このあいだドライブインに来た」ピクニックテーブルからTシャツを取って着る。腰までめくりおろしたウエットスーツは、下にボクサーパンツしか穿《は》いていないので、しばしそのままにしておくしかない。それでも腰かけて足ひれは外しはじめた。

　また顔をあげると、ちょうどジョイと少年がストアに駆けこんでいくところだった。

　女性からの関心を楽しむのは本当に久しぶりだ。だが自分が感じているものを否定はできなかった。見つめられる快感、見たものを気に入られたらしい誇らしさ、関心に応えたいという本能的な欲求。

「あれはジャックだ」

その言葉に愛情を聞き取って、ロイスはクーパーのほうを向いた。「息子の？」

「いい子だぞ」バクスターが言いながら、堂々とウエットスーツを脱ぐ。当然ながら、下には前もってインナースパッツを穿いていた。「明るいが、知らない人の前では引っこみ思案になる」

「ジョイは息子を大事にしてる」クーパーがピクニックテーブルの反対側に回った。「おれたち全員、あの子が大事だ」

警告か？　どう受け取ればいいのかよくわからなかった。

なんと返したものかと迷っているうちに、またクーパーが言った。「周りにはだれもいない。どうぞ」

クーパーがこちらに背を向けて、だれか来たときのために見張ってくれているのだと気づいた。ジョイも息子も、もう行ってしまった。

「少し時間がかかるかもしれない。バクスターみたいに用意してこなかった」どうにかウエットスーツを脱いですばやくジーンズを穿き、ファスナーをあげながら言った。「ありがとう」Tシャツは体の濡《ぬ》れた箇所に貼りついていたので、ネルシャツにも腕を通してからふたたび腰かけ、靴下と靴を履いた。

気温が十度さがったようだが、気のせいか？

バクスターに肩をたたかれた。「マリスにコーヒーを淹《い》れてもらえ。おれは器具を片づけてくる」

最初でしくじりたくなかったので、ロイスは首を振った。「手伝うよ」

バクスターがさらりとほほえんだ。「今回はいい」

クーパーも言う。「今日だけだから甘えておけ」そしてジョイとジャックが入っていったキャンプストアの開いた戸口を手で示した。「詳しいことは次のときに教わるさ」

「マリスにおれのコーヒーも頼んでおいてくれ」バクスターはもう酸素ボンベと足ひれを手に歩きだしていた。「すぐに合流する」

ロイスは〈サマーズエンド〉に目を向けた。陽光が入り口を照らし、まぶしい黄色のカーテンをさげたようになっているので、なかにいる人は見えない。かすかなカントリーミュージックと会話の低いざわめきが聞こえる。白状すると、感じないわけにいかなかった……興奮を。期待を。

もう一度、ジョイに会いたい。

うわの空で二人に礼を言ってから、キャンプストアのほうへ歩きだした。

一歩ごとに厄介な情熱が高まる。ほかのすべてが薄れていき、もはやカモメの声も絶えず寄せる波の音も、木立で枯れゆく葉ずれの音さえ聞こえない。近づくにつれて呼吸は深くなり、体はほてってきた。

　そのとき、ジョイの声が聞こえた。

「どういう意味?」神経質そうに否定する。「見つめたりしてないわ」

「降参しなさい」別の女性が言う。「例の新しい人をずっと見てたわよ。顔だってまだ赤いじゃない」やわらかくハスキーな笑い声。「すてきな体を崇《あが》めるのは犯罪じゃないわ」

　悪い気がしなくて自分の体を見おろし、心のなかで肩をすくめた。たしかに、日々の肉体労働のおかげで引き締まった体型を維持できている。生活費を稼ぎつつ責任を果たす時間も工面できるよう、臨時の製材の仕事をしてきた。

　ジョイの沈黙は、やけに大きく聞こえた。

　見つめられていたのは感じ取ったものの、男女のあれこれなどご無沙汰すぎるので、彼女の関心をほかの人に裏づけてもらえるのはありがたかった。

　不意にジョイがうめいた。「認めるわ。見つめてた」低い声で続ける。「もう帰ったと思ってたから、まさか会うとは予想してなくて、そうしたら湖から出てきたあの人は上半身裸で……」

「しかもすてきだった、と」女性が愉快そうに言う。「あなたがまだ生きてたとわかってよかったわ。気を悪くする前に言っておくと——」

「いいのよ」ジョイの声には自己嫌悪がにじんでいた。「自分が冷たく映るのは知ってるわ」

「冷たく映ったりしてないわよ。あなたはわたしが知ってるなかで、いちばんやさしくて思いやりがある人の一人だもの。だけど相手が男性となると、いつだって無関心になるのよね。眼中にないというか。いったい何人のキャンパーがあなたの気を惹《ひ》こうとしたことか」

ジョイはさらりと受け流した。「だれも真剣じゃなかったわ」

「なに言ってるの」女性が高らかに笑う。「あなたにとって、ジャックがいちばん大事なのは知ってるし、だからあの子はとってもいい子。だけど全独身男性に加えて独身じゃない男性まで、みんなあなたの気を惹こうと必死になって、その全員が惨敗したのよ」声がひそめられ、理解を示してやさしくなった。「わたしが言いたいのはね、ジョイ、あなたも少しくらい楽しんでいいっていうこと」

入り口の手前でロイスは足を止めた。つまりおれは〝楽しみ〟を期待されているのか？楽しさなどずいぶん味わっていないので、もはやその味を覚えている自信もない。それにいまは、ようやく新たな人生を手に入れようとしているところだ。

目標を見失っているときではない。

「なにを言いたいのかはわかるわ」ジョイが言う。「そしてわたしは、交際はできない事情を説明した。仕事とシングルマザー業で手一杯で、自由な時間はないのよ」

「交際しろとは言ってないわ。夜に数時間、一緒に過ごすだけでいいの。昼間だって悪くないわ。そうだ、ジャックならわたしが見てるから、いますぐにでも——」

ジョイが笑いながら彼女を黙らせた。「向こうがその気かどうかもわからないのに」

女性が軽く鼻で笑った。「その気に決まってるわ。男はいつだってそうよ」

その言葉がかならずしも真実ではないことをロイスは知っている。それを証明する長い禁欲期間があった。だがいまはどうだ？　考えただけで下半身が反応したことは否定できないが、大人として、結論は脳みそでくだす。それでも体のほかの部分は説得の理由をかき集め、良識に反旗をひるがえすべく結束して——。

「おじさん、だあれ？」

女性二人の会話に夢中になるあまり、金髪の少年が近づいてきていたことに、声をかけられるまで気づかなかった。

静寂が広がり、ついには脈打ちはじめる。それともこれは、頭のなかで罪悪感が脈打つ音か？　人の会話に耳を傾けるのは盗み聞きと同じだし、自分がやっていたのはまさにそれだと、いまさらながらに悟った。

弁解すると、驚きのあまり自分がしていることについて考える余裕もなかった。ただその場に突っ立ってなりゆきを受け止めていた。

ジョイのほうは見ないようにしながら、視線を少年に向けた。チョコレートアイスクリームが、コーンを握った小さな白い手に垂れている。口元と、かわいらしい鼻先も茶色に汚れていた。

ロイスはにっこりして手を差しだした。「おれはロイス・ナカーク。ドライブインの新しいオーナーだから、おとなりさんみたいなものだな」

大きな茶色の目がマンガのように丸くなり、しげしげとロイスの手を見つめた。女性二人の視線を感じたものの、どちらも黙っている。やがてジャックがコーンを左手に移し替えて、べとべとの右手を差しだした。「ぼく、ジャック・リー」

ロイスは一歩店内に入り、手前のブース席から紙ナプキンを何枚かつかみ取ると、少年の前にしゃがんだ。「よろしく、ジャック」小さな手を溶けたアイスクリームごと握って、上下に二度動かしてから尋ねた。「少し拭いてもかまわないかな?」

ジャックが細い肩をすくめ……ぐいっと顔をロイスのほうに突きだした。

困惑しながらも、ロイスはますます笑顔になった。自分の手を拭くつもりだったのだが、こういうことについては初心者ではない。まあ、経験を積んだ相手は子どもではないが。

少年の口元とあごを丁寧に拭ってやった。

急にジョイが守護神のごとく息子のそばに現れ、ロイスと交代して、手際よくジャックの顔と手を拭った。

すぐさまジャックが言う。「まだごちそうさまじゃないよ」それからロイスに説明した。

「いつもはね、食べるのが終わったら拭いてもらうの」また母親に、しっかり主張する。「まだごちそうさまじゃないからね、ママ、わかった?」

ロイスは笑いをこらえて言った。「食べるのをおれが邪魔したことはママもわかってくれるさ」ちらりとジョイを見ると、その目には動揺のようなものが浮かんでいたので、ロイスはほほえみかけた。こう言いたかった――一言漏らさず聞いたぞ、と。

だがそんなことをしたら深みにはまるだけだし、自分でもよくわからない感情にすでにどっぷりつかっている。

「あのね、ママ」ジャックが言った。「この人がそこにいるのが見えたから、だからまだごちそうさまじゃないの」ロイスを振り向く。「ね?」

あけっぴろげなまでに率直で、なんともかわいらしい子だ。ロイスは大まじめにうなずいた。「ああ、そのとおりだ」

「この子ったら」ジョイの表情がやわらぐ。「もちろん急《せ》かしてないわ。だけどブランコに乗りたいなら、そろそろ行かなくちゃ」

ロイスが片方の膝を床についたまま見ていると、ジャックは一かけらも残すまいとしてだろう、可能なかぎりコーンを口のなかに押しこんだ。

ジョイは息子のシャツにアイスクリームが垂れてもいやな顔一つせず、ジャックの髪をなでた。「ジャック」そっと言う。「ちっとも礼儀を知らない子だとミスター・ナカークに思われてしまうわよ」

その口調にもやさしい触れ方にも愛情が満ちあふれていて、ロイスはつかの間、ぼうっとなった。

どうにかまた立ちあがって、この女性がもたらす衝撃から覚めようと、ジョイの向こうに目をやった。そしてカウンターの奥にいる女性に尋ねた。「コーヒーはあるかな？」

「コーヒーはあるか？」女性がはんと笑う。「町でいちばんのコーヒーならあるわよ。好きな席にかけて。すぐ運ぶわ」

「ありがとう。バクスターのぶんも頼めるかな。すぐに来るはずだ」こちらの女性には対処できる。飾らない美しさを備えていて、濃い金髪を弾むポニーテールにまとめ、茶色の目で客を見つめても、そこには店のオーナーとしての感情しかない。

ジョイの脇を抜けようとすると、あとからジャックがついてきた。口にコーンを詰めたまま、もぐもぐと尋ねる。「毎晩、映画が見れるの？　映画を選ぶのはおじさん？　好きな映画はなあに？」

息子がついていくので、ジョイも同じようにした……ただし数歩離れて。

「ドライブインでのことかな？」ロイスは店の中央あたりのブース席を選んだ。「経営者だから、上映中はたいていい仕事をしてる。映画は週末しかやっていないが、そこはちょっと変えてもいいかなと思ってる。まあ、そのうちな。映画を選ぶのはおれだが、いま人気のものにするよ。だって、おれが見たいものばかり上映するのは違うだろう？　人気映画をかけてこそお客が入る」

　ジャックは話に聞き入り、ちょっと考えてからうなずいた。「ぼくもドライブインのけいえいしゃになりたいな」ロイスの向かいに座って、両肘をテーブルにつく。「お部屋の窓を開けると映画の音が聞こえるよ。うめき声のときもあるし、悲鳴が聞こえるときもあるの」

　ロイスは両眉をあげて、少年が聞いたのはどの映画だろうと考えた。ホラー映画か……もっと別の種類か。「そうなのか？」

　少年はうなずいてにっこりした。「画面は見えないから、うめき声に合う、ぼくだけの映画を考えるんだ」

　ロイスはむせた。「すごいな」

「ジャック」ジョイが近づきすぎないよう用心しつつ、話に割って入ろうとした。「ミスター・ナカークはほかの人と約束があるのよ。別の席に行きましょう」

「ほかの人ってバクスターでしょ」少年が反論する。「大丈夫だよ、バクスターもぼくのことが好きだもん」

〝も〟？　この坊やに自信は欠けていないらしい。いいことだ。「ここの人たちはみんなきみのことが好きなんじゃないかな」ロイスは言った。

「そのとおりよ」先ほどの女性がコーヒーの入ったカップ二つとコーヒーポット、クリームと砂糖をトレイにのせて、ふたたび現れた。「好きにならない理由がある?」

「同感だ」すべてがジャックの手の届かない位置におろされるのを待ってから、切りだした。「おれはロイス――」

「ナカークでしょう。ドライブインの新しいオーナー」女性がウインクをよこす。「盗み聞きはお互いさま」カフェエプロンで両手を拭い、片手を差しだす。「マリス・ケネディ。〈サマーズエンド〉のオーナーよ」

マリスの手は温かく、小さいが力強かった。「よろしく」握手を終えて、ロイスは周囲を見まわした。「ずいぶん立派な店だな」

ここぞとばかりにマリスがちょんとジャックをつついて席をずらさせ、できた空間に腰かけた。「キャンパーが必要としそうなものはすべて揃《そろ》えてるの。食料品、キャンプ用品、湖で使うものもいくつかね。それからダイナー。シーズンが終わったら日替わりメニューは用意しなくなるけど、困ったときはいつでも言って。ここで働く人全員のランチやディナーをしょっちゅう提供してるから」

だがおれは〝ここで働く人〟ではないのだから、さすがに少々気が引ける。「迷惑はかけたくないな」

「迷惑じゃないわよ。必要なものはクープが用立ててくれるから、従業員はいつでもコーヒーが飲めるの……友達もね」マリスはほほえみ、〝友達〟を強調した。まるで、それ以上になることを期待しているように。

マリスの視線がちらりとジョイに向けられたので、その意味がわかった。この女性はキューピッド役を演じようとしているのだ。おかしなことに、いやではなかった。

マリスが座っているいま、立っているのはジョイだけで、気詰まりな雰囲気が広がった。「温かい歓迎をありがとう」ロイスは言った。これまでのところ、〈クーパーズ・チャーム〉の全員が気さくで人好きがする。

ロイスは立ってジョイのほうを向いた。「一緒に座らないか？」おれのとなりに。心のなかでつけ足しながら、ブース席を示した。

一瞬、見つめ合ってから、ジョイがどうにか笑みを浮かべた。

断られるのがわかった。もしかしたらこちらと同様、ジョイも二人のあいだの引力を警戒しているのかもしれない。責められなかった。少なくともこちらとしては、この場にふさわしくない感情にやや動揺している。

「ジャックとわたしはそろそろ行かないと」

受け入れて、ロイスは自分の席に戻った。

「でもぼく、ミスター・ナカークとお話ししたい」ジャックが宣言した。

マリスとジョイが少年に向けた視線からすると、これはよくある要求ではなさそうだ。

「運動場に行ってブランコに乗るんでしょう?」ジョイが言う。

アイスクリームを食べ終えたジャックは、紙ナプキンを何枚かつかみ取った。べとついた小さな手に触れた紙が、たちまちちぎれる。「ブランコはいつでも乗れるもん」

ロイスは意図せず言っていた。「うちにもいつでも来ていいぞ。パークにはこれからもときどき来るし、家もそう遠くない」

「ほんと?」ジャックが座席の上で飛び跳ねた。「ポップコーンマシーンのやり方、教えてくれる?」

「ジャック」ジョイがきっぱりと言った。警告といらだちの混じった声だ。「わがままなお願いをして、失礼よ」

マリスが愉快そうに笑った。

ジョイがいちばん困っているのはなんだろう。軽はずみな息子か、それとも仕事という口実なしにロイスを訪ねることか。

あるいは息子が成人男性に近づきすぎることをよしとしていないのかもしれない。少しそれについて考えてみたが、クーパーやバクスターの口ぶりからすると、ジャックは大人の男と接してこなかったわけでもなさそうだ。

とはいえ、同僚ではない男となると話は別だろう。パークで働くほかの男性陣は、この先も常にジャックの人生にいる。

だが母親に関心がある男は？　献身的な母親にとっては不安材料だ。

立ち入りすぎていないよう祈りつつ、ロイスは申しでた。「ドライブインのなかなら喜んで案内しよう。そうだ、ジャックと同じ園の子たちにとって、ちょうどいい課外学習にならないかな」

ジャックは歓声をあげて、コーヒーポットを倒しそうになった。ロイスはすばやくポットをつかまえた。「危ない」

ジャックがどぎまぎした顔で唇を噛《か》んだ。「ごめんなさい」

「大喜びしてくれるのはうれしいが、だれかがやけどするのはいやだろう？」ロイスがちらりと見あげると、ジョイは驚きでぼうっとしたような顔でこちらを見つめていた。

ジャックを叱ると思っていたのか？　まさか。子どもには子どもらしくふるまってほしいし、そんな姿を見るのは大好きだ。

なにを考えていたにせよ、ジョイはそれを振り払った。「ジャック、本当にそろそろ行かないと」

「ねえ、目が茶色じゃないのはママだけだね。知ってた？　でもミスター・ナカークの茶色はすっごく濃い」ジャックが先ほどより慎重にテーブルの上に身を乗りだして、ロイスの目を近くで観察する。「ほとんど黒だ」

鼻がくっつきそうなほど至近距離での観察にマリスがほほえみ、ジャックの背中をぽんぽんとたたいてからブース席を離れた。「わたしは仕事に戻らなくちゃ」ジョイの肩に触れてささやく。「座って、コーヒーを飲んで。バクスターには新しいのを持ってくるから」そして去っていった。

気がつけばロイスは楽しんでいた。ジョイの息子は素直で好奇心旺盛で、一緒にいると純粋に楽しい。いまは目の前にいるので、息を感じるほどだ。

「ジャック」ジョイがまた言い、ブース席に腰かけた。「いいかげんにしなさい」

そんなにやきもきしなくていいとジョイに伝えたくて、ロイスは笑みを投げかけてからジャックのあごをつかむと、こちらからも観察を始めた。

「きみの目の色もすごく濃いな。だがたしかに、おれの目ほどじゃない」ジャックの顔をあっちへこっちへ傾けて眺める。「おれの目は祖母譲りだ。きみがお母さんから譲り受けたのは……耳だな」

ジャックはあんぐりと口を開けて両手を耳に当て、感触をたしかめてから母親のほうへにじり寄った。べとべとの手を髪に突っこまれてもジョイが笑うので、怪しむような顔になる。

さっとロイスを見て言った。「ほんとに?」もう一度、自分の耳を触る。

「神に誓って本当だ」

バクスターが店の入り口に現れ、ロイスとジョイが一緒にいるのを見て躊躇《ちゅうちょ》した。同じ席に着くのではなく、カウンターに行ってマリスと話しはじめた。なんと。パークの全員がおれたちをくっつけようとしているのか？

ジョイが視線を追い、バクスターに気づいて言った。「ごめんなさい。わたしたち、用事の邪魔を――」

「用事？」もう少し一緒にいてほしくて、ロイスは背もたれに寄りかかった。「ここへ来たのはみんなと親しくなるためだし、それはもうじゅうぶんできた」ジャックにほほえみかける。「こちらの坊やとも」

ジャックがまだ自分の耳を触りながら、わずかに眉をひそめた。

ジョイはゆっくり息を吐きだした。「バクスターと湖に入ってるのを見たわ」

気まずい思いをしてほしくないと思いつつ、ロイスはうなずいた。「知ってる」

「寒かった？」ジャックが問う。「ママは、寒すぎるから泳いじゃだめって言うよ」

「ママの言うとおりだ。おれだって、今後はそう何度も入らない」

ジャックがもじもじした。「泳がないんだったら、ブランコはどう？」

すぐさまジョイがまた立ちあがった。「ミスター・ナカークはバクスターとお仕事があるの。さあ、行きましょう」

ところがロイスのほうは、ジャックが口にしたせいで、ちょっとブランコに乗りたくなっていた。ジョイにはもっと会いに来たい。そしてジャックの目に落胆を見るのはいやだった。

自分も立ちあがってロイスは言った。「次のときにな」

「ほんと？」ジャックがブース席から這《は》いだした。「でも滑り台には大きすぎるかもしれないね。ママは大きすぎるんだって。ね、ママ？」

ジョイが天を仰いで笑った。

ジャックが身を乗りだし、そっと言った。「ぼくは大丈夫って思うけど、ママは怖がりなんだよ」

「自分の息子に挑発されるなんて」ジョイが息子の脇腹をくすぐる。「だれが怖がりか見せてあげる！」

ジャックが笑い声と悲鳴をあげたので、バクスターがカウンターから歩いてきた。「おれのせいで切りあげるんじゃないといいが」

「ジャックとわたしはブランコに乗るの」ジョイが息子の手を握り、反論を許さない口調できっぱりと続けた。「もうじゅうぶんゆっくりしたでしょう。ママにはまだやることがたくさんあるのよ」

「なにか手伝えることはないかな」考える前にロイスは申しでていた。

ジョイが驚いて首を振る。「キャンプ関係のことだから。でもありがとう」

とっさの思いつきでロイスはまたしゃがんだ。「ジャック、会えてうれしかったよ」

「ぼく、まだ行きたくない」

ロイスは口角があがるのを感じた。好かれるというのはいいものだ。「だがママの言うことを聞かないと」

「うん……」

「考えたんだが、きみはブランコの専門家らしいから、ドライブインの遊び場にある古い遊具についてなにかアドバイスをもらえないかな。どうだ？」

「アドバイス？」

「なにを修理するべきか、なにを足すべきか、わんぱく少年たちが大好きなのはなにか。そういうことについて」

ジャックがぱっと顔を輝かせ、急いでジョイのほうを向いた。「ママ、いい？　いいよね？」

ロイスの魂胆を見透かしたのだろう、ジョイは赤くなってうろたえた。「それは……」

「二人に会えるのを楽しみにしてるよ」それくらいは正直に言うべきだと感じた。そう、おれはジョイに会いたい。理性的ではないし、計画とは正反対の方向だが、それくらい強い思いだった。だがジャックともっと会いたいというのも事実だ。

どういうわけか、この少年はおれに懐いた。

いまはジョイを助けようと、ロイスは言った。「だが今夜じゃない。みんな忙しそうだからな。週末はどうだ？　もちろん、きみのママが忙しくないならの話だが」

「わたしは……その」ジョイが二歩後じさってうなずいた。「いまはスケジュール帳が手元にないから確認できなくて――」

「問題ないわ」カウンターの奥からマリスが言う。「あなたの電話番号を彼に教えておく。ロイス、あなたも自分の番号を教えていって。そうすればどちらかが――」両眉をうごめかす。「――もう片方に電話して、予定を合わせられるでしょう？」

「おれはそれでかまわない」ジョイの表情を見れば、マリスほど積極的ではないのがわかった。へこみはしない。ここまでに聞いたかぎりでは、ジョイにとってこれは大きな一歩らしいから。

　それに、ジャックが最優先事項だという点も尊重している。

「ええ、じゃあ」ジョイがあいまいな返事と苦しげな表情をマリスに投げかけてから、向きを変えて、まだ気の進まないジャックを連れていこうとした。

　少年が手を振って言う。「ばいばい、ミスター・ナカーク」

　二人が行ってしまうと、マリスが首を振った。「あの子、いつも〝ミスター〟止まり」

「おれも気づいた」バクスターが言ってコーヒーを飲む。「おれ自身、名前で呼ばれるようになるまで一カ月かかったし、それも、おれにはジョイに対して友情以上の関心はないとはっきりわかってからだった」

マリスがクッキーをのせた皿を手にブース席に歩み寄ってきて、ロイスに言った。「あなたは別よ」

「おれが?」つい今朝までなら、そんなことはないと言っていただろう。女性の人生に、しかもその女性の息子の人生にまで入りこむなどという考えは、容赦なく却下していたはずだ。

だがいまは……。いまは見えない引力を感じた。もっとジョイを知りたい、ジャックの友達になりたいという欲求を。耳にした会話も、ジョイが近くにいるときにこみあげてきた感情も、彼女と話すのがどんなに楽しくて、見ているだけで癒《いや》されるかも……そう簡単には忘れられない。

ジョイを拒もうとしても無駄なのはわかっているし、無駄だとわかっていて挑むタイプでもない。おまけにジャックもいる。ものごとは追い求めるたちだから、せめて行きつく先を知りたい。

シングルマザーや片親の子がどういうものなのかは、よく知っているほうだ。もしかしたらジャックに自分を重ねているのかもしれない。まあ、あのころの自分があれほどかわいらしくておませだったとは思わないが。理由はどうあれ、またジョイと会えるのがもう楽しみになっていた。

マリスにクッキーを差しだされて、ありがたく一枚受け取った。「もっとジョイのことを教えてくれるかな。ジャックのことも」

「あなたに知られてもジョイがいやがらないことなら、なんでも教えるわ」

その如才ない答えにロイスは笑った。「真の友達みたいだな」

「そうなれるように努力してるところよ」ブース席の背もたれに腰をあずけて、マリスが肩をすくめた。「今日はあんなふうに背中を押しちゃったから……」あっけらかんと笑う。「一マス目に戻ってしまったかもしれないけど、ジョイは許してくれるタイプだし、一晩くらいゆっくりするべきだから、はい、これが電話番号」エプロンのポケットから紙を取りだし、ロイスの手が届かないところに掲げた。「悪用だけはしないでね」

「もちろんだ」ロイスは真顔でマリスを見た。「彼女にその気がないなら、しつこくしないと約束する」なにしろこちらも、急いで前進したいと思っているのかよくわからない。いまは確信できることなど一つもなかった――ジョイに会いたいということ以外。

「その気はあるわよ」マリスが保証する。「わたしにはわかる。ただ実戦から遠ざかって久しいだけ」

お互いさまということか。「ありがとう」ロイスはメモを尻ポケットに収めた。

満足して、マリスが尋ねた。「あなたたち、ほかに食べたいものは？」

バクスターが首を振った。「リドリーとおれは、今夜は町で食事だ」

「おれはもう行かないと」

「じゃあわたしは用事をすませよう。終わったらお皿とカップをカウンターに置いておいてくれる？　なにか必要だったら大声で呼んで」

マリスが奥の部屋に消えると、バクスターが首を振りながら言った。「ジョイを働き者と思っているかもしれないが、マリスはさらにその上をいく」

クーパーもバクスターも結婚しているのは知っていたが、マリスについては知らなかった。「誤解しないでほしいんだが……つまりそういう関心があるという意味じゃないんだが、マリスは独身なのか？」店内を見まわす。「ここを一人で切り盛りしてる？」

「日の出から日没まで」バクスターがコーヒーを飲み終えた。「もうすぐシーズンオフに入るから、必要な修理や保全はなんでも自分でやる」

「それはダロンの仕事かと思っていた」

「それはそうなんだが、あの二人はしょっちゅうぶつかる。見ていてじつにおもしろい。ダロンは全力で手伝おうとするんだが、そのあいだずっとちょっかいを出すから、マリスは全力で追い払おうとする。ここへ通うようになればそのうちわかるだろう」

その話を聞いて、ロイスは別のことを思いついた。手先は器用だし、パークの手伝いをするのはやぶさかではない。そうすればもっとここへ来る理由になるし、ジョイと会う機会も増える。しかも、地域により深く根ざすことができる。なにしろ町全体がこのリゾートを中心にしているようなのだ。だがいちばんは、マリスの親切にお返しがしたかった。

予想どおりにではないが、状況は上向いてきた。なんだか見通しが明るくなってきた。

マリスは最後の客を笑顔で送りだして戸締まりをし、毎晩の作業に取りかかった。食器洗浄機のスイッチを入れて客席全体を念入りに掃除し、一日分の靴の汚れを集めた入り口マットを交換する。

朝から晩まで日課に沿って生きている。そうすることで、自分の未来を築いているのは自分だけだと実感できるし、だからこそ、もう二度と羞恥に苦しむことはない。

子どものころは、どこにも秩序は存在しなかった。計画も……自尊心も。

マリスは計画を立てた。自立するやいなや目標を定めて、一度たりとも道をそれることはなかった。

けれど今夜は、ジョイのおかげで笑顔になれた。

知り合って長いのに、あの女性について知らなかったことがあるなんて。たとえばユーモアセンスとか、自分の外見を謙遜していることとか……わたしとの友情を深めたいと思っていることとか。

もしかしたら最後の一つについては、わたしと同様、年齢のせいかもしれない。

悔しいことに、このごろ日課をしんどいと思うようになってきたけれど、今日はジョイとのおしゃべりで生き返った。

わたしはだれとも交際できない。間違いなく、目標到達の邪魔になるから。だけどジョイは？　ジョイにはデートを避ける理由が一つもないし、そろそろ少しは楽しんでいい。あらゆる方法で背中を押そう。まずはロイスだ。

3

数時間後、ジョイがそっと部屋をのぞくと、ジャックはぐっすり眠っていた。ロイスと出会ってすっかり興奮した息子を落ちつかせるのには苦労した。

ジャックがだれかとあれほど早く、あれほど親しくなるなんて、めずらしい。たいていの場合、相手をよく知るまでは内気な子なのだ。幼稚園に入るまでは、知らない人に出会うと母親の後ろに隠れるのが常だった。幼稚園に入ったおかげでいくぶん殻から出てきたものの、今日のようなことは初めてだ。

ロイスがしゃがんで息子に話しかけたさまを思い出した。ジャックがじつに熱心に目と目を合わせようとしたさまを。そしてロイスのあの話し方。小さな子をからかうのではなく、ちゃんと敬意をもって接していた。

あの男性はいともたやすく息子の心を勝ち取った。

ジョイは胸に手を当てて戸口にたたずみ、お気に入りの『ミュータント・タートルズ』の毛布の下で丸くなっているジャックの小さな体を眺めた。この子の数少ないおもちゃが床に散らばっている。ジャックが多くをほしがらない子なのは幸いだった。ジョイには息子を甘やかすだけのお金がない。

それでも、必要だと思うものはすべて与えてきた。愛、安心感、庇護《ひご》、導き、だめなときはだめと言う厳しさ。

けれど、父親像はわざと与えずにきたのだろうか。男性との関わりに自分が不安をいだいているせいで、息子に影響を及ぼしてしまった？

ジャックはずっとクーパーとバクスターとダロンについてまわってきたが、ジョイはあまり近づかせすぎないように用心してきた。いつか息子が落胆するのが怖かった。

自分が落胆するのが。

ほかの部屋で携帯電話が鳴りはじめて、ぎょっとした。夜九時以降に電話をかけてくる人はいない。

いつもの習慣でドアを細く開けたまま、廊下を急いで狭いリビングルームに向かうと、机の上で携帯電話が鳴っていた。

一瞬迷ってから電話をつかみ、静かな声で言った。「もしもし？」

「ジョイ？　ロイスだ。電話するには遅すぎたかな」

椅子を引いて腰かけた。「いいえ」ばか、もっとなにか言いなさい。「ちょうどシャワーを浴びるところだったの」違う、それじゃなくて。ジョイは息を整えてから早口に説明しはじめた。「じつは、いましがたジャックが眠ったから、それで——」

「わかるよ」

愉快そうな声が言い……静かになった。

ジョイはつかの間、目を閉じた。まったく。わたしは立派な大人で、離婚歴のある女性で、シングルマザー。筋の通った会話くらいできる。「今日はどうだった？」ああ、なんて凡庸な問いかけ。

「いい一日だったよ。きみは？」

「ジャックが興奮してしまって。あなたに会えて楽しかったみたい」少なくともそこは事実だ。

「おれもあの子に会えて楽しかった。賢くてかわいらしい子だな」

ジョイはほほえんで言った。「家に着くなり鏡の前に十分も陣取って、自分の耳を観察していたわ。それから何枚も耳の絵を描きはじめて。まだ満足なできじゃないみたい」

ロイスが笑った。「家族に似てるところはあるのかな」言葉を止めて、軽い口調で尋ねた。「父親似のところとか」

レクリエーションセンターの上にあるアパートメントは影に満たされていた。室内を照らすのは、ノートパソコンの画面の光と、コンロの上にある小さなライトだけだ。パーク全体に配置されている屋外照明の光が窓から淡く射《さ》しこんでいた。

ジャックが寝る時間になったら、部屋のなかを薄暗く静かにするようにしている。椅子の背にもたれて両足をお尻の下に敷くと、椅子が軋《きし》んだ。「そうね、少し父親に似てるわ。わたしが覚えているかぎりでは、だけど。ヴォーンとは会ってないの……その、ジャックが生まれる半年前から」

静寂が広がった。「相手は、きみが妊娠してることは知っていたのか?」

「それ以前から離婚の話は出ていたの。妊娠を知って、ますます別れたくなったみたい」

ロイスが小さく悪態をついた。「知らなかった。立ち入った話をしてしまったなら、すまない」

「気にしないで。問題ないわ」問題なのは、元夫について話していることだ……デート相手候補に? 哀れな希望に満ちた響きに、ジョイは首を振った。「わたしこそ、こんなことを話してしまってごめんなさい。ただ、ジャックはめったに父親のことを訊《き》かないの。だからあの子の前では話題にしないでもらえると助かるわ」

「承知した」一秒か二秒後、ロイスが尋ねた。「いまは離婚を?」

「ええ。前からトラブルは起きていて――」なんて控えめな表現。「――そこへわたしの妊娠がわかって。告げたその日にヴォーンは出ていったわ。ほどなく離婚が正式に認められて、それから会ってない」

「そのとき、きみはいくつだった?」

ロイスの声が同情に満ちていたなら気になっただろうけれど、実際は、そんな気配はいっさいなかった。

「ひどく未熟で依存しきった二十四歳」言いながら少し笑ってしまった。ダロンを筆頭に、若くてもはるかに成熟した人をたくさん知っている。「自分以外のだれかの責任を負うことほど、人を成長させるものはないわ」

「厳しい真実だが、そのとおりだな」

まるで実地で知っているような言い方だ。「あなたは？　結婚はしている？」

「いや」すぐに尋ね返してきた。「結婚生活はどれくらい？」

いま、わざと話題を変えた？　追及するべきだろうか。結婚しない主義なのか、それとも女性に心を引き裂かれたことがあるのか、突き止めるべき？　ロイスについて知りたいことは山ほどあるものの、こんなふうにただ話しているのは楽しいし、彼を遠ざけてしまうようなことは言いたくない。面と向かってではなく電話越しにおしゃべりするほうが、ずっと楽だった。

もちろん頭のなかには鮮明に彼の姿が浮かんでいるものの、実物が及ぼす強烈な影響力にはとうていかなわない。

「結婚していたのは一年間。両親はヴォーンを嫌悪していたわ。嫌悪、では足りないくらいに」

「そのせいで、きみはもっと彼に惹《ひ》かれた？」

わたしはなぜこんな話をしているの？　ヴォーンについてはだれにも話したことがない。両親との最後の大げんか以来。

両親に勘当されて以来。

移ろう思いを断ち切って、目を閉じた。「さっきも言ったとおり、わたしは未熟だったの」

「人間はそういうものだ。それで自分を責めることはない」

だけどもうさんざん責めてきた。それでも、話題を変えるタイミングが差しだされたのを感じて尋ねた。「今週末の予定はどう？　ジャックはその話ばかりしていたわ」

「電話したのはそのためなんだ」

いま、声にためらいが聞こえた？　ロイスは後じさりするの？　ジャックはがっかりするだろう。やはり近づきすぎるべきでは――。

「土曜にきみたちをランチに連れていけないかと思ったんだ。そのあとドライブインに来て、ジャックにいろいろ見せてまわる。それなら日暮れ前にきみたちを家に送り届けられるし、おれも映画の準備に間に合う」

初めてのデートに誘われたティーンエージャーのごとく、ジョイは天にものぼるような興奮を覚えた――が、心の底から残念なことに、断らなくてはならなかった。「とてもうれしいんだけど、シーズンが正式に終わるまで、土曜の午後はここでキャンパーのためのイベントをやらなくちゃならないの。今度の土曜は秋の工作よ」

一瞬の間もおかずにロイスが尋ねた。「じつは日曜のほうがおれには都合がいいんだ。ドライブインが休みだから。どうかな？」

ジョイは唇を噛《か》んで笑みをこらえ、咳払《せきばら》いをして言った。「日曜ならわたしもジャックも空いてるわ」完璧。いまのは冷静で大人らしい声だった。期待でつま先が丸まっているようには聞こえなかった。「翌日は幼稚園だから、早めに帰らないといけないけれど」

「決まりだ」ロイスも笑みを含んだ声で言い、尋ねた。「その〝午後の工作教室〟にもぐりこめたりするかな？」

ジョイは笑って自分を抱きしめ、じゃれ合うようなこのやりとりに、新鮮な自由の味を感じた。「そうね、できなくはないと思うわ」

「よし」声が少し深くなる。「だが警告しておくぞ。きみの息子にちゃんと配慮したうえで、隙さえあればその唇を盗むつもりだ」

驚きで心臓が飛び跳ねた。「ええと……」

「おやすみ、ジョイ」

「だれかお捜し？」

驚いたジョイは、しまったという表情を隠そうと首をすくめた。「ええ？」たしかに戸口を眺めては、ロイスは本当に現れるだろうか、だとしたらいつ、と考えていた。裏口からマリスが入ってくる音にも気づかなかった。

マリスはいつもの気さくな態度で笑った。「あなたの気持ちがわかるようになってきたわ。その表情はロイスに関係がある、でしょう？　これから来るの？」

ジョイは姿勢を正し、まじまじとマリスを見つめた。どうしてそれほど簡単に読めてしまったの？　知り合ってからしばらく経《た》つけれど、いままで心を読まれたことはなかったのに。

もちろん、いままでジョイが男性に夢中になったこともなかった。それにマリスはたいてい仕事で忙しすぎて、ほかの人のことをじっくり考える時間などない。

この一週間で、二人の友情のなにかが変わった。それがなににせよ、ジョイは楽しんでいた。

「わたしは工作の道具を並べていただけよ」丸テーブルの上の、糊《のり》やペンや糸が入った瓶を手で示した。「それだけ。あからさまなことはなにもしていない。それなのにどうしてわかったの？」

クッキーをどっさりのせた皿を脇に置くと、マリスは腕組みをして壁にもたれた。「わたしは女性であなたも女性。だからあるていど共通の地盤があるというわけ」そう言って肩をすくめる。「女の勘と呼んでちょうだい」

「でも、わたしたちはどこも似てないわ」

これにはマリスの両眉がつりあがった。「そう思う？」

傷つけていないことを祈りつつ、ジョイは周囲を見まわして、だれにも聞かれていないことを確認した。幸い子どもたちはまだ来ていない。ジャックは後方の小さなテーブルに着いて一人でお絵描きをしているし、午後の工作の準備はすべて終わった。

ジョイは息を吸いこむと、マリスに近づいた。「変な意味で言ったんじゃないの」

「大丈夫よ。わかってるわ。あなたはいつも上品で、わたしはよれよれだけど、気にしてない」

「それについてはもう話したでしょう。あなたはとてもきれいよ」

「そしてあなたは気前よくほめてくれる。だけどほら」マリスがあごでジョイのロングスカートとバレエシューズを示した。「わたしなんて、最後におめかししたのがいつだったかさえ思い出せない」

ジョイは驚いてマリスを見つめた。「わたしが言いたかったのはそういうことじゃないわ。だってわたしの服はあのとき持ちだしたものだけ……いえ、忘れて」ずっと以前は、なにを着るかで毎日悩んでいた。いまはあるものを着る。最新流行のファッションに身を包むだけの経済的な余裕はない。マリスも同じ状況にあるとは、なぜか思えなかった。

「わたしはただ……あなたに憧れてるのよ」

　マリスが鼻で笑った。「信じられない」

「本気で言ってるの？　理由なら百もあるわ！」ジョイはどんどん挙げていった。「芯が強くて自信にあふれている。自分のしていることもなぜそれをするのかも、いつだってわかってる。たいていの人なら一週間かかることを一日でやってのける。完全に自立してる。それからほめることについては、わたしは気前がいいんじゃなくて正直なの。あなたはジーンズ姿がすごくすてき。しかもすっぴんで。不公平よ。だって本当に、化粧は苦行だもの。そのたまご肌と濃いまつげさえあれば、わたしだって化粧はしないわ」

　怒濤《どとう》のようなほめ言葉に、マリスは目をぱちくりさせた。「ありがとう。わたしもあなたに憧れてるわよ」笑って鼻にしわを寄せる。「でも言わせてもらうと、この会話は少し気恥ずかしいわね」

　たしかに。人はしょっちゅう相手の美点を取り沙汰したりしない。ただ出会って友達になるのだ。もっと自然に。

　ジョイは口を歪《ゆが》めて指摘した。「たぶん、そういうところもわたしたちの違いね。わたしは……不器用だから」首を振ってつけ足した。「手先がじゃなくて、精神的なことね。わたしは自信をもちなさいと自分に言い聞かせなくちゃならないけれど、あなたは常に自然体。相手をリラックスさせるにはなにを言ってなにをすればいいか、いつでもちゃんとわかってる。しっかりしていて頼もしいのに、一緒にいると安心できるしくつろげる」

マリスがジョイの両手を取った。マリスの手肌は仕事で荒れて、日々の皿洗いと料理で爪は少し欠けていた。

「わたしたち二人とも誤解してるように思う。あなたが精神的に不器用に見えたり、そういうふるまいをしたりしたことはないもの。要はね、そんなほめ言葉には慣れてないから気恥ずかしい、ということ。大事なことをほめられるのは」

マリスの顔を目で探ったジョイは、本心からの言葉なのだと悟った。「つまり、見た目以外をほめられるのは、ということ?」

マリスがうなずく。「おかげであなたがどれほどいい人か、よくわかったわ。表面だけじゃなく、ちゃんと奥まで見てくれてるって。なにしろわたしの見た目は、不変の決意と頑固な意志の表れだから」

「すてきよ」ジョイは断言して笑った。深く根ざした不安よりずっといい。白状すると、マリスはまさにジョイがなりたいと思う女性像だ。

マリスがにんまりする。「あなたにも同じ特徴があるけど」

「だといいわ。自分だけじゃなく、ジャックのためにも」なにがあっても守り抜くことを、ジャックに知っておいてほしかった。ジョイ自身のためだけでなくジャックのためにも自信は必要なのだ。けっして同じ不安をいだかせないよう、できるかぎりのことをしてきた。

「わたしは努力しなくちゃいけないけど、あなたは難なくやってるように見えるわ」

マリスが笑ってクッキーに手を伸ばした。「思い出せるかぎり昔から努力してきたの。十八になった日のわたしにとって、仕事を見つけることが最優先事項だった。いまでは仕事がアイデンティティそのものよ――苦労することもあるけど、もはや人生の一部なの」

羞恥心に襲われて息苦しさを覚えた。マリスがどんな幼少期を過ごしたのかは知らないが、わたしのそれとは違ったはずだ。たいていの人よりずっと有利な人生を与えられたのに、不平を言う権利がどこにあるだろう。「ごめんなさい」

マリスの口元に笑みが浮かんだ。「どうして謝るの？　おしゃべりできて楽しかったわ。やっぱりもっと頻繁にやりましょう」

いつ？　二人ともあいかわらず忙しい。それでも時間をつくろうと、ジョイは決心した。

――マリスが望むなら。「喜んで」

「二人だけのクラブを作るべきかもしれないわね。コーヒーを飲んで、クッキーを食べて、お互いをほめ合うの」

笑いつつも、とてもすてきなひとときに聞こえた。「乗ったわ」

「ただし、いい男がらみの楽しい話をだれかが提供しなくちゃいけない決まり。わたしは論外だから――」ジョイの肩をたたく。「――頼んだわよ」

頼んだ？　どういう意味かと思いつつ、尋ねた。「どうしてあなたは論外なの？」

「わたしはデートしないから」マリスが当然のように言う。「絶対に」

「そういう宗教みたいね」ジョイは腕組みをした。「どうしてデートしちゃいけないの？」

マリスは笑って咳きこみ、すばやく手で口を覆って首を振った。「しちゃいけないんじゃなくて、しないの」

たしかにマリスが仕事以外のなにかをしていたときなど思い出せない。「わかったわ。それで、どうして？」

「ほかに優先すべきことがあるから、とだけ言っておくわ。リストのいちばん上が経済的安定。鼻の差で次が自立」

マリスの生い立ちについて考えずにはいられなくなった。なぜその二つがそれほど重要なのだろう。「安定はみんな望むものじゃない？」

「そうね。だけど依存の苦味はもう味わったから、二度と味わわなくてすむように、できるだけのことをしたいの」食べかけのクッキーでジョイを示す。「この件についていまはなにも話すつもりはないから、話をそらそうとするのはやめなさい。話題はあなたが提供するの、いいわね？」

降参してジョイは言った。「わかったわ」ロイスのことを考えるとかすかに胸がときめいた。「なにをすればいいの？」

「そうね……」マリスがしばし考えてから、にんまりした。「なにかこう、きゅんきゅんするようなことを」

「きゅんきゅん……いいわ。具体的には？」

マリスが片方の肩を回す。「もしロイスが現れたら、こっそりキスするとか」急いで続ける。「ほっぺにチュッ、じゃだめよ。それは数に入らない。ちゃんとしたやつ。舌を使ったやつにして」

これにはジョイも笑ってしまった。ロイスは隙さえあれば唇を盗むと言っていた……。

「それならできるかもしれないわ」

「完璧ね」マリスが戸口をあごで示してささやいた。「熱く激しいやつにして、あとで詳しく聞かせて。わたしは手に入れられそうにないから、あなたの興奮を自分のことのように楽しむの」後じさりながら片手のこぶしで天を突き、言った。「〈サマーズエンド・クラブ〉に！」そして向きを変えると、また裏口から出ていった。きっとキャンプストアに戻るのだろう。

パークで働くだれもが喜んで手を貸すものの、マリスが人に任せるのはごく簡単な作業だけだ。重要な仕事は自分でこなす。

そして仕事となると、マリスはほぼすべてを重要とみなす。

笑いながら入り口に目を向けたジョイは、ロイスとダロンが入ってくるのに気づいた。すぐさまジャックが二人を見つけ、うれしそうな歓声をあげて駆け寄る。ダロンがなにか言ってジャックの髪をくしゃくしゃにしてから、立ち去った。

きっとマリスを追うのだろう。どうしてマリスが自身の熱い夜を画策しないのかはわからない。ダロンがその気で有力な候補だということは、だれの目にも明らかなのに。

ジャックの背中に片手を当てて、ロイスが部屋を横切ってきた。色濃い目でジョイの全身を眺め、体にフィットしたニットで一瞬視線を止めてから、顔にあげた。「やあ」

今日のジョイはひときわ身だしなみに気を遣った。いつもより濃いめにマスカラを塗って、体型を引き立ててくれる服を選んだ。気づいてほしかった――そしてロイスは気づいてくれた。「もぐりこめたのね」

あの色濃い目が唇をとらえる。「ダロンがなかに入れてくれた」周囲を見まわして尋ねた。「ここに住んでるんだって？」

「二階だよ」ジャックが言う。「一回外に出てからおうちに入るの。見たい？」

つましい我が家にロイスを招き入れる心の準備はできていなかったので、ジョイは凍りついた。

「また今度な」ロイスが返したので、ジョイは言い訳を思いつかなくてすんだ。「いまはママが忙しいだろう？　だから一緒に手伝わないか？」

「ママは手伝いなんていらないよ。すごくちつじょだって、、、てるから」ジャックが母親を見あげる。「ね、ママ？　みんなそう言うよね」

ジョイは笑った。「そうあるように努力してるわ」ジャックの髪をなでつけるとダロンの髪を連想させられた。ダロンの頭もたいていこんなふうにくしゃくしゃだ。「ミスター・ナカークに絵を見せてあげたら？　ママは父兄用のコーヒーを淹《い》れるから」

ジャックが駆けていくと、ロイスはキッチンエリアになっている奥まった空間に、ジョイのあとから入ってきた。「子どもにつき添う親は多いのか？」

「時間が遅くなるにつれて多くなるけれど、コーヒーはいつも準備しておくようにしてるの。日中はレギュラー、夕方以降はカフェインレス。子どもたちにはジュースと、マリスがクッキーを持ってきてくれたわ」コーヒーの準備をしていると、両手に絵を持って駆け戻ってきたジャックが、急ブレーキをかけたように停止した。

「どれどれ」ロイスがしゃがんで、少年がおずおずと差しだした作品を受け取り、無言になった。ジョイが不安を覚えかけたとき、ロイスが言った。「すごいな」

「気に入った？」ジャックはそわそわと左右の足を踏み変えている。「まだ完成してないんだけど」

「いや……もちろん気に入ったよ」ロイスがまた無言になって絵に見入る。

興味を引かれたジョイは、発泡スチロール製のカップを置いて歩み寄り、ロイスの後ろからのぞきこんだ。

ジャックが描いたのは、ドライブインの映画スクリーンと車の列と大きな男性――両手を腰に当ててにっこり笑っている男性だった。

「すごくよく描けてるわ、ジャック」ジョイはロイスを小突いた。「そう思わない？」

「すごくよく描けてる、どころじゃない」絵をおろしてジャックに尋ねる。「きみは何歳だったっけ？」

ジャックが片手をあげて指を広げる。「五歳。もうすぐ六歳」

ロイスは感心した様子で首を振り、また絵を掲げた。「その年の子にしてはずば抜けた才能だな。ちゃんと遠近感があるし、大きさもいい。それに、これがおれだとわかる」また絵をおろす。「おれだろう？」

ジャックはうなずいて、自分も絵を見おろした。「えんきん……ってなあに？」

「遠近感。つまり、おれが実際にここにいるように、車の列の後ろに立ってるように、描けてるってことさ」

「でも、ここにいるよ」ジャックが絵のなかの人を指差す。

「そう。きみはおれをそこに描いた。だがほかの人が見たときに……」ロイスが降参した顔でジョイを見あげた。「どうやって子どもに遠近感を説明したらいい？」

ジョイはとなりにしゃがんだ。「写真を見たときみたいなものよ。全部が全部、あるべき場所にあって、大きさもその場所にふさわしい大きさに見えるの」

ジャックは唇を尖《とが》らせて、もう一度絵を眺めた。「写真じゃないよ」

「写真よりいい」ロイスが床に腰をおろして足首を交差させ、絵を膝の上に掲げた。「もらってもいいかな？」

ジャックの顔がぱっと輝いた。「うん！」

「サインしてくれるか？」ロイスがちらりとジョイを見た。「自分の名前は書けるかな」

ジョイはうなずいた。そもそもジャックは賢い子だが、ジョイは母親として教育熱心なほうだ。一対一の関係なので、いろいろなことをより早く習得できる。「少し小さめに書いてみて、ジャック。下の隅に」ジョイは紙に触れた。「ここよ」

「わかった！」ジャックは向きを変えてまた駆けだした。

ロイスがジョイのほうを向いた。「あの子の才能をわかってるかな？」

「自分の息子よ。なにをやらせても天才だと思ってるわ」

ロイスが愉快そうな顔で手を伸ばし、ジョイの髪に触れると、耳のあたりから背中に届く毛先までなでおろした。つかの間、温かく頼もしい手をそこに休ませてから、引っこめる。「かもしれないが、ジャックは絵に関して天性の才能があると思う。あそこまでものごとを細かくとらえたり、奥行きを表現できる子はそういない」

二人の近さがうれしくて、ジョイは少し身を乗りだした。とてもいい香りがする。ちょっぴり謎めいてスパイシーで、体のぬくもりまで感じた。

ジャックに聞こえないよう小声で言った。「あなたは少しずんぐり描かれていたわね」

ロイスが笑った。「五歳だ」立ちあがると、ジョイの肘を支えて助け起こし、手を離した。ちらりと見ると、ジャックは紙にかがみこんで下唇を噛み、真剣に名前を書き足していた。

ロイスの視線が戻ってきたとき、ジョイの心臓は飛び跳ねた。

ロイスが口元を見つめる。「考えたか?」

「なにを?」尋ねたものの、答えはわかっていた。

「おれにキスされることを」近づいてジョイの背中に片手を滑らせ、指先で背筋に小さな弧を描く。「いまここで、じゃない。だが午後が終わるまでのいつかの時点で、かならずきみの唇を奪う」

呼吸が重くなり、甘美なうずきが下腹にたまった。胸がどきどきする。けれどこのゲームは一方通行ではない。

ロイスの二の腕に手を添えてささやいた。「考えたわ」いまはジョイの視線がロイスの口元をとらえていた。「何度も。だから知っておいて、わたしの期待は大きいわよ」

「よし」さらに近づいて、耳元でささやいた。「いつでも最高を求めろ、ジョイ。おれに対しても」

その言葉にジョイの全身は粟立《あわだ》った。

ロイスが離れて向きを変えると、そこへジャックが駆けてきた。

「書けたか?」

大人のじゃれ合いには気づきもせずに、ジャックが絵を掲げた。「Jのとこ、失敗しちゃったの」

ロイスがふむふむと眺める。「いいじゃないか。むしろ個性が加わった。おれならなにもいじらない」ジョイに尋ねる。「帰りまで保管できる場所はあるかな」

まだ少し息苦しさを覚えつつ、ジョイはいくつもの工作が飾られているコルクボードを指差した。「あそこにピンで留めたらどう?」

ロイスはジャックを見おろした。「どう思う?」

ジャックは少し照れたような顔で言った。「どうしてもって言うなら、いいよ」

二人一緒にコルクボードのところへ向かった。ロイスはかがんでジャックの話に耳を傾けている。二人の男性。一人は身長百二十センチ、細い体にせわしない動き、もう一人は身長百八十センチ以上、落ちついて、彫像のようにたくましい。

危険だった。二人一緒の姿を見るのは。二人がやりとりするさまを好ましく思うのは。これほど幸せそうな息子を目にしたときの感情には、あっさりからめ取られてしまうだろう。あの子が注目されて、ほめられて、喜んでいるのを知っているのだから。

ジャックにとって危険なことだ。わたしにとって危険なことだ。

本能はいつも、生じかねない心の傷や失望からジャックを守ろうとしてきた。

そして正直に言えば、自分も守りたかった。

いまはまずまずの人生を送っているし、そこに波風を立てるかと思うとうろたえてしまう。慎重に慎重を期してつくりあげた、穏やかで満ち足りた生活のバランスを崩すかと思うと。それでもジャックにはいま以上のものがふさわしい。

わたしも、いま以上のものがほしい。

キス。マリスがそそのかした熱いひととき。さらにその先……。どうなるかはまだわからないけれど、いまのところは、あらゆる可能性に心を開いてみよう。


ロイスは部屋の後方に控えて、娘一人と息子二人を工作イベントに連れてきた男性と話していた。ほかにも七人の子どもが集まって、にぎやかな小集団をつくっている。ほとんどがジャックよりわんぱくで、声も大きいが、ジョイは熟練した小学校教師さながらのお手並みでみごとに対処していた。騒音レベルだけでも脳みそが揺れそうなのに、やすやすとさばいている。

ジャックのような芸術的才能を備えた子はほとんどいないので、いくつかおかしな作品も完成したが、ジョイはそれを賞賛した。指導したり手を貸したりしながら、小型のかかしになるはずのものを仕上げていく。

ほかの子のなかに座っていても、ジャックは一人、没頭していた。絵や工作となると急にひどく静かになって、先日のキャンプストアにいた元気な子は見る影もなくなった。あの子が自分だけの小さな世界を築いていることに、ジョイは気づいているのだろうか。一度でいいからテーブルの周りを駆けまわったり、糊を倒してしまったり、見てと大声で叫んだりしてほしかった。実際のジャックは、じっとうつむいて作業をしている。

信じられないが、ほんの五歳で芸術家の魂をもっているのだ。集中力を一滴残らず作業にそそいでいる。

いつの日か、母の作品をジャックに見せるのもいいかもしれない――そんな思いが浮かび、ロイスは深く息を吸いこんでゆっくりと吐きだした。まだ心の準備ができていないが、そのうちきっと。

午後二時、ジョイがイベントの終わりを告げて、夕食のあとにも楽しいことが待っていると子どもたちに約束した。そこへ徐々に親たちが、子どもとハロウィンのかかしと秋のリースを迎えに来た。顔をあげたジャックは終了時間だと気づくなり、急いで完成させようとピッチをあげて作業に戻った。

ロイスは話していた男性に失礼と断って、ぶらりとジャックに近づいた。周囲では喧騒《けんそう》が続いているものの、ジャックは気にもしない。トイレットペーパーの芯で作っているかかしは間違いなくかかしに見える。

かたわらには秋のリースがあった。どちらもカラフルで、いびつなところもなく細やかに仕上げられている。

　ロイスは小さな椅子を見おろし、自分の重さには耐えてくれないだろうと判断して、テーブルに片手のひらをついてかがみこんだ。「ジャック」

　茶色の目がぱっとこちらを見あげた。「もうちょっとだけ」

「急《せ》かしたんじゃない。そうじゃなくて、ここで見ていたら気が散るかな」

「ううん」ジャックはすでにまた作業に戻り、かかしの首にもう少し藁《わら》を糊づけした。それが終わるとかかしを掲げて、顔をしかめた。「ちょっと曲がっちゃった」

「これはかかしだろう。ところどころ曲がってるのが正解だ」まったく、この子はどこまで真剣なのやら。「それに、ものすごくよくできてるぞ。ほら、その口。縫い目を描いたんだな」

「ママがあそこに置いたのがそうなってた」ジャックが指差した部屋の前方では、数々の工作用品をハロウィンの飾りが囲んでいる。案の定、かぱっと口を開けて笑う小さなかかしが、作りものの、明かりのついたかぼちゃちょうちん《ジャック・オ・ランタン》と一緒に座っていた。

「だが、たいていの子はそこに気づかない」秋のリースのほうは、いくつかの木の葉を上手に傾かせただけでなく、葉脈まで描きこんでいた。細部への視線は年齢を凌駕《りょうが》したもので、一般的な大人の芸術理解力をも超えている。

「いつドライブインに行けるの？」かかしを作り終えたジャックは、テーブルに身を乗りだすようにして、ロイスのほうに首を傾けた。「今日の夜？　映画は見れる？　ポップコーン食べていい？」

記憶にある元気な子が帰ってきた。「きみのママは、今夜はお出かけを考えていないんじゃないかな」ロイスの知るかぎりでは予定がかぶってしまう。ジョイがまだ子どもたち相手に仕事をしているころ、ロイスはドライブインで最初の映画を上映しはじめる。

「ママに訊いてみる」

「ママはずっと仕事をしていただろう？　先に片づけを手伝わないか。出かけられるようになったら、きっと知らせてくれるはずだ」

少し時間がかかったものの、どうにかジャックを説得できた。ジョイは全員にさよならを言って次のイベントの念押しをし、最後の子を送りだしてからドアを閉じた。目がロイスを捜す。

ジョイの頬は染まり、目には期待が浮かんでいた。すばらしい。じっくりとキスをしてやらなければ。ロイスは笑みをこらえて尋ねた。「なにを手伝えばいい？」

ジョイは周囲を見まわした。「発泡スチロールのカップを集めて、ごみ箱に入れてもらえる？」

「お安いご用だ」

ジョイが息子の席に向かい、秋のリースを手に取った。「ジャック、よくできたわね」

ジャックはロイスを見あげて首を振った。「ママはいつもこう言うの」

「それはきみのママだし、きみを愛してるからさ。だがおれはいつもは言わないだろう？　きみをほとんど知らないのに、すごくよくできてると思うぞ」

ジャックは笑ってクレヨンを集めはじめた。

ジョイはかがんで息子の頬にキスをした。「手伝ってくれてありがとう」そして散らかった紙切れを拾うと、キッチンのほうに歩きだした。

静かでだれもいないキッチンに。

自分もカップを拾い集めながら、ロイスはジャックを見守った。クレヨンを色別に分けてからそれぞれの瓶に収めているさまを見て、なんだか愉快になった。この子は小さな芸術家で、色もきちんと揃《そろ》っていなくては気がすまないのだ。

いましかないと悟って、ジョイのいるキッチンにさりげなく向かった。ジョイはこちらに背を向けたままコーヒーかすを捨て、コーヒーメーカーを流しで洗いはじめた。

ロイスも集めたカップをごみ箱に捨てると、ジョイの背後に歩み寄って、耳に鼻をこすりつけた。ジョイが流しに両手を入れたまま、凍りついた。

その首筋から片手で髪をかきあげ、あらわになった敏感な肌に唇を当てた。「ジャックはクレヨンの色分けに夢中だから、たぶん一分は大丈夫だ……その時間を無駄にしたくない」やわらかな肌に歯を滑らせ、そのあとを舌で追う。

ジョイがくったりと背中をあずけてきた。「ロイス」

ああ、たまらない。女性の声でこんなふうにそっと名前を呼ばれるのは久しぶりだ。いくつか話し合わなくてはならないことがあるし、この関係における条件も設定しなくてはならないが、まずは……。

手を伸ばしてそっとあごをつかまえると、ジョイはいそいそと手を拭って振り返った。ちらりと戸口を見てジャックがいないのを確認してから、ロイスの目を見あげ、慎重な低い声で言った。「あの子は本当にいきなりギアを入れ替えるから、たぶんあまり――」

聞き終える前にキスをした。このわずかなチャンスを逃してなるものか。

ジョイの唇から力が抜けて、ロイスの唇とぴったり重なる。ゆっくり、やさしく、初めてのキスらしく、と自分に言い聞かせながら、ロイスは首を傾けて下唇に舌を這《は》わせ、上唇と口角にそっとキスをした。

なんて甘くていい香りなんだ。やわらかで女らしい。必死に抑えないと急加速してしまいそうだ。いまはなによりジョイを抱きしめて口を舌で奪い、腰に腰を押しつけてすべてを感じたい。

だが実際は、どうにか両手を穏便な領域にとどめて、彼女の息子がそばにいるんだぞと心のなかで唱えつづけた。

ジョイのほうはそこまで控えめではなかった。両手でロイスのシャツをわしづかみにするなり、ぐいと引き寄せて胸のふくらみを胸板に押しつけてきた。

そして飢えた低い声を漏らしつつ、唇を開いてキスを深めた。ロイスが望んでいたとおりに。

4

正直に言うと、ジョイの切迫感にロイスはうろたえた。ただし二秒ほどで、そのあとは一気に追いついた。シルクのような茶色の髪に指をもぐらせつつ、これほど発火しやすい女性がなぜ男を遠ざけてきたのだろうと思った。

ロイスにとっても久しぶりすぎて、なかなか満足できなかった。さらに深く熱く唇を重ね、舌をからめて熱を高める。しなやかな背中に片手を押し当てて腰を引き寄せると、ジョイの息遣いが速くなった。

理由はなんであれ、ジョイがみずからの欲求を否定しなくなったときに選んだ男がおれだったことを心から感謝しよう。

それで思い出した。ここがどこで、いまがどんなときなのかを。ジョイは女性であるだけでなく母親でもある。もしジャックにこの場を見つかったら、二度と危険を冒す気にならないはずだ。

つややかな髪と肩をなでながら徐々にキスを穏やかにしていき、ついに顔をあげた。

美しい目は緑より金色が勝って、頬は染まり、長い髪は乱れていた。「なんてきれいなんだ」

ジョイがほほえむと、キスで濡《ぬ》れてふっくらした唇のせいで、とびきりセクシーに見えた。

もう一度キスしたくてたまらなくなったロイスは、一歩さがるのが賢明だと判断した。その判断に従いながら軽くのけぞって広い部屋をのぞくと、ジャックは瓶を重ねていた。つまり、いまにも片づけは終わるということ。

「楽しかったわ」

ジョイのハスキーな声に振り返った。「おれもだよ」やわらかな髪に指を走らせて、どうにか整えようとする。「ジャックがそばにいなかったら止められなかっただろうな」

「わたしも」ジョイが言う。「わかってくれてありがとう。わたしが男性と一緒にいるところをあの子は見たことがないの。友達同士の、一定の距離がある状況しか」

ジョイの髪をようやく整えたロイスは、やわらかさに惹《ひ》かれてその手を彼女の頬に当てた。いたるところに触れたかった。近いうちにチャンスが訪れるといいのだが。「マリスとの話を聞いてしまったのは知ってるよな」

ジョイの視線がそれた。「ええ」

「悪かった。立ち去るか、なかに入ってその場にいるのを知らせるかするべきだったが、突然のことに驚いてしまったんだ」ジョイのあごをすくい、視線を合わせる。「もちろん、うれしい驚きだぞ」

不安でジョイが真顔になった。「でも、があるのね?」

「いや。ただ、おれも同じ気持ちだと知っておいてほしいだけだ」

ジョイが手の届かない位置に離れて、カウンターに寄りかかった。

この会話をもっと掘りさげる時間があればいいのだが、近くに五歳児がいるし、もうじゅうぶん欲張った。「男女の関係には興味がないと言ってたよな」

「ええ。実際、自由な時間はほとんどないもの」

ロイスはうなずいた。「わかるよ。おれのほうはまだましだが、ドライブインの改修作業は途中だし、それが終わっても家のほうの修理が山ほど残ってる」

「つまりわたしたちは同じ苦境に立たされてるということね」満足げにうなずいて、ジョイが言う。「興味はあるけれど、時間がかかりすぎることはできない」

ロイスの気がかりは、時間でも心の束縛でもなかった。この数年ですっかり消耗した結果、いまではなにも与えられる気がしないのだ。意味のあるものはなにも。

ジョイとその息子にふさわしいものは。

一つの目的に集中する日々が終わったときは、自分の人生を取り戻すことを楽しみにしていた。したいことを、したいときに、だれからの呼びだしも気にすることなくできるようになるのを。だが未来を期待しつつ、喪失を嘆いて罪悪感と向き合いもした。そんな板挟みが苦しくて、新しい場所で再出発することにした。厳しく、ときに胸を引き裂くような思い出から離れて。

自分を立てなおさなくては。でないと、だれかのためになにかするなど不可能だ。

そこでジョイに小さくほほえみかけて、ずばり尋ねた。「それでもいいか？」

「ええ、もちろん」ジョイはわずかにあごをあげたものの、反応はそれだけだった。「あなたの家はどこ？」

「ドライブインのとなりを買った。便利だし、価格も適正だった」つまり安かったということ。

家の骨組みはしっかりしていたし、手先はかなり器用だから、修理に取りかかるのが楽しみだ。が、いまのところはドライブインが先決。

「すてきね。あのあたりのことは知ってるわ。静かで、住人は年配の方が多いのよ」

隣人にはまだ出会っていないので、それについてはなにも言えなかった。「もっときみに会いたいんだ、ジョイ。きみとジャックに。もしもこの先、体の関係に行きつくとしたらものすごくうれしいが、そうならなくてもかまわないと思ってる」おまけの特典がなくたってジョイと一緒にいるのは楽しい。もちろん、特典つきならなおいいが。「きみと同様、おれも深すぎる関係は求めてない」

あのきれいな笑みがまた浮かんだ。今回は少しからかうような印象だ。「意見を言わせてもらえるなら、この先かならず体の関係に行きつくわ」ちらりとロイスの後ろに目をやる。「そもそも、最初にあなたに惹かれた理由がそれだもの」

相反する感情が芽生えた。ジョイの言葉にもその言い方にも熱くさせられるばかりだが、同時に傷つきもしたのだ。一緒にいるだけでは楽しくないのか？

「そんなふうに男性に惹かれたのは本当に久しぶりよ。難しいのは――」ジョイが続ける。「いつ、どこで、でしょうけど、それは追い追い解決できるはず」

ロイスはうなじをさすった。まるで仕事の予定について話しているような、感情のこもらない口ぶりだ。「それはよかった」少なくとも体の関係には同意してくれた。残りについてはできるだけ努力してみよう。

ジャックの声が響いた。「ママ？」

「ちょっと待ってね」ジョイが息子に応じてからロイスを見あげた。「お互い都合のいい割りきった関係というのが、どちらにとってもベストだと思うの。わたしは期待しないし、あなたも期待しない」

くそっ。そこまでずばりと言われるのは想定外だったが、自分からもちだしたことなので、うなずくしかなかった。

「よかった。ところで明日の約束はまだ生きてるかしら」片方の眉をあげる。「会えなくなったとはジャックに言いたくないの」

「生きてるよ」ロイスはジョイの顔を見つめたが、なにを感じているにせよ、そこには表れていなかった。「五時に迎えに来よう。それでいいかな」

「ええ。ありがとう」

ジャックがペン四本を持ってキッチンに駆けこんできた。「これ、もう書けない。あと、赤がなくなっちゃった」

ジョイが言う。「明日、新しいペンを買いに行く時間があるかもしれないわね。ミスター・ナカークが迎えに来る前に」

少年は目を丸くして、くるりとロイスのほうを向いた。「迎えに来てくれるの？　どこ行くの？」興奮して跳びはねる。「ドライブイン、見に行ける？」

ジャックの指は絵の具で汚れ、頬にはペンのインクがついて、あごには乾いた糊《のり》がくっついていた。というか、糊であってほしい。「みんなでディナーを食べて、そのあとドライブインに行こうと思ってる。だがもし絵の具やなんかが必要なら、ちょうどいい場所を知ってるぞ」ジョイのほうを向いて言った。「二人とも案内しよう。時間を早めて、迎えは四時にしようか？」

強引になるのは、とくにジャックの前では禁物だとわかっていたが、ジョイがあまり熱心ではないそぶりを見せれば見せるほど、こちらの意志は固くなった。

とはいえ、ジョイもキスにはひどく熱心だった。

ジャックがすぐそばにいて、視線を大人二人のあいだで行き来させているからか、それとも態度をはっきりさせるためかはわからないが、ジョイが手を差しだして言った。「悪くないわね。ありがとう」

仕事相手のように握手するしかなかった。

ジャックが歓声をあげた。少なくともこの子は喜んでいる。

ロイスはしゃがんでジャックとも握手をした。満面の笑みを浮かべた少年がついてくるなか、ロイスはジャックがサインしてくれた絵を取ると、二人にさよならを言って外に出た。駐車場までの道を歩きだす。

振り返ると、ジョイとジャックがロッジから出てきて建物を回り、外階段をのぼりはじめた。ほどなく、二人は二階に消えた。

風がパークを吹き抜ける。これからますます寒くなるし、雪や氷のなかであの階段をのぼりおりするのは安全ではない。とくに夜間は。少し考えれば、屋根かなにかをつける方法を思いつけそうだ。

かなり立ち入った行動になるし、それは避けたいが……まあ、検討してみよう。

家まで車を走らせながら、助手席に置いた絵に何度も目をやった。今日の午後は、少々ぎこちないかたちで終わったものの、総じて見れば上々だった。知り合いが増えたし、ジヨイとは今後の関係について話せたし、ジャックは楽しそうだった。おまけにおれは一度も過去について考えなかった。

もちろんいまはまた考えているが、長時間忘れていられたこともない。

ふたたび絵に目をやって、ほほえんだ。まったく、皮肉なものだ。思い出せないくらい久しぶりに心の底から欲しいと思った最初の女性には、こちらの郷愁を呼び覚ます息子がいた。


ジョイは少しばかりお荷物になった気がした。

数歩先ではロイスが、ドライブインにあるすべてに熱烈な歓声をあげるジャックの声に耳を傾けている。ポップコーンマシーンに大喜び、ロイスがくれたTシャツにも大喜びで、映写室に実際は映写機がないと知ったときはひどくがっかりした。いまはすべてがデジタル化されている。

ロイスと一緒にいるときの息子はふだんとまるで違う。その変化をジョイは目の当たりにした。

二人の〝デート〟は大きな期待とともに始まった。ロイスがドアをノックしたとき、自分の部屋で遊んでいたジャックにはその音が聞こえなかった。ジョイが玄関を開けると同時にロイスは奥に目をやって、二人きりだと見てとると、かがんで唇にキスをした。ジョイが挨拶をするより早く。

　この男性に及ぼされる影響ときたら信じられないくらいだが、外階段のてっぺんで、通りかかった人に見られてもおかしくない場所で、ジョイはロイスに寄り添っていた。両手を肩にのせて唇を開いていた。

　少なくとも、甲高い口笛が聞こえるまでは。慌てて飛びすさろうとしたものの、ロイスに腕を回されていたのであまり動けなかった。

　一方、落ちつき払ったロイスは階段下を見おろして呼びかけた。「やあ、マリス」

「わたしったら間が悪いわね。邪魔するつもりはなかったの」にっこりして二人に手を振り、指示する。「続けて」そして去っていった。

　ジョイはくすくす笑いながらロイスの肩に顔を隠した。「あとでいろいろ訊《き》かれるわ」

「じゃあ、話せるだけのものを提供しないとな」ロイスがそう言って上を向かせ、じっくりと唇を重ねたので、ジョイの息遣いは激しくなり、飢餓感が募った。

　ロイスが唇を離してささやく。「まずいな。最後までできないことは始めるな、と言ってくれ」

「言わないわ」ジョイもささやき、しびれる唇に指先で触れた。「すごくすてきなんだもの」

「〝すてき〟？」ロイスがふざけて顔をしかめた。「ジャックがこっちに駆けてきてなかったら、もっとほめてもらえるようなことをするんだが」

たしかに息子の足音が急速に近づいてくる。ジョイはどうにか言った。「じゃあ、焼けつくような？　骨まで溶けるような？」

ロイスがかがんでささやいた。「おれは固いままだけどな」

数秒後に意味がわかって、ジョイが笑いをこらえながら彼の下半身を見るまいとしたとき、ジャックが現れた。

　ジャックはあちこち飛び跳ねて、矢継ぎ早にロイスに質問を浴びせて大騒ぎだ。けれどありがたいことに、おかげで室内の熱気には気づかないでいてくれた。

　ジョイはこのときとばかりに二人の上着を取りに行き、胸の鼓動を落ちつかせた。

　画材屋に到着してからは驚いた。ジャックがお絵描き好きなのはわかっていたが、見たことのない画材に目をみはる息子の顔に、ジョイは胸がいっぱいになった。クリスマスの朝の子どものように、見開いた目に畏怖の念と切望をたたえて、一つ一つを見てまわる。

　ロイスは美術の知識があるのだろう、いろいろなことをジャックに教えた。さまざまなキャンバスや、種類の異なるアクリル絵の具と油絵の具、白墨、特殊加工された紙、果ては自然に乾く粘土や造形用の道具についてまで。

　ロイスを出迎えたときのはしゃぎようとは打って変わって、ジャックはうやうやしささえたたえて店内をめぐった。これ以上ないほど慎重に、そっと絵筆の先端に触れて、やわらかな白墨セットを観察し、キャンバスのざらついた表面を眺めた。

少年が粘土を見るのに夢中になっていたとき、ロイスが小声でジョイに尋ねた。「基本的なものをいくつか買ってやったらまずいかな」

これが息子の世界なのだということが明らかな以上、なにも買わずには帰れないとわかっていたので、ジョイは言った。「ありがとう。でも、お金はあるわ」

「わかってる。おれがそうしたいんだ」

真剣な表情のなにかに心が揺れた。色濃い目には悲しみが宿っていて、理由はわからないものの、芸術に関係があるのだろうと察せられた。

「そういうことなら、お言葉に甘えるわ。ただし買いすぎないでね」

この時点でもう、ロイスもジャックと同じくらい夢中になっていた。二人一緒に、スケッチブックと絵筆のセットと、パレットつきのとてもきれいな絵の具セットを選んだ。

やや多すぎるが、ジョイはだめと言えなかった。ジャックにも……ロイスにも。

二人が一緒にいる姿を見て、当然ながら心は明るくなった。ロイスはとても……認めよう。ロイスは完璧だ。ジャックと一緒にいるロイスは。

忍耐強くて、注意が行き届いていて、必要なときは励ましてくれる。きっとすばらしい――。

だめ、と強く自分に言い聞かせた。そんなことは考えてもいけない。

それはロイスが望んでいることではない。

わたしが望んでいることでもない。

ああ、だけどわたしは骨の髄まで母親。ロイスが息子に向ける愛情は、どんな花束やプレゼントにもできなかったほどに心を強く打った。

ディナーもめずらしい展開になった。息子とロイスがほとんどジョイそっちのけでさらにきずなを深めるさまを、ただ眺めていたのだ。ロイスが選んだのは子連れ歓迎の店だったが、蓋を開けてみれば、その配慮はほとんど必要なかった。ジャックはまるでいちばんお気に入りのおもちゃのように、買ってもらったばかりの絵の具の箱を店内に持ちこんでいた。そして注文したピザが供されるまで、店内のどのおもちゃにも手を出すことなく、ロイスに質問を重ねた。どこまでも、ひたすら。

そしてロイスは答えつづけた。

とうとうジョイも割って入った。「ロイス、あなたも絵を描くの？」絵画について詳しすぎる。

ロイスの顔から気さくな笑みが消えて、謎めいた影がおりた。「母が絵描きだった」

〝だった〟？

それ以上尋ねる前に、ロイスが急に話題を変えて、原色について説明しはじめた。二つの原色を混ぜて別の色を作るやり方や、水彩画で白や黒が与える影響について。

二人のいきいきした会話からジョイが学んだのは、色の実験を恐れないことだった。ただし黒については常に慎重に、なぜなら色調が濁りやすいから。

それから、個人的すぎる領域は立ち入り禁止だということも。

これまでのところ、男性とふたたびお近づきになることに関して、ジョイの得点はゼロだ。肝心の男性は、わたしより五歳の息子と話すほうが楽しいらしい。

いいえ、思いやりは感じる。レストランを出るときも背中に手を当ててくれた……そしてジャックは駆けまわり、母親ではなくロイスの空いている手をつかんだ。

ロイスの車、新しいジープレネゲードのなかでも、くつろげるように気を配ってくれた……そしてジャックと車の話をし、古いシボレートラックも持っていると教えていた。

とはいえ、ジャックがこれほど楽しく過ごしているのを見られてなによりだったけれど。

いま、ドライブインのなかを案内しながら、ロイスは代わる代わる、ジャックの質問に答えたり、シーズンが終わったらイベントができないだろうかとジョイに尋ねたりしている。ロイスが挙げたイベント候補は、クラシックカーの展示会にクリスマスのバザー、そしてドライバーたちの目を楽しませるためのイルミネーション。なにしろ、ドライブインに客を運んでくれるのは幹線道路だ。

売店を見てしまうと、ロイスがジャックに尋ねた。「次はなんだと思う?」

まだあの絵の具箱を手にしたまま、ジャックがかかとを上下させながら尋ねた。「なになに?」

「遊び場の遊具だ」ジャックの歓声を聞きながらロイスが言う。「外に出て遊んでみてくれ。そのあいだ、おれはきみのママと話してる。ひととおり遊んだら意見を聞かせてくれるかな」

駆けだしたジャックに、ジョイはほっとした。「ゆっくりよ!」

ジャックはスピードを落として一足先にドアから出ていったものの、ジョイはさほど心配しなかった。ロイスに腕を回されて前にうながされる。

耳元でロイスが言った。「やあ」

三時間近く一緒にいたのに、いまごろ挨拶なんて。ジョイは笑いながら、二人でさわやかな秋の空気のなかに踏みだした。もうすぐ七時。太陽は空に低くかかり、防犯灯のいくつかはそろそろつくころだ。

ジャックはすでに遊具にたどり着いていた。視界には入っているけれど、こちらの会話は聞こえない距離だ。

靴が砂利を踏む音と、ジャックが揺らすブランコの静かな軋《きし》りを聞きながら、ジョイとロイスは並んで歩いた。

なぜか……親密に感じた。腰に手を添えられ、空は黄昏《たそがれ》色で、息子はとても幸せそう。まるで、新たな関係が芽生えているような気がした。

けれど実際はそうではないし、それを念頭においておかなくてはならない。ロイスはわたしと同様、きちんとした関係には準備ができていないと明言した。昨夜、それがいちばんなのだと自分に言い聞かせた。ロイスに求めるのはセックスという現実逃避だけ。熱く激しく、心ゆくまで満足できるセックス。

なのに今日、疑問が生じた。ロイスのふるまいはわたしを裸にさせたい男のそれではなく、息子のお手本にしたいほどなのだ。

「お返しの挨拶はしてくれないのか?」ロイスが言い、ジョイの腰に当てていた手で軽く引き寄せると、そっと耳たぶを噛《か》んで舌を這《は》わせてから、耳の裏にキスをした。「態度をやわらかくさせる方法を考えなくちゃいけないな」

とっくにとろけそうになっている。肌をくすぐる息では足りなかったとしても、舌の感触とハスキーなささやき声で陥落させられていた。何年も男性の手を握ることさえなかったのに、いまはロイスにキスされて、触れられて、そっと耳たぶを噛まれて……。

動きを止めてロイスを見あげた。薄暗いせいで色濃い目は謎めき、口元のカーブには切望を呼び覚まされる。昨日のキスを思い出すと……ああ、もっと欲しくなってきた。

二人きりだったら、いまごろ飛びついていただろう。

ブランコの軋る音がした。ジャックのことを忘れていたわけではない。それだけは絶対にないけれど、これほど近くにいるので心配もいらない。

おかしなくらい息を切らしてジョイはささやいた。「ハイ、ロイス」

「うん、よくなった」ジョイの長い髪をつまんでゆっくり毛先まで滑らせ、指の関節で肩と鎖骨のあたりに触れた。「考えごとをしてるような顔だ。今日はジャックとおれのせいで退屈させてしまったかな」

ジョイは息子のほうを見やった。ジャックはブランコをおりて、滑り台の階段をのぼっている。

「こんなにはしゃいだあの子を見たのは久しぶりよ。あなたと一緒にいるのが本当に楽しいみたい」言った瞬間、ロイスが怖《お》じ気《け》づくのではと不安になった。尊敬の目で見あげる少年というのは、逃れられない罠《わな》の香りがするに違いない。ジョイにとっては恐ろしいことだ。

それにもしジャックが懐きすぎてしまったら？　避けられない結末が訪れたときに傷つくあの子は見たくない。

ジョイは首を振って言った。「ごめんなさい、そういうつもりじゃ……」言葉が途切れた。どう説明すればいいの？　こちらに気がある男性との会話なんて、すっかりご無沙汰。

自分で自分を抱くようにして夜の冷気を遠ざけ、もう一度試みた。「今日のあなたはジャックにとてもよくしてくれたけれど、あの子には誤解させたくないの」よし。率直だけどきつくない言い方ができた。

つかの間、静寂が広がった。

「ロイス?」ジョイは小声で言った。「お互い隠さず話したわよね……これがなんなのか……どういうものになるのか」そして、どういうものにならないのか。

「ああ」ロイスが両手を上着のポケットに突っこんだ。「さっき、おれも絵を描くのかと尋ねたよな」

その口調のなにかに胸がよじれた。「あなたにはつらい話題のようだったわ」それなら経験がある。ほかの人と話したくないことなら山ほどあるから。「立ち入ったことを言ってしまったなら――」

「そうじゃないんだ」ロイスは無表情のままジャックのほうを見た。「進んで話したくはない。いまはまだ。だが……」

急《せ》かしたくなくて、ジョイは待った。

「母が絵描きだったと言っただろう?」緊張をほぐそうとしてか、首をぽきりと鳴らしてあごをゆるめる。「じつは画家としてかなりの成功を収めていた。それでおれたちを養っていたんだ。認知症になって、ときどきおれのことがわからなくなっても、芸術への愛情は忘れなかった」

認知症については詳しくないものの、じつの母親に認識されないなんて。だれにとっても悲しすぎる話だ。じゃあ、ロイスは母親の介護をしていたの? 手伝ってくれる兄弟姉妹はいた？　父親は？

　長い議論をしたくないのはわかっていたので、質問をするのではなくささやいた。「お気の毒に」

　ロイスはありがとうと言うようにうなずいた。「亡くなる日まで、母は絵を描きたがった。なんでも、なんにでも」口角があがる。「具合が悪くてベッドから出られなくなったときには、寝室のシーツにまで描いたよ」

　ロイスのために胸を痛めながら、ジョイはたくましい胸板にそっと手を当てて励まそうとした。手のひらに安定した鼓動を感じた。「だからジャックに親しみを覚えたの？」

　ロイスは肩をすくめた。「あの子の才能に気づいた」ちらりとジョイを見たときには、片方の口角があがっていた。「きみだって気づいてただろう？」

「わたしは……」やましさで頬が熱くなった。「その、ジャックを授かるまでは子どもについてなにも知らなかったの。子守りをしたり、ほかの人の赤ちゃんを抱っこしたがったりするタイプじゃなくて。ジャックが生まれるまで、赤ちゃんを抱いたこともなかったと思うわ」

　ロイスが理解の笑みを浮かべた。「妊娠を知ったときはさぞ驚いただろうな」

「驚いたどころじゃなかったわ。死ぬほど怖かった」怖くて、完全に一人きりだった。ふたたび一緒に歩きだし、吹く風にジョイは身震いした。「子どもについて知ってることはすべてジャックから学んだの。あの子の絵や工作は前からすばらしいと思っていたし、才能もあると思っていたけれど、まさか……」

ロイスがジョイの肩に腕を回して抱き寄せた。「比較対象がなければわからないさ」

「リゾートでほかの子の作品と比べたことはあるわ。たしかにジャックは色に魅せられてるし、お絵描きとなるとまれに見る集中力を発揮する」

「そうだな。おまけに、あの年齢の子ならふつうは見逃す細部にまで気がつける。目にはまつげがあって、手は指四本と親指一本があるってことに。頭は肩のすぐ上にのっかってるんじゃなく、あいだに首があるってことに」笑いを含んだ声でロイスが言う。「首は、あの子が見たものの再現能力を示してる。五歳児にしてはたいした才能だ」

「もっとお絵描きの時間をつくってやるようにするわ。あいにくわたしは絵のほうはさっぱり。手先はわりと器用なんだけど、クリエイティブなことはてんでだめなの」アイデアはおおむね〈ピンタレスト〉や〈フェイスブック〉といったSNSの投稿を参考にしている。

「おれの知識は母から教わったり、制作中の母を見て学んだものだ。たいていの家庭にはダイニングルームがあるところを、うちにはアトリエがあった」ジョイを見おろして言う。

「壁一面に窓があって、理想的な光が入ってたよ」

「その、うちは見たでしょう？　改造できるダイニングルームはないし、空きスペースもないわ」おまけにダイニングキッチンはテーブルと椅子四脚でいっぱいの広さだ。「だけどクリスマスプレゼントにイーゼルを買ってやりたい。ほかにもいいものがあれば、あなたに教えてもらいたいわ」

クリスマスと聞いてロイスがまた口をつぐんだので、ジョイは自分を引っぱたきたくなった。母親を喪《うしな》ったばかりなら、つらいに決まっている。

ほかに家族はいないのだろうかと考えて、また立ち入ったことを訊いてしまいそうになったとき、ロイスが足を止めた。

視線が鋭くなる。「ジャック？　どこへ行く？」

ジョイははっとして顔をあげた。ジャックは明るいエリアを離れて、ドライブインとパークのあいだに広がる森をのぞきこんでいた。「ジャック！」瞬時に駆けだすと、ロイスも追ってきた。

「なにかいるよ」ジャックが言い、地面に両手両膝をつく。「鳴き声が聞こえたの」

「さがりなさい」すぐさま従うことを求める、とっておきの厳しい声でジョイは命じた。鳴き声を発したのは獰猛《どうもう》な猫か、怒ったアライグマか、それとも……。「早く！」

母親の剣幕に驚き、ジャックは立ちあがって一歩さがった。茂みが動く。ジョイとロイスが少年のもとにたどり着いたとき、クーンと弱々しい声が聞こえた。

なにかが茂みから這うように出てきた。

「わんちゃんだ」ジャックが叫び、ジョイの手から離れようとした。

「子犬だな」ロイスが言う。「怖がらせないように、うんと静かにしてるんだぞ。いいな？」

ジャックが熱心にささやく。「うん、ミスター・ナカーク」

ここまでは光も届かないので、ジョイには淡い黄色の毛と平たい耳と大きな黒い目しかわからなかった。

ロイスがしゃがんで片手を差しだす。「ほら、来い。いじめたりしないぞ」

子犬は足を引きずりながら近づいてきた。

「怪我《けが》してる」ジャックが叫び、緊張と心配で全身を震わせた。

ジョイは息子を抱きしめてささやいた。「シーッ」

「飼っていい？」

飼う？　あの狭いアパートメントで？　無理だ。ジャックは以前から犬を飼いたいと言っていたのだが、当面は画材で満足してくれるよう祈っていた。

少なくとも画材は毛を散らかさないし、部屋の隅におしっこをしないし、散歩も必要ない。

「うちの子じゃないのよ」

「うちの子にしよう。ね、お願い、ママ」

ジョイは息子の肩をやさしくたたいてもう一度言った。「シーッ。かわいそうなわんちゃんが怯《おび》えてしまうわ」

子犬はようやくロイスの手が届く距離まで近づいてきた。「いい子だ」ロイスがやさしく低い声で言い、子犬の頭と背中をなでて、もっとそばに寄らせた。「さあ、どうした？　とげでも刺さったか？　うん、それは痛いだろうな」

息子の扱いが上手なうえに、動物にもこれほどやさしいだなんて、ずるい。どうやったら拒めるというの？

無理だ。

「わたしにできることはない？」ジョイは尋ねた。「怪我をしてるの？」

「暗すぎてちょっとわからないな」ロイスがそっと子犬を両腕に抱きあげた。かわいそうな犬は感謝のしるしにロイスのあごを舐《な》めてから、不安そうにジョイとジャックを見た。

その姿を見て、ジョイの胸は締めつけられた。どうにかしてこの子を助けたい。「ドライブインに運んで、もっとよく見てみない？」

「いい考えだ。先に行ってくれ」そう言って、駆けだそうとしたジャックにつけ足す。「そっとな。ちびすけはもう震えてる」

ジャックは即座にスピードを落としたが、それでもいちばん乗りでドアにたどり着いた。下唇を噛んだままドアを押さえ、ロイスが子犬を運びこむのを見守っている。

「血が出てる」ジャックがささやくように言い、心配そうに目を見開いた。

「ほんのちょっとだ。古傷じゃないかな」ロイスが意味深な顔でジョイに言った。「ドライヤーのそばからタオルを何枚か取ってきてくれないか。傷口を調べられるように、一枚は濡らして」

「いますぐ」

ほどなくジョイが戻ってくると、ロイスとジャックは向かい合って床の上にあぐらをかいていた。ロイスはいまも子犬を抱いて、そっとささやきかけている。

子犬はロイスのあごの下に顔をうずめ、ジャックは慎重に子犬の毛からイガを取りのぞいていた。

「おれたちのあいだに広げてくれ」ロイスがジョイに言い、続いてジャックに言う。「ゆっくり、静かに動くんだぞ。いいな？」

ジャックは見開いた目をまばたきもせず、うなずいた。

ジョイはタオルを広げたが、濡れた一枚は持ったままにした。子犬の毛には泥やとげがついているものの、前脚の先のほうにはひどい切り傷もあり、乾いた血だけでなく新しい血でも汚れていた。

ロイスが子犬をなでてはやさしく安心させるように話しかけながら、そっとタオルの上におろした。大きな手で慎重に探り、首筋としっぽからイガを取りのぞく。ほとんどはジャックが外していたものの、腰に刺さっていた鋭いとげはロイスが抜き取った。ずっと哀れな声で鳴いていた子犬は、くんくん言いながら、鋭いとげの刺さっていた箇所を舐めた。

ジョイはなるべく静かにイガやとげを拾い集めてごみ箱に捨ててから、ジャックのとなりに座った。

ロイスがちらりとこちらを見たので、ジョイは察して濡れタオルを差しだした。血で汚れた周辺を拭い、傷の源をたしかめようとしたものの、子犬はきゃんきゃん吠《ほ》えて身をよじり、ジャックにすり寄った。

ジャックは目に涙を浮かべて、ただ子犬を抱っこした。

「大丈夫、大丈夫だ。わかるよ、痛いよな」ロイスは一瞬、迷うような顔になったが、息を吐きだして言った。「獣医に連れていったほうがよさそうだ。心当たりはあるか？」

ジョイは首を振った。「フェニックスなら知ってるんじゃないかしら。彼女とクーパーはシュガーという犬を飼ってるから。電話してみるわ」

日曜の夜なのでどこの獣医も開いていなかったが、フェニックスは救急で診てくれる動物病院を知っていて、電話番号を教えてくれた。十五分後、出発の準備が整った。

ロイスが子犬をタオルでくるみ、立ちあがる。「すっかり遅くなったな。先にきみたちを家まで送るべきなんだが――」

「ぼくも行く」ジャックが言う。

ほぼ同時にジョイも言っていた。「残って手伝うわ」

ロイスが探るように目を見つめた。「本当にいいのか？」

「ええ」犬を抱いたままではロイスは車を運転できないし、この子がおとなしくわたしに抱っこされているとは思えない。

町の地理にはジョイのほうが慣れているので、運転はジョイが引き受け、ロイスはタオルでくるんだ子犬を膝にのせて、ジャックと後部座席に座った。

ああ、こんな奇妙なデート、想像もしなかった。

けれどおかしなことに、動物病院の前で車を停《と》めたときも、ここのほかにいたい場所はなかった。

5

二時間後、ロイスは狭くて散らかった自宅玄関の鍵を開け、なかに手を入れて照明のスイッチを押すと、ジョイとジャックが入れるように一歩さがった。

いくつかのことが頭をよぎった。おそらくもうすぐジャックの就寝時間で、もしかしたら過ぎているかもしれないこと。部屋をもっと片づけておけばよかったこと。そして、いまでは犬がいること。

子犬は生後三カ月くらいで、ラブラドールレトリバーの血が混じっているというのが獣医の見立てだった。いまはタオルを敷き詰めた箱のなかで眠っている。薬でとろんとさせてから前脚の傷周辺の毛を剃《そ》り、縫って包帯を巻いたあと、考えたくないほど痛々しい処置をされたのだ。

ジョイのそばをすり抜けてキッチンに向かった。「コートはソファにかけておくといい。明かりは好きにつけてくれ」

ジョイが静かな声でジャックに語りかけるのが聞こえた。靴を置いたらしき音のあと、ジャックが靴下姿でキッチンに入ってきた。

　戸口から首を伸ばして見てみると、ジョイは二人の上着をソファの肘かけにかけていた。靴は玄関のそばにきちんと置かれている。

　ソファと椅子は新品だが、サイドテーブルは折りたたみ式だし、じゅうたんはない。窓にはその場しのぎのブラインド。壁には小型テレビ。

　洗練とはかけ離れている。

　みごとな第一印象を与えたとは思わないが、越してきて以来、必要最低限のものを揃《そろ》える時間しかなかった。

　ジョイが近づいてきたので、ロイスは言った。「殺風景ですまない。必要なものがまだまだある。テーブルにカーテンにじゅうたんに……ただ――」

「ドライブインのほうが忙しかったんでしょう？　わかるわ、ロイス。だれにでも優先順位はあるもの」ジョイは歩きながら、天井と壁の境目にある廻《まわ》り縁《ぶち》や、無垢材でできた床やガラス製のドアノブ、電話用の奥まった空間《アルコーブ》を眺めた。「それに、とてもすてきな家よ。すごく個性があって」

　オファーをして購入する前に、まさに感じたことだった。

「うちよりぜんぜん広いね」ジャックが冷蔵庫に留められた自分の絵を見つけて駆けだした。「ぼくの絵！」

子犬は身動き一つしなかった。かわいそうなこの子が目を覚ましたときに、具合が悪くならなければいいのだが。冷蔵庫の脇の隅に箱をおろしてから、ジャックのほうを向いた。

「額に入れてオフィスに飾るつもりなんだが、まだ時間がなくてな」

「自分のオフィスまであるの？」ジャックがにっこりする。「いいなあ、うらやましいなあ」

「三つめの寝室を改造しただけさ。二つめの寝室は空っぽで、ベッドは主寝室にしかないんだぞ」ジョイがいまも買い物袋二つを手にしていることに気づき、ロイスは大股一歩で近づいて受け取った。「すまない」

「どうかそんなに謝らないで」ジョイが首を傾けて、袋をカウンターにのせるロイスを見つめた。「力になれてうれしいの。それに、いちばんたいへんな部分を引き受けたのはあなたよ」

たしかに。犬を飼うことになるなんてまったく予想外の展開だが、ほかにどうすればよかった？　子犬の脚の傷について獣医から説明を受けたとき、ジャックは泣きそうになっていた。おそらく古いフェンスかなにかで深い傷を負い、多大な痛みを感じている。処置しなければ片脚を失っていたかもしれない。最終的には死んでいたかも。

それを聞いて、ジョイは打ちのめされたような顔になった。あの狭いアパートメントでは、大型犬に育つとわかっている子犬を飼うことはできない。

獣医さんに任せておけば大丈夫だとロイスが安心させると、ジャックはスーパーマンを見るようなまなざしでこちらを見あげ、目をうるませながら言った。「つかまえてくれて、よかった」

ああ。本当によかった。

いま、ロイスは少年のうなじをさすりながら子犬を見て、それからキッチンを眺めた。獣医によると、子犬はおそらく朝まで麻酔が効いているだろうとのことだった。

じゃあ、朝になったらどうする？　今後も何度か診察に連れていかなくてはならないし、ドライブインの改修作業にはまだ何日か、終日費やすつもりでいた。

餌皿とドッグフードと首輪とリードは病院で買えたが、明日にはちゃんとした犬用キャリーを手に入れて、できたら裏庭周辺のフェンスを補修しなくては。

「どうしたの？」ジョイが尋ねた。「わたしになにかできることはない？」

ロイスは首を振った。「裏庭の古い金網は撤去するつもりだったが、あのままにしようかと思う。もちろん、点検して安全だったらの話だが」フェンスもまだ手をつけられていないものの一つだ。

子犬のそばに膝をついたジャックがささやいた。「すごくかわいいね」そっと耳をなでる。「名前つけようよ」

やれやれ。動物は大好きだが、犬を飼うなど計画のどこにもなかった――昔を思い起こさせる少年と、計画があったことを忘れさせる女性に出会うまでは。

ジョイがロイスの腕に触れた。考えてみれば、ジョイは頻繁に触れてくる。さっきは母について話したときに同情を示して。いまは注意を引くために。

キスしたときは二回とも肩にしがみついてきた。ロイスと同様、熱くみだらなことを感じているように。

この女性が欲しかった。欲しくてたまらなかった。

ところが今日は意識のほとんどをジャックにもっていかれた。なんて愛嬌《あいきょう》のある子だろう。ジョイは、自分の息子がロイスに母親を思い出させるのだと考えているが、実際は子どものころの自分を大いに思い出させられていた。ジャックと違って絵の才能はなかったが。

息子に聞こえないよう、ジョイが小声で言った。「子犬のことで手助けが必要なら、いつでも言って」ロイスを見あげる緑の目は疲れていたが、それでも美しかった。「パークはペット歓迎だし、わたしもジャックが幼稚園に行ってしまえば、午前中なら融通が利くわ」

キスしたい衝動が全身をめぐった。上に向けられた顔、真摯なまなざし、やさしい申し出、それらすべてに惹《ひ》かれる。いや、ジョイのすべてに惹かれるのだ。息子への献身も含めて。

とはいえ、申し出を受ければ事態をいっそうややこしくするだけだし、すでに深みにはまっていることは自覚している。一緒に過ごす時間を楽しむのはいいとしても、それ以外は……。

ロイスは首を振ったが、口は勝手にこう言っていた。「ありがとう。連絡するよ」

ばかやろう、いい考えじゃないぞ。

ジョイが身を引いて両手の指を組み、周囲を見まわした。「ここで寝かせるの？　キッチンに」

「きみとジャックを送って戻ってくるまではここにいさせるつもりだ。そのあとは、おれと一緒に寝室で寝かせるかな。夜になにかあっても、それならすぐにわかる」

ジョイの目に、切なくなるほどのやわらかさが宿った。「あなたは本当にいい人ね、ロイス・ナカーク」

「サイコーにいい人だよ」ジャックも言い、二人の会話を聞いていたことを裏づけた。

ジョイが笑みを隠してカウンターに歩み寄り、袋の中身を取りだしはじめた。「餌皿を洗っておくわ。リードと首輪の値札を外してもらえる？」

どっちつかずの態度に甘んじているより、そのほうが賢明だ。

自宅のキッチンで子どもをよけながら、セクシーな女性と一緒に作業をするというのは、特異な体験だった。ジョイが餌皿を洗い終える前にこちらの作業が終わったので、二人を車で送ってくるあいだに子犬が目を覚ましてしまった場合に備え、未開封の箱で柵を作りはじめた。数分で帰ってこられるだろうが、危険は冒したくない。

それも終わると、ジャックがボウルに盛られた果物を眺めているのに気づいた。「また腹が減ってきたか？」

ジャックの両眉があがって、素直な答えが返ってきた。「あのりんご、すっごくおいしそう」

ロイスはほほえんで、まず確認するとジョイはうなずいた。

餌皿にフードと水を入れて床に置き、出かける準備がすべて整ったころには、ジャックはりんご一つとバナナ一本を平らげて、あくびをしはじめていた。

「すっかり引き止めてしまったな」

「むしろ楽しかったわ」ジョイが言い、箱に寄りかかって子犬を眺める息子にほほえんだ。ジャックの一心な表情は、ふだんは絵だけに向けられるものだった。「この子もそうみたい。すてきな一日をどうもありがとう」

「絵の道具も」ジャックがつけ足す。「うちに帰ったらまたなにか描いてあげるね」

「もう寝る時間よ、ジャック。描くのは明日にしたら？」

ジャックは不満そうに頬をふくらませた。

「さあ、帰るわよ。上着を着て、靴を履いて。文句はなし」

絞首台に送られる少年のごとく、ジャックはゆっくり立ちあがると、キッチンを横切ってリビングルームに向かった。

ロイスは笑いをこらえることしかできなかった――が、そのときまたジョイと二人きりだとはたと気づいた。

すばやく引き寄せる。「今日はまったく予定どおりにいかなかったな」

「教えてあげるわ、ロイス。子どもが関わったら予定どおりにいくものなんてないのよ」

長くつややかな明るい茶色の髪に指が吸い寄せられた。「今日は楽しかったが、二人だけで会えるときは来るかな?」約束ごとを決めなくてはならないし、早ければ早いほどいい。ジョイのうなじを手で抱いて、親指であごをすくった。「物陰でのキス以上のことがしたい」

ジョイが震える息を吸いこんでうなずいた。「わたしも」唇を舐《な》め、ちらりと息子のほうを見てからつま先立ちになると、すばやく唇に唇を押しつけた。「今後の予定をメールして。すり合わせましょう」

ロイスがその熱い約束を理解する前に、ジョイはするりと離れた。キッチンを出たとき、理由がわかった。ジャックはソファに横たわり、片方の靴を履いてもう片方は手に持ったまま、眠っていた。

ジョイが息子の世話をするあいだ、ロイスはキッチンの戸口にもたれかかっていた。

明日、予定をすり合わせる。

長いあいだ感情を封じこめてきたので、いまはしたいことが山ほどあった。ただしその相手は彼女だ。

彼女だけ。

運に恵まれれば、ついに実現できるだろう。

「なにもうまくいってないの」

その悲しげな声に、ダロンは思わず携帯電話から顔をあげた。見ればマリスとジョイがカウンターでひそひそと話している。

ダロンがキャンプストアの奥のほうに座ったのは、女性二人にプライバシーを与えるためだった。まあ、こうして話し声が耳に入ってしまっているが。ジョイはカウンターに片方の肘をのせ、頬杖をついている。マリスはいつもどおり、あっちへこっちへ忙しく飛びまわっている。

あの女性はペースダウンすることを知らない。だれに対しても、なにに対しても。

ところが……今日はときどき動きを止めて、ジョイとささやき交わすのだ。

ダロンはマリスを眺めた。高い位置でまとめたポニーテール、日に焼けた頬骨、ダロンが近づきすぎるといつも引き結ばれる、やわらかそうなふっくらした唇。長袖のTシャツと着古したジーンズがセクシーなはずはないのに、あんなふうに体をぴったり包まれると視線がそらせなくなって、いつでもその下の体を想像してしまう。

まあ、マリスが茶色い疑惑の目をこちらに向けるまでは。

いまもその目を向けられて、ダロンは急いでメールを打っているふりをし、なにかおもしろいものを読んだかのようにほほえみさえした。

正直に言うと、いまはなに一つおもしろくない。

むしろもどかしい。大いにもどかしい。

常にマリスを意識しているので、彼女がジョイに近づいたときも当然気づいた。

「どういう意味？　あなたたちまだ……目標に到達してないの？」

「ほど遠いわ」ジョイが嘆くように言う。

目標に到達？　セックスの婉曲《えんきょく》表現に違いないと悟ってダロンは動きを止め、見るともなく携帯電話の画面を見つめた。

「今週はしょっちゅうロイスに会いに行ってたじゃない」

「それは子犬が心配で」ジョイが言う。

「へえ。じゃあ、大柄で魅力的な男性はいっさい関係ない？」

ジョイは笑った。「それはまあ、おまけね。だけど不安なの、ジャックが懐きすぎてるんじゃないかって」

「ロイスに？　犬に？」

「両方よ」また嘆くような声。

「あなたはどうなの？　あなたもちょっと懐いちゃった？」

ダロンは目をぱちくりさせた。マリスにあれほどやさしく理解に満ちた声で話しかけられたことは一度もない。

「ばかなことを言わないで」ジョイの声は、ダロンの耳にも弁解めいて聞こえた。「会うようになってまだ一週間ちょっとよ」

「じゅうぶんよ」マリスが言う。「親しくなるにはじゅうぶん長いわ。たとえば、裸のつき合いをするには」

ダロンは顔をしかめずにはいられなかった。おれの知るかぎり、マリスはセックスしていない。おれとはしていないし、断言できるが……だれともしていない。

そういうことには気づくはずだろう？　別の男がうろついて、ちょっかいを出そうとしていたら。あるいはマリスがそういう表情をしていたら――つまり、性的に満足した女性の表情を。

いや、マリスは朝から晩まで働いて、〝裸のつき合い〟のための時間は残されていない。もしも許してくれるなら、おれが予定をすり合わせるのに。当のマリスは、自分ではなくジョイをあらゆるお楽しみのほうへ押しだそうとしているのか？

マリスが続けた。「そもそもの計画は、あなたがロイスを楽しむことだと思ってたけど」

ジョイが笑いながら返した。「そうすれば、あなたが自分のことのように楽しめるから、でしょう？　ええ、覚えてるわ」

ダロンは顔をしかめ、なぜマリスは身代わりですませようとするのだろうと考えた。ちょっとそぶりを見せてくれれば、少しでもうながしてくれたら、一瞬で馳《は》せ参じるのに。

「うまくいってない、それだけよ。ロイスは毎週金曜と土曜はドライブインにいなくちゃいけないし、わたしはここで工作教室を開かなくちゃいけない。平日のほうが助かるんだけど、ジャックが風邪で二日も幼稚園を休んで、ロイスは子犬のおかげで次から次へと災難に見舞われて。話したかしら、彼、あのかわいい子犬を混沌《カオス》と名づけたの」

マリスがにっこりして尋ねた。「理由を訊《き》いたほうがいい？」

「答えなくてもわかるわよね。あの子は屋外で生きてきたから、どこへでも自分が行きたいときに行くことに慣れてるの。ロイスは家のなかで飼えるようにしつけてるんだけど、その点、カオスは覚えが悪いみたいで。それに、靴をかじるのが好きなの。クローゼットの扉を閉じておけば大丈夫だろうとロイスは思ったんだけど、シャワーを浴びてる隙に、カオスは扉をスライドさせて開ける方法に気づいてしまったんですって。ロイスはお気に入りのスニーカーをぼろぼろにされたわ」

マリスのハスキーな笑い声に、ダロンは震える息を吐きだした。だれかにわけのわからないメールを送信してしまう前に、指が入力していた意味不明な文字列を消去して、代わりに〈フェイスブック〉を開いた。

「二人とも、ベッドインする権利があると思うわ」マリスが言う。「そういうこと全部をくぐり抜けたごほうびとして」

ダロンは見るともなく〈フェイスブック〉の自分のページを眺めた。ベッドインがごほうびだって？　よく言うよ！　おれの誘いには毎回、楽しそうにノーと言うくせに。近づこうとするたびに押しのけるくせに。

ただ一緒にいて、仕事を手伝ったり、いまジョイとしているようなおしゃべりを試みたりしてみた——が、マリスはそれらも拒絶した。むしろ、より強く拒絶した。まるでおれを近寄らせるほうが、しがらみのないセックスより悪いみたいに。

それでもあきらめきれなかった。たしかにいまはセックスについて冗談を言うことでごまかしてはいるが、もしもマリスがほんの少し譲ってくれたら、二人の相性は抜群だとわかるはずだ。

いろんな意味で。

ああ、おれはマゾヒストになってしまったらしい。冷たい表情で傷つけられてもまだ甘い言葉でおだてようとしているのだから。ほかの女性なら喜んで応えてくれるのに。

だが悲しいかな、欲しいのはほかの女性ではない。いまはもう。

白状すると、かなり前から。

「ねえ」マリスがジョイに言った。「日曜は店もそんなに忙しくないし、あなたにもロイスにも都合がいいでしょう？　わたしがジャックを見ててあげる。あの子はここで過ごすのが好きだし、手もかからない――」

「マリス」ジョイがマリスの腕に触れて、つかの間動きを止めさせた。「それはさせられないわ。もしゆっくりできる時間があるなら、自分のために使うべきよ」

マリスは大きなため息をつくと、オーブンからクッキーを取りだしに厨房《ちゅうぼう》へ向かった。

あの女性は永遠になにかを焼いている。

厨房から大きな声でマリスが言った。「わたしがいくつか用事をすませてるあいだに、ジャックをここで遊ばせるのは？　あの子、お気に入りの塗り絵スポットがあるのよ。湖が見渡せる窓際の席。何枚か、ジャックのために塗り絵もプリントアウトしたの」角を回って戻ってきたときには、かすかに眉をひそめていた。「もちろん……わたしにあずけるのが不安じゃなければの話だけど」

「不安なんて！」ジョイが即座に言った。「いつもジャックの面倒をよく見てくれるじゃない」

「その、あなたがジャックをなにより大事にしてるのは知ってるから」マリスがいつもの自信を失った様子で言う。「だから、ほかの人に頼みたいと思っても理解できるわ」

「そういうことじゃないのよ、本当に」ジョイがコーヒーカップの口に人差し指を這《は》わせた。「わたしたちは最近、親しくなったでしょう?」ためらってから続けた。「いまはもう、ただの友達以上になったと思うの」

「間違いなく親友よ。自分のことのように楽しむには、どこのだれの体験でもいいわけじゃないもの」

ジョイが笑うと、マリスがまたちらりとダロンを見た。挑むように。

ダロンは目をそらさなかった。向こうが顔をしかめるまでじっと目を見つめた。

からかいたくて、ゆっくりほほえみ……立ちあがった。

「じゃあ」マリスが急いで言う。「日曜はジャックを任せて」

「でも、わたしたちの新しい友情につけ入りたくないし、子犬はどうすればいいの? もしまたロイスが留守番させたら、家中をめちゃくちゃにしてしまうかもしれないわ」

マリスが口を開く前に、ダロンはジョイのとなりに腰かけて、言った。「おれが助け舟を出すっていうのはどう?」

たったいまダロンの存在を思い出したかのように、ジョイが飛びあがった。用心深い目で見つめるのは、どこまで聞かれただろうと考えているのかもしれない。「助け舟って、どうやって?」

「おれも日曜はここに来て、カオスを見張ってる。動物の扱いには慣れてるんだ」マリスに却下される前につけ足した。「慣れてるどころじゃない。おじが犬の訓練の仕事をしてたから、子どものころによく手伝わせてもらった」

「楽しそうね」ジョイが言う。「わたしも動物は大好きだけど、小さいころはなにも飼ってもらえなくて、そのうちジャックが生まれて……。いま住んでるのは階段の上だから、犬を飼うのがいい考えだと思えたときはなかったの。だけどジャックはこの子犬に夢中だし、日曜にあなたたちと過ごせるならきっと大喜びするわ」マリスのほうを振り返る。「あなたがいいと言ってくれるなら、だけど」

こうなっては引きさがれないのだろう、マリスはやや歯噛《はが》みしながら言った。「いまから楽しみよ」

「おれも」口調にどうしても勝利感が漂った。今度ばかりはマリスを出し抜けたし、しかも人助けだ。「犬の機嫌を確認してから、いくつか簡単な命令をジャックに教えて、一緒に練習するよ」

「アドバイスをもらえたらロイスも喜ぶわ。いまは一分でもカオスを置いて出かけられないの。どこにでもついてくるのよ、食料品店にまで」

「じゃあ決まりだね」これ以上、調子に乗るまいとしてダロンはまた立ちあがった。「じつはちょうどロイスに会いに行くところだったんだ。犬のこと、話しておくよ」

マリスが腕組みをしてこちらをにらんだ。「どうして会いに行くの?」

「なにが？」まずい、訊かれるとは思っていなかった。

「あなたとロイス。どういう組み合わせ？」意味深に時計を見てから、あごを引いて厳しい表情を作った。「今日は金曜よ。いつもならホットなデートに向かいたくて、仕事を終わらせにかかってるころでしょう？」

実際はマリスが考えているとおりではないのだが、勝手に信じさせておくことにしていた。暇な夜のほとんどはマリスを思って過ごしているという事実など、まだ教えたくない。

一瞬、適当な理由を探して頭のなかを引っかきまわしたものの、結局は真実を告げた。

「キャンパーが減ってやることも少なくなったから、仕事はもう終わったんだ」そして苦行の趣味でもあるかのようにマリスのところへ吸い寄せられたのだが、まさか彼女がジョイと二人であんなに興味深い会話をするとは思いもしなかった。

愉快な展開だ。

ジョイのことは、マリスと同じくらい前から知っている。どちらの女性も手出し禁止なのは、部分的には仕事仲間だからだが、主な理由はどちらも男に興味はないとはっきり示していたからだ。

ジョイに関しては問題ない。ジョイとなら、仕事仲間の路線でじゅうぶん楽しい。

だがマリスは……。マリスの言動すべてに熱くさせられて、ダロンは彼女が欲しかった。

マリスもおれを欲している。直感でわかる。だがどういうわけか、マリスはおれを拒む。

どんな女性にもしつこくしない主義だから、冗談でまぎらわせていたらマリスを怒らせてしまった。

質問に戻って、片方の肩を回した。「いくつか道具を借りられないかって、ロイスから頼まれてるんだ。メンテ棟を探してみて、見つかったものを持っていく」

「わたしもそろそろ行かなくちゃ」ジョイがスツールをおりてハンドバッグを取った。「幼稚園にジャックを迎えに行く時間なの」動きを止めてまずマリスに、それからダロンにほほえみかけた。「二人とも、ありがとう。本当に。お礼になにかできることがあれば、いつでも言ってね」

お礼ならすでにいただいた。別の、もっといい状況下でマリスと過ごすチャンスだ。ジャックがそばにいれば、マリスもおれをこっぴどく叱れない——そしておれはマリスに言い寄れない。まあ、あからさまには。

お互いにどっちつかずの態度を強いられるし、それはいいことに違いない。

「どういたしまして。いつでも頼ってくれていいんだよ」

ジョイが店を出ていくやいなや、ダロンは感じた。意識がとぎすまされるのを。男と女のあいだに脈打つ緊張を。

自身の重くなった鼓動を。

いまやマリスと二人きり。

どちらも口を開かない。ダロンはいまもドアを見つめたまま、時間を稼いでいた。

やがて顔に笑みを貼りつけてから、思いきってマリスのほうを向いた。

おっと……これはあんまりよろしくないな。マリスは腕組みをして肩を怒らせ、怖い目をしている。数年のあいだにマリスの機嫌は読めるようになっていて、いまのこれは、ダロンが嫌われていることを意味していた。

「なにか問題でも?」知らないふりをすれば、あるいは……。

「なにが問題か、わかってるでしょう」

もちろんわかっている。大げさに顔をしかめ、ダロンはカウンターに身を乗りだした。

「別に目的は一つだけじゃないよ。たしかにおれは状況をちょっと操作して、きみと一緒にいられるようにした」願わくば、そのあいだずっとしかめっ面ではいないでほしい。

「ダロン……」声にいらだちがあふれている。

「だけど」はっきりさせておきたかったので、間を空けてから続けた。「知ってのとおり、おれもジョイが好きだ。彼女が少しリラックスするのを見たいと思ってるのはきみだけじゃない」

奇跡的にマリスの表情がやわらいだ。腕組みもほどいて、ため息をつく。「いいわ、つまりあなたもジョイの友達なのね」

「きみはジョイを知ってるから、彼女がだれかと友達になるにはちょっと努力を要するのも知ってるだろう？　おれに対してなごやかではあるよ。ジョイはいつだってそうだ。だけど本当の友達として受け入れる？　それについては……慎重だ」このうえなく上手に言えた気がする。

「たしかに」マリスが言った。「わたしに打ちとけてくれたのも、ごく最近だもの」

「セックスの話題で、だろ」本当は理解不能なのに、じつによく理解できることだと言わんばかりにダロンはうなずいた。「もしかしたら、状況に変化をもたらしてくれたロイスに感謝するべきかもしれないな」

　マリスの口角があがった。「かもね」

「幸せそうなジョイを見るのはうれしいよ。それに、ロイスはすごくいいやつだ。ジャックは間違いなく崇拝してる」

「ちょっとちょっと」マリスがかがみこみ、カウンターの上で腕を交差させた。「先走らないで」

　言葉は脳みそを直撃したが、理解は追いつかなかった。なにしろマリスがこれほど近づいて、胸のふくらみは交差した腕の上に休まり、無視できないかたちで強調されているのだ。脳みそは、まさにそのポーズの彼女を思い描くことしかできなかった。ただし、いつもの仕事一辺倒のクルーネックのトップスではなく、胸元が深く開いたニット姿で。いくらか谷間を拝めるようなやつ。

できることなら、それ以上を。

裸も悪くない。もしもマリスにイエスと言わせることができたなら、この妄想を現実にしてやろう。

ああ、だれと過ごした現実よりもマリスとの妄想がうわまわっているのなら、これはもう重症だ。

男の脳みその欠陥をごまかすべく、尋ねた。「どういう意味だ?」

「ジョイはだれとも真剣な関係を望んでないし、彼女の話では、ロイスも同じなの。ジョイはただ、少し生き返りたいだけ」

どの口が言うのか……。ダロンは鼻で笑った。「わかったよ」

「彼女はもっと楽しんでいい」マリスが確信をもって言う。「母親としてだけじゃなく、女として」

「賛成以外の言葉がないな。どんな女性も楽しんでいいはずだ」暗にこめた意味がわかったのだろう、マリスが目をそらした。「だけど、きみたちの会話も聞こえてしまった」

マリスが見るからに不満そうな顔で言う。「最近は盗み聞きが流行《はや》ってるのね」

ダロンはにやりとした。「つい耳を澄ましてしまう興味深い会話がこれほど交わされてなかったら、男どもも立ち聞きなんてしないよ」

言い分を認めたのだろう、マリスがこう返した。「興味深かったわよね? ジョイの変化には驚くべきものがあるわ。たしかにわたしは背中を押したけど、ジョイはその前から正しい方向に歩きだしてたの」

ダロンが聞いたかぎりでは、マリスは背中を押す以上のことをしていたが、ジョイにいやがる様子はなかった。「二人はもうできてるよ。当人たちが否定するなら、自分をごまかしてるだけだ」

マリスが天を仰いだ。「あなたが〝感情抜きの関係〟の専門家だってことは知ってるけど――」

「待てよ、いまなんて？」マリスに関しては、感情はまったく抜きではない。

「――ジョイやロイスの気持ちは代弁できないはずよ」

前半は聞き流すことにして、ダロンは言った。「二人が一緒のところを見たことは？」

マリスは肩をすくめた。「わかるでしょう、女性だって……」口をつぐむ。

言いかけたことはわかったので、代わりに締めくくった。「女性だって純粋にセックスを楽しんでもいい、だろ？　わかってるよ」

「でしょうね」

言ったあとにマリスが笑っても、言葉のとげはやわらげられなかった。「もっと重要なのは」ダロンは返した。「きみはわかってるのかってことさ。なにしろおれの見たところ、きみはまったく――」

マリスがすかさずダロンの口を手で覆い、低い声でまた警告した。「わたしを知ってるなんて思わないで、ダロン」

へえ……そう。唇に触れる手は焼きたてのシュガークッキーの香りで、触れられている、それも唇に、という事実だけで下半身が固くなった。ほんの一瞬、選択肢を吟味して、次の瞬間にはやめろと自分に言い聞かせようとした——が、無駄だった。誘惑に屈して、人差し指と中指のあいだに舌先を走らせた。

マリスの目が丸くなって熱を帯び、さっと手が引っこめられた。「いま、舐めた？」

こんな会話はますます下半身を緊張させるだけだ。「ああ」自分の耳にも獰猛《どうもう》なうなり声のように聞こえたので、咳払《せきばら》いをして言いなおした。無関心を装って。「触れられたから、お返しした」

出会って以来初めて、マリスの顔が濃いピンク色に染まった。

赤面？　マリスが？　これはこれは、興味深い。

マリスがダロンを眺めまわした。なにかを推しはかっているような目だ。「つまり、もしまた触れたら——」手を伸ばし、人差し指でそっと肩を突く。「——期待していいってこと……？」マリスには拷問癖があるに違いない。その証拠にこうささやいた。「……また舐められるのを」

下半身が完全に目覚めた。

ああマリス、期待しろよ。もう一度咳払いをしたいのをこらえてダロンは言った。「人を喜ばせるのが好きなんでね」

「すてき。じゃあ、そろそろ帰って。わたしは仕事に戻るから」

どこまでも残酷きわまりない。マリスが完全に姿勢を正す前に、ダロンはその手をつかんだ。「マリス」

焦がすような官能的な目でマリスが見つめた。「なに？」

ダロンの親指は、砂糖の香りがする手首のなめらかな肌を自然とこすっていた。「認めるよ、きみにからかわれるのが好きだ」

マリスがおどけた様子で肩をすくめた。「仕返しよ。いつもわたしをからかうから」

「というより、言い寄ってるんだけどな。いままでは習慣だ」

「悪い習慣ね」

「どうかな」マリスが手を引っこめようとしないので、そっと腕をなであげて、肘の上で止めた。コットンのTシャツはやわらかいが、マリスの肌には及ばない。「きみに関係することで悪いものがあるとは思えないが、もしもう少しだけでも受け入れてくれたら、すごく楽しめるんだけどな」

「わたしは楽しめるのかしら」

なんて意味深な質問だ。マリスの目を見つめて熱い約束をした。「絶対に楽しませてみせる」

マリスの唇が開き、なおいいことに、視線が唇におりてきた。ダロンは息を詰めて待った。

「あなた、わたしより年下でしょう」

まったく予想外の言葉だった。「二、三歳だろ」年の差なんて。「なんでもない」

「六歳よ」マリスが反論した。「しかも、価値観がぜんぜん違う世代」

「価値観？」それより舐める話をしていたいが、こんなことを言われては……。「違うって、たとえば？」

「ものの考え方とか、人としてのあり方とか」ぐっと近づいて、吐息混じりに言う。「人生における優先順位とか」

おれの優先順位のなにを知ってるっていうんだ？　尋ねようとしたとき、マリスが距離を縮めて、唇に唇を押しつけてきた。

嘘だろ。ダロンは思わず声に出してうめきそうになった。長いあいだ求めてきたので、たった一つのキスで絶大な達成感を覚えた。優先順位について話したいって？　思い出したくないほど前から、きみが最優先事項だよ。

ついにマリスも求めてくれたいま、手放すつもりはない。

ポニーテールの下のうなじをつかまえてさらに引き寄せると、口を開いての、熱く飢えたキスに発展させた。

ああ、なんて甘美な味だ。どんな想像をもうわまわる。そしてこれほど近づくと、頭のなかがさまざまな香りでいっぱいになった。まず甘くておいしそうなにおい。キャンプストアの客とパークの従業員のために、この女性はいつでもなにかを焼いている。それから女のぬくもり。そのぬくもりには香りがあって、男を酔いしれさせるのだ。

対照的に、柑橘系《かんきつけい》のシャンプーの香りと、花のようなボディローションの香りもした。すべて組み合わさって、マリスになる。現実になった夢。

もっと近づきたかった。マリスのすべてを全身で感じたかった。

ああ、二人のあいだのカウンターが憎い。

いつだれが入ってくるとも知れない、店の開いた入り口も。

正しくやらなくてはならない。マリスの気持ちと、彼女にとって重要なことをちゃんと思いやらなくては。そっとマリスの両肩をつかむと、ゆっくり身を引きはじめた。

やさしく下唇を噛んで、上唇を舐めて、口角に、続いてあごにキスをする。

客をもてなすためのカウンター越しにいちゃついているところなど、だれにも見られたくないはずだ。ダロンの知るだれよりも、マリスは仕事に生きている。その仕事ぶりには定評があるし、職場で男とたわむれているところを見つかったせいで、そこに傷がつくようなことがあっては絶対にならない。

　この十年間でもっとも難しいことの一つだったが、徐々にキスを終わらせた。

「う……ん」マリスがまだ目を閉じたままつぶやいた。体はわずかにふらつき、呼吸は深くなっている。「完璧だった」

　完璧。ああ、まったく同感だ。なにしろきみが完璧なんだから。「またやろう」低く深い声で提案する。「できたらもっと人目を気にしなくていい場所で」

　マリスがほほえんで重たいまぶたを開いた。キスで濡《ぬ》れた唇越しにささやく。「いいかもね」

　それ以上、うながされる必要はなかった。「マリス――」

「でも今夜はだめ」唇を舐めて、まばたきで視界を晴らす。「週末も無理」

　おいおい。いつまで待てばいいんだ？「これはなんの話かな？」

　マリスがいかにも興味深そうに、ダロンの髪を指先で梳《す》いた。そんなことをされたのは初めてだ。

　髪を直したい衝動に駆られた。手に負えないくしゃくしゃの髪は、ふだんはざっと櫛《くし》で梳《と》かすだけで、すぐに野球帽をかぶる。

　今日は野球帽をかぶらなくてよかった。

「いくつか言っておきたいことがあるの」

　なんでも聞くよ。けれどそこまで切望した声にならないよう気をつけながら、応じた。

「なにかな」

「あなたは魅力的よ」

へえ？　両眉をあげて続きを待った。

「だけどわたしはこれまでの人生、ずっと集中してきたの……ほかのことに。自分で決めたルールがあるし、そこにはあなたみたいな人と関わることは含まれてない」

ダロン自身はあまり多くのルール向きではない。「どういう意味かな、おれみたいな人って」まだ年の差にこだわってるのか？　ばかばかしい。おれは二十五で、十八の若造じゃない。

マリスが開いた入り口をちらりと見て、声が近づいてきていることに気づかせた。「お客だわ」

「ちょっと待てよ！　ここでおあずけ？」続きはあるのか？

「ごめんなさい。本当に」マリスが店のオーナーらしいしぐさでダロンの手に触れた。

「ルールその一は、けっして仕事をおろそかにしないことで、もうすぐお客が来るの」

マリスのような女性にとって、おれは最優先事項になれないのか？

「ちょっと考えさせて。話はまた今度」ダロンの手をぽんとたたいてから身を引くと、ジョイのコーヒーカップを片づけてカウンターを拭いた。

おれは傷ついているのか？　マリスのことは何年も意識してきた。ずっと欲してきた。

マリスもそれは知っているし、まず間違いなく向こうもおれを欲している。

それなのに、あんなキスをしておいて、まだ考える時間が必要？

ああ、どうやらおれは傷ついている。カウンターから離れて、またマリスが近くに来るまで待ってから言った。「本当だろうな」

ダロンの怒りにも、マリスはにっこりしただけだった。「落ちついて。わたしもあなたも月曜にはまたここに来るでしょう。話はそのとき」

どうもごまかされている気がする。「きみがそう言うなら」

するとマリスは声をたてて笑った。キャンパー二人が入ってきたので、ダロンのほうに身を乗りだして言う。「日曜はジャックの面倒を見るってジョイに約束したでしょう。いたずら好きの子犬もね。だからいまなにを考えてるにせよ、感じてるにせよ、しばらくはそこに蓋をしておきなさい」

ちょろい男と思われるかもしれないが、マリスのこの新たな雰囲気が気に入った。打ちとけた雰囲気。「どうやったらそれができる？」

マリスがウインクをした。「期待を募らせるの。わたしはそうするつもり」

その一言を最後に、マリスは明るくキャンパーを迎えて、楽しげにハンバーガーの注文をとりはじめた。

まったく動じていないらしい。こっちは動じまくりなのに。

店の外に向かいながらも考えずにはいられなかった。少年と子犬を味方につけてマリスの領域に入りこむという天才的な計画が、いったいいつの間に、さらなる拷問の機会へ変わってしまったのだろうと。

6

ロイスへの思惑をほかの人に知られているというのは、落ちつかないものだった。マリスは特別だ。女同士のおしゃべりも、たいていの人には言えない気持ちを語り合うのも楽しい。

だけど、ダロン？　ダロンはわたしとは正反対だ。楽天家で、健全なセックスライフを謳歌していて、自由。

そう考えたとたん、胸がずきんとした。これではまるで、ジャックがいなければと思っているみたいだ。実際は違う。大違い。一晩だけでもマリスにあずけると思うと苦悩に苛《さいな》まれる。夜のまだ早い時間、ほんの数時間だけでも。

ロイスとの逢瀬《おうせ》……彼はわたしの思惑をわかっているだろうか。

そうだといい。なぜならわたしの目的はセックスだから。今夜、機会があるうちに。

これ以上待たされたら気が変になってしまう。

前方ではジャックがスキップをしながら、ときおり止まっては目についた石を拾っている。一つはピンク色の筋が入ったもの、もう一つはツグミのたまごのようになめらか、もう一つは真っ黒。

どうしていままでこの子の画家としての目に気づかなかったのだろう。

「ママ、見て！」ジャックが泥だらけの手のひらに小さな石をのせて、こちらに掲げた。見てみたが、ジョイの目にはただの石で、砂利道にあるほかの石と変わらない。「とてもきれいね」

ジャックは石を太陽にかざしてしげしげと観察してから尋ねた。「投げたらどこまで飛ぶかな？」

ジョイはほほえんだ。少年には芸術より優先されるものがあるらしい。「湖まで行って試してみましょう。だけどあんまり長くはいられないわよ」

駆けだしたジャックに、ジョイは呼びかけた。「足を濡《ぬ》らさないようにね！」

自分はゆっくり追いかけながら、顔に降りそそぐ陽光と秋の香りを楽しんだ。今日は新しい経験をする日。新鮮な興奮に、どうにも笑みを消せなかった。

約束より数分早く来られたから、ロイスがカオスを連れてくる前に少しマリスと話せるだろう。マリスには電話番号を教えてあるし、必要ならかけてくれるはずだけど……自分の心の平穏のために、いま一度、女同士で流れを復習したかった。

ふと、濃色のセダンが目にとまった。つややかな流線型で、見るからに高価な一台が、駐車禁止の場所に停《と》められて、従業員のみが使用するゴルフカートの通行を阻んでいる。キャンピングカー用のリゾートで生活費を稼ぐシングルマザーだから、高価な移動手段とは縁がない。

けれど裕福な家に生まれたので、高価なものを見ればそれとわかる。最新型のベントレーの価格はたいていの人の年収より高い。これより安い家に住む人もいる。

恐怖が生き物のように体のなかで脈打ち、口が渇いて胃がよじれた。キャンプストアの入り口にたたずんでいたダロンが、ジョイを見つけて大股で歩いてきた。その険しい表情に、ジョイはますます不安になった。

やはり直感は当たった。何年も離れていたからといって頭は鈍くなっていない。けれど痛みには鈍くなっていた。いま、その痛みが津波の勢いで戻ってきた。

ジャック。水辺にいるはずの息子を捜すと、先ほどの石を冷たい湖に向けて力いっぱい投げていた。あの子がわたしのすべて。だれにも傷つけさせたりしない。

ダロンがそばまで来たので、その両手をつかんだ。「ジャックを代わりに見ていてくれる？　あの子には……」わたしがこれから直面するものを見せたくない。あの子を愛していない人たちに会わせたくない。

あの子を望んでいない人たちに。

ダロンがうなずいた。「引き受けた」ためらってから続けた。「だれが来たか知ってるの？」

「いいえ」鼻から息を吸いこんで、心を落ちつかせようとした。「正確には」けれど推量はできるし、だれが来たにせよ、その人が胸の痛みしかもたらさないことは知っている。

ダロンが心配そうにジョイの目を見つめた。「きみのお母さんだって言ってるよ」

最悪の疑念が裏づけられた。

一瞬、ジョイは目を閉じた。なぜ母がここへ？　そもそもどうやってここがわかったの？　居場所を秘密にしていたわけではないが、家族とはずっと連絡をとっていない。

この六年間――両親に勘当されて以来。

父が死んだのならどうしよう。母より十歳上だが、最後に会ったときは健康に問題はなかった。

父は母の決断を止めなかったけれど、その決断に積極的に関わったとは言えない。昔からそうだった。ジョイが生まれてからずっと、父は忙しかった。仕事で、社交で、財産の管理で。

娘にはやさしかったし、ときには周囲に見せびらかしもした。誕生日を忘れられたことはない……それでも、仲のいい父娘《おやこ》ではなかった。母との最後の大げんかのあとも、父は目に同情を浮かべていただけだった。

まあ、母からは同情すらありえないのだから、ぐずぐずしていてもしょうがない。ジョイはこわばった笑みを浮かべた。「なにをしに来たのか、聞いてくるわ」

ダロンがその腕をつかみ、引き寄せてぎゅっと抱きしめた。馴染《なじ》みのない行動にジョイは驚き、一瞬固まってしまったものの、すぐにハグを返してダロンの友情から強さをもらった。

「ありがとう」ささやいて身を引く。

ダロンがうなずいた。「だって友達だろ。それを忘れないで、いいね？」最後にもう一度、励ましの表情を見せてから、ジャックのほうへ歩きだした。

感謝でいっぱいになりながら、ジョイは自分の足に動けと命じると、できるだけ優雅に、急ぐことなく〈サマーズエンド〉に入っていった。

入ったとたん、マリスの姿が目に飛びこんできた。彼女も作り笑いを浮かべていた。「いらっしゃい」カウンターを回って出てくる。「お母さんが来てるわよ」

ジョイはうなずいたが、まだそちらは見なかった。見られなかった。

「コーヒー？　コーラ？」マリスが近づいてきてささやく。「わたしにできることは？」

どうして？　どうしてこのすばらしい人たちは、わたしが窮地に立たされていることに気づけてしまうの？　直感？　母の冷たい人柄？　それとも純粋にわたしをよく知っているから？　わたしのほうはあまり打ちとけようとしてこなかったのに。

とはいえ、店内には緊張感が充満していた。

もしかしたら、気づかないほうが難しいのかもしれない。

「コーラを」マリスに言って目を合わせ、弱々しくほほえんで大丈夫だと伝えた。「ありがとう」

「どういたしまして」マリスが長いポニーテールを揺らしながら飲み物を取りに行った。

ジョイが気を引き締めて向きを変えると、ブース席に母がいた。カーラ・ヴィヴィアン・リードのこわばった口元は侮蔑を表している。しゃんと伸ばした背筋をわずかに前傾させているのは、プラスチック製のシートにもたれかかったらなにかに感染すると思っているからだろうか。見た目は昔と変わらない。あの非難がましい態度と、非の打ち所のない装い。もう六十歳になるはずだが、一日と年をとったようには見えなかった。

それが金持ちの特典だ。最高の栄養士に料理人、ヨガのインストラクター、専属の美容家にスタイリスト、そういった人々がいつまでも若々しい外見を与えてくれる。

変わったことがあるとすれば、母は……疲れて見えた。ほんの少しだが、それでもジョイには見てとれた。

カーラのすぐ後ろに立っているスーツ姿の男性は、運転手兼ボディガードだろう。見覚えのない男性だが、その役職ならよく覚えている。母は移動の際、常に護衛をつけていた。まったく大げさな人。

母が実際に守ってもらわなくてはならなかったことなど、ジョイの知るかぎり、一度もない。母がすることの大半は効果狙いなのだ。使いきれないほど部屋がある家も、まったく着心地がよさそうに見えないデザイナーズブランドの服も、オーダーメイドの宝飾類も、厳選された友人も……脇に押しやった家族も。

どんなに時代遅れの考え方だろうと、父親のいない孫息子は、特権的な富によってかたちづくられた〝完璧〟という幻想にあてはまらないのだ。

反抗的な気分になって、ジョイは運転手にほほえみかけた。「なにか飲み物はいかが？　マリスの淹《い》れるコーヒーは世界一なのよ。コーラのほうがいいかしら」

話しかけられたことに驚いて、男性の警戒態勢が揺らいだ。「いえ、けっこうです」

それを無視してジョイは振り返り、マリスに言った。「コーラをもう一つお願い。車ではずいぶん時間がかかったはずよ。お代はわたしにつけておいて」

母があごをあげた。「わざとわたしの時間を無駄にしているのかしら？」

ジョイはそれを無視して、マリスからグラスを二つ受け取った。

「ミセス・リード」マリスがばか丁寧に言う。「本当になにも召しあがらないんですか？」

母が飾り気のないグラスとプラスチックストローを眺めた。「ええ、けっこう」

マリスが低い声でジョイに耳打ちした。「男性陣をだれか呼んでこようか？」

「大丈夫よ、本当に。いまに始まったことじゃないから」少しためらってから認めた。

「だけどあなたがここにいてくれてうれしい。それでじゅうぶんよ」

マリスがひねくれた笑みを浮かべた。「ここはわたしの店だもの、いつだっているわ。それから念のために言っておくと、あの人より大柄な男を放りだしたこともあるから」

頭に浮かんだ光景に、ジョイはくすくす笑った。「信じるわ」

「でもお母さんと渡り合うのはあなたよ」マリスが身を寄せてささやく。「あの人には近寄りたくない」

その気持ちなら、わかりすぎるほどよくわかる。ジョイはうなずいて言った。「そういう展開にならないことを祈りましょう」

マリスはウインクをしてカウンターの奥に戻っていった。さあ、これ以上先延ばしにしていられない。息を吸いこむと、やはり急ぐことなくブース席に歩み寄り、運転手にコーラを差しだした。運転手は受け取るしかなくて、視線を母のほうに向けた。

カーラは小さくうなずいて、彼をさがらせた。

どうやったらこんな世界に属していられたのだろう。ジョイは小さく笑って首を振り、母の向かいに腰かけた。テーブルに両肘をついて両手にあごをのせ、言った。「間が悪いのね。数分後に人と会う約束なのよ」その人は大柄で魅力的なやさしい男性で、願わくは今夜、ベッドに連れていってくれる。「訪ねてきた理由はあるの?」

「あなたのおばあさまが亡くなったわ」

衝撃に、偽りの無関心が消え去った。母の厳しい顔を見つめる。「本当に？」

「あなたのお父さまのお母さま。もちろん本当よ。冗談にしていいことじゃないわ」

おばあさま。のどが締めつけられるのを感じつつ、大胆不敵でときどきばかをやる、大好きだった祖母を思い出した。ジョイがジャックをみごもってほどないころ、祖母は重い脳卒中で倒れ、それですべてが変わった。面会にはその後も行っていたが、常に看護師がそばにいるうえ両親とは険悪な関係とあって、容易ではなかった。祖母はそれまでと変わらず聡明《そうめい》でやさしかったものの、自分の考えをなかなか言い表せなくなっていたので、面会には苦痛を感じるようだった。そして両親に勘当されたあと……ジョイは二度と会いに行かなかった。

ああ、どれほど会いに行きたかったか。祖母のことは何度も考えたけれど、生きることに追われ、自身と赤ん坊の生活を支える方法を見つけるのに必死だった。自身と母のあいだに距離をおくことで精一杯だった。

突然、どんな言い訳も足らなく思えた。

罪悪感がこみあげてきたものの、ジョイは呑《の》みこんだ。母に苦悩を見せることだけはしたくなかった。「いつ？」

「数カ月前よ」

ジョイは唖然《あぜん》とした。数カ月？　それなのに、だれも知らせてくれなかったの？　その事実が多くを物語っている――が、どれ一つとして驚くに値しない。

娘の心を読んだのか、母が弁解するように小さく肩をすくめた。「家族に背を向けて出ていったあなたをわざわざ訪ねてきたのは、おばあさまがあなたに遺産を残したようだからよ」

母の言葉の前半に、ジョイはかっとなって息を呑んだ。「出ていけと命じたのはお母さんでしょう。もうわたしの娘じゃないと言ったのはそっちよ」

「あなただって、抵抗しようとしなかったわ」

なんて言い草……。わたしに泣いてすがりついてほしかったの？　母のことを知っているのに、そこまでするわけがない。カーラ・リードはけっして撤退しない女性だ。

その母が、丁寧に描かれた眉の片方を尊大につりあげながら、角の尖《とが》った名刺を差しだした。「サインしてほしい書類があるの。月曜の朝に事務弁護士のオフィスへ来てちょうだい。念のため、日時を記しておいたわ」

名刺に触れずに見つめながら、ジョイの思考は乱れた。月曜はジャックが幼稚園だ。祖母が雇っていた事務弁護士がだれにせよ、そのオフィスまではここから車で二時間はかかるだろうし、両親の家の近くだろう。

日程を変えてもらわなくては。

けれどそれは母とではなく、事務弁護士と相談しよう。そもそも、いつにするかも悩ましいところだ。往復するだけでも一日の大半を使ってしまう。もし話し合いが長引いたら？　ジャックのお迎えに間に合わなくなる。とはいえジャックを連れていくことは選択肢にない。

どうすればいいのかわからないが、状況の困難さを母に打ち明ける気はなかった。母は痛ましい知らせを伝えたあとのいまでさえ、わたしが弱さを見せるのを待っているに違いないのだから。

「それで……状況は変わったの？」

急な質問に戸惑って、ジョイは視線をあげて母を見た。状況は明らかなはずだ。なにしろ母はこうしてわたしの居場所を見つけた。「どういう意味？」

母がいらだった顔になって言いなおす。「子どもは？」

なんてこと。わたしが産んだのは男の子だということさえ知らないのだ。自分に孫息子ができたことさえ。それなのに、わたしがどこかの時点で出産について考えをあらためたと思っているの？　家族と慣れ親しんだものすべてを捨てたのは、ただ意地を張るためだったとでも？

違う。かつてそうしたのはジャックのためだし、いまだって、一瞬の迷いもなく同じことをする。

「母親になることも状況の変化に入るなら、答えはイエスよ」

母が息を吸いこんだ。表情は読み取れない。

「わたしの意志は最初からずっとそうだったこと、知ってるでしょう」ジョイの両手はブース席のテーブルの上で自然とこぶしを握っていた。わざわざ訪ねてきてわたしの平穏を乱すなんてどういうつもり？　怒りが冷静さを凌駕《りょうが》する。沸点に達して、心の傷と一緒に渦を巻く。

そのとき感じた。彼だ。ジョイは向きを変えて入り口のほうを見た。ロイスがいた。開いた戸口のほとんどを埋めて、揺るぎない視線で冷静に状況を把握している。

彼の心が決まった瞬間がわかった。その意図は色濃く鋭い目に、目的をもって近づいてくる足取りに、表れていた。

これはいいこと？　悪いこと？

必死に考えようとした。たしかにロイスがいれば感情の整理がしやすくなる。けれど慌てて立ちあがったジョイの胸にあったのは、母がまきちらす毒からこの男性を守りたいという強い願いだった。

「ロイス」不安ながらも明るい口調を心がける。「すぐに終わる――」

「どなた？」母の鋭い声に遮られた。

ジョイは目を閉じた。間に合わなかった。母に背を向けたまま考えようとする。だめだ、反応してはいけない。

止めようもなく、母も立ちあがった。「これが、あなたが進んで利用された男？　あなたの人生を台無しにした男なの？」質問のたびに切りつけられるようだ。「あなたにお荷物を残して――」

くるりと振り返ってジョイは言い放った。「やめて。そんなこと、絶対に言わせない」息を荒らげ、目を怒りの涙で輝かせながら、母に人差し指を突きつけた。全身で燃える怒りに手は震えた。

だれだろうと息子を侮辱することは許さない。

ジャックを守るためなら、その全員から喜んで離れる。彼らの毒から遠ざけるためなら。何年も経《た》ったのに、また愛《いと》しい我が子を貶《おとし》め、邪魔者扱いしようというなら、許す気はない。

ロイスが近づいてきた。背中に体温を感じる。彼はボディガードではない。

もっとずっとすてきな存在。

ロイスは無言で支えてくれた。そのやさしさは、ジョイの心を強くした。

ゆっくり息を吸いこんで腕をおろし……あごをあげた。「わたしはだれにも人生を台無しにされてないわ。正反対よ。いまの人生をわたしは心から愛してる」

「じゃあ」母も息遣いを荒らげ、険悪な目でロイスを一瞥《いちべつ》した。「これが父親なの？　それとも、これから起きようとしている別の過ちの相手なのかしら?」

ロイスが身じろぎし——短くやわらかな笑いを発した。純粋に愉快そうな笑いを。

え? いま、母の侮辱を笑った?

たしかにばかげたセリフだったけれど……気分を害さなかったの?

ロイスがまた笑った。今度は抑えきれない忍び笑いで、なぜかそのおかげでジョイの体から緊張が抜けた。

続いて、どこか後ろのほうからマリスのこばかにしたような笑い声まで聞こえると、急にすべてが楽になった。

肩の力も抜けて、深くなめらかに息を吸いこめた。

愉快で変わり者でいつも支えてくれるこの人たちが、わたしの人生にいる。遠くから批判するのではなく、欠点も含めてわたしをまるごと受け入れてくれた人たち。

感謝の涙をまばたきでこらえつつ、ジョイはテーブルから名刺を拾った。にらみつける母に言う。「届けてくれてありがとう。事務弁護士に連絡するわ」

話はおしまい、という態度で母を見つめた。

礼儀正しい挨拶はなし。友達への紹介もなし。カーラ・リードに感じのいいさよならを与えるつもりはない。

〝感じのいい〟なにかを受け取る余地は母本人がつぶしてしまったのだから。ばかげた芝居の下手な役者のごとく、過剰な演技でセリフを言い、演出をしくじった。

あとはジャックと対面する前にパークから追い返すことさえできれば、この訪問も、すばらしい一日のささいなつまずきとして片づけられる。

これは悲劇ではない。

打ちのめされる必要もない。

母の王国から自力で逃げだせたのだとわかって、うれしかった。

母がクラッチバッグをつかみ、店内を見まわした。「忠告したとおりね。こういうところに行きつくことになると言ったのに、あなたは耳を貸さなかった」視線をジョイに移し、首を振る。「変わったはずだと思ったわたしが愚かだったわ」

ジョイは穏やかな笑みを浮かべて言った。「そっちが変わっていないだろうことは、わたしにはわかっていたけれど」

皮肉が効いたのだろう、母は平手打ちを食らったような反応を示した。ほんの一瞬、ジョイは母の目に痛みを見た。

直後に母は盛大に怒気をまきちらしながら去っていった。気の毒な運転手が急いで先を行くさまは、まるでこのキャンプストアと湖畔のどこかに恐ろしい危険がひそんでいるかのようだった。

まったく、危険なんてどこにも……。

しまった。ジョイはロイスを押しのけて、息子が店のそばにいないことをたしかめようと駆けだした。母には会わせない。どんなかたちであれ、冷淡な扱いはさせない。

店を出たところで足を止めて必死に見まわしたが、ジャックはどこにもいなかった。

背中にロイスの手が触れる。「ダロンがさっき、カオスも一緒にスキューバ小屋へ連れていった。向こうで遊んでるはずだ」

ああ、つまりダロンは問題を察知して、息子を現場から遠ざけてくれたのだ。これぞ真の友達。安堵《あんど》と感謝で膝の力が抜けた。

どっと疲れがこみあげて、ドア枠に肩をもたせかけたジョイはため息をついた。「母といると息ができなくなるの」

ロイスの手が背中を上下にさする。「よくがんばったな」

とんでもない。そしていまやロイスは説明を聞きたいはずだ。

ついさっき目撃した以上の説明を。

なにが言えるだろう。六年近くも離れていて、母が一人娘への失望をより深くしたがったとでも？　電話ですませることもできたし、代わりのだれかをよこして、祖母の死を伝えることもできた。

けれどそれでは、もう一度娘をこきおろすチャンスを失ってしまう。

いまわたしが感じているのは……失望ではない。それは数年前に消えた。きまり悪さ？

ああ、それなら確実に感じている。

たいていの人の家族はごくふつうで、ときどき少し癖があるだけだ。一人二人変わり者がいて、間違ったことを言いがちな親戚や、どんな行事にも遅刻する親戚がいたりする。わたしの家族は、異常なほどに無関心で、外づらがよくて、意地が悪いと言えた。

羞恥心を振り払ってロイスに向き合った。色濃い目に浮かぶ思いやりを見ると、決意が揺らいだ。打ち明けてくれ、寄りかかってくれと訴えている。

けれどそんなのは二人の取り決めに反する。

都合がつくときに一緒に過ごして、できたら性的な方面のおまけを楽しむ。それがお互いに求めていることだ。ロイスはあんな場面に遭遇してしまったけれど、心のサポートは取り決めに含まれていない。この男性にはわたしを支える義務などないのだ。

それに、わたしはちゃんと自分の足で立っている。

「さて」胸を張ってどうにか笑みを浮かべ、ジョイは言った。「急いでいないといいんだけど。出かける前にジャックと話したいの――」ああ、息子を抱きしめたい。「――すぐに終わらせるわ」

うろたえてしまうほど真剣な目で、ロイスがジョイの顔を探った。「大丈夫か？」

「もちろん」明るく笑おうとして、どうにかうまくいった。「母とこじれてるのはいまに始まったことじゃないの。大丈夫よ」そう、わたしは大丈夫。

「ジョイ」どこかもどかしげな声だった。ロイスだけでなく自分にも嘘をついているのはお見通しだというような。

「ロイス、本当になんでもないから――」

ロイスがかがんで唇に唇を重ねた。このうえなく甘い、なにも求めないキス。温かな唇がそっと愛撫《あいぶ》して、励ます。重なっていたのは短いあいだで、ジョイを黙らせてしまうとすぐに離れた。それでもまだ至近距離で、荒いけれどやさしい声で尋ねた。「さっきのはきみのお母さんだろう?」

残念ながら。「ええ」

ロイスがジョイのうなじを手で抱いて、あごの輪郭を親指でこすった。「お母さんは、おれがジャックの父親だと思ったのか?」

「探りを入れたのよ。それか、ただ意地悪がしたくてその口実を見つけたのか」どうでもいいと肩をすくめた。「あなたが気分を害していないといいんだけど」

「不意をつかれたのはたしかだ」ロイスの指が後頭部の髪にもぐってきて、つかの間、マッサージした。「笑ってすまない」

「気にしないで。わたしは気にしてない」ロイスが笑ってくれたおかげで、状況を悪化させずにすんだ。「母のわけのわからなさには、まっとうな反応よ」

ロイスの手つきと口調がさらにやさしくなった。「お母さんはジャックの父親を知っていて、嫌ってたんだな」

なぜそんな印象を受けたのか、尋ねなくてもわかった。「直接知っていたわけではないわ」なるべく簡潔に話した。「ヴォーンはかなり評判の派手な人で、わたしの両親はそれを友人伝いに知ったの。みんなあきれ返っていたわ、あのジョイ・リードが、カーラとウォレスのリード夫妻のプリンセスが、バーテンダーごときと交際するなんてと」唇がよじれた。「出会ったときのヴォーンの職業がそれだったんだけど、どんな仕事も長続きしなかった。わたしが交際をやめないと言うと両親は激怒して、結婚したときは倍も怒ったわ。両親は、彼の目当てはわたしのお金だけだと確信していて、あとになってみれば、それは正しかったんだと思う」

ロイスがかすかに顔をしかめた。「ご両親にとっては義理の息子になるのに、直接会おうとしなかったのか？」

ジョイは肩をすくめた。「わたしたちは治安判事のところで結婚したの。なにもかも、最初から悪いほうへ転がる運命だったのね。両親はわたしの所持金がなくならないよう、ずっと気をつけていたけれど、ヴォーンがほしがるものにはいっさいお金を出そうとしなかった」あなたのやりたい放題には一セントも降ってこないと伝えたときのヴォーンの反応を思い出すと、短い笑いが漏れた。「結果的には、それで正解だった。際限のない資金が尽きると、ヴォーンはたちまちわたしに飽きた」

「ひどい男だな」

今度はジョイのほうから小さなキスをした。「安心して、ロイス、あなたはちっとも彼に似てない」

「きみとお母さんはいまも対立してる、ということかな」

ジョイは口を覆って笑い、首を振った。「本当のことを言うと、母はわたしを疎んじてるわ」

「そんなばかな」

「わたしは母を失望させすぎたの」ちらりと戸口に目をやって、ジャックがまだここに来ていないことをたしかめてから、ジョイはつけ足した。「ヴォーンと結婚しただけでもじゅうぶんひどかったのに、彼がわたしを妊娠させて別れたとき、母はわたしに手を切らせようとしたの……その、ヴォーンにつながるすべてと」

理解がおりてきたのだろう、ロイスが固まった。「お母さんはきみにジャックを産ませたくなかったのか？」

「母ははっきり言ったわ、離婚のあとに家族のサポートがほしければ、体勢を立てなおすまで家族のそばにいたければ、ヴォーンとのつながりを断ち切らなくてはならないって」

「それはお母さんが決めることじゃない」

ええ、本当にそのとおり。「断ったら勘当されたから、わたしは家を出たわ」あの大げんかも遠い昔に思える。家を出てから、わたしは大いに変わった。

以前の自分より、いまの自分がずっと好きだ。少なくともその点に関しては母に感謝できる。

「両親はジャックに会ったことがないし、それについてはそのままにしておきたいの」

「よくわかった」ロイスが言い、ジョイを短く抱きしめてから離れた。「ジャックを連れてこよう。どうせカオスの様子も見てこなくちゃならない」

「ありがとう」

ロイスが行ってしまうと、ジョイの視線はすぐさまマリスに吸い寄せられた。いつもどおり忙しく立ち働いて、ナプキンやストローをディスペンサーに補充していたマリスだが、すぐにこちらを向いてくれた。

「激しかったわね」マリスがさりげなくコメントする。

うずくこめかみに手を当てて、ジョイは言った。「ここで騒ぎを起こしてしまって、ごめんなさい」

不意にマリスが足を止め、まっすぐジョイを見た。「そもそも、あんなことが起きたのが残念よ。ありえないわ」

「そうね、だけど母にとっては通常運転よ」ジョイはカウンターに歩み寄ったが、座りはしなかった。紙ナプキンの束をつかんで、別のディスペンサーに補充する手伝いをした。

「母とわたしは仲よし親子じゃないの」

「嘘でしょ」

こんなときでも笑わせてくれるなんて、マリスはどこまですばらしい人なのだろう。本当に得がたい友達だ。ジョイは笑顔で説明した。「母は、自分の考えに従わない人間が好きじゃないのよ」

「あなたは従わなかった？」

打ち明けにくい事実だけれど、マリスになら打ち明けてもいいと思えた。「わたしはジャックを産んだから、そういうことになるわね」

マリスは顔をしかめ、ストローの入った箱をおろすと、両手を腰についた。「だからお母さんはあんなに意地悪だったの？　本当に？　自分の孫息子を憎んでるってわけ？」

「ジャックは母の孫息子じゃないわ」つい激しい口調になった。ジョイはこめかみをさすりながら言った。「ごめんなさい」

「ねえ、わかるわ。本当にそうだったらいいのにと思ってるんでしょう」

ジョイは両手をおろした。この緊張からもきまり悪さからも逃れる道はない。「ジャックはわたしの息子だから、血縁関係としてはわたしの両親とつながっているけれど、両親はあの子に会ったことがないし、あの子について尋ねたこともないの」わたしをなんとも思っていないのと同様、ジャックのこともなんとも思っていないのだ。

マリスが肩をすくめた。「ご両親は損してるわね」

いつでも現実を冷静にとらえられるマリスには感心してしまう。たしかに両親は損をしている。じっくり考えたら、気の毒になってしまうかもしれない。

あくまで、かもしれない、だけど。

「離婚したあと、愚かにも家に帰りたいと思ったの」ヴォーンと住んでいたアパートメントを本当には家と感じたことがなかったことに、遅ればせながら気づいたのだ。「しばらく両親のところにいて、自分がなにをしたいのか、考えようと思ったわ」容易ではなかったが、マリスの目を見た。見てよかった。そこには批判も哀れみもなく、いつものように受け入れてくれているだけだった。「そのときの苦境から抜けだすにはいい方法だと思えたのよ。いきなり一人になって、仕事もないのに、じきに赤ちゃんが生まれる」

「困ったときに手を差し伸べる――それが家族ってものよね」

後戻りできない状況を自分からつくっていない人にならば。けれどジョイは、まさにそれをやってしまった。

「自分でも気づかないうちに、わたしはすっかり甘やかされただめ人間になっていたの。働いたこともなくて、ヴォーンと結婚していたときでさえ、両親が用意してくれていた預金で生きていた」両親のもとへ戻ったとき、ジョイの自尊心は傷つき、将来への不安が心のなかでうごめいていた。あのときは切実に両親の助けを求めていた。

両親が提示した解決法は……受け入れられなかった。

思い出すといまでも胸が痛む。「わたしの妊娠をめぐってひどい言い合いになって……最後には母がわたしを勘当したの。わたしは家を出て、それ以来戻ってない」

マリスは仕事を片づけながら、それについてしばし考えた。「一人で生きていくなんて度胸がいったでしょうね」

どうしてマリスはいつもこんなふうに、いちばんいい面を見つけてくれるのだろう。だれに対してもこうだ。「じつをいうと、あれは人生で最高の決断だったわ」ジョイは言った。「あのとき家を出ていなかったら、自分で自分の面倒を見られるようにならなかったもの。いまだに両親に依存していたはず」そしてジャックを得ることはなく、このパークで暮らすこともなく……。

「わたしたちが友達になることもなかった」ジョイの考えを読んだようにマリスが言う。「それもよかった点よ」ジョイはほほえんだが、その笑みはすぐに薄れた。「どうやら母はわたしのその後の人生を知らないみたい。生まれたのが息子か娘かも知らなかった」

マリスが空になった段ボール容器を集めてリサイクルボックスに運んだ。「じゃあお母さんは、実質あなたと自分の孫を勘当したということ？」首を振る。「あなたは少し甘やかされてたかもしれないけど、お母さんのしたことは、文句なくひどいわ」

たしかにひどい。とりわけその母がわたしを見つけだしたのは、ただ対立を続行させるためだったのだから。

　ジョイとマリスはスツールに腰かけた。膝と膝が触れ合う。そうしようと思ったのではなく、自然に。まるで育まれつつある二人の友情のようだ。

「母がもうわたしの人生の一部じゃなくてよかったわ。それはつまり、母がジャックの人生の一部じゃないということだし、ご覧のとおり、それはいいことだから」

　マリスはそれについてはなにも言わずに、こう尋ねた。「あのお母さんのもとで育つのはつらかった？」

「ちっとも。実際、わたしは甘やかされ放題だったから。ほしいと思う前にいろんなものを与えられていたの」必要以上に。使いきれないほどに。その事実が恥ずかしい。「なんでもかんでも……愛以外は」

「両親から愛されてないと本当に思う？」

「今日のできごとが愛の証明に見えた？」

　マリスは肩をすくめた。「人はどうでもいいことに強い感情を示さないものよ。お母さんはあなたの居場所を突き止めて訪ねてきた、でしょう？　用件だけなら手紙ですませることもできたはずよ。それか、パークに電話して伝言を残すとか」

　言われてみればたしかにそうだ。わたしは状況を読み違えた？「愛してるとしても、あまり頻繁には言ってくれなかったわ」

「言うのが重要とはかぎらないのよ」ひねくれた笑みがマリスの頬にえくぼを浮かばせた。いつもの笑みではなかった。状況に応じて、ウィットやぬくもりや皮肉がふんだんにこめられるいつもの笑みでは。伏せた目と合わさって、その表情は……痛切に見えた。「うちの両親はことあるごとに愛してるって言ってたけど、それ以外はほとんどなにもしなかった」

突然の告白に戸惑って、ジョイはマリスの手に手を重ね、ぎゅっと握った。「気の毒に」「どっちが悪いか、わからないわよね。空っぽのお腹か、空っぽの心か」

空っぽのお腹？　ああ、マリスはどんな幼少期を送ってきたの？　マリスの表情は閉ざされ、あれこれ訊《き》かないでと訴えているが、ジョイは友達の手を離さなかった。自分に必要だからではなく、いまだけはマリスのほうが触れ合いを必要としているのを感じた。

「お腹が空《す》いてるのはつらいでしょうね」

「つらかったわよ」わざと表情を明るくして、マリスは焼きたてのクッキーがのったトレイをあごで示した。「だからこんなにいろいろ焼くのが好きなのかも」

「かもね」その瞬間、ジョイはまったく新しい視点からマリスを見た。仕事の虫でいることや、厳格なライフスタイルの理由が次々に浮かんでくる。マリスは強い女性だ。苦難を生き延びた、かけがえのない友達。

いくつもの理由から、マリスはジャックの人生にいい影響を与えてくれる存在だと考えてきた。ダロンも、クーパーもバクスターも、フェニックスもその姉のリドリーも……。パークの看板が新たな意味を帯びた気がする――〝クーパーズ・チャーム、現実逃避にぴったりの場所〟。こうつけ足すべきだ――〝働いているのは最高の人たち〟。

「それで」マリスが手を引き抜いて言った。「わたしが知りたいのは、どうしてあなたはそんなにやさしい人になれたのか、よ。だってジョイ、さっきのあなた、お母さんにものすごく親切だった」

マリスはいとも簡単に憂鬱を吹き飛ばしていつもの自分に戻った。心の一部で、ジョイはほっとした。友達が傷ついているのを見るのはつらい。

だが別の一部では……いつかマリスが信頼してすべて打ち明けてくれたらと願っていた。いいことも悪いことも、不運だったことも、過去の失望も未来の目標も。

いまのところは、こちらから一つだけ秘密を打ち明けよう。厄介な責任を負わされたと思われなければいいのだけれど。

反応を知る方法は一つしかない。「ジャックの緊急時連絡先リストにあなたの名前を登録してるの」いきなり口走った。

マリスがまばたきをして身を引き、目を丸くした。「いまなんて？」

「緊急事態は起きないと思うけど」ジョイは慌てて言った。「万一わたしになにかあったときとか、ジャックの具合が悪くなったのにわたしに連絡がつかないとき、それから……

ほかにもいろいろ」

「わたしを選んだの？」

マリスのぽかんとした表情を、ジョイはむしろ気に入った。驚きを表しているものの、不快な驚きではない。それどころか、贈り物をもらったような顔だ。「幼稚園にはわたし以外の連絡先を知らせておかなくちゃいけなくて」

「でも……わたし……」マリスは笑いながら首を振り、言いなおした。「オーケー、まずは、ワーオ。光栄よ」

「本当？」ジョイはほっとして息をつき、ほほえんだ。

「まじめな話、ものすごく光栄。あのちびっ子をわたしにあずけるのは気が進まないんじゃないかと思ってたの。わたしには子どもがいないから」

「あなたになら安心して任せられる。ジャックはあなたをおばみたいに思ってるもの」

「おば？　いいわね、気に入った」マリスが得意げに言う。「わたしは名誉おば！」言葉の響きを味わって、うなずく。「いけてる」

笑いがこみあげてきた。「いやじゃない？　緊急時連絡先に名前を登録されてること」

「本当に光栄よ。でも、いつから？」

ジョイは顔をしかめて白状した。「じつは幼稚園に入ったときから」急いで説明する。

「先にあなたに言うべきだったのはわかってるけど、タイミングが見つからなくて、そのうち頭から消えてしまって……。話しておかなくても、もし幼稚園から連絡があれば、あなたが行ってくれるのはわかってたわ。最初から……」ジョイは肩をすくめた。「最初からあなたを信頼していたの。口では言ってなかったけど」

喜びでマリスの頬が染まり、めずらしく冗談でごまかさずに、そっとささやいた。「ありがとう」さらに身を乗りだしてぎゅっと抱きしめてから、体を離した。「本当に。わたしにとってはすごく意味があることよ」

「こちらこそありがとう」ジョイは笑った。「緊急事態なんて起きないことを願ってるけど、ジャックのために交代要員がいるとわかっていられたら安心なの」

「ねえ、わたしたちはもう同じクラブのメンバーよ。いつでも頼って」

じゃあ……。「わたしのことも、いつでも頼って。手伝いが必要とか、店番がほしいとか、覚えは速いほうよ。なにをすればいいかだけ教えて」

この申し出に戸惑った顔で、マリスはうなずいた。「いつかお願いするかも」

ジョイはにっこりした。必要とされるのがこれほど気持ちのいいことだなんて知らなかった。

そして、なぜマリスが交代要員に指名されたことをあれほど喜んだのかが、なんとなくわかった。二人はいま、一段階友情を深めたのだ。ほめたりおしゃべりをしたりだけではない、もっと本質的な結びつき。そう気づいてジョイはぬくもりに満たされた。

けれどいまはほかに話し合うことがある。「母の話では、父方の祖母が亡くなって、わたしになにか遺《のこ》したらしいの。その件で手続きをしなくちゃいけないみたい」

「だからお母さんはあなたを訪ねてきたの？」

「と言ってたけど、本当のところはどうかしら」あの祖母のことだ、遺産は家族写真から多額のお金まで、なんでもありえる。なんにせよ、母はおそらくすべてを把握しているのだ。「二度と来ないだろうけど、もしまた母を見たら、それとも父か事務弁護士を――いいえ、パークの仲間以外の人を見かけたら――」

わかっていると言いたげにマリスが応じた。「ジャックには絶対に近づかせない。ダロンかわたしが常に目を光らせておくわ」

本当に助かる。「ありがとう」

にぎやかな音が響いて、二人同時に入り口を振り返った。ジャックがけらけらと笑いながら駆けこんできて、すぐ後ろにカオスが続く。子犬はまだ片脚に包帯を巻いているものの、元気そうにはなっていて、イガを取りのぞいた淡い黄色の毛はつややかになり、あばら骨ももう見えなかった。

「いちばーん！」ジャックが言って床に尻をつき、両脚を投げだすと、その上にカオスがよじのぼった。子犬はせっせとジャックの顔を舐《な》め、ジャックのほうはさらに笑ってよけようとする。と思うや、不意にカオスが向きを変えてジャックのスニーカーをかじろうとした。

ジャックはこれまた大喜び。晴れ晴れとした笑い声はすぐにジョイとマリスに伝染した。

そこへロイスとダロンも入ってきた。愉快な笑い声のなかでも、二人の心配は見逃しようがなかった。ロイスには心配をかけたくない。きちんと伝えておかなくては。けれどそれは先送りにして、いまはジャックを引き寄せると、約束ごとを挙げはじめた。

「マリスとダロンの言うことをよく聞くのよ」

ジャックはうなずいたが、早く子犬のもとへ戻りたくてそわそわしている。

「二人のそばにいること」ジョイは強調した。この年ごろの少年がいともあっさりいなくなってしまうことなら、いやというほど知っている。「それから、キャンプストアのなかではあまりやんちゃをしないこと。とくにお客さまがいるときは」

「うん」

「礼儀正しくするのよ」

いますぐ遊びたくてたまらないジャックはにっこりして言った。「わかってるってば」

「なにより」ジョイは厳しい顔を装ってつけ足した。「楽しむこと」

細い腕で腰にぎゅっと抱きつかれたジョイは、息子を引き寄せて、つややかな金髪に片手をのせた。ああ、ほんの少し力がこもりすぎてしまう。

医師がジャックを腕に抱かせてくれたあの日まで、本当の愛を知らなかった。これほど強く深い感情があることなど、わかってもいなかった。

お腹が大きくなるにつれて、いろいろなことを思い悩み、自分を哀れんだ。けれど坊やを抱いた瞬間、世界が一点に集中した。泣きながら笑い、非力さを痛感すると同時に鉄の決意にも満たされた。ヴォーンのことを考えるのはやめた。ジャックの人生にはいないほうがいいとわかっていたから。そして両親との距離を嘆くのもやめて、もてる愛をすべてジャックにそそごうと決心した。この子が一度たりとも望まれていないとか無価値だとか感じることがないように。

母親は、日々あらゆる想いに揺さぶられつづけるのだと学んだ。

今日も例外ではない。

「愛してるわ」愛おしい子の髪をなでた。

「ぼくも」ジャックが反射的に言い、笑顔で見あげた。「ダロンがね、カオスとぼくにわんちゃんの芸を教えてくれるって」

ダロンがカオスの首輪にリードをつないで、もぞもぞ動く毛のかたまりを腕に抱きあげた。「おれたちがついてるよ、ジョイ。なにも心配しなくていい」

「頼りにしてるわ」ジョイは本心から言い、信頼できる人たちに出会えた幸運にあらためて感謝した。

ロイスは一歩引いて、ジョイに必要な時間をぞんぶんに与えている。

母が訪ねてこなければ、出かけることにこれほどそわそわしなかっただろう。それでも、わたしはこの人たちを完全に信頼している。

自信があるように見えることを祈りつつ、ロイスにほほえみかけた。「行きましょうか」

7

車に乗ってたった二分でロイスが言った。「こんなことしなくていいんだぞ」

母と弁護士と遺産のことを考えていたジョイは、うわの空で答えた。「え?」とたんにはっとして目を見開いた。

ロイスの気が変わったのなら、どうしよう。

いいえ、そんなことはないはず。ロイスはここにいるのだから。それでも尋ねる声には不安が混じった。「こんなことって、具体的には?」

ロイスがさっとこちらを見た。「全部なかったようなふりだよ」

「全部?」

「お母さん。お母さんの態度。それに対するきみの反応」片方の肩をすくめる。「そういうものすべてでさ」

「でも、できるのよ」またロイスがこちらを見たので、ジョイは説明した。「なにもなかったようなふりはできるの。あなたもやるといいわ」長年のあいだに、家族がいないふりをするのがとても上手になった。家族に傷つけられてなどいないし、わたしは一人でもまったく問題ないというふりが。

とはいえ、本当に一人で問題ない。その点はふりではなかった。

あいにくロイスはそれで終わらせてくれなかった。「この話はしたくないのか?」

話ならした――マリスと。

マリスは友達だ。信頼できて、さりげなく支えてくれて、楽しいことが好きだけれど、わたしをばかにしたりしない。なにより、マリスは二人のあいだの境界線を意識させなかった――ロイスと違って。

けれど、あまり頻繁にマリスに打ち明け話をするのは控えたほうがいいだろう。マリスとは顔を合わせておしゃべりするだけでこんなに楽しいのだし、そこに水を差したくはない。それに、マリスの生い立ちについてもっとよくわかったら、もっとお返しができる。もしもマリスがなにかを必要としたらの話だけれど。

まったくもって、マリスは自立心のかたまりだ。

「ジョイ?」ロイスに呼ばれて我に返った。

まだ車が走っているということは、彼の家に向かう角を曲がり損ねたらしい。というより、本当ならもう着いているはずだ。ジョイは驚いて、いまさらながらに周囲を見まわした。走っているのは町へ向かう道だった。「どこへ行くの?」

「ディナーさ。静かな店だから、プライバシーが保てるはずだ」

冗談としか思えなくて、ジョイは彼を見つめた。「あなたの家へ行くんだと思っていたわ」

身構えるように、ロイスがゆっくり息を吸った。「きみがそうしたいなら、うちに行くこともできる」

「よかった」

ロイスのあごが引きつり、ハンドルを握る両手に力がこもって、またゆるんだ。数秒の沈黙に続いてロイスが言った。「ディナーのあとで」

そんな……。わたしはこうして自分に発破をかけて、いつでも踏みだす準備を整えてきたのに、この男性は食事なんかに時間を費やしたがっているの？　だけどこれは二人の問題で、わたしの願望も重要なはずだ。ロイスは配慮できないタイプではないから、わたしがどうしたいかをわかっていないだけなのではないだろうか。

言うべき？　この願望を、どんな言葉にすればいい？〝ディナーよりもあなたの家へ行って、裸になって、くたくたになるまでセックスしたいの〟？

だめ。それは言えない。そんなに率直だったことはないし、いまがそうなるときだとも思えない。

頭のなかではマリスの激励が聞こえる気がしたけれど、あいにくわたしはマリスではない。大違いだ。マリスなら、だれかの激励などなくても思ったことが言える。

それでも新しい友情に敬意を表して、せめて努力するべきだと決心した。

「わたし……お腹は空《す》いてないの」もう、わたしの意気地なし。急いでつけ足した。「というより、あなたは本当にお腹が空いてるの？」

ロイスは答えず、こう返した。「緊張してると認めてもいいんだぞ。気持ちはわかる」

ジョイは目をしばたたいた。気持ちはわかる？

そう、そうよね、彼はとてもいい人。だけどいま求めているのは〝いい人〟ではない。あなたが欲しいの。男として。

どうして、きっとスムーズに運ぶなどと考えていたのだろう。いや、理由はわかっている。肉体関係をもつチャンスにロイスが飛びつくものと思っていたからだ。その先は彼が仕切ってくれて、こちらは流れに身を任せていればいいものと。

そういう展開にはなっていないので、どうやらこちらが正しい方向へ誘導しなくてはいけないらしい。「気遣ってくれてありがとう。本当に、感謝してるわ。だけど母とのことはいまに始まったわけじゃないし、それについてはくよくよ考えていたくないの」

探るような目でロイスが見た。「本当に？」

もどかしさで口調が鋭くなった。「あえて言わなくちゃいけない？　これが――」二人の体を手で示す。「――なんなのかを」

ロイスはしばし無言で運転していたが、やがてうなずいた。「ああ。言ってみてくれ」なんてこと。予想外の展開だ。「ええと……」勇気を奮い起こし、恥じらいを捨てて、言った。「今日の目的はセックスでしょう?」

「なんだって?」ロイスがまたこちらを見た。驚愕《きようがく》の表情は滑稽なほどだ。運転は続けているものの、まばたきをしない。数秒、呼吸さえ止まった。「いま、セックスと言ったか?」

どうしてそんなに驚いた声なの?「今日のわたしたちってそうよね? 少なくとも、わたしが願っていたのはそれよ」気恥ずかしくて舌の回転が速くなり、ぺらぺらとしゃべりはじめた。「たしかに少し予定は狂ったわ。いきなり母が現れて、本当に驚いた」なんて控えめな表現。「それについてはあとでゆっくり考えるけれど、わたしたちのチャンスは限られてるでしょう? こういう時間をつくるために、マリスとダロンにそう何度も協力は頼めないわ」

「ちょっと待て」ロイスが片手をあげた。「つまり……」

「セックスよ」もう一度、言った。さっきより楽に言えた。

「ああ。それはしっかりわかった。そうじゃなくて、つまりきみの目的がそういうことなのをマリスとダロンは知ってるのか?」

ジョイが説明すると、ロイスは短く笑った。「これでわかった。どうしてダロンは急に犬をあずかると言いだして、しつこく食いさがるんだろうと思ってたんだ」赤信号で停車してジョイのほうを向いた。そのまなざしは温かく、唇はかすかな笑みを浮かべていた。「じゃあ、きみがそういうふうに取りはからったのか」

　赤面しない。赤面しない。「ええ」ついでに言うと、コンドームも買った。身なりに並々ならぬ注意も払った。「それで、どう思う？　食事は先送りにできる？」さもないと機会を逃してしまうといういやな予感がした。

　ロイスがちらりとバックミラーをのぞき、車を出してUターンした。「おれは三十だ」どういう意味だろうと思いつつ、Uターンしてくれたことにほっとして、ジョイは言った。「同い年ね」

「ここへ来る前の一年はさんざんだった。いや、一年以上だな。だが最後の年は最悪だった。おれはすり減って、だいたいは五十になった気分でいた」

　なぜそんな話をするのだろうとまた思ったが、ジョイ自身、三十より老けて感じる。大きな理由は、自分が女性であることをいったん脇において常にママモードでいるせいだ。

「わかるわ」これがロイスなりの、性的な関係から逃げる方法ではないといいのだけれど。

「要するに、きみのそばにいると、おれは盛りのついたハイスクールのガキみたいになってしまうんだ」

　安堵《あんど》の大きな笑みが浮かんだ。「よかった」自分の声が滑稽に聞こえて、ジョイは笑ったが、気恥ずかしさはほとんど消えていた。「だって、わたしも同じだから」

「そう聞けてよかった」

ふと、過去がそんなにつらかったなんて、いったいなにがあったのだろうと思った。けれど境界線についてはすでにはっきりさせられているので、尋ねるのは控えた。

ロイスが手を伸ばしてジョイの手を取り、自分の腿の上で握った。「興味がないんじゃないか、なんて絶対に思わないでくれ。そういうふうに見えることがあれば、言ってほしい」

「あなたもそうして」ロイスと出会う前、セックスについてたまに考えたことはある。けれどいつも漠然とした空想で、相手の顔も浮かんでこなかった。

それがロイスと出会って、自分がなにを望んでいるのかがはっきりした。

「お互い、いまはいろいろ抱えてるし、正直なところ、おれはご無沙汰だ。だが近い将来については、機会さえあればおれはいつでも〝イエス〟だと思ってくれていい」

〝近い将来については〟と限定されても、まったく気にならなかった。思いは同じだから。

「わたしもよ」

「そうなのか？」ロイスがにやりとして、デリの前に車を寄せた。「時間はどれくらいある？」

唐突な質問に戸惑った。「マリスには、八時までに戻ると伝えたわ」

「完璧だ」停車してシートベルトを外す。「二分待っててくれ。できあいのサンドイッチを買ってくる――あとのために」助手席のほうに身を乗りだして、しっかりと温かなキスをした。官能的な約束に満ちたキス。「すぐ戻る」

食べ物の入った袋を片腕に抱え、ロイスは玄関の鍵を開けると、脇にさがってジョイを通した。

ジョイは恥じらいと期待の入り混じった表情で、無言で敷居をまたいだ。

この女性は三十歳かもしれないが、これは新たな体験なのだ。

それをいえば、おれにとっても新たな体験だ。なぜなら相手はジョイで、おれは彼女を求めているだけでなく、彼女のすべてを尊敬しているから。欲望と敬意――過去にはなかった組み合わせだ。

母の病気以前、ロイスは独身生活と自由を謳歌《おうか》していた。気ままに生活し、旅する時間もたっぷりあった。母の病気で人生は劇的に変わり、女性との関係を育む余裕はいっさいなくなった。育みたいとも思わなかった。

ただ日々をやりすごしていくほうが簡単だったし、面倒も少なかった。やらねばならないことをして、必要なことに集中し、ほかのことは考えないほうが。

そしていま、ジョイがここにいる。ここへ越してくる前にもあとにも、ほかの女性には感じたことのない引力をもつ女性だ。彼女ほど、忍耐と細やかさをもって接されるのにふさわしい女性はいないが、いますぐ寝室に連れこみたい衝動は心臓で激しく脈打っていた。いたるところに触れて、すべてを味わいたかった。

会ったときからそう思っていた。

ジョイがこうしておれの家にいるのは、彼女もおれを求めているからだ。率先して行動し、友達の協力を仰ぐほどに。

そう考えると欲望が高まって息をするのも苦しくなり、ロイスは背後で玄関を閉じた。

「ここまでがんばったなんてすごいわ」

明かりをつけながらロイスは尋ねた。「なにが?」

「ドライブインを改修して地域の人たちと親しくなって、引っ越しの荷ほどきもすっかり終わって、家のなかまできちんと片づいてる。ジャックを連れてパークに越してきたときのわたしなんて、しばらくのあいだ、箱からものを取りだして生活していたわ。ようやく理想の家にできたときには、ジャックは一歳になっていたはずよ」

「当時のきみはいまのおれより若かったし、赤ん坊の世話もしなくちゃならなかった」いったいどれほどの苦労をしたのだろうと思わずにはいられない。とりわけ、じかに母親を見てしまったあとでは。「ここは……」ロイスは無味乾燥な室内を見まわした。「片づいてはいるが、こうしたいと思ってる完成形からはほど遠い。アイデアは山ほどあるんだが、それは後まわしだな」

ジョイがコートを脱いで、バッグと一緒にソファに置いた。「ジャックとわたしが計画を遅らせてしまったのね」

ロイスは低い声で笑った。「ジャックは本当に愉快な子だ。でもきみは――」ジョイの全身を眺めた。シンプルなスカートとニットでも極上に女性らしく、なおかつ有能そうに見えるところがすばらしい。ジーンズ姿はどんなだろう。ぜひ見てみたい。

裸はもっと歓迎だ。それはもうすぐ見られる。

「きみには大いに気を散らされる」どうにか言った。「最高の意味で」

ジョイがほほえみ、両手でスカートをなでおろした。「よかった」

急《せ》かしてはならないことを思い出し、ロイスは言った。「食いものを置いてこよう」そしてキッチンに向かった。

ジョイはついてきたが、幅の広い戸口で足を止めた。まだ家のなかを見まわしている。とくにむきだしの壁を。「お母さんの絵は持っていないの？」

母が病気になったあとに完成させた作品と、幼いころからプレゼントされてきた作品はすべて持っている。かなりの量だ。「何点かは」あいまいに答えた。現状、作品は倉庫に保管してあり、ロイスがそれらと向き合う心の準備を固める日まで待っている。

「お母さんは、その……病気だったのよね」

認知症をどう表現したらいいのかわからないのだろう。

ロイスは息を吸いこんで止めた。たしかに二人とも実地を離れてしばらくになるが、まさかいま、亡くなった母の話をすると本気で思っているのか？

心配そうな目から察するに、本気で思っているのだろう。

あらゆる動きを目で追われていることに気づき、ロイスはあえてゆっくり、食料を冷蔵庫に収めていった。「認知症と一緒にいろんな症状も出てきた」

「お気の毒に」

ロイスはうなずき、さらに時間をかけてサンドイッチをなかほどの棚に、コーラはいちばん下に、ポテトサラダはいちばん上に置いた。

だが、なんのために？　それでジョイへの渇望が薄れるわけではないのに。二人に許された時間は短いのに。

「カオスがこれをやったの？」

冷蔵庫を閉じて、示された入り口のドア枠を見ると、下のほうの白いペンキに深い溝ができており、木部がのぞいていた。「ああ。最初にあいつを置いて出かけたときに」ジョイに触れないよう、両手を背後に回してカウンターをつかんだ。「かわいそうに、大騒ぎしたよ。また捨てられると思ったんだろうな」

カオスが囲いから抜けだして家のなかをうろつき、靴二足がぼろぼろになって一枚の網戸が窓枠から外れているのを見つけたときはうんざりしたが、すまなくも思った。子犬には恐怖心を抑えられないし、ロイスもその不安を煽《あお》るつもりはなかった。

　それからの一時間、庭でたっぷり遊んでやり、相手をすることで、カオスが安心して気持ちも落ちつくことを願った。そして、可能なかぎりカオスを置いて出かけないと誓った。

　引っかき傷だらけのリノリウムをあごで示し、ロイスは言った。「穴を掘って外へ行こうとしたんだろうな。おれが帰ってきたら、狂ったように飛びついてきて舐《な》めまわして、そばから離れようとしなかった」

「かわいそうに」ジョイの声は同情に満ちていた。

　雰囲気を明るくしようと、ロイスはにやりとして尋ねた。「おれが？　犬が？」

　ジョイもにっこりして答えた。「両方？」

　ロイスは笑って受け止めた。「シャワーを浴びてるときも、カオスはカーテンの向こうから鼻先を突っこんでくる。まあ、あいつの姿が視界に入ってるあいだは、いたずらはしてないってことだが」

「カオスがあなたと出会ってよかった」ロイスの胸板を見つめたまま、ジョイが近づいてきた。「ほかの人ならとっくにいやになっていたかもしれないでしょう。そんなにいたずら好きなら」

「たいして困ることもない。おれがここの改修に取りかかるころには、あいつももっと安心してるんじゃないかな」カオスがあっちへ駆けこっちへ駆け、影に吠《ほ》え立てては床を横滑りし、ときには自分のしっぽを追いかけたりしていないいまは、家は妙に静かに思えた。「それまでにダロンがいくつか命令を覚えさせてくれるとありがたい」

ジョイがほほえみ、あの美しい目でこちらを見あげた。

そこで忍耐も尽きた。これほど近くに来られては、触れずにはいられない。両手を肩にのせて引き寄せた。ああ、なんてやわらかくて曲線に恵まれているんだ。ジョイは背が高いので二人の体は完璧にフィットする。

かすれた声で言った。「カオスの話はこれくらいにしたい」母の話も。

ジョイが両手のひらを胸板に当てた。「いいわ」

「ジョイ」いまや欲求でうっとりとした目から視線をおろすと、ジョイの唇はうっすらと開いていた。「いまにも爆発しそうだ」

ジョイがうなずいて息を吸いこんだ。「わたしも」

「よし」完璧だ。両手で背中をなでおろし、ところどころをまさぐって、彼女のかたちを知っていく。ウエストのくびれ、腰の広がり。両手のひらでヒップを包むと、ジョイが首筋に顔をうずめてきた。

忍耐だ、ともう一度自分に言い聞かせた……が、もはや歯止めが利きそうにない。「ここで始めたら、寝室にたどり着けなくなる」

「正直に言うと、わたしはここでかまわないわ」

ロイスは笑いでむせた。この女性との初めては、カウンター際であってはならない。

「この一回めは、もう少し一般的なかたちにしないか？」ジョイをさがらせて手を取り、廊下を進んで寝室を目指した。

あいにく、ベッドメークができていなかった。カオスが毛布の端を咥《くわ》えて床に引きずりおろしていた。枕にはいまもロイスの頭のかたちが残っているし、もう一つの枕は……カオスがそこで丸くなって寝たことは明らかだ。

くそっ。

「犬の毛が――」説明しはじめた。

「気にしないわ」

振り返ると、ジョイはロングカーディガンの前をはだけて靴を脱ぎはじめていた。ストッキングもタイツも履いていない、なんともキュートな素足が現れたのを見て、ロイスの脳みそは一瞬固まったものの、すぐに気づいた。ジョイは服を脱いでいる。

下半身がこわばった。この女性を手に入れるときはもう目前に迫っている。いったいどうやってここまでこぎ着けたのか。美しくて賢くてやさしくて――そんな女性があれこれ段取りをつけるほどおれを求めている。ぱっとしないこのおれを。どう見ても苦痛だっただろう母親との対面のあとに。

それらすべてが多くを物語っている。そして、求めているのはこれだけだとジョイは言った。ならばおれは、可能なかぎり〝これ〟をいいものにしよう。

そのためには確実に快楽を与えられるよう下準備をしなくてはならない。先に服を脱がれてしまったら、頭が留守になってしまう。

「ゆっくりだ」つぶやいてジョイを引き寄せ、深くじっくりと唇を奪った。すぐさま唇が開いて舌を欲しがる。たいしたテクニックは持ち合わせていないものの、ジョイに気にする様子はない。体を押しつけておれにしがみつき、舌に吸いついている。

ああ、彼女にしてやりたいことなら山ほどあるが、ジョイの両手がスウェットシャツの裾をつかんだのを感じて、それ以上待てなくなった。「自分で脱ごう」必要なだけ離れて、スウェットシャツを頭から引き抜いた。

ジョイが息を吸いこみ、あらわになった上半身を視線でなでまわす。続いて吐息のように漏らした感嘆の声に、下半身がますます固くなった。

ジョイが魅了されたような表情で手を伸ばし、肌に触れた。手のひらを肩に押し当ててから指先で胸板を伝いおり、左の乳首を越えてウエストにいたると――ジーンズのホックに到達した。

ジョイは本当に急いでいて、ロイスとしてはそれに合わせたいものの、時間をかけなくてはいけないとわかっていた。

ジョイの手を取って指にキスをした。「きみの番だ」カーディガンを腕から抜き取り、椅子のほうへ放る。長い髪を両手で肩の後ろに払い――そこでしばし手が止まった。豊かでつややかな金茶色の髪は、最近の妄想にしょっちゅう登場する。

その刺激的な妄想のどれ一つとして現実にはかなわなかった。ここに、この寝室に彼女がいて、浅い息遣いを聞きながら、シャツとブラを押しあげる胸のいただきを見るという現実には。

両手で細いウエストと腰をなでおろし、またなであげる。ジョイがあまりにもじっとしているので、会話が役に立つかもしれないと思い、尋ねた。「いつもスカートなのか？」

ジョイがつばを飲んでうなずいた。「たいていは」

ゆっくりシャツをたくしあげて、まずお腹のなめらかな肌を、続いてブラのレースの縁取りを、最後に豊かな胸のふくらみをあらわにした。

ジョイのあごの下でシャツをくしゃくしゃにしたまま、ロイスは光景に見とれた。ジョイが豊満な体つきだと、そのときまで気づいていなかった。白いブラはしっかりした作りだが美しく、支える胸のふくらみは、ロイスの大きな手をいっぱいに満たすだろう。

ジョイはいっさい体型を強調していない。むしろ女の一面を見せないように体型をごまかしているはずだ。

今夜家まで送る前に、自分がどうしようもなく女であることをわからせてやる。

「ロイス」ジョイがささやいて、体の脇で両手を震わせた。

ロイスは目を見つめた。バラ色に染まった頬と震える唇が、恥じらいと切迫感の両方を物語っている。「きみは本当にすてきだ」

ジョイが小さく首を振る。「わたしは……平凡よ」

唇にやさしくキスをして、ロイスは言った。「平凡とはほど遠い」ジョイのシャツをゆっくりと頭から引き抜きながら、自分に言い聞かせた。この女性は長いあいだ男の前で服を脱いでいない。どれだけ目で貪りたくても、それはあとにとっておかなくてはならない。

黄褐色のスカートのサイドファスナーと格闘しながらキスをした。すらりとした首筋に、首と肩が出会う敏感な部分にふたたびのぼって、あごと耳に唇で触れる。

スカートがジョイの足の周りに落ちた。ロイスが一目拝むより早く、ジョイがスカートの輪から出てきて寄り添い、また両手を胸板に当てて唇を重ねた。

もはや両手でヒップを包んでも、温かくやわらかな丸みとのあいだにあるのはつややかな布だけだ。急ぐなと自分に言い聞かせながら片手をパンティのなかに、もう片手をブラの内側に滑りこませた。ジョイは明らかにいやがっていない――そこでロイスの思考は止まった。

純粋に、止まった。

代わりに本能に従った。触れて、味わって、舐めて、愛撫《あいぶ》する。飢えた男のように――

いや、実際に飢えているのだろう、いたるところを貪欲に堪能した。

肌のやわらかさに、髪と彼女の興奮の香りが加わって、痛いほど固くなる。

ほどよい加減で背中を這《は》う爪の感覚がたまらない。彼女も熱くなっているのが伝わってくる。だが本人はそれでロイスが昂《たか》ぶるとは知らず、無意識にやっているのだろう。みずからの体の反応に溺れ、やわらかな甘い声を漏らしている。ロイスがブラを外して両の胸のふくらみをあらわにし、かがんで尖《とが》った先端を口に含むと、髪に手がもぐってきて引き寄せられた。

「ロイス」震える吐息のように名前を呼ばれた。

次の瞬間、二人は猛然と動きだした。ロイスはパンティを剥ぎ取り、ジョイはジーンズのファスナーにつかみかかった。

今回もロイスが続きを引き取った。さもないと怪我《けが》をしかねない。その激しさにますますかき立てられた。ジョイがおれを求めている。おれほど強くではないかもしれないが、近いくらいに。肌に触れる唇の熱や、途切れがちな息遣いにそれを感じる。

蹴るようにして靴を脱ぎ、記録的な速さでジーンズとボクサーパンツをおろした。一瞬、二人の視線がぶつかり、ジョイの目に自分が感じているのと同じ激しい飢餓感を見たロイスは、手を伸ばしてもろともにベッドに倒れこんだ。

激しくキスをしながら両手で胸のふくらみを覆い、そそり立った熱いものをやわらかなお腹に押しつける。

コンドーム。遅ればせながらに思い出し、肘をついて上体を起こした。ジョイの目はうっとりとして唇は濡《ぬ》れ、長い髪は枕の上で乱れている。ああ、一瞬たりとも離れたくないが……。「ゴムを取ってくる」

ジョイがキスで腫れた唇を舐めた。「いくつか持ってきたけど、バッグは向こうの部屋に置いてきてしまったわ」

この女性に祝福を。「コンドームを持ってきたのか」ロイスは言った。これほどやさしくてセクシーな女性が現実的でもありえることに、少しばかり畏怖の念を覚えた。

「ばかにした？」

「いや、そうじゃなくて――」愛しかけている。くそっ。ロイスは首を振った。

「なに？」ジョイがささやいてロイスのあごに触れた。

たしかにこの女性のいろいろな面が大好きだが、それ以上であってはならない。それ以上にしてはいけない。

「感心しただけさ」魅力に抗《あらが》えなくて、もう一度キスをした。「ありがとう。だがその件はおれに任せてくれ」

すばやく離れて、クローゼットから箱を引っつかんだ。コンドームを一つ取りだして、箱のほうはカオス用の枕の上に放る。

「あなたも買ったの？」

ロイスはにやりとした。ジョイもあの小さな家族経営の薬局で買ったのだろうか。だとしたら、いまごろちょっとした憶測がめぐらされていることだろう。

「自分がきみを求めてることに気づいてすぐにな。もちろん簡単にどうこうできると思ったわけじゃないが、万一に備えておきたかった」

ジョイが髪を後ろに払った。「じゃあ、その箱全部……わたしのため？」

まじめくさった顔で答えた。「今日だけで全部は使いきらないだろうが」

ジョイがにっこりした。「使いきったとしても、わたしも一箱持ってるわ。今日は三つしか持ってこなかったけれど」

三つ？　いやはや、おれ自身よりおれのスタミナを信じているらしい。

熱い視線を浴びながら、小袋を歯で破いて装着した。

つかの間の中断のおかげでいくらか自制心を取り戻せたので、ジョイのそばに戻ったあとは時間をかけて肌に触れた。そうしてじっくり胸のいただきを舐めていると、とうとうジョイが身をよじらせはじめた。

片脚で彼女の両脚を押さえてから、膝の内側をなであげて、温かいベルベットのような太ももを這いのぼる。

脚のあいだのうるおった部分に到達した瞬間、ジョイがのけぞり、無言でその先を求めた。胸のいただきを歯で挟んでそっと引っ張りながら……指先を挿入した。

よく濡れて、焼けるほど熱い。

そしてこちらの下半身がうずくほど締まっている。

さらに指をうずめて、ざらついたうめき声と逸《はや》る腰の動きを堪能した。楽にしてやろうと、一度指を引き抜いてから、今度は二本で貫いた。そうしてさらに押し広げて昂ぶらせながらも、新たなうるおいを指で味わった。

「早く」ジョイが言い、突然ロイスの頭をつかんで唇を唇に引き寄せた。「早く」

お安いご用だ。すらりとした太ももを膝で分かち、脚のあいだに陣取った。その脚が腰にからみつくのを感じながら位置を整え、力強く一突きでうずめた。

ジョイが目を見つめたまま首をそらし、あえいだかと思うや、あえぎは快感の震えるうめき声に変わった。

そう長くはもちこたえられないとわかっていたので、片方の肘をついてジョイに集中した。ジョイが必要としているものや、ジョイの反応に。やさしいのが好きなのか。

それとも激しいのか。

ジョイは顔の周りで髪を乱し、体をこわばらせて腰の動きを合わせ、必死に絶頂を追い求めている。

空いているほうの腕を腰の下に差してすくいあげ、さらに深く沈めて、抜き挿しのたびにクリトリスを刺激できるようにした。それでじゅうぶんだった。

ジョイが歯を食いしばって固く目を閉じた。

絶頂はあっという間に訪れた。快感に溺れる生々しく嘘のない姿はじつにみだらで、こちらの解放の瞬間も止めようのない力で迫ってくるのを感じた。

下半身が締めつけられる。

ああ、完璧だ。

首筋に顔をうずめてどうにか自分を抑え、ジョイの緊張がやわらいで腕と脚から力が抜けるのを待った。

そして、いまだと思うなり自制心を捨てた。片手でヒップをつかまえて逃さないようにすると、じっと見つめたまま激しく速くねじこんだ――躍る乳房だけでなく、その静かなほほえみを。美しい緑色の目を。完全に満ち足りた表情を。

首をそらして、腰をたたきつけながらのどの奥からうなり声をあげた。骨まで溶けるようなこんな快感はじつに久しぶりだった。

というより、間違いなくこんなのは生まれて初めてだ。

極上のセックス、だけでなく……それ以上。はるかにそれ以上。

果てたあとはそれについて考えるのをやめ、しばしジョイに重なって休んだ。二人ともくたくたで、息を弾ませていた。

「びっくりした」ジョイのささやきに、思わず笑みが浮かんだ。

笑顔のままとなりに横たわると、つかの間、二人の体が離れた。それが気に入らなかったので、疲れた腕を回して引き寄せた。

ジョイがすり寄ってきて、スリムな脚をロイスの脚に、片手を左胸にのせた。いち早く回復したのだろう、胸毛をもてあそびはじめる。ふつうならくすぐったいところだが、いまはほとんどなにも感じなかった。

満足しか。

それと、小さな困惑。

あとは、かすかな危険の気配。

もしも良識があれば、口で言っている半分でも自分の計画に専心していれば、できるだけ速く逃げ去っているはずだ。それなのに実際は、ジョイの頭のてっぺんにキスをして、これからおれたちはどうなるのだろうと考えていた。

いったいこのおれが、ジョイのような女性になにを差しだせるというのか。再建なかばの事業？　ドライブインには可能性があると信じているものの、買い取ったのはシーズン終わりなので、成功するかは春までわからない。家はなんとしても修理が必要だ。いずれは快適になるだろうが、いまは殺風景そのものだ。

預金残高は母の病気のせいで余裕がないし、つい最近、不安でいっぱいの子犬を迎え入れてしまった。飼い主が視界から消えることをいやがり、靴を食べるのが大好きな犬を。

おれくらいの年齢の男なら、もっと売り文句があるべきなのに。

そんな考えを読んだのか、ジョイが汗ばんだ肩にそっと手のひらをのせた。「すごくよかった」

そうとも、すばらしいセックス。とっかかりにするにはじゅうぶんじゃないか？　いや、とっかかりと言うが、おれはそこからなにを築きたいんだ？　まだよくわからない。

目を閉じたまま、なおも回復に努めながら、からかうように言った。「自画自賛してるな？」

ジョイが笑って軽くロイスの胸板をたたき、また体を探索しはじめた。「あなたのことを言ったのよ。いえ、もしかしたらわたしたちのことを」のどに鼻をこすりつける。「わたしとあなた」

下半身がぴくりと動き、心臓も同じことをした。

否定できない。これはただの〝すばらしいセックス〟ではない。

それ以上になりうる……もしもおれがそれを許せば。

もしもジョイがそれを望めば。

ロイスは片目を開けた。「もう一度するべきだ、とほのめかしてるのか？」

「あなたが元気ならね」

ロイスの口元にゆっくり笑みが浮かんだ。「ジョイ・リー、いまのは下ネタか?」

ジョイが片方の眉をつりあげた。「そうよ」

こんなふうに冗談を交わせるところが心安らぐのかもしれない。一緒にいるのが驚くほど楽なのだ。セックスの前も、最中も、あとも。それを本人に言えば、侮辱と受け止められるだろう。おれの人生が長いあいだ心の安らぎを欠いていたことなど、ジョイが知る由もないのだから。

たしかにこの女性にはこれまでに経験がないほど興奮させられる。それが体のことだけならやりすごせる。探索して、楽しんで、先へ進める。

ジョイが感じさせてくれるほかのすべてを捨て去るのは、とてつもなく難しいだろう。

ジョイを仰向《あおむ》けに押し倒して言った。「念のために教えると、もう半分元気だし——」

身を乗りだして時計を確認した。「——時間はまだたっぷりある」

「それに、コンドームもどっさりね」ジョイがほほえんで両腕をロイスの首にかけた。「だからそれを最大限に活《い》かしましょう。いつまたこんなふうに二人きりになれるか、わからないもの」

興奮と警戒と残念な気持ちを同時に感じさせられるのは妙なものだった。こちらは未来について考えているのに、向こうは次があるかわからないと思っているとは。

この女性が欲しい。もう一度。いまだけでなく、明日も。

だが、仮におれが情欲に溺れてしまうことなく、だれかと深い関係になる前に自分自身を立てなおせたとしても、明日以降、ジョイのほうがこの関係には予定をすり合わせるだけの価値がないと考える可能性はある。

そうなったら、どうする？

ジョイの口ぶりは、おれのために喜んで苦労するというふうには聞こえない――〝いつまたこんなふうに二人きりになれるか、わからないもの〟。

だが、不可能ではない。お互いが協力すれば。それだけの価値があると思えれば。で、実際どうなんだ？

言うまでもなく、ジョイはもうその肩にかなりの責任を負っている。そのなかの一つは五歳の少年で、ジョイがあの子をないがしろにすることは絶対にないだろう。

となると、おれは？

「ロイス？」ジョイが心配そうな顔で言い、指先であごに触れた。「どうかした？」

なんと答えたらいいかわからなくて、代わりにキスをした。焦ることなくじっくりと唇を重ね、ジョイがうれしそうにすり寄ってくるさまを味わった。

いまのところは、これで満足しなくては。

「使用ずみのゴムを捨ててくる」唇越しに言ってから起きあがった。「それから、お腹が鳴る音が聞こえたぞ。またおれを好き勝手する前に、食事をするのはどうだ？」

緑色の目を輝かせてジョイがほほえんだ。「どうしようかしら。ベッドのなかで食べてもいい？」

犬の毛のなかで？　きみが気にしないなら、おれも気にしない。

「三分で戻る。裸のままでいろよ」

ジョイが伸びをして言った。「あなたがそうするなら」

ロイスには、つまり自分の未来に綿密な計画を立てていた男には、じつにすばらしい提案に聞こえた。

8

自分がこれほど楽しんでいることにダロンは驚いていた。たしかに昔から子どもも動物も好きだが、マリスと一緒だとひと味違った。

どうしていままでマリスの母性的な一面に気づかなかったのだろう。クッキーを焼きつづけ、客だけでなく友人にも……いや、店に来る人全員にすばやく給仕する。まるでほかの人を居心地よくするために生きているようだ。

彼女に同じことを返す人はいるのか？

しかし家庭的な女性というわけでもない。総じて目標一筋の、しっかり計画を立てる賢い事業者で、どうしたら自身の課題を常に前進させられるかわかっている人物だ。その課題というのがいったいなんにせよ。

経済的に安定しているが、それだけではない。マリスは〈サマーズエンド〉を、最低限必要な品やコーヒー一杯を得るだけの場所から、パークの従業員はもちろん、ここを訪れる人みんなにとっての〝居場所〟に変えた。

マリスが仕事のことばかり口にするのが、ダロンには歯がゆかった。

仕事に戻らなくちゃ。

これを片づけなくちゃ。

やることがあるの。

仕事。

いつだって同じフレーズを歌っている。

それでも今日は店が少し落ちついたとき、犬のしつけを試みるダロンのところへやってきた。しつけはあまりうまくいかなかったが。

カオスとはよく名づけたものだ。あのやんちゃな子犬ときたら、一瞬しか一つのことに集中できないらしい。ジャックとダロンのあいだを猛スピードで行ったり来たりしては、ときどき自分の足につまずき、じゃれて靴紐《くつひも》を引っ張って、こっちを見てと要求し、くるくる回ってしっぽを追いかけ、大胆にも目の前を舞っていった木の葉に襲いかかっては、湖に向かって吠《ほ》え立てる。

あのちびすけは、それができるうちになんとしても最大限の注目を浴びようとしているようだった。カオスをしつけるには時間と忍耐と根気が必要だろうし、長い散歩で少し疲れさせてからのほうが楽だろう。

だがそうしようとしていたとき、マリスの笑い声を聞いた。本物の笑いを何度も。豊かで自由な声を。

とびきりセクシーな声。

いや、マリス自身がセクシーだ。

おまけに知恵も働く。なにしろロイスとジョイがくつろいだ笑顔で現れるやいなや、彼らと一緒にその場を離れ、二人きりになろうというダロンの計画をくじいたのだから。

もう一度、キスしたかった。本音を言えばキス以上のことがしたかったが、ないものねだりはしない主義だ。

マリスが今夜をどう終わらせたにせよ、こちらはじつに楽しく過ごした。

カオスもだ。ロイスが戻ってくる前に、やっと少し疲れてくれた。離れているあいだにおれとどれだけ楽しんだか、迎えの際に子犬が示した様子からロイスが知ることはないだろう。カオスはどうやらロイスが大好きで、彼を見つけたとたん、それを思い出したらしい。夢中になって喜びを表し、高い声で必死に吠えた。

暴れる毛玉をロイスが抱きあげ、やさしく話しかけてようやくカオスは落ちついた。

もしかしたら、また捨てられたと思ったのかもしれない。

おれをその気にさせておいて、つれないやつだ。

マリスにそっくり。

あの子犬にはなんとしても信頼させて、基本的なことをしつけてみせる。

マリスのほうは……もう一度キスさせてくれるほど信頼してもらえたら、勝利とみなそう。

いまのところは。

翌朝、キャンプストアの入り口から顔をのぞかせたジョイは、カウンターの奥にマリスを見つけた。湯気ののぼるカップを両手で顔のそばに掲げ、目を閉じて、コーヒーの香りを吸いこんでいる。

「お邪魔？」

片目を開けたマリスは、すぐに一口ごくりと飲んだ。「入って、全部聞かせて！」

ジョイはほうきを取り、ドアストッパーを移動させてドアが閉じないようにした。「あなたの日課を邪魔したくないから、座っておしゃべりはしないことにするわ。代わりに手伝わせて」どれだけ感謝しているかを示すために、唯一思いついた方法だ。「そうしたら忙しくしながら話せるでしょう？」

マリスがジョイを見て、手にしたカップを見おろしてから、尋ねた。「わたし、忙しそうに見える？」

「あなたのことは知ってるもの」ジョイは言い、入り口の外のポーチから落ち葉を掃きはじめた。「コーヒーの香りを吸いこむあいだはペースを落とすかもしれないけれど、それはほんの小休止でしょう。この落ち葉を掃き集めてごみ箱に入れるから、お店のなかではなにをしたらいいのか教えて」

マリスは笑った。「すっかり計画ずみなのね」

ジョイはおどけてツンと鼻をあげた。「働き者はあなただけじゃないのよ」

「いいわ。任せた。だけどせめて特ダネを教えてよ。ゆうべはどうだったの？」

体のなかからこみあげてくるような笑みを抑えられなかった。こんな話ができる相手は人生で初めてなのだ。まあ、こんな話だけでなくどんな話も。セックスについて話せる相手は断じていなかった。

ずいぶん長いあいだご無沙汰だったので、話し相手がいなくても平気だったが、いまは話したかった。どういうわけか、ロイスに感じさせられたものをすべて説明したかった。だけどそれは大人の女性同士ですることなのだろうか。わからない。

「あらら」マリスが言う。「ためらってるのは期待はずれだったから？」

「違うわ！　ぜんぜん違う」実際は正反対だ。ロイスはどんな期待もうわまわっていた。

「赤くなってるじゃない！」マリスが言う。「焦《じ》らすのはやめて、教えてよ。どうなの、運には恵まれた？」

ジョイは笑いながら不安を捨てた。もしもこういう話題に守るべき節度があるとしても、マリスは明らかにそれに従っていないか気にしていない。「ええ、恵まれたわ。ものすごく」にっこりして声を落とし、打ち明けた。「三回よ！」

マリスは長い口笛を鳴らした。「三回？」

「その、わたしは三回、彼は二回」

マリスは笑ってカウンターを回ってくると、がばっとジョイを抱きしめて、くるくる回りながら踊りだした。それから腕の長さだけ体を離す。「彼、よかった？」

「ああ、マリス」ジョイはほうきに寄りかかってため息をついた。「どこまでも完璧だったわ。知りもしなかった、まさかあんなに……」

「昇天ものだなんて？」

「ええ」三回も絶頂に導かれた。

「爆発的？」

それはそれは。ジョイは幸せな顔でうなずいた。

「つま先をぞくぞくさせてくれた？」

抑えきれずに笑いがこぼれた。「どこもかしこもぞくぞくさせてくれたわ」

マリスがにんまりした。「あなたはどうなの？　彼の世界を揺るがした？」

はたと我に返り、ジョイは片手で顔を覆った。「どうかしら、見当もつかないわ」

「つまり彼は静かにいくタイプだったということ？」

「ええ？」ジョイはすばやく周囲を見まわし、だれにも聞かれていないことをたしかめた。

顔がほてるのを感じながら言う。「そういう意味じゃないの。彼は、ええと、その……」

「どかんといった？」

最後にこんなに笑ったのはいつだろう。「ええ。とても満足したみたいだった。だけど実際にはどうだったのかしら。ジャックを身ごもってから、だれとも寝ていなかったのよ」

マリスがまた口笛を鳴らした。今度は驚きをこめて。

ジョイはふざけて友達を押した。「あなたこそどうなの？　最後はいつ——」

「わたしが焼くトリプルチョコレートクッキーがあるでしょう？」

それとこれと、どんな関係があるのだろうと思いつつ、ジョイはうなずいた。「あれがどうしたの？」

「わたしはあれを〝チョコレートオーガズム〟と呼んでるの。なぜならもう何年ものあいだ、わたしにとって唯一の、いちばん近いそれだから」

ジョイがくすくす笑いだすと、マリスもつられた。おかげでますます愉快になり、果ては二人で大笑いになった。

入り口からクーパーが顔をのぞかせた。「おーい……いや、なんでもない」そして出ていこうとした。

「待って！」マリスが目元を拭いながら呼びかけた。「ご注文は？　コーヒー？　デニッシュ?」

クーパーが振り返って二人を見比べた。「コーヒーには酒でも入ってるのか?」

「いいえ」

「じゃあ、二つもらおう」ドア枠に肩をあずけて尋ねる。「クッキーはあるかな」

ジョイは吹きだしそうになった。

マリスも忍び笑いをしながら、発泡スチロール製のカップにそそいだコーヒーと、オートミールクッキーの入ったビニール袋をクーパーのもとに運んだ。

クーパーはそれを受け取ったが、すぐに立ち去るのではなく、二人にほほえみかけた。

「二人でなにを企《たくら》んでるのか知らないが、楽しそうでうれしいよ」ジョイの顔に目を向ける。「きみが笑ってるのを見るのはいいものだな。きみたち二人ともが」乾杯のように片方のカップを掲げた。「ありがとう」

「いつでもどうぞ。フェニックスによろしくね」

「伝えるよ」

クーパーが去ると、二人は何度か深呼吸をして落ちつきを取り戻した。

「ふう」マリスがブース席に腰かけてジョイを手招きした。「笑いすぎて顔が痛い」

「わたしも。おまけにお化粧が台無し」

マリスが紙ナプキンを取ってテーブル越しに手を伸ばし、ジョイの右目の隅を慎重にたたいた。「大丈夫。もとどおり」

二人で見つめ合ってにっこりした。

「〈コスモポリタン〉誌を読んでみたの」ジョイは打ち明けた。「その、いまどきの情報を仕入れるために」

「それで？　役に立った？」

ジョイは鼻にしわを寄せた。「おばあさんになった気がしたわ。どの記事もピンとこなくて。自然な流れというのも不自然な感じだし、エロティックな状況を無理やり演出するのもどうかと思うし」

マリスがうなずいた。「前に読んだ雑誌の記事では、ボーイフレンドを欲情させるためのいろんな方法を紹介してた。すごく腹がたったわ」しかめっ面で言う。「もしも今後、セックスすることになったとしても、がんばるのはわたしじゃなく相手の男性よ」

「ゆうべはね……どちらもだった」

「どちらも努力して、どちらも報酬を得た？」

「努力はいらなかったわ」一日中でも飽きずにロイスの肉体を探索していられる。一週間でも。

もっと長くても？

首を振って将来を考えるのはやめにし、二人で体験したものに心を集中させた。

ロイスがなにに歯を食いしばり、うめき声を漏らすのかに魅了された。絶頂に達するわたしを見るときの、暗い炎を燃やす目に。

「経験したこともないひとときだった」身を乗りだして打ち明ける。「わたしたち、たくさん笑ったの。おかしいでしょう?」

「タイミングによるわね」

「冗談を言い合って、ベッドのなかでサンドイッチを食べて、そのあともう一度セックスしたわ」重要なことを思い出して、マリスの手をつかんだ。「彼、カオスをベッドで眠らせてるのよ、知ってた? すごくやさしいと思わない?」

マリスが唇を引きつらせてうなずいた。「いい人よね。ともかくいまは、ダロンが出しゃばって犬をあずかると言いだしてよかったと思うわ。さもないと、わたしはこの魅惑のルポを聞けなかったかもしれない」

客二人が入ってきて、マリスが応対するあいだ、ジョイは通路の掃除を終えた。店の営業中にぐずぐず座っている気は本当になかった。

掃除が終わりかけたとき、キャンパー二人は去っていった。

こちらを向いて、抑えきれないジョイの笑みを目にしたマリスが首を振った。「ねえ、教えて。そんなによかったなら、その先のことを考えはじめてしまったんじゃない?」

赤みを帯びた金色の葉がそよ風に乗って入ってきたのを、ジョイはせっせとほうきで掃いて追いだした。パークの屋外管理人でクーパーの妻であるフェニックスは、一年のこの時期には、こうした木の葉の対応で大わらわだ。

またほうきに寄りかかって、ジョイは正直に答えようと決めた。「そうかもしれない。逆に考えないでいるのが難しいくらいだもの。だけど先のことを決めるのはわたしじゃないわ。少なくとも、わたし一人が決めることじゃない。ロイスははっきり言ったの。ここへ越してくる前にいろいろあったし、また縛りつけられるつもりはないって」

「縛りつけるって、あなた、ロープじゃあるまいし。あなたに出会えて彼はラッキーよ」

こんな友達がいたらうぬぼれ屋になってしまいそうだけれど、とどのつまり、元気盛りの男児を抱えたシングルマザーは責任ある関係を要求しているも同然で、ロイスはそういう関係を望んでいないということだ。「ありがとう。だけど先走りたくはないの。いまはむしろ〝いま〟を楽しんでいたい」

「わかるわ。わたしもきちんとした交際は求めてないから」マリスはツンと鼻をあげて言った。「わたしはこの店と結婚してる」

その言葉にジョイは笑った。どうやら笑いが止まらないらしい。ロイスのことを考えるのも、彼をもう一度欲しいと思うのも止められない。

だけど、もう一度なんてありえるだろうか？

「それで、なにか新しい予定は立てた？」マリスが尋ねた。

ジョイは首を振り、もう掃くものが見つからなかったのでキッチンに向かった。「新しい予定はなしよ」

「立てたらいいのに」マリスがついてくる。

キッチンはいやになるほど清潔で、どの鍋もあるべき位置にあり、流しはきれいに磨きあげられていた。「昨日、ロイスはわたしをディナーに連れていこうとしたの」

「ふうん？」

「彼はわかってなかったのよ。わたしがそれより彼の家に行って、彼を裸にして、好き勝手したいと思っていたのを」

マリスがにんまりする。「それを本人に説明しなくちゃならなかった？」

「わたしは厚かましくも自分の意図を表明したの。彼にも同じことをする機会を与えるべきじゃない？　その、もしまたわたしに会いたいなら」

「また会いたいに決まってるわ」

その点について、マリスと同じくらい自信がもてたらいいのだけれど。「本人がそう言うまでは断言できないわ」とはいえあの大量のコンドームについて、無駄にするべきではないと冗談を交わしたのだから、希望は失っていない。「さあ、仕事をちょうだい」

マリスがあきらめたように両手を宙に放り、いくつか戸棚を開けて掃除道具を取りだすと、先に立って客席のほうに歩きだした。「ナプキンホルダーを磨かなくちゃならないの」

マリスのためになにかできるのがうれしくて、ジョイはすぐさま飛びついた。金属製のホルダーをすべて集めて、また一緒にブース席に座った。マリスがコーヒーをそそいでくれて、自分のカップにもおかわりをついだ。

数分作業をしたとき、ジョイは言った。「今朝、祖母の弁護士と予定を詰めたの。パークでのハロウィンイベント後の月曜日に会うことになったわ」パークでは地域のイベントとは別に、週末をまるごと使って飾りつけやパーティを楽しみ、日曜の夕方に子どもたちをねり歩かせることになっている。

「来週ね？」

ジョイはうなずいた。不安でたまらない。「ひどい展開になりそう」

マリスが心配そうに布をおろした。「一緒に行こうか？」

ジョイはただ感謝の笑みを浮かべた。なにがあろうと、友達を両親の詮索にさらしたりしない。マリスの気取らないところが好きだ。仕事熱心なところも、相手に怯《ひる》んだりしないところも。けれどそういう部分は、一瞬でマリスを母の標的にしてしまうだろう。

「ありがとう。本当にうれしい。だけどこれはわたし一人でやるべきなの」

マリスはふんと鼻を鳴らしたが、視線は布に落としたままだった。「お母さんには会ってるわ。二度と一人で立ち向かうべきじゃない」少し考えなおしたのか、つけ足した。

「他意はないわよ」

「わかってるわ」

マリスが顔をあげた。「相棒《ウイングマン》にしてくれないなら――ウイングシスターと言うべきかもしれないけど、とにかく、それならせめてロイスを連れていくべきよ」

ウイングシスター。なんてすてきな響き。楽しいときや悲しいときを分かち合える兄弟姉妹はいなかった。もし選べるなら、喜んでマリスを姉妹に選ぶ。

けれどロイスを両親に近づかせるのは……いえ、絶対にだめ。母の芝居に招き入れるより速くロイスを逃げだしたい気にさせるものなど、思いつかない。「わたしなら大丈夫よ、本当に。ジャックを幼稚園まで送ったあとにそのまま車で向かうし、お迎えの時間にはこっちに帰ってきてるはず」両手を払って言った。「問題ないわ」

平気なふりに騙《だま》されはしなかったものの、マリスは真の友達なので、追い詰めるようなことはしないでいてくれた。

「一年のうちのこの時期は、ここは本当に静かよね」マリスが窓の外を見る。「夏のにぎわいが好き。忙しいままでいさせてくれる仕事が」

ジョイはうなずいた。「それが終わると秋になって、寒さがやってくるのよね」

窓の向こうでは、湖面の小さな泡ぶくが冷たいそよ風に揺られている。波はくり返し岸に打ち寄せて、砂に濃いあとを残していく。すっかり葉の落ちた木々のあいだから青空がよく見える。そのすべてが美しいとジョイは思った。

「そしてさらに静かになる」マリスがこぶしにあごをのせて、ため息をついた。

「静かなのは嫌い？」ジョイは尋ねた。

「あなたも感じてるはずよ。大きな……凪《なぎ》を。考える時間が多すぎる」

「忙しくしてるほうがましね」ジョイも同意した。ある考えが浮かぶ。「ねえ、一緒に買い物に行かない？　女同士のショッピングよ。ランチを食べて、お互いにかわいい服なんかを買うの。どうかしら」

「楽しそう」マリスは自分の体を手で示して尋ねた。「でも、わたしがかわいいものを着てるところを見たことがある？」

ない。「きっと似合うわよ」

「あなたこそ似合うわ」マリスがにっこりした。「だけど、新しいコートとブーツならほしいから、ぜひ行きましょう」

「今日？」ジョイは尋ねた。

「明日はどう？　ただし」言葉を切って強調する。「ロイスとなにか約束ができたら、そっちを優先すること。それからあのちびっ子をあずかってほしいなら、ためらわずにそう言うこと」

ジャックが病気で薬が必要になり、あずけられる人がいないから、あの子を連れて出かけなくてはならなかった数々のときを思い出した。ジャックの予定に合わせるために眠らずに過ごしたときや、ジャックが膝小僧をすりむいて慰めてやらなくてはならなかったので仕事に遅れたときのことも。

マリスに過剰に甘えるつもりはないけれど、頼れる人がいるのだと思うと、なんだか胸がいっぱいになった。

一人じゃないというのは、うれしいものだった。本当にうれしい。

「ほら」マリスが言う。「めそめそしないの。前にも言ったけど、ジャックはちっとも負担じゃないし、わたしにはほかにやることがあるわけでもない」

言葉だけでは足りないが、いまのわたしにはそれしかない。「どうもありがとう」

「どういたしまして」

「それから、ほかにやることがないという件だけれど……」

マリスがうめいた。

そんな小芝居を無視してジョイは尋ねた。「ダロンとはどうなの？」

「どうもないわよ」

「いつもそれね」ジョイは言った。

「それってどれ？」

「うやむやにしてばかり」たいていは真実をごまかすために。

マリスは自分と〝かわいい〟は相容《あいい》れないと思っているが、実際は飛び抜けてきれいだし、ポニーテールと笑顔のおかげで本当にかわいい。自分とダロンのあいだにはなにもないと思っているが、はたから見れば真実は明らかだ。

　二人は完全に相手に夢中。

「そうするのは必要なときだけよ」マリスが生意気な笑みを浮かべて言い、さっきがそのときだったのだと示した。

「ねえ、マリス」ジョイは椅子の背にもたれて腕組みをした。マリスからのアドバイスを喜んで受け入れてきたけれど、そろそろこちらからも同じことをしてみよう。「ダロンを好きじゃないと自分に思いこませようとしているみたいだけど、やめたほうがいいと思うわ。だってあなたとダロンは――」

「ジョイ――」

「火花を散らし合ってるもの。そしてわたしの見たところ、あなたはそれを楽しんでる」

「ジョイ」マリスがまた言った。今度は少し切迫した口調だ。

「彼のことが好きなんでしょう？　とても」マリスの表情から察するに、図星だったようだ。「認めなさい」

「認めることなんてなにもない」

「彼が欲しいんでしょう？　いいことを教えてあげるわ。一度試してみるべきだと思う」

「おっしゃるとおりだ」すぐ後ろからダロンの声がして、ジョイは飛びあがった。「まったく同感」

ジョイが振り返ると、ダロンがブース席の背もたれの上で両腕を重ねていた。つまり、くつろいだ体勢がとれるほど前からそこにいたということ。

顔がほてるのを感じながらジョイは尋ねた。「いつから盗み聞きが流行《はや》ってるの?」

「きみたちが話に夢中でなにも気づかなかったとしても、おれのせいじゃないよ。トラクターが表に停《と》まる音にも気づかなかったなんてね」

「トラクター?」ジョイは窓の外に目をやった。

「そう。これから寒くなるから、フェニックスとおれで、まず落ち葉をどうにかしようとがんばってるんだ」子犬のような目をマリスに向ける。「で、午前中の仕事は長くなりそうだから、クッキーはないかと思って来てみた」

ダロンのにやけ顔とマリスの怖い顔を見て、今日はここまでだとジョイは思った。口だけを動かして〝ごめん〟とマリスに言い、声に出してはこう言った。「あるかどうかマリスに訊《き》いてみたら? たしかチョコレート――」

「ジョイ!」マリスが真っ赤になった。

ダロンが両眉をあげて、二人を見比べた。「チョコレート……なに?」

「マリスが説明するわ――いいえ、しないかも」ジョイはそう言ってウインクをしてから店をあとにした。

マリスがどう答えたかはわからないが、それでもまた笑みが浮かんで、ロッジに着いたときには声をたてて笑っていた。人生はこれまでいくつもの角を曲がってきたし、常にいいほうへ、ではなかった。

けれどこんなふうに友達ができて、一緒にコーヒーを飲みながら笑い合って、身近にいるすてきな男性をからかって――これは間違いなく孤立状態からの進歩だ。しかもいまは、一時のこととはいえ、わたしにもすてきな男性がいる。

ロイスから電話がありますように。

なかったら？　まあ、そのときはまたこちらから追い詰めるかもしれない。

あの表情でこちらを見ているダロンになにを言うべきか、マリスにはわからなかった。あの顔は多くを物語る――関心や気分や……希望も？

本気で求められている、なんてことがありえるだろうか。それとも、自分を拒絶した数少ない女性の一人として、ただの攻略対象とみなされている？　けれどそうは感じない。むしろ……純粋な想いのような気がする。そしてちょっぴり怖い。

ああ、わたしは臆病者だ。けれど男性とのつき合い方についてはなにも知らないし、相手は女性ならよりどりみどりの男性だ。

なのに、その男性はわたしを求めているらしい。

完全に意識をこちらに向けて、目を見つめている。「ゆうべはおれから逃げだしたね」

たしかに。だけど認めはしない。「どうやったらあなたから逃げだせるの？　そもそも一緒にいなかったのに」ダロンを迂回《うかい》してキッチンに向かった。壁半分とカウンターを挟んだほうが安全というものだ。「今日はブラウニーとオートミールクッキーと、クランベリースコーンとショートブレッドがあるわ」

「一つずつ、全部ほしいな」

マリスが急いで向きを変えると——目の前にダロンがいた。すぐそばで、まぶしいほどの魅力を放っている。どうしてこんなにだらしない格好なのに人を振り返らせてしまうの？　悔しいかな、わたしも含めて。

今日はひげを剃《そ》らなかったのだろう、あごの明るい茶色のちくちくに、触れてみたくて指先がうずく。いつもくしゃくしゃの髪は冷たい風でさらに乱れ、着ている本人より年季が入って見えるスウェットシャツは、広い肩はぴったりと包んで胴はゆったりと覆っている。

それなのに、驚くほどセクシー。

「きみにそんなふうに見つめられるのは好きだな」ダロンがささやいた。

抑える前に鼻で笑っていた。「女性にならだれに見つめられてもうれしいんでしょう？」

「そりゃあ……」図星を指されて居心地が悪かったのか、ダロンがうなじをさすりながら言った。「まあ、そうだね。だって注目されるのはうれしいだろ。だけどきみは特別だ」

調子のいい言葉にあきれつつ、マリスは彼の脇をすり抜けようとした。

ダロンも動いて行く手をふさぎ、マリスが怖い顔で見あげるとすぐさま両手をあげた。

「わかったよ。あっちへ行け、あきらめろって言うなら、それは尊重する。本当だ」マリスがそのとおりにするのではと心配になったのか、慌ててつけ足した。「だけどおれたちのあいだにはなにかがある。きみも感じてるだろ？　このあいだのキスがそれを証明してる」

「はいはい。あのキスはただの実験よ」マリスは嘘をついた。

ダロンは侮辱されたような、少し傷ついたような顔になった。「二度と試したくないと思うくらい、いやだった？」

ああ、そんなふうに思わせてしまったなんて。「そうは言ってない」

「うん、言ってないね。きみは期待を募らせろと言って、だからおれはそうした。募らせすぎて、いまじゃもう発火しそうだ」

わたしだって。だけど考えを曲げてはいけない。

でしょう？

決意を新たにマリスは見あげた。「わたしにはルールがある、とも言ったわ」無数のルールが。そろそろそれを思い出さなくては。

ダロンがうなずいた。「そうだね。で、そのルールについて訊こうとしたのに、きみは逃げた」そう言って両腕を広げたので、だぶだぶのスウェットシャツの裾があがり、ローライズのデニムのウエストと、やわらかそうな毛の筋がおへそからカラフルなボクサーパンツの下へ消えていくさまがのぞいた。

口のなかが軽く渇いた。

ダロン・ハーディは若くてセクシーで明るくて健康的で……わたしを求めている。それを拒むなんて、わたしはどうかしているんじゃない？

ダロンが強調するように言った。「だからおれはここへ来た。自分がなにと闘わなくちゃいけないのか知りたくて。メモを取ったほうがいいかな。記憶力は悪くないけど、そのルールが十個じゃなくて百個とかなら――」

マリスは指先をダロンの口に当てた。ああ、これこそ前回、キスにつながった行動なのに。締まった体や鋭いウィットと対照的に、この男性の唇はやわらかいのだ。

触れたせいで肌がほてり、熱が指先から腕を伝って、体の芯を直撃した。飢えた芯を。ああ、重症だ。

もしかしたら、おとなしく屈するべきなのかも。

そんな迷いを目に読んだのだろう、ダロンが手首をつかんで胸板に押し当てた。「うちに来いよ。夕食を作る」

防衛本能で、反射的に皮肉を言っていた。「作るって、ピザを頼むこと?」それでも足りないかのように続けた。「若いころに逆戻りしたみたいになりそうね。きっとあなたのアパートメントは、ロックバンドのポスターやブラックライトでいっぱいなんでしょう。ベッドの下にはほかの女性の下着が転がってたりして」

手首をつかむ力がゆるんだと思うや、ダロンが手を離した。それから、無表情で一歩さがる。「フライドチキンを作ろうと思ってた。そればかりか、おれの家はきみの基準には達してないかもしれないけど、ポスターはカレッジに置いてきたよ」

マリスはぽかんとした。「家を持ってるの?」胸を締めつけるこれは、断じて羨望ではない……けれどずっと昔から家に憧れていた。そこへ、ダロンの言ったそれ以外のことが頭に浸透してきた。「カレッジに行ったなんて知らなかった」

ダロンの口元がこわばった。「まあね、カレッジのなかには授業料さえ払えばだれでも入れるところもあるんだ」

ああ、わたしはなんて失礼だったんだろう。自分を守るために彼を傷つけたりして。

「そういう意味じゃないの。ただ知らなくて――」

「経営学の準学士号をもってる」ダロンが眉根を寄せたまま説明した。「自慢できるようなものじゃないけど、ときには便利だよ」

「でも……ずっとここで働いてたのに――」

ダロンは肩をすくめた。「クープに雇われたときはまだカレッジに通ってた。これはフルタイムの仕事だから、少し遅れたけど、ちゃんと卒業したよ」

〝わたしを知っていると思わないで〟とダロンに言ったのを思い出した。たしかにダロンはわたしを知らないけど、そういうわたしはダロンのことを知っているの？

クッキーを一枚差しだし、自分も一枚取ってカウンターに寄りかかった。「経営学？」

ダロンがにやりとした。「そう。ここでは用のない学位だろ」

「そうじゃなくて、経営学の学位なら、いろんなところで役に立つんじゃないかと言いたいの」わたしももっていたら。だけど勉強は優先リストの上位になかったし、まずは自立することが常に第一だった。

「よそでなら使えるかもしれないね。そもそもそういうつもりだったんだ。でもここが好きになった――大好きに。パークはおれに合ってる」

たしかに。ダロンがいなくても〈クーパーズ・チャーム〉は同じに見えただろうか。

答えはノー。

いまさらそんなことに気づいた自分に驚きつつ、マリスは言った。「そして家を持ってるの？」

「小さな家だよ。寝室三つ、バスルームは一つ、シャワールームが一つ。土地は一千平米」

それで小さい？　わたしには手の届かない夢だ。

「投資と考えることにしたんだ」ダロンが続ける。「いくら家賃を払っても土地は手に入らないけど、不動産として買ってしまえば有効活用できるだろ？」

沈んだ気持ちでクッキーをかじりながら、マリスは打ち明けた。「ずっと家がほしいと思っているのよ。いまは全部貯金に回してる。まあ、店の改善のためにも使ってるけど。いずれは自分の家を買いたいわ。いまはまだ、そのときじゃないだけ」〝そのとき〟なんて来ないのではと思う日もある。

ダロンが腕を伸ばし、もう一枚クッキーをつかんだ。腕はマリスの鼻先を通ったので、屋外のさわやかな香りと体温を感じた。「きみはいい経営者だよ」

なんだか続きがありそうだ。マリスは身構えたが、思いきって言った。「アドバイスがあれば聞くわ」

「いや」ダロンがきっぱりと言う。「きみは聞かないよ。絶対にね。とくにおれのは」たしかにいままでなら、もしもダロンが意見を言おうものなら激怒していたかもしれない。意見ではなく批判と受け取って。

真実には居心地が悪くなるけれど、向き合わなくてはならない。

わたしは彼にひどい態度をとってきた。

やりなおすしかないし、それにはキスがいちばんだ。またクッキーをかじろうとしたダロンの手を押さえて、一歩近づいた。二人の体がぴったり寄り添うほどそばに。やわらかな茶色の目を見開いて、ダロンが凍りついた。「マリス？」

謝罪の言葉がのどまで出かかったものの、どうにか尋ねた。「夕食の誘いはまだ有効？明日の夜七時はどう？」

マリスの口を見つめたまま、ダロンがうなずき、急いで言った。「いいよ」

ああ、わたしよりずっと心が広くて包容力がある。「よかった。じゃあルールその一、わたしは仕事第一」ダロンがなにか言いかけたので、胸板に触れた。「ルールその二、絶対にわたしを軽んじないで――もちろんわたしもあなたを軽んじるようなことはしないって約束する」

ダロンがゆったりとマリスの背中に腕を回して言った。「ルールその三、どんなときもきみらしくいて。だっておれはきみが好きなんだから。ものすごく」

その言葉を信じはじめていた。「いまはわたしのルールを話してるのよ」笑顔で指摘する。

「うん、だけどこれも含めるべきだ」ダロンは言うなり顔を傾けて唇を重ね、クッキー味の甘いキスをした。ますます体が密着して、マリスは少しぼうっとなった。

息を整えてからマリスは言った。「ルールその四、最初のデートでセックスはしない」

ダロンがゆっくり浮かべた笑みに、マリスの体は激しく反応した。

「ちょっとその気になっちゃったから、そのルールはいま作ったんじゃない？」

「ダロン――」反論しようとした……図星だったけれど。

「大丈夫、二度めのデートがあるかぎり、ルールその四も守れるよ」

まあ、あなたはそうだろう。

だけどわたしは？

9

ロッジで工作用紙をいろいろなかたちに切っていたジョイは、身震いした。窓に目をやると、ダロンが予言したとおり、小雪がちらついていた。オハイオ州の気候はまったく予測がつかない。ハロウィンを雪で閉じこめ、また去っていった年が何度あったか。

今年はそういう年ではありませんように。

幼稚園にジャックを迎えに行ってほどなく、空はどんよりと灰色になった。フェニックスとダロンはもう屋外での仕事を終えただろうか。

そのときロッジのドアが開いて、ジョイが完全に振り返るより早く、カオスが駆けこんできた。工作をしていたジャックが気づいて歓声をあげる。一人と一匹は、長いあいだ離れ離れだった友達同士のように大騒ぎした。

ロイスが足を何度か床にたたきつけてから、なかに入ってドアを閉じた。寒さで頬は赤く、濃い色の髪は乱れ、ジャケットではなくコートを着ている。

食べてしまいたいくらいおいしそうな姿だ。

ジャックとカオスが挨拶をしている隙に、ジョイはロイスに歩み寄った。「来るなんて知らなかったわ」

「邪魔じゃなかったらいいんだが。ダロンに道具を返しに来たから、ついでに寄ってみようと――」

「邪魔だなんてとんでもない」ジョイは手を伸ばしてロイスの髪を整えた。「コーヒーは？」

ロイスは首を振った。「キャンプストアでホットチョコレートを飲んできた。ここに寄ったのは、きみたちを夕食に誘いたかったからなんだ」

心臓が飛び跳ねたものの、表向きは反応を抑えた。またジャックを含めて考えてくれるなんて、どこまでやさしいのだろう。

調味液に漬けた肉のことを思い出したが、それは明日でも大丈夫。ジャックのほうを向いて尋ねた。「ミスター・ナカークと夕食に出かけたい？」

ジャックがはしゃぐと、つられてカオスがくるくる回りはじめた。

ロイスが笑顔で言う。「カオスを置いていけないから、うちで食べることになる。庭のグリルでステーキ肉を焼こうと思ってるんだが、寒すぎるかな」

ごちそうだ。「着こんで行くわ」ジョイは言った。

ロイスが両手をポケットに突っこんで、低い声で言う。「きみに触れないようにするのがどれほど難しいか、わかるかな」

全身にぬくもりが広がった。「そうね、見当はつくわ。わたしはあなたに触れてほしくてたまらないもの」

「いつまた二人で過ごせる？」

尋ねてくれたことがうれしくて、ジョイは言った。「過ごし方によるわ」誤解される前に説明した。「いまはパークの仕事も落ちついてるから、たいていは、ジャックが幼稚園に行ってる昼間のうちに一、二時間はつくれると思うの。だけどマ、ラ、ソ、ンとなると、またマリスに協力をお願いしなくちゃいけないから」

ロイスの口角があがった。「たしかにあれはマラソンだった。一日、二日はもつはずなのに、白状すると、きみを送って家に戻ったとたん、またきみが欲しくなったよ」温かな笑みを浮かべてささやく。「シーツにはきみの香りが残っていたが、犬の毛も大量についていたから、あきらめて洗濯した」

ジョイは笑った。「カオスをベッドで眠らせてるなんて、やさしいのね」

「いや、そうするしかなかったんだ。あの最初の夜、カオスはほとんどおれの顔の上で眠ってね。さすがにベッドから追いだす気にはなれなかった」

彼のことだ、きっと抱っこで寝たのだろう。「やっぱりやさしい」

笑い声に振り返ると、ジャックがテーブルの周りを走り、すぐあとをカオスが追いかけていた。

「だがいい知らせだ。ダロンに勧められて犬小屋を買った。なかには犬用のベッドもついてる。屋内に置けるタイプだからベッドルームの隅に置いて、カオスお気に入りのおもちゃもいくつか入れてやった。気に入ったようだよ。ゆうべは最初だけおれのところに来たが、夜のあいだに自分の寝床へ行った」

ジャックが夢中になっている隙に、ジョイはさらにロイスに近づいた。「じゃあ、次のときはドッグシッターはいらない？」

「次のとき、か」ロイスがささやく。「いい響きだ」同じようにジャックをちらりと見てから、すばやくキスをした。「さすがに留守番はまださせられないから、次もダロンの助けを借りることになるだろう。しつけを手伝ってもらうことにはなってるんだが、それでも理由は訊《き》かれるだろうな」

ジョイはそれについてすばやく考え、問題ないと判断した。少なくともわたしには。

「ほかの人に知られるのはいやじゃない？」

「ちっとも。もちろん、きみがいやじゃないならの話だが」

この男性はいつだって思いやりにあふれている。「ありがとう」

「そうだ、思い出した。幼稚園から連絡があって、シーズンが終わったあとに、ドライブインで課外学習をしたいそうだ」

「わたしが提案したの。だけど決まったのは知らなかった」むくむくとアイデアが浮かんでくる。「園児のつき添い役に立候補するわ。ドライブインでなにか企画ができないかしら。アニメの短編映画を流して、上映の仕組みをみんなに見せるとか」

ロイスがうなずいた。「いいね。子どもたち一人一人にポップコーンの小袋を用意しよう。しかし飲み物はどうしたらいいかな」

「そっちはわたしと幼稚園が引き受けるわ。少し考えて、アイデアをまとめてみる」

そのときジャックがすぐそばで急ブレーキをかけるように止まり、カオスが足元に転がりこんできた。ジョイは笑ってしゃがみ、やわらかな犬の毛をなでながら、ジャックのほうを向いた。

「カオスとお外、いい？」

言葉遣いを指摘しようとしたとき、記憶がよみがえった。ジャックとそう年が変わらないころ、幼稚園の手作りお化け屋敷に行ってもいいかと母に尋ねたときのことだ。不意にあのときの母の顔が浮かんだ。不満そうに歪《ゆが》んだ顔。結局お化け屋敷には行かせてもらえたものの、翌日には会話のレッスンの先生が待っていた。

「ママ？」ジャックが少し不安そうに問う。

ロイスもこちらを見ていたので、ジョイは急いでにっこりした。このごろはほほえむ理由が多いので、難しいことではなかった。

「先にここを片づけないと——」

「手伝おう」ロイスが言う。

「ええー」いますぐ許しが出ないことにがっかりして、ジャックが不満そうな声をあげる。

「でも、カオスはお外行かないと」

三人いっせいに振り返ると、犬はふんふんと床を嗅いでいた。ロイスがすぐさま抱きあげる。「このわんぱくたちはおれが外に連れていくから、きみは片づけが終わったら合流する、でどうかな」

ジャックがまた歓声をあげ、当然ジョイは許可するものとばかりに、コートを取りに駆けていった。

「帽子もね」はしゃぐ姿が愛《いと》おしくて、ジョイは息子に呼びかけた。それからロイスに言う。「五分で終わらせるわ」

「今日の仕事がこれで終わりなら、そのまままっすぐうちに来ないか」

やりかけの作業を見まわしたものの、肝心なところは終わっている。それに、仕事以外のなにかに集中できるのは悪くない。仕事をいったん脇におく理由があるのは。

犬がさらにもぞもぞしはじめたので、ジョイは言った。「すごくいい考えね。ここを片づけたら、二階へ暖かい上着を取りに行って、あなたたちが風邪をひく前にそっちへ行くわ」

二時間後、ロイスが食器洗浄機に最後の皿を入れたとき、ジョイはすぐそばでホットチョコレートを飲んでいた。その鼻と頬はもう寒さでピンク色ではないが、ロイスの目にはどちらのときも美しく見えた。

雪はあいかわらず降りつづけ、五、六センチは積もっていたものの、ジョイもジャックも庭でステーキ肉とじゃがいもをグリルするロイスと一緒に外にいた。二人とも帽子とマフラー、ブーツとミトンで完全防備していた。

雪が降りやまないうえにジョイが震えだしたのを見て、ロイスは家のなかに入るよう勧めたが、ジョイはもっと近くに来て焼き網から暖をとった。ステーキ肉を返す合間にそんな彼女を抱きしめたものの、ジャックは気づいてもいないようだった。

少年は寒さなんてへっちゃらとばかりに、フェンスで囲まれた庭をカオスと駆けまわり、雪のなかで滑ったり転んだりしていた。

このすべてが心にしっくりきた。ジョイとの他愛ないおしゃべり、彼女がそばにいること、ジャックの楽しそうな声、カオスの興奮した声。

いまだけは、味気ない小さな家が〝我が家〟に思えた。

幸せな我が家に。

自分でも気づかないうちに、そんなものを求めていたのか？

食べるのはもちろん家のなかにした。外ではニーハイブーツを履いていたジョイも、いまは脱いでいるので、分厚い靴下が丸見えだ。ジョイは雪まみれになったジャックのブーツを脱がせ、カオスの前足から雪を払いもした。

三人で小さなテーブルを囲むかたわらで、ダロンに教わったとおり、カオスにはカップ一杯の餌をやった。

子犬とジャックは一緒に遊んで疲れたらしく、食事を終えるとリビングルームに移動して、テレビ用に編集された映画『トイ・ストーリー』を見はじめた。ジャックは床に腹ばいになって両手で頬杖をつき、カオスはそのとなりで仰向《あおむ》けに転がって、ときどき少年に鼻をふんふん言わせている。

「すぐにどっちも眠るわよ」ジョイが予言した。

「ジャックはそうかもな。でもダロンの話では、カオスはもっと運動させないとエネルギーを燃焼しないそうだ」

ジョイはほほえんで言った。「どうしてわたしが毎日のようにジャックを運動場へ連れていくと思う?」

なるほど。つまり動物にも効き目があるって? 「朝と夕方に散歩させてみよう」そう言って窓の外を見た。「もちろん、天気が許すときに」

ジョイが下唇を噛《か》み、リビングルームの様子をのぞいてから、空になったマグカップを流しに置いて、ロイスを引き寄せた。

その目に浮かぶ欲求と意図を見て、ロイスは反応せずにはいられなかった。両手で胸板から肩までなであげられ、細いウエストをつかまえて抱き寄せる。かがむと同時にジョイが顔を傾け、唇がちょうど中間地点で出会った。ゆっくりと穏やかに始まったキスはそこから様相を変えていき、唇は二度離れたものの、すぐにまた出会って、さらに求めた。ロイスはやわらかな髪に手をもぐらせて角度を整え、もっと深く、熱く貪った。

ひたいにひたいをくっつけて言った。「いつになる、ジョイ？　そんなに長く待てそうにない」

ジョイが唇を見つめてうなずいた。「ごめんなさい。度を超すつもりはなかったの」上を向かせてささやいた。「きみは悪くない。ちっとも」

「でも始めたのはわたしよ」

言うなりまたぴったりと寄り添ってきたので、ロイスはにやりとした。「うん、部分的にはきみのせいだな。きみがこれほどセクシーじゃなければ――」

ジョイが抑えた声で笑う。

「そしてこれほど魅惑的じゃなければ、おれも冷静でいられたかもしれない」

「そっくりそのままお返しするわ」指先でロイスの口に触れてため息をついた。「あなたのことを考えてばかりいるの。また二人きりで過ごしたいって」

「それが聞けてよかった」ロイスはほほえんだ。

「情事のやりくりがこんなに難しいなんて知らなかったわ」

情事。その言葉に冷水を浴びせられたような気がした。きみはその美しい緑と金色の目にまごころをたたえておれを見つめるのに、これを、二人の時間を、情事と呼ぶのか。

だが求めているのはそれだけだと言ったのは、こっちだ。こちらの気が変わったかもしれないというだけで、向こうの気持ちも変わったと思うのは筋違いだろう。

頭のなかを整理しなくては。一度に一つずつ、と自分に言い聞かせて、まずはやさしく穏やかなキスをした。「きみの人生を厄介にするつもりはない」

すぐに笑みが浮かんで、静かな笑いが漏れた。「激しいセックスに、夜のお出かけに、友達――断言してもいいけれど、それは〝厄介〟じゃないわ」

まだ友達枠なのか？　くそっ。どうにか気にしないように努めた。「そうか？」

「わたしなら〝進歩〟と呼ぶわね」

おれにとっても間違いなく進歩だ。「次回に向けて、できることを考えてみよう」

「かならず実現できるわ」ジョイが言う。「ジャックが幼稚園に行ってるあいだに時間ができたら、すぐに知らせて。十分前に知らせてくれれば用意できるから」

日中にカオスを任せられる人が見つかるか、それほど信頼できる人がいるか、わからないがやってみよう。ダロンが犬のしつけをしてくれるのは夕方だから、彼の仕事の邪魔にはならないはずだ。

　そのとき、キッチンの入り口にジャックがぴょこんと現れた。その横にはカオスもいる。少年はまず母親を、続いてロイスを見た。ロイスはあまりやましく見えないよう、ゆっくりとジョイのそばを離れた。

　ジャックは好奇心いっぱいに眉を動かしたが、言ったのはこれだけだった。「ママの携帯が鳴ってたよ」

「あら、ありがとう」ジョイは息子の髪をなでてからその脇をすばやくすり抜け、ハンドバッグを置いたソファに歩み寄った。

　ジャックはその場に立ったまま、ロイスを観察していた。鼻をこすり、口を片方にひねって、しげしげと見る。

　この子は賢い。

「たいへん」ジョイが言い、キッチンの入り口から首を突っこんだ。「マリスからの電話に出そびれてしまったわ。ちょっとかけなおしてもいい?」

「もちろん」ロイスはテーブルを示した。「ジャックとおれは食後のおやつを食べてるよ」

「ありがとう」ジョイはそう言ってリビングルームに消えた。

　ジャックが近づいてきて椅子によじのぼり、言う。「ママをぎゅってしてたね」

　やっぱり、目ざとい子だ。「外でもぎゅっとしたぞ。寒かったからな」ロイスはカップに牛乳をそそぎ、戸棚から袋入りのクッキーを取りだして、両方をジャックの前に置いた。

「ここは寒くないよ」

ほかになにを言えばいいのかわからず、ロイスは肩をすくめた。「そうだな」

「ママをぎゅってするのが好きなんじゃない？」

ご明察。ジョイと話をするのも、彼女に触れるのも、抱きしめるのも好きだ。それ以上の行為も。「きみもママをぎゅっとするのが好きだろう？」

ジャックは言った。「うん。でもぼくのママだもん」ロイスが忘れているかのように。

別の方法を試みた。「おれがママをぎゅっとしたら、いやかな」

「ううん」そして急にしたたかに目を輝かせて尋ねた。「て言ったら、またここに来てカオスと遊んでいい？」

まったく、五歳児の思考回路ときたら。ロイスは笑った。「もちろんいいさ。ただし、きみのママがよしと言ったらな」

それですべてが解決したようだった。少なくともジャックにとっては。

ロイスにとっては、そう簡単ではなかった。

キッチンで二人が話している声を聞くともなしに聞きながら、ジョイは電話を折り返した。わたしとロイスが密着していたのを見て、ジャックはどう思っただろう。

けれど考えている時間はなかった。マリスは一回めの呼び出し音で出た。

「もしもし、わたしよ。電話に気づかなくてごめんなさい」

「明日、助けてほしいの」マリスがいきなり言った。

「いいわよ」マリスの声はせっぱつまっているように聞こえた。「なんでも言って」

「ダロンの家へ行くことになったの、夕食に。それでね……ああ、もう、ばかみたいなんだけど、きれいな格好がしたいの」

「すごいじゃない！」無数の質問がジョイの頭を駆けめぐったものの、言ったのはこれだけだった。「あなたはいつでもきれいよ」

「なら、いつもよりきれいに。ほら……髪とか、メークとか。かわいいシャツとか？」マリスがうめいた。「ショッピングに行く時間はなくなっちゃったし、わたしはなにも持ってない！　マスカラ一つさえよ。みじめじゃない？」

「ちっともみじめじゃないわ。だけど心配しないで、わたしがついてるから」なんだかわくわくしてきて、ジョイはリビングルームを行ったり来たりしはじめた。「必要なものは全部わたしが持ってるし、明日、ジャックを幼稚園に送ったあと、キャンプストアに寄る時間もある」

「迷惑はかけたくない」

「冗談でしょう？　いまからこんなにわくわくしてるのよ！」やっとマリスになにかして

あげられる。待ちきれない。

「でも、あなたみたいな格好は無理よ。その、スカートとか――」

「そのデニム姿がいいんじゃない！　大丈夫、不自然な変え方はしないわ」小ぎれいなトップスに、髪をふんわりさせるのはどうだろう。「メークもしっかりする必要はないのよ」女性はときに軽い化粧をするだけで、気持ちが明るくなって自信がつくものだ。「あちこちをほんの少し強調するくらいでじゅうぶん。はさみは持ってる？」

「は、はさみ？」

「髪を二センチほどカットして整えるの。二センチだけ。約束するわ」マリスが美容院に行っているのかどうか知らないけれど、毛先を整えるだけでも見違えるものだ。「それから、とっておきのヘアローションがあるの。きっと気に入るはずよ」

「はあ」少し圧倒されているような声だ。「わたし、本当にやるの？」

「ダロンとのデートを？　わたしに言わせるなら、やっとね」

「セックスはなしって彼に言ったの」

ジョイは吹きだした。「ええ？　どうして？　わたしにはあれだけ勧めておいて――」

「だってあいつは六つ下よ」

「だから？　あなたたちは二人とも若くて健康的。大事なのはそこでしょう？」

マリスが長いため息をついた。「自分は若いって気がしない」

「あら、若いわよ。わたしより一歳しか上じゃないし、わたしは若いもの」さすがのマリスもこの論理には反論できないはずだ。

「ダロンは家を持ってるのよ、ジョイ。知ってた？」

もちろん知っていたが、マリスがあまりにも驚いた様子なので、慎重に尋ねた。「知らなかったの？」

「知らないわよ！　だってあいつときたら……なんていうか、無責任じゃない」

「ダロンが？　ダロン・ハーディが？」信じられなくてくり返した。「同じ男性のことを話してるのよね？」たしかにダロンは冗談好きで、女性ファンがわんさといるけれど、ジョイがその責任感を疑ったことはない。「つまり、困っている人がいたらすぐに手助けをするし、パーク内の設備すべてに目を配っているし、トラブルが起きたら遅くまで残ったり早朝に出てきたりする男性のことよ。電話にはかならず出るし、仕事に追われていてもみんなに笑顔を見せるし――」

「お願い、それくらいにして」マリスが息を吸いこむ音が聞こえた。「わたしが言いたいことはわかるでしょう。ダロンはなんでもジョークにしてしまう」

ジョイはやさしく言った。「それは、ハッピーな人だということよ」

二拍後、マリスがつぶやいた。「ああもう」

「たしかにダロンは、ほかのだれよりあなたをからかうわ。前からずっとね。みんなわかってることだけど、それはあなたに気があるからで、あなたのほうは……そうね、ダロン以外の全員を好きみたい」

傷ついたような、弁解するような口調でマリスがささやく。「ダロンのことは好きよ」

「だけど過剰に好きになるのは怖いのよね？」

マリスはうめき、少し大きな声でくり返した。「もう！」

ジョイはにっこりした。「大丈夫。夕食のときにじっくり話をして、誤解を解けばいいのよ。明日は早めにキャンプストアへ行くから、計画を立てましょう」

「あなたの家に迎えに来てもらうようにしたら、まずい？　そうすれば、せっかくきれいにしてもらったのを台無しにしちゃう心配がないから」

「すごくいい考えね。デートだと思いましょう！」

ジョイは笑顔で電話を切った――するとロイスがそこにいた。足元にはカオスが座り、腿にはジャックが寄りかかっている。二人と一匹はじっとこちらを見ていた。

ロイスが穏やかに尋ねる。「デートだって？」

片手をジャックの肩にのせて、冷静なふりをしているが、表情には警戒心が宿っていた。

おばかさん。

あなたと過ごす時間を捻出するのもやっとなのに、ほかのだれかと密会する時間があるなんて思わないで。ほかのだれかに関心があるなんて、もってのほか。

「マリスとね」ジョイは言った。「女同士の話」言っただけでわくわくして、笑いだしそうになった。マリスは大変身を覚悟しているかもしれないが、そんなのは必要ない。濃いブロンドに、生まれつきの豊かなまつげとくっきりした眉があるから、化粧はちょっぴりでじゅうぶんだ。どんなふうに仕上げて、どのトップスを貸して、送りだす前にどんなアドバイスをするか、いまからはっきり頭にある。

けれどいまは、ロイスがまだこちらを見つめているので、携帯電話を片づけてジャックのコートを取った。ロイスのほうに身を乗りだし、わざとひそひそ声で言った。「マリスがダロンの家でディナーなの」

期待した驚きが訪れる代わりに、ロイスは首をそらしてうめいた。「となると、おれたちは明日は無理か」首を戻してまたジョイを見つめ、にやりとする。「だがダロンにはおめでとうだな」

ジョイはほほえんで息子にコートを渡し、自分はソファに腰かけてブーツを履きはじめた。「忘れないで。いつでも電話して」

ジャックはその意味を理解しないままに言った。「そうだよ、電話して。またなんか食べに来るよ」カオスの顔をつかまえて言う。「そしたらおまえもうれしいよね？」

カオスが大きくワンと吠《ほ》えて、同意した。

「そういうことなら」ロイスが言う。「きみの好きな食べ物をママに聞いておかなくちゃいけないな」

ジャックの顔がぱっと輝いた。「ぼく、なんでも食べる！」

ジョイは天を仰いで言った。「家でもこうだといいのに」

ジャックが母親のほうを向く。「だってママはお魚出すんだもん」

つかまえようとジョイが手を伸ばすと、ジャックは悲鳴をあげてロイスの後ろに隠れ、つられてカオスもまたはしゃぎはじめた。

ジョイは笑った。「魚を食べさせようとしているの。たまにね」わざと怖い顔でジャックを見てからつけ足す。「だれかさんは、においがいやだと言うのよ」

ばたりと仰向けに転がってヒトデのごとく腕と脚を広げたジャックが、ぼやくように言った。「だってくさいんだもん！」

「おれは魚は大好きだが」カオスがうっかりジャックの顔を引っかく前に、ロイスが子犬を抱きあげた。体に対して足はとても大きいので、これからまだ大きくなるということだろう。「生のときはにおうが、料理してしまえば……ほっぺたが落ちるほどうまいぞ」

ジャックが片目を開けてロイスを見あげた。「ここでなら、お魚食べてみてもいいよ」

「この子ったら」ジョイは言った。「人を操る天才ね」

「なあ、こうしないか」たくましい腕でカオスをしっかり抱いたまま、ロイスが床に膝をついた。「ここで食事をするたびに、なにか新しいものに挑戦してみる。どうだ？」そして片手を差しだした。

ジャックは体を起こして床に座り、ロイスと向き合った。「いいよ」

二人は握手を交わした。

「魚が好きになったら、春に釣りへ行ってみようか」

春？　飛び跳ねて喜ぶジャックのそばで、ジョイはこの関係が春にどうなっているかを思った。情事というものはそんなに長く続かない……はず。

来るべき終わりが来たときも、友達同士でいられるだろうか。その先も、ロイスは息子の人生の一部でいてくれる？　そうなったらジャックは喜ぶだろうけれど、ロイスを見ても求めなくなるときがわたしに来るとは思えない。

ロイスとジャックとカオスはみつどもえで床を転がり、組み合っては笑っている。ロイスはジャックを頭上高く掲げてはふざけて床に押さえつけ、そこへカオスが顔を舐《な》めに来る。とてもすてきな光景だ。息子が心から楽しそうに笑い、すっかりくつろいだ様子でロイスと過ごしている。

こんな光景を見せられたら、もっとほしくなってしまう。

ロイスを愛するのはじつに簡単だ。

というより、もう半分愛しかけている。

「へーえ」マリスが鏡をのぞきこみ、右へ左へ首を向けた。「ちょっと切っただけでこんなに変わるのね」

「ヘアローションも効いたわよ」ロールブラシを使ってブローし、全体をふんわりさせたのも。「本当にきれいな髪ね。夏らしいハイライトを入れるために大金を払う女性もいるけれど、あなたのは天然だわ」

「いつもお日さまいっぱいのパークにいるせいね」マリスが言い、さらに鏡に近づいて目元をチェックした。「マスカラもすてき。たっぷりつけたわけじゃないのに、目が引き立ってる」

うれしい反応にジョイはにっこりした。「ニットはどう?」手持ちのなかから、胸元がざっくりと開いた黒のカシュクールニットを提供した。セールで試着をせずに買ったのだが、着てみて後悔した。露出過多で、胸がこぼれそうな気がしたのだ。マリスのほうが胸は小ぶりなので、完璧にフィットしている。

さらに身長も低いので、胸元の交差が正しい位置に来ている。幸いマリスが着けていたブラも黒だった。

そこへ体にぴったりしたウォッシュドデニムと黒のブーツを合わせたマリスは、目をみはるほどすてきだった。

マリスが横目でジョイを見る。「信じられない。わたしにおっぱいがある」

ジョイは笑った。「前からあったわよ。ゆったりしたTシャツやスウェットシャツのせいで気づきにくかっただけ」ちらりと見ると、ジャックはロイスが買ってくれた画材でお絵描きに夢中になっていた。これなら聞こえないと安心して、小声で言った。「それでダロンの勢いが弱まりはしなかったけれど。だからいつもあなたをからかっていたのよ」

「かもね。まあ、今夜は絶対に気づくんじゃない？」マリスは首を振り、髪を肩の前後に揺らした。「いつもとぜんぜん違う。ふだんは仕事の邪魔にならないようにポニーテールにしてるけど、これだとぐっと女らしい感じ」

「たいていの女性はときどきイメージを変えるのが好きなのよ」

「ゆったりしたシャツは、仕事のときに楽だから」

ジョイはマリスにこちらを向かせた。「今夜は仕事じゃないし、あなたがくれたのと同じアドバイスをするわ。いえ、少し控えめなアドバイスを――楽しんで！」

「まあ、どうなるかな」

自信のない様子が気になった。マリスらしくない。「今夜のあなたは本当にすてきよ」

マリスがうなずく。「ありがとう。あなたのおかげよ。ただちょっと……あからさますぎないかと思って」

「どういうこと？」

「わたしがあっと言わせたがってるってダロンに思われない？　そんなつもりはないの。

これは自分のためにやってるんであって、あいつのためじゃない」

　不安と闘うマリスを見たのは初めてだった。そんな姿にますますこの女性が好きになる。

「自分とダロンと、両方のためにやってるんだと思うわよ」

　玄関をノックする音が響いて、マリスが青くなった。

「ぼくが出る！」言ったときにはもう、ジャックは椅子から飛びおりていた。

「開ける前に窓から見るのよ！」ジョイは呼びかけた。ダロンがここへマリスを迎えに来て、車で家へ連れていく約束になっている。それでも、息子には常に用心してほしい。

　マリスがお腹に手を当ててささやいた。「やっぱりこれは間違いよ」

　ジョイは両眉をあげた。マリスは本当に緊張しているのだ。信じられない。友達を強く抱きしめて、ジョイは言った。「いいえ、とってもすてきなことよ。さあ、しゃきっとして楽しんできなさい。あなたにはその権利があるわ」

10

見とれるのをやめなくては。わかっていてもやめられない。今夜、マリスを見た瞬間から半分固くなっているのだ。ジョイのアパートメントから出てきたマリスは、臨戦態勢にでもあるように肩をこわばらせていた。きれいな、ほぼむきだしの肩……その下にはクリーム色の肌が広がり、垂涎《すいぜん》ものの谷間へ続く。

いつものマリスもじゅうぶん魅力的だ。

今夜はまさに悩殺。

「家までどのくらい？」マリスが尋ねた。

「もうすぐだよ」冷静でいなくては。なにしろ今夜は、彼女のルールを尊重していることを示すためにある。おれは立派な大人で、おれたちには彼女が考えている以上の共通点があることも。「寒くない？」

「ええ」

簡潔な返事を不思議に思った。なにしろマリスは助手席で縮こまり、両腕で自分を抱くようにして、肩を怒らせている。マリスを乗せる前からトラック内は暖かくしてあるが、外では風が枝をしならせ、枯れ葉を踊らせていた。数時間のうちに寒冷前線がやってきて、秋というより冬に思えてくるだろう。黒雲が予言するとおりに雨が降れば、明日のパークはたいへんだ。

パーク内を最後に確認したときには、キャビンに数組、テント利用者の若い男性が一人、キャンピングカーが三台残っていた。しかしこの天候では、みんなそう長くはとどまらないだろう。

「着いたよ」ヘッドライトで家の正面側の窓を照らしながら私道に入った。ガレージ扉のリモコンを押して、一台分の空間に乗り入れる。

マリスがシートベルトを外し、棚や、ハンガーボードにきちんとかけられた道具を眺めた。「すごく片づいてる」

そう言われると、なぜかそわそわしてしまった。「いや、その、パークでは整理整頓が不可欠だから、自然と家でもこうなったんだ」外に出て車を回ったが、マリスはすでに車をおりて、また自分を抱きしめるようにしていた。

「入ろうか」マリスの肘に手を添えて、階段二段をのぼってキッチンに入った。家のなかでいちばん好きな場所だ。シンプルな真っ白の戸棚に、黒いみかげ石のカウンタートップがお気に入り。

見まわしたマリスは圧倒された様子だ。「すごく暖かい」

「タイル張りだけど床暖房にしてる。バスルームもね。家に帰ったら裸足《はだし》でいたいんだ」ついでに言うと、しょっちゅうボクサーパンツ一丁だ。「あちこち改修したんだけど、やっぱり最新のガジェットを知っておきたくてさ」初めての車を見せびらかすティーンエージャーのごとく、ダロンは流しに歩み寄って水栓を示した。「いちばん悩んだのがこれなんだけど……」言いかけて、礼儀を忘れていたことにはたと気づいた。「ごめん、コートをあずかるよ」

「ありがとう」マリスがコートを脱いで差しだした。

そうすることで、おれのみだらな妄想を現実にしたことにはまるで気づいていないみたいに。

セクシーな姿に見とれていると、マリスは袖をたくしあげて自動水栓を試した。「すごい。便利ね」手を拭ってから言う。「ほかの部屋も見せてもらえる？」

「もちろん」彼女にとってはどうでもいいことかもしれないが、落ちついた生活をしていること、ほかのだれとも同じように家庭に憧れをいだいていることを示したかった。

三分で終わるはずの屋内ツアーは、マリスがどんな小さな部分にも感心し、感嘆の声を漏らすので、二十分かかった。

寝室を案内するのは、ダロンにとっては試練だった。いちばん小さな寝室は本当に小さくて、いまもほぼ空っぽだ。ゲスト用の寝室は仕事部屋のようなもので、壁際に折りたたみ式ベッドが、反対側の壁際には机と椅子が置かれている。そして自分の寝室は……当然ながら、キングサイズベッドに横たわるマリスを思い描かせた。裸のマリスを。

だが死んでも彼女のルールを守ってみせると誓っていたので、二人一緒にキッチンに戻った。

「なにか飲む？　ビールか、ワインか」

マリスは片方の肩をすくめた。「紅茶はある？」

「茶葉はないけどボトル入りのなら。それでいい？」

「ええ」マリスが言い、アイランドキッチンのそばにある椅子の一つに魅惑のヒップをのせた。「それで、今夜中にチキンにありつけるの？」

「ご心配なく、もうすぐできるよ」にっこりして、紅茶のボトルとペーパーナプキンをカウンターに置いた。向きを変えてオーブンを開け、フライドチキンを披露する。すでにカリッと仕上がって、いまは保温状態だ。となりには耐熱皿に盛ったマッシュポテトもある。

「迎えに行く前にすべて用意しておいたんだ」

「よかった。じつはお腹ぺこぺこなの」マリスが目を閉じて息を吸いこんだ。「うーん、いいにおい」

一瞬、ダロンは目を離せなかった。やわらかでどこか官能的な表情に釘付《くぎづ》けになった。

まつげがあがったとき、はっと我に返って鍋つかみをはめ、料理を取りだした。

手が震えていた。どうかしてる。

だけどそれほどこの女性が欲しいんだ。ずっと前から欲しかったんだ。そしてついにここまで来たものの、いちばんの目的はセックスではない。

どうにかやり抜いてみせる。まあ、今夜は喜びと苦しみの両方を味わうことになりそうだけど。

トングを使ってチキンを大皿に盛りつけ、取り分け用のスプーンでマッシュポテトを混ぜた。振り返ってマリスに声をかける。「菜園にトマトが二つ残ってたんだ。昨日摘んだばかり。五分もらえれば、それも並べるよ」

マリスが向きを変え、となりのダイニングルームにある四人がけの小さなテーブルを眺めた。「テーブルセットまでしてくれたのね」

「きみのためにね」きみだけのために。「いつもはここのアイランドキッチンか、テレビを見ながらソファで食べるんだ」

マリスが静かになった。いやに静かだ。

ダロンはトマトを厚めにスライスした。シンプルな一皿だが、料理に凝るタイプではない。ときには料理本を開いたりレシピを試したりするが、好きなのは素朴な家庭料理だ。

「ガールフレンドとはどこに座るの？」

テーブルに向かっていたダロンの足は止まった。マリスは半身をそらしたまま、片目だけでこちらをうかがっている。真正面から向き合いたくないみたいに。

ほかの女性のことを口にされて、少し腹がたった。いまはマリスと一緒にいるのだから、ほかの女性はどうでもいい。だがそれを言っても得るものはないと考えて、正直になろうとしてみた。「ほかの女性には料理しないよ」

「わざわざ食事させたりしないってこと？」

どうやらけんかがしたいらしい。これも防御の一つなのか？　それともおれにその気をなくさせるため？

よくわからないが、ここまで来たのにそうやすやすとあきらめるつもりはない。

テーブルに皿を置きながら言った。「食事を用意するとしたら、ピザかなにかだね」さあ、気をもむといい。

しかめっ面をこらえてマリスのそばをすり抜け、携帯電話に入っているプレイリストからBGMを選ぶと、静かな音楽で室内を満たした。「食事のあいだも紅茶でいい？　ほかのものを出そうか？」

マリスは乾杯のようにボトルを掲げた。「これでじゅうぶん」

ダロンはテーブルの椅子を引き、マリスが座るのを待った。

「紳士だこと」

ほめ言葉には聞こえないその言い方に、あごがこわばった。「おれだって、やるときはやるよ」

「この曲、いいわね」

うん、いまのは悪くない。「カントリーが好きなんだ。でも違うものがよければ――」

「いいえ、これがいい」マリスが音楽に耳を傾けたまま、チキンの大皿から胸肉を取った。

「だれの曲?」

「キース・アーバン。『パラレルライン』って曲だ」ダロンは脚の部分を二本選び、ポテトもどっさり取ってから、尋ねた。「気に入った?」

「ええ。セクシーな曲」椅子の上で少し体を揺らす。「いつもこういうのを聞くの?」

いつもはもう少しにぎやかな音楽を好むが、この曲の歌詞が二人の初デートにぴったりだと思ったのだ。「なんでも聞くよ。ジョージ・ストレイト、ブラッド・ペイズリー、サム・ハント、チャック・ウィックス、キャリー・アンダーウッド――」

マッシュポテトをすくったフォークを口の手前まで運んだところで、マリスがさっと顔をあげた。「キャリー・アンダーウッドを聞くの?」

「もちろん」男性シンガーしか聞かないと思ったか?「お気に入りの曲がいくつかある」

少し考えて言った。「プレイリストを作ってあげるよ。ちょっと落ちついたときにでも聞いてみて」

マリスのまなざしがまたやわらかになった。「うれしい、ありがとう」すぐにでもプレイリストを作ろう。そうしたらまた会う口実ができる。しばし穏やかな雰囲気のなか、食事を進めた。マリスが一口食べるごとに漏らすあの色っぽい感嘆の声を、ダロンは全身で感じた。なかでも不適切な部分で。

「うまい？」気をそらすために尋ねた。

「すごくおいしい」

少なくとも一つは正しいことができたようだ。「口に合ってよかった」

「あなたが料理するなんて知らなかった」

じゃあ、どうやって生きてると思ってたんだ？　冷たいシリアルときみのクッキーで？

「おれについて知らないことはたくさんあると思うよ」

「でしょうね。この立派な家だってそう。すごくすてき。小さいって言ってたから、どんな家だろうと思ってた」もう一匙《ひとさじ》、ポテトをすくう。「だけどこの部屋数なら、家族で住めるわね」

ダロンは食べかけたトマトをのどに詰まらせそうになった。呑《の》みこんで、咳払《せきばら》いをしてから考えなしに言った。「最初のデートなんだから、先走るのはよそう」

マリスが凍りついた瞬間、みずからの失敗を悟った。

参ったな、リラックスしたいのに。気取らず、自分らしく、冗談を言えるようにしたいのに、マリスのせいでやきもきさせられて、どうふるまえばいいのか、なにを言えばいいのかわからなくなった。

だから当然、間違ったことを言ってしまった。マリスの目つきがやや険悪になったのを見れば、機嫌も推しはかれるというものだ。

「たぶん最初にして最後のデートだから、なにも心配しなくていいわよ」ぎゅっとナプキンを握りしめる。「ほめたりするんじゃなかった。あなたみたいな人なら誤解するってわかってるべきだった」

ダロンは慎重にフォークを置いた。マリスが右に左に投げてくる辛辣なつぶてを、これまではできるだけ無視してきた。

けれどいまみたいな直球は無視できない。

「おれみたいな人って?」問い返す。「教えてくれよ、マリス、それはいったいどういう意味?」

マリスが口をすぼめて鼻から息を吸いこんだ――と思うや、うんざりしたように吐きだした。椅子の背にぐったりもたれて小声で言う。「わからない」

「わからない?」

マリスが手でダロンを示す。「あなたはすごく人好きがして、なんていうか……まじめとは正反対。なにをしていても楽しんでるように見える。すごく……自由に」

ささやくようにつぶやかれた最後の言葉で、ダロンの腹立ちもいくらか薄れた。「まあ、ご覧のとおり、おれはきみが思ってたような飲んだくれのお気楽大学生じゃないよ」

「わかってる」マリスのしかめっ面は彼女自身に向けられているようだ。「それがいちばん癇《かん》にさわるの」

つまりおれは、どうがんばっても無理だということか？

ダロンも椅子の背にもたれてマリスを見つめた。彼女の視線はそらされ、口角はさがっている。今夜はみじめな思いをさせるためにここへ招いたんじゃないのに。

「おれはきみが好きだよ、マリス」その言葉は正しくない気がしたので言いなおした。

「好き以上だ」

マリスの驚いた目に見つめ返された。そこに浮かんでいるのは、恐怖？

ああ、きっとそうだ。じゃあ、マリスはおれへの気持ちを恐れているということ？　だとしたら、いくつかのことに説明がつく。

心臓が内側から肋骨《ろっこつ》をたたくのを感じながら尋ねた。「どうしたらいい？」

マリスが下唇を舐《な》めて、尋ねた。「どうって、なにが？」

「どうしたら、おれにチャンスをくれる？」

マリスの呼吸が止まり、また視線がそれた。

言ってくれ。問題点を教えてくれたら一緒に解決できる。

しばらくのあいだ、マリスはうつむいていたが、やがてフォークを取ってポテトを口に運んだ。「本当に料理上手ね。食べ残したりしたらもったいない」

いまはそんな場合じゃ……。ダロンはもどかしさを覚えたが、なにかをつかみかけている気がしたし、マリスをせっついてもうまくいかないことは本能的にわかった。マリスは自立心が強すぎるせいで高圧的なことを言うときもあるが、どこかもろいところもある。いまは時間を与えることにして、ダロンは自分も食事を続けた。

皿がきれいになると、マリスはフォークとナイフを脇に置いて、両手を膝の上で重ねた。緊張の息を吸いこむ様子がなにかを物語っている。

ダロンは全神経を彼女に集中させた。

「わたしはひどく貧しい家に育ったの」一瞬ダロンを見て、すぐに目をそらす。数秒の間を空けてから、言葉を続けた。「恥ずかしいくらい貧しい家に」

恥ずかしいくらい？　反応を待つように身をこわばらせたマリスを見て、困ってしまった。なにが必要なのかわかれば喜んでそれを差しだすが、あいにく人の心は読めない。

「うちは中産階級だ。父さんは自動車工場で働いて、母さんは小学校の教師だった」

一つ深呼吸をしたことで少し落ちついたのか、マリスはほほえんだ。「すごくいい家庭に聞こえる」

ダロンはうなじをさすった。緊張が移ったようだ。「きみの両親は？」

「うちは……」頬と胸元が染まった。

マリスはどんなことでも中途半端にはしない女性だが、赤面においてもそうらしい。バラ色は頬だけでなく、首から胸元まで広がっていた。

「母さんはたいてい聖書を読んでたわ」さっさと終わらせたいのか、早口に言う。「わたしのことは本当に愛してくれてたのよ。だけど祈るのも大好きで……たぶん、父さんが仕事の合間にお酒を飲みすぎてたせい。それと、しょっちゅう職なしだったせい……お酒のせいで」

過剰な反応を示すことなく受け止めようと、ダロンはごく小さくうなずいた。

「たちの悪い酔っぱらいじゃなかったのよ。その、だれにでも暴力を振るうような酔っぱらいでは」両手で髪を耳の後ろにまとめ、肩を丸めた。「働く酒飲み、と母さんは言ってた。父さんの両親がひどい人たちだったから、父さんは大酒を飲むようになったんだって。だけど……」

マリスが心を開いてくれたのはこれが初めてで、悲しい内容ではあるものの、正しい方向への第一歩だと感じられた。

マリスをおれのほうへ近づかせる第一歩。

「だから家が貧しかった？」

マリスがうなずく。「母さんはほとんどいつもロッキングチェアに座って、聖書を音読したり黙読したりしてた。両親は支援にすっかり頼ってたけど、いつでも頼るわけじゃなかったから、夕食抜きの日もあった。わたしの服はどれも、寄付でもらっただれかのおさがりだった」

なんてことだ。マリスにそんな境遇はふさわしくない。いや、どんな子にもそんな境遇はふさわしくない。両親への批判を表に出さないよう、必死に努力しながら尋ねた。「教会からの寄付？」

マリスがうなずく。「教会と、近所の人からの。どんな感じなんだろうとずっと思ってたわ。お店へ行って……自分がほしいと思ったものを買うのは」

自然と歯を食いしばっていた。困ったときに助けを求めることが悪いとはまったく思わない。むしろ、だれかに助けてもらうことは、だれかを助けるのと同じくらいいいことだ。けれど話を聞くかぎり、マリスの両親はもっとどうにかできたように思える。

よくあるものから深刻なものまで、さまざまな虐待が頭に浮かんだ。そしてマリスの両親が娘にしたことは虐待と感じられた。子どもはあらゆる面で大切にされるべきなのに、マリスはそうではなかったのだ。

「ともかく」マリスが口調を変えて言う。「十二のときから、わたしは違う人間になるとわかってた。なぜなら、わたしがそう決めたから」

「違うって、両親とは？」それとも……おれとは？

マリスの答えは遠まわしだった。「自分の足で立てる人になりたかったの」

「ミッション達成だね」笑顔で言った。「いまは立派な事業まで営んでる」

マリスがうなずいた。「絶対にいやだった……どんなことであれ、だれかに頼るのは」

「でも、きみ自身は頼られっぱなしじゃないか」マリスほど寛大な人はそういない。

鼻で笑われた。「クッキーやコーヒーで？　そういうことを言ってるんじゃないの。わたしは自立したかった。肝心なところではだれにも頼りたくなかった」

だからあんなに仕事熱心なのか？　おれに深入りしようとしないのもそれが理由？　おれに頼りたくないから？「決意は強力なエンジンになるからね」

この意見には苦い笑いが返ってきた。「かもね。だけど失敗しちゃった。教育を受けるんじゃなく、まっすぐ仕事の世界に飛びこんでしまった」そっとダロンを見あげる。「さっき言ったような買い物をしてみたかったの。で、実際にしてみたけど、そのころもまだ倹約生活だった。レコードやCDは買ったことがないわ。家にはプレーヤーがなかったし、いまは車にラジオがあるし……」肩をすくめる。「ずっと切り詰めて生きてきた。ほかの生き方を知らないの。このニットだって、自分のじゃなくジョイのよ」

だからジョイのアパートメントに迎えに来てと言ったのか。

それとも、自分のアパートメントには近づかせたくなかった？　ことマリスに関しては、一つの答えが新たな疑問を生む。

ジョイはマリスの髪にもなにかしら手を加えたに違いない。少し安心した。なぜってそれは、マリスも助けを受け入れることがあるというあかしだから。

だが、特定の人からに限るのかもしれない。

助けることができたら、もっと言葉をかけられたらと思いつつも、彼女の両親を非難するようなことはしたくなかったので、こう言った。「全員が全員、大学に行く必要があるわけじゃない」

「そうかもね。だけど何年かのあいだ、自分は無駄な努力をしてるだけのように思えた。お金はちっとも貯《た》まらなくて、前へ進める気がしなかった」テーブル越しにダロンを見る。「安定は、わたしにとっては重要なの」

「想像できるよ」皿にはまだ少し料理が残っていたものの、食欲は失《う》せていた。「ご両親はいまどこに？」

「二人とも亡くなったわ。火事で、煙を吸って。できるかぎりの葬儀をしたけど、じゅうぶんじゃなかった」

間違ったことを言ったり話の邪魔をしたりして台無しにしたくなかったので、ただこう言った。「そうか」

「パークでの仕事に就いたときは、しばらくのあいだだけのつもりだった。余分にお金を稼ぎたくて。だけどそのうち〈サマーズエンド〉を引き継いで、いろんなことが変わって、だんだん事態が大きくなって……」胸にこぶしを押し当てた。「いままでは〈サマーズエンド〉はわたしの一部よ」

つまり、おれが思っていたよりずっと、マリスにとって〈サマーズエンド〉は重要だということだ。慎重に、正直に、間違っていないことを祈りつつ、言った。「わかってると思うけど、みんなきみのことが好きだよ。すごくね。だけどその〝好き〟の根底にあるのは敬意と賞賛だ」ほかのだれより、おれからの。

「わたし、あなたを恨んでたんだと思う」マリスが顔をしかめた。「デートの相手として最悪だったわよね。反省してる。だけどあなたが成し遂げたことを目の当たりにしたら、自分にはまだできていないあれこれを痛感させられたの」

「おれたちの経験は昼と夜ほど違う」きちんと説明してくれたことも、すまなそうな口調もうれしかったが、おれのほうが有利だったことをわからせなくては。「両親とは昔から仲がよかった。いろんなものを与えてもらった――」導きや励まし、そして自立の道を歩きだしたばかりのころはときどきお金も。「――きみが両親から与えてもらえなかったものを。それはものすごく大きな違いを生むよ」

「でも――」

「気づいてないかもしれないけど、きみは特別だ」ありったけの心をこめて言った。「きみがいなかったら、パークはあそこまですばらしい場所になってない」

マリスが小さくほほえんで、髪の毛先をいじった。「そんなことを言うのはベッドに連れこみたいから？」

ダロンも笑顔になって両手を掲げた。「正直に述べたまでさ」マリスが髪の毛をいじるなんていう女らしいしぐさを見せたのはこれが初めてだ。なにしろいつもポニーテールにしている。今夜はおろしたところを見てしまった。濃いブロンドが波打つように肩と胸元にかかっている。この光景はきっと脳裏に焼きついて、おれを悩ませつづけるだろう。

マリスが言った。「わたしたちみんなが、パークにとって重要だって気がする。一緒に働いて、まるで家族みたいだと思わない？」

「そうだね」まあ、マリスに弟と思われたくはないが。「気難しい七十のじいさんになった自分が、シャワーの詰まりを取りのぞいたり、プールのポンプを動かしたり、芝刈り機の調整をしたりしてるところが想像できるよ」テーブルの上で両腕を重ね、じっとマリスを見つめた。「きみは？　パークでの仕事を辞める自分が想像できる？」

「最初はそのうち辞めるつもりだったけど、いまでは、そうね、離れることも考えられない」また話題を変えて、お腹をぽんぽんとたたいた。「デザートはなにって訊《き》くべきなんだろうけど、お腹いっぱい」

「ちょっと待ってくれたらアイスクリームを用意できるよ」少し迷ったが、抑えられずにこう言った。「パークを離れる予定がないとわかってよかった。おれたちのあいだになにが起きても――」

「わたしたちのあいだにはなにも起きないわ」

「――きみがパークにいてくれたらうれしい」

ほぼ同時に言ったあと、二人で見つめ合った。

マリスの視線がダロンの口におりてくる。

まるで釣り糸にたぐり寄せられたようだった。気がつけば椅子から立ちあがって、つられたマリスもすぐさま立ちあがり、テーブルを回るダロンを目で追いながら唇を舐め――ついに二人は向き合った。

「マリス」うめくような声になってしまったが、実際、死にそうな気分だった。こんなふうに飢えた目で見つめられているのだから、それも仕方ない。「なにかは起きてる。きみだってわかってるだろ？」

マリスのなかで感情が渦巻いているように見えたが、その感情がなんなのか、わからなかった。怒りか、それとも……。

いきなりマリスにつかまれた。両手が肩をなでて首の後ろで交差し、体が押しつけられて唇が重なり、驚いた唇のあいだから舌を挿しこまれた。

欲望だ。さっきの感情は欲望。そう気づいて小躍りしたくなった。もっと近づきたくて首を傾け、攻撃をやわらげさせて舌に舌をからませ、さらに深く味わう。片手を腰に当てて、片手をつややかな髪にもぐらせる。

ああ、一日中でもキスしていられるし、それでも足りないくらいだ。

不意にマリスが身を引いた。息を弾ませて、ぼうっとした目で見あげている。「こんなのおかしい」

「じゃあ、一緒におかしくなろう」また引き寄せようとして……手が止まった。ルールその四。最初のデートでセックスはなし。ぶるっと首を振り、生き物のように脈打つ欲求を払おうとした。「つまり――」咳払いをする。「ちょっといちゃいちゃできるくらい、おかしく」

マリスが探るようにダロンの顔を見た。「いちゃいちゃ?」

「そう。ほら、抱き合ったりキスしたりさ。いわば二塁に進む、みたいな?」おどけて両眉を上下させ、性的な緊張感を薄れさせようとする。「どうだろう。それでいい?」

マリスが一度、二度、まばたきをして――ダロンを押しのけて向きを変えた。片手をひたいに当てて言う。「だめよ、ぜんぜんよくない。こんなのは自分って気がしないの。外見だってわたしらしくない」

手に負えない動物を相手にしているように、そろそろと背後に近づいた。「今夜はもちろんだけど、ふだんからすてきだよ」穏やかな声を保つ。「認めるよ、きみのいろんな面を見るのが好きだ」

「わたしのおっぱいを、でしょう」

こわばった肩に後ろからそっと手をのせて、親指で首の付け根にゆっくりと弧を描いた。

「たしかに肌の露出は大好きだけど、いちばんはこれだ」そう言って髪に鼻をこすりつける。「きみの髪はものすごくきれいだ」

意を決した顔でマリスが振り向いた。「いいわ、わかった。わたしはあなたが欲しい。あなたも明らかにわたしが欲しい。やっちゃいましょう」

やっちゃいましょう？

ロマンティックな雰囲気は好きじゃないらしい。あるいは、そう思わせたがっているのか。マリスを抱きあげて廊下の先の寝室に向かったらどうなるか、考えようとした。

頭のなかで踊るルールたちが恨めしかった。今夜の目的はマリスとの距離を縮めること、それだけだ。

「どうしたの？」マリスが言う。

「ええと……」どっちにしても苦しい結果が待っている。それなら未来につながるほうを選びたい。「ルールその四を忘れた？」

マリスが目を見開いた。「あなたがルールその四をもちだすの？」

「きみにとって重要そうだったから」

「ルールその四」マリスは思案顔でくり返した。「ルールその四……」

どんなルールか忘れてしまったんじゃないだろうか。ダロンは肩を丸めた。「セックスはなしってやつだよ」

「ご親切にありがとう」マリスが脇をすり抜けて、自分の皿と空になった紅茶のボトルをテーブルからひったくるように取ると、キッチンに向かった。

やばい。「なにしてる?」

「自分のぶんの片づけ」

ダロンも自分の皿をつかみ、急いであとを追った。「そんなことしなくていい。いまはほら……話そう。テレビを見てもいい。片づけはあとでおれがやるからさ」

「だめよ。そろそろ帰らなくちゃ」流しの下の戸棚を開けて、探していたものが見つからなかったのだろう、別の戸棚を開けた。

「マリス」カウンターに皿を置いた。「帰らないで」

「ごみはどこに捨てればいい?」

ちくしょう。いまからセックスに同意しても手遅れか? マリスの顔を一目見れば、完全に手遅れだとわかった。「くそったれ」

マリスが驚いて身を引いた。「わたしに言ってる?」

「違う。そんなこと、絶対きみに言ったりしない――セックスはなしっていうきみのいまいましいルールを絶対に無視しないのと同じようにね」食器洗浄機を開けて、文字どおり皿を放りこむ。「くそったれなのは、このもどかしさだよ。なあ、おれが必要以上に自分の言動に気をつけない人間だってことは知ってる？　おれはおれだし、もしそれが気に入らないって人がいたら、それはその人の問題だ。だけどきみに対しては、ものすごく気をつけるようにしてる」すすぎもせずに鍋を押しこんだ。

「それじゃあきれいにならないわよ」

「残念でした。これには鍋磨きモードがついてるんです」食器洗浄機を閉じてマリスのほうを向き、腕組みをした。「おれはきみと一緒にいたい。ささっと一発やるのもいいだろう――」

「わたしは〝ささっと〟で終わらないものを期待してたんだけど」

「――ただし、おれが望んでるのがそれだけならの話だ」まったく、マリスはあらゆる言葉に反撃できるらしい。状況が違えば感心しただろうが、いまはむかつくだけだ。

マリスの表情が徐々にやわらいできた。「あなたが望んでるのはなんなの？」

「もちろんセックスはしたい」どれほどきみを求めているか、はっきりわからせておく必要がある。「だけどそれだけじゃない。なのにきみは、おれにけんかを売ってばかりいる」片手でマリスの髪をなで、あごをすくった。「ルールを決めたのはきみだぞ。おれはただ、ここへ来たことを後悔させたくないだけだ」

マリスの唇がぴくりとして、自嘲するような笑みが浮かんだ。ぴったりと寄り添ってきたものの、今度は欲望からではない。もっとすてきなもの——そう、愛情からだ。「許してくれる?」

つややかな髪のてっぺんにあごをのせて、花のようなシャンプーの香りを吸いこんだ。家に招待することができたのだ。彼女から抱きしめてきたのだ。

許さないなんて、できるわけがない。「もう許したよ、ありがとう」

「わたしたちのうちの分別担当でいてくれて」

ふだんならマリスに絶対そうは呼ばれない。「本当に大事なことなら、おれだってがんばれる」きみが大事なんだという意思表明に気づいたとしても、マリスはそれに触れなかった。

顔をあげてダロンを見る。「初めてのデートで、本当にごめんなさい。家族のことは、ふだんはだれにも打ち明けないのよ」

「わかってる。だから打ち明けてくれて光栄だよ」それに、少し特別な気分にもなれた。

「ふだんは一瞬でかっとなったり冷めたりもしない」

「おかげでこっちは緊張感を保てる」強い口調をやめてくれたのがうれしくて、もはやなんでも許せそうな気がした。

「どれもするつもりはなかったんだけど、その……わたし、性的な欲求不満に慣れていないんだと思う。そのせいで、泣きごとを言ったり意地悪になったりしたんじゃないかと」

求めていることを遠まわしに認められて、ダロンはにんまりした。「きみはどっちもしてないよ。だけど、性的な欲求不満についてなら教えられることがある」

マリスが鼻で笑った。「満たされなかったことなんて一度もないくせに」

「きみには満たされない思いばかりさせられてきたんだぞ」反論される前に、短く強くキスをした。「仲直りかな?」

「ええ。仲直り」キッチンを見まわして言う。「ボウルはどこ？　やっぱりアイスクリームをもらうわ」


アパートメントの外から聞こえる抑えた声で、ジョイは目を覚ました。おかしい。ここは外階段をのぼった二階なのに。デジタル時計の表示を見ると、いまは午前六時十五分。だれかが訪ねてくるには早すぎる。

ベッドからそっと抜けだして窓の外をのぞいてみたが、角度が悪くて、低い声が聞こえてくる踊り場のほうは見えない。

ひとまず息子の部屋に向かうと、ジャックはぐっすり眠っていた。腕も脚も投げだすようにして、ベッドに横向きで転がっている。この体勢になるのはしょっちゅうで、怖い夢を見たり体調が悪かったりしてママと一緒に眠りたくなった夜は、寝るのがなかなか難しくなる。

同じベッドで眠ると、顔に蹴りを入れられるのも脇腹に頭突きされるのもいつものことだ。

ジャックの部屋のドアをそっと閉じてリビングルームをのぞいた。カーテン越しに、玄関前の防犯灯の下で動く影が見える。玄関ドアを確認すると、鍵はいまもかかっていた。クーパーに連絡するべきだろうか。キャンパーが間違えて来てしまったのかもしれないし、ことによるとクーパーその人かもしれない……緊急事態かなにかが起きて、わたしを起こしに来た？

すばやくバスルームに移動して用を足し、シェニール織の分厚いローブをはおって、もこもこのスリッパを履いた。鏡を見ずにローブのベルトを締めたのは、見てしまえば髪を梳《と》かしたり顔を洗ったりしたくなるに決まっているからだ。

だれかを待たせているときに、見た目を気にするなんてくだらない。

足音をひそめてリビングルームに戻り、窓にかかったカーテンをそっと開けた。

冬用のコートを着こんで玄関前の踊り場にいたのは、ロイスとダロンだった。いったいどうして……？　カーテンを手放して鍵を開け、玄関ドアを引き開けた。

二人とも、驚いてこちらを向いた。

ロイスは全身を眺め、ダロンはにんまりして背を向けた。「階段の下でクープと待ってるよ」手すりにしっかりつかまって、慎重に階段をおりていった。

クーパーと？　ドアの外に身を乗りだすと、たしかに階段下にはクーパーが、カオスと彼自身の愛犬、シュガーを連れて立っていた。二匹はふんふんとお尻を嗅ぎ合っては、しっぽを振っている。

「おはよう」クーパーが下から言った。

「おはよう」視線をロイスに戻してジョイは尋ねた。「なにかあったの？」

「そうじゃないんだ。起こしてすまない」そして前に出たので、ジョイはアパートメントのなかに一歩引かざるをえなかった。ロイスもついてきてそっと玄関を閉じると、ジョイの背後を確認してから視線を口元におろした。

よく知っている表情だったので、ジョイはさらにさがった。「だめよ」片手で口を覆う。「まだ歯も磨いてないの」

ロイスはほほえみ、かまわずジョイをつかまえた。「軽いキスだけだ」ささやいてかがむと、凍えた唇を唇に重ねて、徐々に全身を引き寄せた。

まだ完全に目覚めていないジョイは抵抗のすべもなく、ただとろけた。

ロイスがあごに、首にキスをして、耳のすぐ下に鼻をこすりつけてから、ため息のように言った。「ああ、寝起きのきみは信じられないほどセクシーだな」

顔がほてるのを感じて、ジョイは自分の髪に触れた。「それで……なにごと？」

「ゆうべ、着氷性の嵐《アイスストーム》が来た」こめかみにもう一つキスをしてからさがる。「夜明けごろにカオスが外へ出たがって、それで気づいたんだ。ジャックを幼稚園へ連れていくときにこの階段を使うだろう？　危険だと思った」ジョイの体を見おろす。「ところで幼稚園の始まりは二時間遅れになったそうだ」

「そんなにひどいの？」窓辺に戻ってまた外を見ると、たしかに階段の端側半分を覆う氷の層に戸外の照明の光が反射していた。「メンテ棟に融雪用の塩があるわ」

「ああ。おれが着いたときにはもうダロンが来ていて、駐車場とキャンプストアの周りに塩をまいてたよ」

なぜならマリスが心配だったから。そう思うと小さな笑みが浮かんだ。昨夜はどうだったのか、早く聞きたくてたまらない。起きていられるかぎり起きていたのだが、ついにベッドに向かったときにもまだマリスの車は駐車場にあった。

今朝のダロンの勤勉さは、マリスが思いこみたがっているような怠惰で未熟な人物ではないというさらなる証明だ。

ロイスが眉をあげた。「そのひそかな笑みにはどんな意味があるのかな？」

笑みを広げながらキッチンに向かった。「ゆうべ、ダロンとマリスはどうだったのかなと思っただけ」

「参考になるかな。ダロンはごきげんだ」

「ダロンはいつもごきげんよ」コーヒーの粉が入った缶とフィルターを上の棚から取りだ

した。一年のうちのこの時期は、マリスがパークに来るのはもう一時間ほどあとだ。けれどすでに起きて動きだしている男性陣にとって、コーヒーはありがたいだろう。カラフェに水を入れながら、ジョイは尋ねた。「どうしてクーパーはここに？」

「おれと同じだ。シュガーに起こされて、パークがたいへんなことになると悟った。それでダロンを手伝いに来た」

「そしていまは、うちの階段のためにみんなでここへ？」思いやりに感動して首を振った。けれどそこまでしてもらうのは申し訳ない。「氷なら気づいて用心したのに」

「わかってる」ロイスがかたわらのキャビネットに寄りかかって手袋を外した。「だがそれでも危ないし、きみには五歳児と、その子の通園バッグと、自分のハンドバッグがかかってる」

一度ならず表の階段で滑ったことがある、とは認めなかった。「塩を置いていってくれたら自分で――」

「ジョイ」まだ冷たい指であごをなでた。「おれたちに任せてくれないか？　おれはもうここへ来てるし、クープとダロンはもう起きてるし、みんなやりたくてやってるんだ。キャンプストアにはクープがゴム製のマットを敷くらしいから、こっちは階段用の滑り止めを買いに町まで行こうと思ってる。まあ、おれがちゃんとした雪と氷対策をするまでは、それでしのげるだろう」

ジョイは唖然《あぜん》とした。あなたが、なにをする、ですって？

なにか言わなくては。止めるようなことを。けれど頭は空っぽだった。

しばらくしてどうにか言った。「五分でコーヒーが入ると二人に伝えて。すぐに戻るわ」

そしてロイスが返事をする前に急いでキッチンをあとにした。

11

ジョイは寝室に戻ってドアを閉じた。そのままバスルームに駆けこんで歯を磨き、髪を梳《と》かして顔を洗った。クローゼットをのぞいたものの、三人を待たせているいまはどれも着るのに手間がかかりすぎるように思えたので、チュニック丈の分厚いスウェットシャツと縞《しま》模様のレギンスを取りだした。このレギンスはヨガをするときしか穿《は》かない……つまり、めったに穿かない。続いて靴下とアンクルブーツを履いた。化粧はなしだが、時間がないので仕方がない。

ふたたびキッチンに入ると、ロイスがマグカップ三つにコーヒーをそそいでいた。こちらに気づいて顔をあげ――また全身に視線を這《は》わせた。

その目に宿る熱情にはくらくらさせられる。実際に肌をなでられたような錯覚に陥りながら、ジョイは息を詰めて待った。

ロイスがざらついた声で言った。「ジョイ、またきみと二人きりになりたい。すぐに。いますぐだって遅いくらいだ」

ジョイも熱情に襲われて赤くなった。ああ、わたしも同じ思い。けれど叶《かな》いそうにない。少なくとも、今後数時間は。

「ええと……その、ジャックが……」手で背後の廊下を示す。「まだ眠ってはいるんだけど――」

理解を示すやさしい笑みを浮かべて、ロイスが言う。「おれがどうしたいかと、こうあるべきだと考えることは別だ。きみを見るたびに欲しくなるのはもう間違いないんだが、ジャックに見られるかもしれないときに、見られてまずいことはしないから、安心してくれ。あの子を傷つけるようなことは絶対にしないと誓う」

少し疲れて見える漆黒の目が誠実さをたたえて輝いた。

「ありがとう」ジョイは言った。

「ああ、ハニー。身勝手野郎にならないことで礼は言わないでくれ」

ほほえんでジョイはうなずいた。「じゃあ、さっきのはなんだったの？　急に積極的なことを言ったりして」

「急なもんか。いつだって二人きりになりたいと思ってる。しかし、そんなきみを見せられたら――」また全身を眺め、深く息を吸いこんで鼻孔をふくらませた。「――半分固くなっちまう」

当然ながらジョイの視線はロイスの下半身におりたが、その部分はコートで隠れていた。

安堵《あんど》と落胆の両方でつばを飲む。少しそわそわしながら、分厚いスウェットシャツを引っ張った。「ふだんはこんなにだらしない格好を人に見せないんだけど」

「きみの〝だらしない格好〟はセクシーだ」四つめのカップにコーヒーをそそぎながら、ロイスが言った。「勝手にやらせてもらってる。よかったかな」

「むしろありがたいわ」

ロイスがカップ二つを外へ運んだ隙に、ジョイは自分のカップに砂糖とクリームをたっぷり入れた。こんな朝にはカフェインと糖分の両方が必要だ。ロイスとのやりとりで胸がどきどきしている。

わたしが求めているのと同じくらい、ロイスはわたしを求めている。

しかも、本当にジャックの気持ちを大事にしてくれている。なによりそこが、ますます彼を愛《いと》おしくさせた。

愛おしくさせて、この情事のもともとの目的に疑問をいだかせた。

数秒後、また玄関が開いて、ロイスが入り口のマットで足をきれいにしてからぶらりと入ってきた。髪と肩についた氷の結晶が、また降ってきたことを告げている。

冬の天候が続いたら、せっかくパークのために用意したハロウィンの計画が水の泡になるし、ロイスの事業にもよくない影響を及ぼす。なにしろあのドライブインにとってハロウィンは大入り満員がほぼ約束された行事なのだ。

けれどこの空模様では……。

オハイオ州の予測がつかない天候には慣れているし、よりにもよってという日に雪が降って計画を調整させられたことも数えきれないほどある。とはいえ、また同じくらい急に状況が変わる可能性もあるので、さしあたり、天候は落ちつくという希望を捨てないことにした。

手袋をコートのポケットに突っこみながら、ロイスはまずコーヒーに歩み寄ってしばし味わい、そのあとジョイのほうを向いた。「おれは手先が器用でね」

ああ、その言葉で連想させられるものときたら。ロイスの手が叶える魔法ならよく知っている。

思考を読んだのだろう、ロイスがにやりとした。「それ以外のことだ」自慢げに眉をあげて近づいてくると、目の前で止まった。「作ったり直したりが得意なんだ」

「それで?」話がどこへ転がっていくのかわからなかったし、こんなに近くにいて、冬の嵐のすがすがしい香りとロイス自身のおいしそうなにおいの両方に包まれていては、考えるのも容易ではなかった。

ロイスが一瞬うつむき、また顔をあげてジョイの目を見据えると、ひどくまじめな顔で言った。「ここの階段は頑丈だが、それでも悪天候のときは危険だ。滑り止めと塩で当面はなんとかなるだろうが、もっと長期的な解決法がある」

「階段なら大丈夫よ」ジョイは言った。うちの家計は〝長期的な解決法〟を許さない。ジョイの言葉が聞こえなかったかのように、ロイスが続けた。「雪も氷も届かなくなるように屋根と壁をつけてしまうのがいいと思う」

「ロイス」迷惑をかけるのはいやだ。「あなたには自分の店や家の修理があるでしょう」

ロイスはこれも無視した。「それから、経費はクープのほうでもっと伝えるように言われた。階段についてはとっくに手を打っておくべきだったのに、きみがまったく不平を言わないから、思いつかなかったそうだ」

あなたが指摘するまで？　ジョイは残りのコーヒーを一気に飲み干し、内から体を温めて、頭にかかった蜘蛛《くも》の巣を払おうとした。

カップを置いて一歩前に出ると、二人の体は触れそうなほど近づいた。「ロイス」

ロイスが指の関節で頬をなでる。「どうした？」

「ここまでしてくれて、とてもうれしいわ。心から感謝してる」

問題は、二人の関係が彼にここまでさせる理由にならないことだ。これでは特典つきの友達という領域を超えて、まったく違うなにかになってしまう。

そうよね？

ジョイは首を振った。「あなたはいま、こんなところにいるべきじゃないわ。すでにじゅうぶん手一杯なのに、こんな面倒ごとに関わったりして」

ロイスがたくましい両腕を突きだし、手のひらを上にして指を広げた。「無理してるように見えるか?」

いいえ。官能的な贈り物に見える。ロイスのコートの前が開いて、広い胸板をぴったりと覆うサーマルシャツがのぞいた。

よそ見しないの。

ジョイは咳払《せきばら》いをし、小さく顔をしかめてみせた。「大事なのはそこじゃなくて」

「大事なのは、安全のためにあの階段に屋根をつけることだ」

ずばり言ってしまおう。「あなたにお世話してもらう必要はないわ。何年も自分一人でやってきたのよ」

ロイスの目になにかが浮かんだ。その正体をジョイが理解する前に、ロイスは向きを変えてカウンターから自分のカップを取り、背を向けたまま飲んだ。「要するに……」言いよどんでまたカップを置き、両手でカウンターの端につかまった。

心配になってジョイはそっと近づいた。「なに?」こんなロイスを見たのは初めてだ。考えこんで、見るからに悩んでいる。「どうしたの?」

ロイスはうなだれて笑ったが、その笑いは楽しげではなかった。

「ロイス?」

皮肉の笑みを浮かべてロイスが振り返った。「ここへ越してきたときのおれは、壮大な期待をしてたんだ……」言葉を探す。「きっと重荷から解き放たれるって」

どういう意味かわからなかったが、重荷を減らしたいのなら今朝はここにいるべきではないし、余分な仕事を引き受けようとなどしてはいけない。「わかるわ」そう言ったのは、それが適切な答えに思えたからだ。「でも、だったら、わたしの世話なんて――」

「世話はしてない。できないんだ」片手で漆黒の髪を逆立て、また手をおろすと髪がはらりと垂れた。

ああ、こんなにセクシーな男性はいない。

「聞いてくれ」ロイスが言った。「子ども以上に責任をともなうものはないと思う。そうだろう？　一生続く責任で、なにがあろうときみはそれから逃れられない。だが、だからって周りの人間が少し手助けしちゃいけないということにはならないんだ。その手助けが簡単に差しだせるときは、とくに」

「ジャックを大事にするのは難しいことじゃないわ」ジョイは反論した。「なにものにも代えがたいほど愛してるもの」

「わかってる。正直に言うと、そこはとてつもない魅力だ」

「そうなの？」これもよくわからなかった。母親はみんな自分の子を愛していると言いかけたとき、自分の母親を思い出して唇を噛《か》んだ。違う。わたしが息子にいだいているのと同じ愛と献身的な思いをすべての母親が感じるわけではない。ジャックのためなら、わたしは天国も地獄も渡ってみせる。

だからといって、ロイスを利用したいとは思わない。

腕組みをしてロイスを見つめた。「つまりね、わたしたちの……取り決めのせいで、そんな無理をしないでほしいの」

二人の関係をそう表現されたことに傷ついたのか、ロイスの眉根が寄った。

ジョイのほうは、ほかにどう表現すればいいのかわからなかった。「ロイス――」

「この数年間はノンストップでやってきた。そのせいで、忙しくしてることに慣れてしまったらしい」

「いまもじゅうぶん忙しいでしょう?」

ロイスが首を振る。「ドライブインは思っていたほど時間を食わないし、来週にはオフシーズンに入る。家の作業はまだ残ってるが、それでも手持ち無沙汰な感じなんだ。なんというか、いろんなことが想像したとおりになっていないような。というより……」息を吐きだして、低い声で言った。「自分がなにを望んでるのか、もうわからなくなったのかもしれない」

その気持ちなら理解できる。最近はわたしもあやふやだ。自分だけでなく、ジャックについてもなにがベストなのかわからない。どんな決断をしても、最終的にはあの子に影響が及んでしまう。

現状を維持して、ありったけの愛情を惜しみなく息子に与える？　それとも、男としてのお手本を与えるために、あの子を大切にしてくれるだれかとの特別な結びつきを考えてみる？

そのだれかはロイスかもしれないし、ロイスではないかもしれない。いま彼が迷っているとしても、わたしとの関係をもっと意味のあるものにしたがっているということにはならない。額面どおりに受け取るとしたら、ロイスは純粋に手助けをしたがっている――友達なら当然のこととして。

正しいことを言おうとした。重すぎないことを。「あなたにはカオスがいるわ」

今度のロイスの笑いは純粋に愉快そうで、これにはジョイもほっと笑顔になった。

「あいつはやんちゃな子犬だが、そこまで手間はかからないし、おれが言いたかったのもそういうことじゃない」ジョイのウエストをつかまえて引き寄せた。

ああ、これが大好き。ロイスの体にはすっかり馴染《なじ》んでしまって、とても癒《いや》される。

答えが見つからない感情についての疑問のなかをさまよっているよりずっといい。

「要するに」ロイスが言った。「おれは自分がなにを望んでるのかを整理しようとしてるところで、きみの階段については力になりたいということだ。頼むから、イエスと言ってくれ」

信じられなくてロイスを見つめた。「頼みを聞くことになるの？　あなたの力を借りることが？」

ロイスがひたいにひたいを当てた。「ああ、そうだよ」漆黒の目にぬくもりが満ちて、ウエストをつかまえる頼もしい手に少し力がこもり、唇で唇に触れられた。すぐそばでロイスがささやく。「さあ、イエスと言ってくれ。ダロンとクープを待たせてる」

冷水を浴びせられた気がした。「たいへん」凍えるような寒さのなかに二人を立たせていることを、どうして忘れてしまったのだろう。ロイスを押しのけて、両手で払うしぐさをした。「早く行って。だけど気をつけてね」

「きみもな。ジャックを連れて出かけるときは、まずおれにメールしろ」

強い自立心が反応した。「どうして？」

「階段の安全を確保できるように」

きっとあごをあげた。「わたしにはできないと思うの？」

ロイスはほほえんで言った。「やると決めたことなら、きみにはなんでもできると信じてる。そうじゃなくて、おれたちが使う道具を片づけるという意味だ」

「ああ」なんだか……ばかみたい。だれかに連絡するなど久しぶりすぎるけれど、抵抗する理由もなくなってしまったので、うなずいた。ほかのだれかに言われていたら立ち入りすぎだと反発しただろうが、ロイスなら思いやりと感じられた。「あなたのほうも、なにか必要なものがあったら知らせて」

「わかった」ロイスの視線が、小さな寝室に続く廊下を見やった。「作業を始めたらジャックが起きるかな」

「アパートメントのなかを大型トラックが通過してもたぶん起きないわ」

ロイスはにやりとした。「ならよかった」玄関口でふとためらい、肩越しに振り返った。「作業が早めに終わって、ジャックがまだ幼稚園なら、カオスはクープがあずかってくれる」

探るような熱い視線にぞくぞくした。「完璧ね」

ゆっくり浮かんだ笑みは約束に満ちていた。「かならず早めに終わらせる」


めずらしくマリスは仕事をしていなかった。ブース席に腰かけて向かいの席に両足をのせ、湯気ののぼるコーヒーを片手にジョイを待っているのは、妙にしっくりきた。ダロンのおかげで興味を引かれ、携帯電話のユーチューブアプリであれこれカントリーミュージックを聞いてみた。

気に入った。お金はなるべく貯金に回さなくてはならないから、実際にCDを買ったり曲をダウンロードしたりは考えられないが、ダロンが約束どおりにプレイリストを作ってくれたらものすごくうれしい。

どうしてこれまで一度も音楽のことを考えなかったのだろう。車を運転しているときにラジオを流すことはあるものの、とくに好きな局があるわけでもない。ただ静けさを破りたいだけだ。じっとしているのは昔から苦手だが、運転中に忙しく動きまわることはできない。じっとしているうえに静かだと、どうしても過去に引き戻されてしまう。

楽しかったためしのない回想に。

けれどダロンのおかげで、つらい時間から逃れる新たな方法が見つかりそうだ。

彼についてはまったくの見当違いをしていた。たとえば好きな音楽はデスメタルや、そういうやかましくて耳障りなものなんじゃないか、とか。どうかしていた。そんなのは、太陽みたいな彼にちっともそぐわないのに。

空き時間のすべてを、あの引き締まった体とセクシーな笑顔にめろめろな女性たちとベッドのなかで過ごす、のんきでお尻の青い独身男という見方も、同じくらい的外れだった。もちろん思い違いはしない。ダロンがそれなりに女性関係を楽しんできたのは事実だろう。ただ、こちらが思っていたほどではないはず、ということだ。なにしろあれだけの労力を家にそそぎこんでいたのだから。

家には庭までついていた。車で送ってもらう前に、長方形の菜園を見せてもらった。夏のあいだ、トマトやいんげん豆やかぼちゃやズッキーニやにんじんができたという。それから最近建てはじめた鶏小屋《とりごや》も見せてもらった。春には鶏を飼いはじめるそうだ。鶏を育てて野菜を作りたがるセクシーガイ。

そんなの、想像したこともなかった。まるでわたしが思う完璧な男性の要素をすべて集めて一つにまとめたみたい――ただし、何歳か若いけれど。

わたしだけの理想の男性。

落ちついていて、自身の未来にまっすぐ向かっている。

ちゃんと自立している！

目を閉じると、庭にいるダロンが見える気がした。手入れの行き届いたみずみずしい芝生に裸足《はだし》で立ち、とうもろこしの入ったバケツをさげてのんびりと歩きながら、ゆるいサーフパンツにだぶだぶのTシャツというういつもの夏のスタイルで鶏に餌をやる姿が。

口のなかが渇いて脈が加速した。

そのすてきな光景には心が和んだものの、同時に熱が全身を駆け抜けた。

そんな人生が送れたらどんなだろう。

プロポーズもされていないのよ、と自分に指摘した。

そういう人生がほしいなら自分でつかみなさい。

別のすてきな人生を。

窓の外に目をやると、湖面にさざ波が立っていた。

どこも霜で覆われたいま、キャンプストアのドアを開けっ放しにしておくことはなかった。一年のうちのこの時期は、たいてい憂鬱にさせられる。キャンプシーズンの活気と終わりを知らない忙しさがないと、つい過去を思い出してしまうのだ。空腹感や同情のまなざしを。

けれど今年は少し違う。ジョイとの友情が深まったので、二人でゆっくり顔を合わせられるシーズンオフの静けさが待ち遠しいくらいだ。思考も悲しい過去へ向かうのではなく、ジョイの反応を想像したり、どんな提案をしてくれるだろうと考えたりして、明るく花開く。

それから、ジョイとロイスの進展具合を思いめぐらしたりして。ふと笑みが浮かんだ。ダロンの言ったとおり、ジョイは急速にロイスに心を奪われつつある。ロイスも同じであることを願うばかりだ。

とはいえ、もしその願いが叶わなかったとしても、ジョイは乗り越えるだろう。わたしの親友は骨の髄までファイターだ。もの静かで控えめな、鉄の意志をもつ女性。

ああ、ジョイの人柄が大好き。

新しい曲を探すことに没頭していたとき、入り口のドアが開いて冬の空気が流れこんできた。きっとジョイだとほほえんで顔をあげた——が、戸口にいるのがジョイの母親だと気づいて笑みは凍りついた。

ああ。冬の嵐もこの女性には太刀打ちできない。

店に一人でいることが急にそれほど快適ではなくなった。

立ちあがりもせずにマリスは言った。「なにかご用？」

「わたしの娘はどこ？」

鼻が少し赤くなっている点をのぞけば、寒さの影響を受けていないように見える。それもこれも、毛皮つきのレザーコートに揃《そろ》いの手袋のおかげだろう。

「あなたの娘？」

わざと知らないふりをして尋ねると、ミセス・リードの口元がこわばった。「お嬢さん、だれのことかはわかっているはずよ。どこにいるの？」

マリスは店内を見まわした。「ここにはいないわ」

「それは見ればわかります」

ミセス・リードが戸口から動こうとしないのはいいことなのだろう――ドアが大きく開いたままなのをのぞけば。暖房がぶーんと稼働しはじめたので、マリスはつい頭のなかで上乗せされる電気代を計算した。

ゆっくり両足を床におろして立ちあがり、カップを手にカウンターの奥へ回った。この雪の女王とのあいだに多少の空間があれば、凍傷になる確率もさがるはず。「名前と電話番号を残していくなら、あなたが来たことをジョイに伝えるわ。だけど彼女が来るのはだいぶあとになるんじゃないかしら」実際は、いますぐという可能性もある。「今日は来ないかもしれないわ」

「娘の住所を教えることを要求します」

要求？　状況を悪化させるつもりはなかったが、鼻で笑うことでまさにそれをやってしまった気がした。「どうぞお好きに」好戦的に言う。「要求して」

表から足音が近づいてきて、ミセス・リードの横からダロンが入ってきた。マリスを見つけた瞬間、目が安堵でいっぱいになる。マリスだけを見て言った。「ああ、そこにいたのか」

抑えきれずに笑みが浮かんだ。「ええ、ここにいたわ」わざとミセス・リードを無視するのが愉快だった。

ダロンがニットキャップを脱いで、問いかけるように眉をあげる。「なにも異常なし？」

わかってくれることを祈りつつ、マリスは言った。「そちらの女性はジョイを捜しに来たんだけど、いま言ったところなの、ここにはいないし、いつ来るかもわからないって。たぶんしばらく来ないわよね」

「そうだな」ダロンが言い、魔法瓶をカウンターに置いた。「これにコーヒーを入れてくれたらおれは行くよ」

ジョイに知らせてくれるという意味であるよう祈りつつ、マリスは三十秒で注文に応じた。ダロンが魔法瓶の蓋を閉めてマリスにうなずき、ミセス・リードには、失礼、と声をかけて出ていった。ありがたいことに、去り際にドアを閉じてくれた。

マリスは一息ついてほほえんだ。ダロンがジョイに知らせてくれれば、母親と会うかどうかは本人が決める。

会わないほうに、わたしは一票。

前回と同じ運転手が入り口から顔をのぞかせた。「しばらくかかりますか？」ミセス・リードに尋ねる。「でしたら車を駐車場に――」

「外で待っていなさい」ミセス・リードは鋭い口調で言い、ばたんとドアを閉じた。マリスをにらみながら言う。「娘に伝言があるの」

「いいわよ」マリスは自分のカップにおかわりをそそいだが、意地悪ばあさんには勧めもしなかった。「どうぞ」

「ジョイに伝えて……」正しい言葉を見失ったように口ごもった姿は、一瞬とはいえ人間らしく見えた。

が、次の瞬間にはきっとあごをあげた。「あなたが弁護士と会う前に、わたしたちで話をする必要がある、と。重要なことよ」

「伝えておくわ。まあ、次に会ったときに」

「忘れないことね」

わたしを使いっ走りの小僧とでも？　無関心を装って、マリスはコーヒーを吹いて冷ました。

またしばしためらったあと、ミセス・リードがきびきびと言った。「ありがとう」

あら。マリスは笑顔をつくろった。「どういたしまして」

ミセス・リードはうなずいてきびすを返した。

入り口のドアが閉じた瞬間、マリスはカップを置いてぐったりとカウンターに寄りかかった。まったく、あんな無愛想で失礼な魔女に育てられて、ジョイはどうやって生き延びられたの？　ロッキングチェアで祈ってばかりの母はひどいと思っていたけれど、母は少なくともわたしのために祈ってくれた。しょっちゅう抱きしめて、愛しているといつも言ってくれた。

その愛を一般的なかたちでは示してもらえなかったが、愛されていないと感じたこともなかった。

携帯電話を取りだして、ジョイにメッセージを送った。〝たったいまお母さんが出てったわ。もう少し隠れてて〟

すぐに返信が来た。〝本当にごめんなさい！〟

両親が責任感を欠いていたせいでわたしはハングリー精神のかたまりになったけれど、ジョイは両親が冷淡なせいで思いやりあふれる人になったらしい。

そして、すぐ謝るように。

〝謝らないで〟とメッセージを送った。そう、わたしには。〝あとでおしゃべりしたい？

コーヒーと最新情報があるんだけど〟

〝十分で行くわ！〟

ジョイとの時間がこれほど大事になるなんて思いもしなかった。いままでだれとも本当の意味で会話をしたことはない。打ち明け話をしたことは。音楽と同様、人生に足りないあれこれに気づいていなかった。

こうして気づいたいま、絶対にそれらを当たり前のものと思ったりしない。

なにしろいまは、昨夜、ダロンとのあいだで起きたすべてを打ち明けたくてたまらないのだ。こんなに右往左往するなんて、わたしにしてはめずらしい。人生を通じて、目標を定め、それに向けて必死に努力してきた。ダロンとの関係は解決できない難問だ。なにしろ自分がそれを望んでいるのかいないのか、決めかねている。答えによっては大きな変化が起きるだろうし、それに――。

またドアが開いてダロンが入ってきた。心配そうな顔をしている。「大丈夫か？」

大丈夫じゃないわけがある？　心に反してつんけんした返事が出かかったものの、ダロンは足を止めず、気がつけばカウンターを回ってきていた。間違いない、その意図は――。

唇が重なった。一秒、二秒……。温かな息が頬をなでる。三秒、四秒、五秒……。

ダロンが体を離し、片手でマリスの頬に触れた。「さっきは一人にさせたくなかったけど、ジョイに知らせてほしいんだとわかったから」

そんなつもりはなかったのに、じんじんする唇を舐《な》めてしまった。「わたし……」

ダロンがまたその唇を奪った。今度はもっと深く、じっくりと。徐々に身を引きながらうめき声を漏らし、ささやいた。「ごめん。なんて言いかけた？」

覚えているわけがない。

「なあ、大丈夫か？」

なるほど。ヒーローさながら、わたしを助けに来たのね。気に入らない。

咳払いをして少し胸を張ってから、マリスは言った。「大丈夫よ。舌鋒《ぜっぽう》でダメージを受けたことはないわ」

「それでも傷つきはするだろ」そっとポニーテールをつかまえて、ゆっくり毛先まで手を滑らせる。「ジョイはロイスと二人でメンテ棟にいたよ。お母さんのことを話したらきみを心配して、すぐにでも助けに駆けつけようとしたんだが」かがんで首筋に唇を這わせる。その湿った熱と、敏感なところに触れる舌の感覚に、喜びの震えが走った。「きみに任せておけば大丈夫だって言っておいた」

守ってやらなければという男くさい発想より、そんなふうに信頼されるほうがずっとうれしい。

「ジョイは自分の母親の態度に責任を感じてるみたいで、説得にはちょっと時間がかかったよ。ロイスが一緒に行くと言って初めて、ジョイも駆けつけるのをあきらめた。ロイスにも母親の相手をさせたくなかったんだろう」

「ロイスに感謝ね」

「ああ。おれは車を見つけてすぐに来たんだ。冗談じゃなく、入ったときの店内の気温は外より十度も低かった。彼女はまるで北風みたいに、周りのものをみんな凍らせてしまうんだな」

　まさに。マリスはいまも凍えている。「ジョイがロイスといちゃつくことを選ばずに、まっすぐここへ来ていたら、うれしくない驚きに遭遇してたわね」マリスはダロンの肩をぽんとたたき、コートとスウェットシャツの下にある岩のように硬い肉体については考えまいとした。「ジョイに忠告しに行ってくれてありがとう」

「どういたしまして」ダロンがにっこりする。「それにしても、ジョイがだれかといるところを見るといまだにびっくりするな。彼女はずっと……」

「だれからも距離をおいてた。そうね。母親に会ってみて、理由がわかった気がする」

「お母さんについてはロイスから聞いた。まるで悪夢だな」

「ほんとに」さりげなくふるまおうとしたが、男性に触れられたりキスされたりというのは日課の範疇《はんちゅう》にない。「仕事に戻らなくちゃ」まあ、たいして仕事はないのだけれど。朝のアイスストームのおかげで、日がのぼりはじめたときにはコーヒーを求める人が押し寄せてきたものの、残っている数少ないキャンパーたちもいまは去った。みんな、天候さえ許せばハロウィンには戻ってくると約束して。

「うん、おれも。太陽がのぼれば氷が溶けて、すべては通常どおりに動きだす。まったく、オハイオ州の天気ときたら。今日穏やかだと思ったら次の日には冬の嵐、その次の日には典型的な秋に逆戻りだ」

他愛ないおしゃべりをして気さくな笑みを浮かべるダロンはまるで磁石だ。こんなふうにされては、ますます惹《ひ》かれてしまう。

「ランチにチリビーンズを作ろうと思うの」考える前に言葉が飛びだしていた。チリビーンズの材料はあったっけ？　ありますように。「もしあとでお腹が空《す》いたら――」

「絶対食べに来るよ」少年のようににっこりしてから、マリスを抱き寄せて激しく情熱的なキスをした。

そんなことをされたら、女の部分が完全に目を覚まして、もっと求めてしまう。

ダロンが体を離して言った。「ルールその四はもう過去のものになったってことを思い出す前に、仕事へ行ったほうが安全だな。チリビーンズはデートに入る？　いや、答えなくていい。ちょっとのあいだ夢を見させて」鼻先にキスをして去っていった。セクシーで誇らしげに、魅力を振りまきながら。

ほてりの冷めないまま、その場にぼうっと立っていると、ジョイが現れた。店に駆けこんできながらコートと帽子を脱いで言う。「母のこと、本当にごめんなさい。あなたのおかげで会わずにすんだわ。さあ、ゆうべのデートのことをすべて聞かせて」

興奮した様子で急《せ》き立てられてようやく放心状態から抜けだせたマリスは、笑って言った。「お母さんが電話してほしいって。あなたは弁護士と会う前にお母さんと話をするべき、だそうよ。放っておいたらと言いたいところだけど、あずかった伝言は伝えなくちゃと思って」

ジョイはうなずいてカウンターの奥に回り、自分用のコーヒーをついだ。「伝言は受け取ったわ。あなたの役目は終わり。ねえ、話しながら仕事をする？　それとも少しは時間がある？」

「時間なら、じつはたっぷりあるの。座りましょう」

驚きにジョイが目を丸くして唇を開いたので、マリスはまた笑ってしまった。

ああ、今日は本当にいい気分……わかっている、理由はダロンだ。

こんな自分が怖い。


十分後、ジョイは驚いて椅子の背にもたれた。マリスの明るさからすると、わたしはなにか誤解しているに違いない。「じゃあ、彼と寝なかったの？」

「わたしのせいじゃないわ。こっちはあのばか男の体に飛びついたも同然なんだから」

わたしならダロンを〝ばか男〟とは呼ばないけれど……ダロンがマリスを拒んだ？　そ

れも筋が通らない。「なにがあったの？」

「わたし、彼は課外活動に完全に乗り気だと思いこんでたの。実際は違った」

「ありえない。ダロンがブレーキを踏んだなら、なにか理由があるはずよ。ただ……」どんな理由かはわからない。「ダロンはずっとあなたを追いかけていたのに」

マリスは口を尖《とが》らせて、ため息をついた。「いいわ、ここからが最悪の部分」

最悪の部分があるの？　拒まれるより悪いこと？　同情でジョイは身を乗りだした。

「聞くわ」

「彼の家での夕食に同意する前、わたしはくだらないルールを並べたの――その一つが、最初のデートでセックスはしない、というものだった」

なんてこと。いちばん大事なのが課外活動だったはずなのに、なぜマリスがそんなことをしたのか見当もつかない……まあ、ダロンに偏見をもっていたことをのぞけば。もしかして、自分を守ろうとした？

だとしたら完全に理解できる。ジョイ自身、このごろますますそんなふうに感じている。

「その一つが、と言った？　ほかにもルールがあるの？」

「ええ。どれもこれもくだらない、その場の思いつきよ」マリスがぐったりと椅子の背にもたれる。「人生でいちばん愚かなことをしたわ」

「話についていけてるか確認させてて。あなたがルールをこしらえたのは、彼にセックスを期待させないためだけど、いざその段になるとあなたはセックスしたくなって、彼のほうが……やっぱりやめようと言ったということ？」

「ルールをもちだしてきたの」マリスが顔をこする。「予想外の展開よ。だけどね、わたしに関わることでは間違いを犯したくないみたい。うちに来たことを後悔してほしくないって言ってたわ」

ああ。ダロンの意外な行動の理由がわかって、ジョイはそっと尋ねた。「ダロンはなにを望んでるの？」

「もっと？」マリスが肩を回す。「と、本人は言ってた」

「とってもすてきね」ダロンが自制したのはマリスを大切に思っていることの表れだ。

「わたしならそうは言わないけど」

「あなたとダロンよ。これだけの時間のあとで、なにもなかったなんて信じがたいわ」

「なにもなかった、とは言ってない」景気づけか、マリスはコーヒーを飲み干したカップをたたきつけるように置くと、ジョイの目を見つめた。「いちゃいちゃはしたわ」

「そうなの」ジョイはまた身を乗りだした。「どんなふうに？　詳しく聞かせて」

マリスは笑いをこらえて唇を噛んだが、笑みはこらえきれなかった。「ダロンはキスがものすごく上手。まさかあんなふうになりえるなんて思いもしなかった――すべてが久しぶりすぎて」

「それはわたしも。目を開かされるような体験よね」

「人生になにが足りないのか、わかってもいなかった」

興味を覚えて、ジョイは首を傾けた。「わたしの知るかぎり、あなたは一度もデートしていないし、あなたと出会って五年以上になるわ。いま、いつからの話をしてるの？」

「そうね……」マリスは顔をしかめた。「最初から？」

「最初？」ジョイはすぐさま衝撃を隠した。「最初って……つまり一度も……？」

「いちゃついたこと？　ないわ。学校のベンチの陰でキスしたことなら何度かあるけど、がっかり体験だったから数に入らない」衝撃の告白を質問で流す。「デートもしないのに、どうしていちゃついたことがあるの？」

「あってもいいはずよ」

マリスは肩を回しながら言った。「家にはだれも入れたくなかったし、だれにも両親と会わせたくなかった。父さんがいつ泥酔していていつ素面《しらふ》なのかわからなかったし、どのみち家のなかはお祈りであふれてたし」

同情で胸が苦しくなった。「でも……学校のダンスパーティは？　友達同士のパーティは？」

「着古したおさがりしか持ってなかったのに？　そういうものに行かないほうが楽だったの」

ジョイは悲しみを隠しきれなかった。

それを見てマリスが言う。「ねえ、そんなにつらいことでもなかったのよ」

実際はつらかったはずだ。そしてマリスはいつもどおり、取るに足らないこととして片づけた。

親友に気詰まりな思いをさせるよりもと、ジョイは無理にほほえんだ。「あなたがダロンと二人きりで楽しい時間を過ごしたことが、いっそううれしいわ」

「すごく楽しかった」マリスが認める。「ダロンはかなりまじめだけど、おもしろくもあって、それで……」視線を落とし、空になったカップを見つめる。

「あら、わたしたちはクラブのメンバー同士でしょう？　ここでは秘密はなしよ。言ってしまいなさい」

マリスが周囲を見まわして、知らないうちにだれも入ってきていないことをたしかめた。ブース席のテーブルに身を乗りだして、高揚のにじむひそひそ声で言う。「興奮したときのダロン・ハーディはとびきりセクシーなの。ぶっちぎりでセクシー」

ジョイはにっこりした。「ようやく彼の魅力に気づいた？」

「まじめに言ってるのよ、ジョイ。ここには魅力的な男性がたくさんいるでしょう？　このパークはまるで男性ホルモン工場だから、セクシーガイには免疫がついちゃったの。だけどダロンの家のソファで抱き合ったりキスしたりしてたら――」

「触れたりは？」ジョイは口を挟んだ。「お願いよ、マリス、触れたりもしたと言って！」

「とくに話すようなことはないけど、わたしにとってはすっごく勉強になったわ」ふうっと息を吐きだす。「もうたまらなかった。必死にこらえないと、素っ裸になって、拒んでみなさいよと挑発してしまうところだった」

ジョイは吹きだした。「そんな挑発なら間違いなくダロンは乗っていたでしょうね。だけどもしそんなことがあったなら、それについてもあとで細かく聞かせてもらいたいわ」

「今日、現実に戻ってみて、あれ以上は起きなかったことに感謝するべきか、それとも二度めのデートの約束をして確実に起きるようにするべきか、わからずにいるの」

ジョイは片手をあげた。「答えは……二度めのデートよ」

「ダロンはけっこう遊んできたでしょう？　だけどわたしは違う。経験ゼロだから、いざベッドに入ってみたらがっかりさせてしまうかもしれない」顔をしかめる。「そうなったらどうしよう」

マリスの不安を聞いて、ジョイはふと口をつぐんだ。ロイスもここへ越してくる前に遊んでいた？　あるいはそれが、いまではよくわからなくなった〝自分がなにを望んでいるのか〟の一部なの？　心おきなく発散しようとしていたのに、わたしが邪魔をした？　しかも五歳の男の子まで引き連れて。

ロイスはやさしくて責任感があって思いやりあふれる人だ。肝心なときには自分のことよりわたしとジャックのことを考えてくれるような。だけど、それは公平といえる？

いいえ。

どうやら考えるべきことがたくさんあるらしい。けれどいまは、マリスを励ますのが先決だ。

テーブル越しに手を伸ばし、マリスの手を取った。「これについてはわたしを信じて。ダロンは絶対にがっかりしない。誓ってもいいわ」

マリスは納得しなかった。「どうしてあなたにわかるの？」

「それは、わたしにはちょっとした経験があるから――たしかについ最近まで、その経験は六年前のものだったけれど、男と女はそう変わってなかったわ。あなたとダロンにそのときが訪れたら、どうか正直になって。なにが好きでなにが好きじゃないか、彼に伝えるの。彼にもなにが好きか訊《き》くといいわ――」両眉を上下させる。「――それか、いろいろ試して自分で突き止めるのもいい。恥ずかしがる必要はないけれど、もし恥ずかしければ、そう言って」

「わたしが？　恥ずかしがる？」マリスがいつもの彼女らしく鼻で笑った。「まさか」

「嘘つきね」ジョイはマリスの真似《まね》をして、テーブルの上で腕を重ねた。二人はすぐそばにいて、キャンプストアにはほかにだれもいないのに、ほとんどささやき声で話していた。

話題がそれを要求している気がした。

「恥ずかしがり屋じゃないと言うの?」ジョイは咎《とが》めるように言った。「たいていのことにおいては百パーセント同意するわ。だけどダロンに関してはまるで話が違う」続けて、感想ではなく質問として投げかけた。「それは、ダロンへのあなたの気持ちが違うからじゃない?」

「恥ずかしがり屋だったことはないわ」マリスが言い張る。「ただ、その……ダロンには少し怖《お》じ気《け》づくのよ。彼と寝たら自分がめろめろになるのはわかってるから」両手に顔をうずめて、うめくように言った。「だって、ジョイ、わたし半分彼を愛しかけてる」

マリスには見えないのをいいことに、ジョイはほほえんだ。「とてもすてきなことだと思うわ」

マリスが指を広げて隙間からのぞく。「そう? だとしたら、どうしてあなたも愛しかけてるって認めないの?」

笑って否定しようとしたが、急に目覚めたいきいきした感覚に動きが止まった。愛。わたしが?

いいえ、ありえない。あってはいけない。けれど……。

「わたしの気持ちがわかったでしょう?」マリスが両手をおろしてうなずいた。「自分の土台を揺るがされる気がしない? あなたはどうかわからないけど、わたしは考えただけで胃が痛くなる」

たしかに、ジョイの胃も少し痛みはじめていた。「情事でじゅうぶんだったのに」

「聞かせてよ。失敗するかもしれないあれこれが頭から離れないの」

自分のことをさておいて、ジョイはとっさに助言していた。「むしろ、成功するかもしれないことを考えるべきよ」

「なるほどねえ」マリスが疑わしげに言う。「あなたはそうしてるの？」

いいえ。感情を交えずにだれかと情事に及べるほど、自分は世慣れてもいなければ現実的でもないという事実を、あきらめて受け入れようとしているところだ。

けれどいまはマリスの話なのだから、自分の不安は放っておこう。ここへ来たのは親友を勇気づけるため。

「状況がまるきり違うわ。わたしとロイスが出会ったのは最近だけど、あなたとダロンは何年も前から知り合いでしょう？」

「そうよ。だからって楽になると思う？」言葉が途切れ、目が丸くなって唇が半開きになった。苦悩のささやき声で言う。「どうしよう、わたし、彼の成長を見守ってきちゃった」

「まさか！」ばかばかしくて笑わずにはいられなかった。「パークに来たとき、ダロンはもう立派な大人だったわ。いくつか歳を重ねるところは見てきたかもしれないけれど、彼は最初から大人だった」おかしくて、また笑う。

「やめて」マリスがテーブルに頭をぶつけた。二度。「彼はまだ二十五よ」

「あなたはまだ三十一なんだから、うめくのはやめて、年の差問題は乗り越えなさい」

その助言を無視してマリスはうめいた。「ただの便利屋だと思ってた。いつかはどこかへ行ってしまうんだと。だけどそうならないってわかったし、わたしもよそへ行くつもりはないし――」

「どこにも行かないでほしいわ」ジョイは言った。マリスを失うかもしれないと思うと、うろたえてしまう。もちろんダロンも。「いますぐクラブのルールを作りましょう――脱退はなし」

「わからないの、ジョイ？　もしわたしが彼と寝て、関係がうまくいかなくなったとしても、その後も顔を合わせつづけなくちゃならないし、たぶん死ぬまで彼を求めてしまうと思う。一緒に働いてるのよ。会話をせずに一日が過ぎることなんてないわ」

「ふーむ。たしかにそうね」少なくとも、ロイスはパーク内で働いているわけではない。たしかにじゅうぶん小さな町で、ときどきどこかで鉢合わせするだろうけれど、それは確実な日常ではなく偶然だ。「きっと気まずいでしょうけれど、わたしは正直になるのがいちばんだと信じてる」だったら正直にロイスへの気持ちを認めなさい――そんな心の声をジョイは振り払った。「不安をダロンに話してみて。もしかしたら彼は喜んで落ちつくつもりかもよ」

「彼のほうがわたしより落ちついてるんだから、笑っちゃう。ダロンの家を見たことはある？」

ジョイは首を振った。ダロンとは友達だけれど、パーク外で会う理由はない。

「すばらしいの。最新式にするためにあちこち手を加えていて、しかもすごく……快適。家はこうあるべき、という見本のような。清潔で片づいてるのに、くつろげるような」

ダロンを知っているので、想像できる気がした。「住むための空間、愛すべき空間ね」

「屋根の下に壁と床があるだけじゃなくて、庭までついてるの！　鶏も飼う予定なんですって。かたやわたしは……」マリスはキャンプストアのなかを見まわした。「わたしはここで、心安らげる家に憧れながら、貯《た》められるかぎりのお金を貯めてる。なぜって、家は高いし借金は恐ろしいから」

「借金を避けるのは賢いわね」両親の富から切り離される前は、お金で悩んだことなどなかった。けれど一人になってからは、予算の問題が常に頭の一部を占めて、四六時中やきもきするようになった。どうやって食べて、住んで、赤ん坊の世話をしよう……？

〈クーパーズ・チャーム〉で、ロッジ二階の小さなアパートメントつきの仕事を手に入れられたのは、本当に幸運だった。さもなければ、どうなっていただろう。どうやってジャックと二人、生きていけただろう。もう二度と、経済的な安定を当たり前とは思わない。ジョイにとってだけでなく、たいていの人にとって、お金にまつわる不安は消えることがない。

マリスの金銭的な不安に共感できることが妙にうれしくて、ジョイは言った。「子どものころの話をもっと聞かせてくれない？」

「どうして？」

答えは簡単だった。「あなたはわたしの友達で、大事な人だから」

しばし考えてからマリスは肩をすくめた。「いいわよ、話しましょう」

それからの三十分、マリスは語った。祈ってばかりで行動がともなわなかった母について。あるだけの金を酒につぎこんでいた父について。服や暖房だけでなく、ときには食料もなかったことについて。

そして、地域の慈善対象であり、いつも蔑みや哀れみ、あるいはその両方の目で見られていた羞恥心について。

「独り立ちできるようになってすぐに町を出て、そのあとは両親を埋葬するとき以外、帰ってないわ」思いにふけりつつ、マリスは空になったコーヒーカップの縁を指先でなぞった。「ねえ、知ってる？」

あまりにも静かな声だったので、ジョイは不安になった。「なあに？」

「場所からは逃げられても、その場所に感じさせられた思いからは逃げられないのよ」

涙でジョイの目は熱くなった。マリスが傷ついているのがたまらなくいやだった。マリスはとても強い女性だから、その重荷を気軽にだれかと分かち合ったりしない。

「一つ約束してくれる？」ジョイは同じくらい静かな声で尋ねた。

「いいわよ」マリスが一瞬、ほほえむ。「わたしにできることなら、その約束はもう成立したと思って」

「どうかお願いだから、ダロンにチャンスをあげて。生い立ちについては話したのよね？じゃあ、いろんなことにどう感じているのか、それもすべて話してみて」

マリスとダロンは互いにふさわしい相手だと心から思う。二人が幸せになるために、マリスに必要なのは小さな後押しだけ。

「うーん」マリスが唇をすぼめてしばし考えた。さらに考える。ようやくジョイの目を見ると、こう言った。「決めた」交渉を成立させるときのように片手を差しだした。「あなたがやるならわたしもやるわ」

12

〝あなたがやるならわたしもやるわ〟

マリスとの約束は、ジョイの頭のなかでくり返し響いた。ジャックのお迎えに出かけるまで、あと二時間。階段の作業を終えたロイスとダロンは、道具と残った資材をゴルフカートに積んでいる。ダロンがメンテ棟に運んでくれるのだ。

もうすぐロイスがここへ来ることも、その理由もわかっているので、脈があがって肌がざわめいた。あの手が恋しかった。唇はなお恋しかった。

クーパーは打ち合わせが入ってしまったが、ダロンがカオスをあずかると言ってくれたので、あの子犬はいま、ゴルフカートの座席にちょこんと座ってはっはっと息をしていた。階段の上から見ていると、ロイスが子犬に近づいて、何度か背中をなでてから手のひらであごをすくい、かがんでなにか語りかけた。

内容は聞こえなかったものの、ダロンがにっこりしたところからすると、ロイスはなにかおもしろいことを言ったに違いない。カオスも気に入ったようで、毛むくじゃらの体をちぎれんばかりによじった。顔を舐《な》められてもロイスは好きにさせたまま、やさしく話しかけて、子犬がまた落ちつくまでなでていた。

この短期間でカオスは見違えた。毛は濃くなり、脚の包帯は外れて、空腹とはもう無縁。野良犬の扱い方一つから、その人について多くのことがわかるものだ。ロイスのかいがいしさは、じつにすばらしかった。

ロイスに感じる魅力の大部分は、息子とカオスへの接し方に関係があると知ったら、本人はなんと言うだろう。

ジョイはほほえんだ。たしかに、最初に関心を引かれたのはあの外見だし、たいへんな目の保養になることも否定しないけれど、性格がいただけなかったならまたたく間に関心も失《う》せていたに違いない。

ロイスは内も外も完璧だ。

その彼が最後にもう一度ダロンに声をかけてから肩をたたき、カオスが連れられていくのを見送った。子犬が振り返りもしないので安心したのだろう、向きを変えて階段をのぼってきた。

ジョイの一段下で止まって目の高さを合わせ、身を乗りだして短くキスをした。「十五分もらえれば、急いで家でシャワーを浴びて戻ってくる」

離れたくない。ジョイは彼のコートをつかんで言った。「それか、ここでシャワーを浴びても」

ロイスの動きが止まり、目が急に熱を帯びた。まるで、ジョイが言わなかったことまで見透かしたように。

〝あなたがやるならわたしもやるわ〟

マリス、これはあなたのために。「行かないで」ジョイは片手をコートの内側に滑りこませ、サーマルシャツの下で息づく肉体のぬくもりを味わった。「ここにいて。一緒にシャワーを浴びましょう」

「くそっ」ロイスの指先がそっと頬をなでた。「その誘いは断れないな」

同意の言葉を聞くまで、彼の答えがどれほど大きな意味をもっているか、わかっていなかった。これまでよりも長い時間アパートメントに滞在することは、ロイスにとっての〝一歩前進〟だ。パークにいる人に目撃されて、憶測をめぐらされるだろう。二人がなにをしているか、ダロンには間違いなく知られてしまう。

ジョイはどうでもよかったし、ロイスも気にしていないらしい。

彼に手を取られると、これは正しいことだと感じた。とても、とても正しいと。

そのままロイスが先に立ってアパートメントに入ったので、ジョイは玄関に鍵をかけながら言った。「手短に浴びないといけないわ。ジャックのお迎えの時間が――」

後ろから大きな両手が伸びてきて、片手がお腹を押さえ、もう片方の手が胸のふくらみを覆ったと思うや、首筋に鼻をこすりつけられた。

「シャワールームは……狭いの」スウェットシャツの上から胸のいただきを親指で転がされていては、かすれた声でささやくことしかできなかった。

「ねじこむさ」そんな言葉とともに、そそり立ったものをお尻に押しつけられると、シャワー以外のことを言われている気がした。「ぴったり近づいていればいい」

わたしたちは実際に近づきはじめている。いろいろな意味で。

ジョイはたくましい肉体に背中をあずけ、目を閉じて深い呼吸をしながら、触れられるがままに身をゆだねた。

「ふーむ」ロイスがささやく。「待ちきれないのか？」お腹に当てられていた手がスウェットシャツの下に入ってきて、レギンスのなかにもぐりこみ、脚のあいだの丘を覆った。

さっきまで寒さのなかにいたにもかかわらず、その手は温かく、少しざらついていて、指は迷いなくうごめく。その指がついにねじこまれると、ジョイののどからやわらかな声が漏れた。

いくつもの感覚に攻められる。いちばん感じやすい部分を見つけてもてあそぶ舌と口、いまも胸のふくらみをまさぐって先端をいじめる大きな手。

やさしく貫いて興奮のうるおいを誘い、クリトリスをいたぶる指。

ジョイは唇を噛《か》んで、鋼のようにたくましい腿に両手でつかまり、必死にあえいだ。

「いいぞ」やがてロイスがささやいたとき、解き放たれる瞬間が目前に迫っているのを感じた。ロイスが腕を胸のふくらみの下に移動させて、支えてくれる。

耳元にやわらかな息を、肌に舌を感じる。指の動きが速くなる――。

叫んでしまったとき、恥ずかしかったがどうしようもなかった。たくましい腕に抱き寄せられて、あやすような声に癒《いや》される。脚が震えて、支えられていなければ床にへたりこんでいただろう。

「おれがついてる」

そのやさしい言葉は、いまだけではないなにかを約束しているように思えた。

単なる希望的観測だろうか。

わたしはいま以上を求めてしまっている――もっと多くを。ロイスに重荷と感じさせないよう、今後は気をつけなくては。

腕のなかで向きを変えて、広い胸にもたれかかった。ロイスが手を口元に運んでいることにうっすらと気づいて見あげると、彼は目を閉じて、指からジョイを味わっていた。

胸が高鳴って脚が萎え、ジョイは彼の名前をささやいた。

ロイスがまぶたを開けると、澄んだ漆黒の目は欲望に満ちていた。唇が重なったものの、ただのキスではない。激しい、所有欲みなぎるキス。

ジョイは二人のあいだに手を入れて、そそり立ったものをジーンズ越しに探り当てた。

ロイスが不意に唇を離してさがり、ジョイを見つめたままコートを脱いだ。続いて編みあげブーツに取りかかる。

ジョイもはっとしてすばやくコートを取り去り、蹴るようにしてブーツを脱いだ。

ロイスに手をつかまれたと思った次の瞬間には狭いシャワールームにいた。一緒に温かな湯を全身に浴びながら、目の前に膝をついたロイスにもう一度絶頂に導かれた。

ベッドにたどり着いたときには、立てつづけの絶頂で完全にぐったりして、満ち足りていた。

それも悪くなかった。おかげで、みずからの解放を必死に求めて我を忘れることなく、彼を見つめていられた。体重で押しつぶさないよう肩を力強くこわばらせたり、挿入するときに上半身の筋肉が収縮したりするさまを。

腰をつかんで突きに応じると、苦しげなまでにこわばる顔を。

これほど美しく雄々しい男性はいない。その彼が高みへのぼりつめるのを見ているだけで、またいざなわれた。ロイスが最後にもう一度、深く激しくたたきこんで根元までうずめたまま、首をそらして目を固く閉じ、わななきながら絶頂の雄叫《おたけ》びをあげた。

ジョイはさらに腰を動かし、あと少しだけ必要な刺激をもらうと、ついにオーガズムに達した。

ロイスと一緒にいる幸せ。ああ、なんて幸せなんだろう。

ずっとこのままではいられないの？

女性と一緒にいて、これほどリラックスできたことはない。その女性をこれほど意識したことも、みずからの欲求をこれほど痛感したことも、これほど貴重だと感じるひとときも、初めてだ。

やったのはジョイ。おれの緊張をきれいさっぱり洗い流して、計画を壊して……というより、ジョイを含めたかたちに整えなおした。この女性と過ごす一瞬一瞬が特別に思えるし、彼女にしがみついて手放すなと本能は告げる。

これまではどうにかそのお告げに抗《あらが》ってきたものの、ジョイと一緒に過ごすたびに難しくなっていた。そしていまはもう、抗いたくない。

ちらりと時計を見ると、ジャックのお迎えにジョイが出かけるまであと三十分しかなくなっていた。許された時間の短さに心のなかで恨み言をつぶやきながらも、ジョイのこめかみにキスをした。

疲れ果てているはずだが、温かくやわらかなジョイが寄り添っていて、むきだしの太ももをこちらの腿にかけ、片手で胸毛をいじっているので、また刺激されてしまった。

ふと、彼女の母親が押しかけてきたことが頭に浮かび、ジョイの動揺を思い出した。いろんな意味で、この女性を守りたい。

間違いなく、当人はそれを拒むだろうが。

きちんと見ている人ならだれでもわかっていることだ。ジョイが強くて機知に富んでいて、一人で世間と対峙《たいじ》していける有能な女性だと自身で証明してきたことは。

だが、世間と対峙するのと家族と対峙するのとでは、心にこうむるダメージが同じではないこともロイスはわかっている。そのダメージから守らせてくれるよう、ジョイの心に近づきたくて、踏みこんだことを尋ねた。「お母さんにはもう電話したのか?」

「電話?」のんびりと胸板に弧を描きながらジョイがささやいた。「いいえ。するかどうかもわからない」

避けているのか? ジョイらしくない。つまり、母親と対峙するのはおれが思っていた以上に難しいことなのか。「重要なことかもしれないのに?」

「祖母が亡くなっても電話してこなかったのよ。それ以上に重要なことってあるかしら」

たしかに。ジョイの母親はまれに見るほど無関心だし、ロイスは何年も無関心と暮らしてきた。

だがジョイが苦しんできたようなものとはわけが違う。

母にはほかに優先すべき関心事があっただけで、わざと息子を邪険にしたことはない。

「ロイス?」ジョイが体をひねってこちらを見あげ、また寄り添ってきた。「夕食はだれかと約束してる?」

「いや、まさか」もっと一緒にいたいと思っているのが自分だけではなかったのがうれしくて、片腕でぎゅっと抱きしめた。「ジャックを連れてどこかへ行きたいか？　町のピザ屋にはまだ行ったことがないが、おいしいと評判だ」

「おいしいわよ。ブレッドスティックが絶品」片手のひらをロイスの腹筋に押し当てる。「だけど、あなたもここで食べていけないかと考えていたの。わたしたちと一緒に」

心臓が大きく一つ、どすんと脈打って、全力疾走しはじめた。いまの誘い方は、誘いの内容そのものに負けないくらい重要だった。おずおずとした言い方は、このアパートメントだけでなく、ジョイの人生そのものへ足を踏み入れてほしいということを意味している。

「華やかな料理はできないけど」うつむいたままジョイが言う。「ポークチョップはじゅうぶんあるし、マッシュポテトもすぐに作り足せるわ」

「ありがとう」誘いを撤回されないよう、体の上にジョイを引っ張りあげた。「楽しみだ」

ジョイが上で腹ばいになると、長い髪が肩に流れ落ちてくる。彼女はほほえんで言った。

「本当に？」

ゆっくり息を吸いこんでから、うなずいた。

ジョイの笑みが薄れた。「どうかした？」

「いや、どうもしない」すばやく答えた。ああ、きみは内も外もなんて美しいんだ。やさしくて愛情深くて、ときどき不安げで。しかしだれかと深い関係になるのは、おれにとってと同じくらい、彼女にとってもめずらしいことなのではないだろうか。
突き止める方法は一つ。
流れ落ちる髪に手をもぐらせて、つややかなウェーブを指で梳《す》いた。「深い意味がある
ような気がする」反応を待ちながら片手で頬を包み、じっと見守った。否定するだろうか、
それとも意味がわからないふりをする？
ジョイが表情をやわらげて、鼻で鼻に触れてから甘いキスをした。「怖い？」
二人の関係を深めたいと思っていることを否定しなかった。こんなふうにごまかさない
でくれるのはうれしいし、そうしない理由もよくわかる。
ジョイには守るべきものがたくさんあるのだ。なにより重要なのがジャックの幸せで、
そこが揺らぐことはない。外食や、ロイスの家で食事をすることはなんら問題にならない
が、自分をここでの夕食に招くことで、ジョイは母子の人生にますますロイスを踏み入れ
させるという危険を冒しているのだ。
「怖い？　まさか」むしろ、このうえない贈り物だ。「数日前ならそうだったかもしれな
い」両手で背中をなでおろして丸いヒップに到達する。このまま幸せに死ねそうだ。ジョ
イを上に重ならせて、セクシーなヒップを両手で包んで、長い髪に胸板をくすぐられて。
「だが、カオスを連れてこなくちゃならない」ジョイは常にアパートメントをきちんと片
づけているが、カオスは整理整頓とは縁遠い。「大丈夫かな」

ジョイは笑みを浮かべた。「カオスも歓迎よ。ジャックが大喜びするわ」けれど話をそらさせはしなかった。「数日前ならあなたを招かなかった。ジャックがあなたと親しくなりすぎるのを心配していたから」

「わかるよ」

「わかる?」

「ああ」息子を案ずる気持ちはジョイの欠かせない一部だ。「おれもシングルマザーに育てられたようなものなんだ」

ジョイが興味を示して首を傾けた。「ようなもの、というのはどういう意味？」

いい質問だ。「母はきみみたいじゃなかった」

「わたしみたい?」胸板の上で腕を重ね、楽な姿勢になろうとする。「お母さんは画家だったのよね」

「ああ。で、その創作活動に完全に集中していた。少年がどこまで気の散る存在になれるか、きみも知ってるだろう? おれは行儀のいい子だったとばあちゃんは言っていたが、ジャックのような才能はなかったし、母にはそれが悩み《ブレイグ》だった」ロイスは短く笑った。災い《ブレイグ》か。母の苦悩を表現するにはじつにぴったりの言葉だ。「自分に見えるものがなぜ息子には見えないのか、母には理解できなかった。なぜおれが細部を見落とすのか——ところでジャックにはその細部が見えてる。だからおれはあの子のなかにいる画家に気づいたんだ」

「あなた自身が画家だからじゃなく――画家ではないとお母さんに指摘されたから？」ジョイは首を振った。「ちょっと混乱してしまうわ」

少年のころのロイスにとってはなおさらだった。母を喜ばせたいのに、母の目には明らかな細かいあれこれをどうしても心に留めていられなかった。たとえば手の指、木の枝。たいていの子と同様、人間は棒きれ人形として描いた。腕二本と脚二本を胴体にくっつければ上出来だと思っていた。祖母はほめてくれたが、母は違った。

「息子がかわいい天才児になると思っていたんだろう。あいにくおれは絵の具のチューブをもらっても、積みあげて砦《とりで》を作っただけだった。チョークをもらっても、床に転がして赤と青を競争させただけだった」こういう思い出は愉快だが、少し悲しくもなる。「自分の息子が絵を描くより木にのぼりたがるなんて、母には信じられなかったんだ」

「お父さんはどこにいたの？」

「父がいたことはない。母によれば、いっときの関係でおれができたそうだ。名前も、それ以上の詳しいことも、母は教えてくれなかった。たぶん同じく画家だったんだろうし、正直に言うと、がっかりされるのは親一人でじゅうぶんだ」

同情と理解でジョイの眉間にしわが寄り、目の金色が緑色をしのいだ。

この目が大好きだ。母もきっと好きになっただろう。じつに独特だから、インスピレーションが湧いたに違いない。母の才能を受け継いでいれば、きっとおれも描いている。

「がっかりしたと、お母さんが言ったの?」

ジョイには想像できないだろう。先ほどおれ自身が言ったとおり、違うタイプの母親だから。「ずばりそう言ったわけじゃないが、おれにはわかった」子どもはそういうものだ。

「おれには母の才能がないし、母にはおれの好きなものが理解できなかった」

「あなたの好きなもの?」ジョイが興味津々で言う。「たとえば?」

「学生時代はずっとスポーツをしていた」片方の肩を回す。「母は荒っぽすぎるものは大嫌いだったから、そこでばあちゃんの登場というわけだ。祖母はいつも試合を見に来てくれたよ」

「だったら、おばあさんがいてよかった」ジョイが胸板にそっとキスをした。心臓の真上に。「あなたとお母さんはそれでも良好な関係だった?」

「母は冷たい人ってわけじゃなかったからな。大仰で感情の起伏が激しくて想像力あふれる人だった……そんな女性が妊娠しておれを授かり、画家の魂でできうるかぎりのことをした」ロイスはほほえんだ。「たしかジャックより一歳くらい下のころ、母のアトリエの床にあぐらをかいていたときのことを覚えてる。目の届くところでおれがシリアルを食べられるように、母は床に絵を描くとき用の防水布を敷いた。おれを見ていなくちゃいけないことはわかってたんだが、作品に呼ばれたんだ」

「あなたはお母さんを呼ばなかった？」

「どうだろうな。だが呼んだとしても、それはきっと外に出たかったからだ」天井を見あげて思い出した。狭い庭、いちばん大きな木を訪れた鳥たち、しょっちゅう吠《ほ》えていた二軒先の犬……。「おれに絵を描かせよう、粘土いじりをさせよう、クレヨンで塗り絵だけでもさせてみようと、母は必死に努力した。それに応えたくておれも必死に努力したが、たいていは失敗に終わった。母はおれの作品を見ては手の甲をひたいに当てて、息子の才能のなさを嘆いた。しょっちゅうな」思い出してにやりとする。「なにをするにも母は芝居がかっていた」

あげた口角にジョイの指が触れた。「とても悲しいことね」

かもしれない。だが二人だけの静かな時間を台無しにしたくなかったので、若いころのよかった点を挙げた。「ばあちゃんが割って入って、おれが傑作を作りあげたみたいに絶賛してくれたよ」

「おばあさん、大好き」

ロイスは短く笑った。「おれが作ったものをほぼ全部取っておいてくれた」

「あなたがジャックの絵を取っておいたみたいに？」

努力を評価されるのがどれほどうれしいか、覚えていたのは事実だが、ジャックの場合は話が違う。なにしろあの子には才能がある。「いつか、ジャックの作品は市場で売り買いされるようになる。おれはただ、ほかの買い手に先んじただけさ」

ジョイはそっと笑ってから尋ねた。「おばあさんとはしょっちゅう会っていたの?」

「おれが赤ん坊のころに、うちで一緒に暮らすようになったんだ。ママはおまえが大好きだから離れようとしないけど、芸術家ってのは気まぐれで、子育てには向いてないんだ、とばあちゃんは言っていた。ただし〝気まぐれ〟っていうのはここだけの秘密だよ、とね」祖母について覚えているすべてが胸をぬくもりで満たしてくれる。「請求書の支払いは母がしていたが、おれを育てたのはほぼ、ばあちゃんだ」

「お母さんは本当に成功していたんでしょうね」

ロイスはうなずいた。「昔はそれがいやだった。母のことは愛してたが、おそらく母がおれの才能のなさを恨んでいたように、おれは母の才能を恨んでいた。それでもどうにか仲よくやっていて……そうしたら母が病気になって、二十四時間つきっきりのケアが必要になった」

「それであなたは自分の人生を保留にしたの?」

あのときはまさにそんなふうに感じた。「ほかにだれもいなかった。母の芸術家としての側面を理解できる人は、とくに。そのあと母が亡くなって……」

胸板に頬をのせてジョイがささやいた。「重荷から解き放たれるためにここへ来た?」

そんなことは言わなければよかったと思いつつ、ロイスは口をこすった。ジョイは重荷になどなりえない。この女性はおれの人生に笑いとぬくもりと目標をもたらしてくれた。前向きな気持ちと、焦げるような欲求も。ジョイのそばにいると、完全に生きていると感じる。

いったいどうやったのか、そんなことをしているそぶりも見せないうちに、ジョイはおれを悲しくつらい過去から引っ張りだして、明るい現在に真正面から向き合わせてくれた。

答えないでいると、ジョイがおずおずと尋ねた。「お母さんの認知症はいつから？」

「何年も前だ。最後の数年はひどかった。徐々に人から奪っていく病気だよ――記憶や思考力や……人としての機能を」ああ、いまだに考えるのもつらい。「最初は転びやすくなって、転ぶたびに大きな怪我《けが》をするようになって、やがては車椅子になった――母は車椅子を憎んでいた」これくらいでやめるべきだ。やめたいのに、言葉が勝手に流れだす。「ときどきはおれのことも」

「ロイス」ジョイが上体を起こして目を見つめ、小さなやわらかい手でロイスのあごを包んだ。「ありえないわ」

「どうかな……本当のところはわからない。医者の話では、認知症になった人の反応はそれぞれで、怒りを示す人もいれば、完全に無気力になる人もいるそうだ」

「お母さんは怒りを示すようになったのね」

「無理もないが、みじめだったんだろう」声に出して言うことで自分でも信じやすくなった。もしかしたら、理解しやすく。「母は高齢出産でおれを産んで、認知症は早期に訪れた。発症前は強い人で、好きなことを好きなときにしていた。才能を評価されていたし、肉体的にも健康だったが、少しずつ自立と尊厳を失っていった」

母の身になって考えてみても、自分がどんな反応を示すかは想像するばかりだ。怒りはまだましなほうだったのかもしれない。

「お気の毒に」

ジョイの手を取って、手のひらにキスをした。「やがて母は食べられなくなって、飲むこともできなくなった」声がかすれる。「毎日のようにおれを罵ったが、ほかにはだれもいなかった。親戚も、だれ一人。だからおれができるかぎり世話をした」

「それは、あなたが善良でやさしい人だからよ。いい息子だから」目をうるませてジョイが言う。「ひどいことを言ったのはお母さんじゃなくて、病気が言わせたの」

こんなざまをジョイに見せるのは楽なことではなかった。大の男が心の傷を打ち明ける姿など。それでも打ち明けたのは、二人の関係を始めるにあたって愚かなやり方をしてしまった理由を説明するためだ。みずから引いたくだらない境界線を説明するため。

なぜなら、いまはもっと多くを求めているから。彼女に。おれたちに。

ジョイがまた胸板に伏せたので、もう目を見つめられていないことにほっとした。二人とも静かに、じっとしていた。

「母はけっして絵のことを忘れなかった」ジョイの髪をなでているほうが、なぜか話すのも楽だった。「もっと母のそばにいられるように、おれは仕事を変えて、画材が常に手元にあるようにした」

「生活費はどうやって？」

「臨時の製材の仕事で」手短に説明し、そのせいで懐かしくなった。手を使って働くのも、屋外にいるのも、余った木材を再利用するのも、昔から大好きだった。「やりたい仕事だけ引き受けて、自分のスケジュールで働いていたから、家を離れるときは非常勤のケアワーカーを手配した」

「お母さんはケアワーカーとうまくやれた？」

ロイスは短く笑った。「やさしかろうと資格があろうと、おれが雇った人全員を嫌っていたよ。だから仕事に出かける前にアトリエへ連れていって、キャンバスの正面に車椅子を置くようにしていた。もしもに備えてケアワーカーはその場にいるのが理想的だったが、担当者がその場にいなくても、母は絵を描いていた」そのころを思い出すと、か弱くなった母がまた目に浮かんだ。作品しか存在しない、母だけの小さな世界に没頭している姿が。「絵筆さえ握れないときもあったが、色彩と光を見る目は死ぬまで衰えなかった。あの才能は母の核となる部分だったんだ、と医者は言っていた。いつかジャックに母の絵を見せてみたいな。あの子にインスピレーションを与えるかもしれない」

「うれしいわ」ジョイがそっと言った。「だけどお母さんは作品を売ったんじゃなかった?」

「売ったよ。いくつかのギャラリーが購入して、認知症が悪化する前に、価値は三倍にあがった」ロイスが所有する個人コレクションについてはいまだに問い合わせがある。「折に触れて母はいろんな作品をプレゼントしてくれた。誕生日とか、クリスマスとか、ときにはただプレゼントしたいからと」いまはつらくて見られないが、手放すこともできない。絶対に。

ジョイが興奮した様子でまた上体を起こした。「なんてすてきな贈り物。どんな作品があるか、訊《き》いてもいい?」

もちろん。しだいに、母とその執着について話すのも容易になってきた。

「たとえば、おれが好んでのぼっていた木。母はおれのことも描いた」記憶がよみがえって笑いがこぼれる。「あの木にはのぼるなと毎日のように言われていた。落ちて骨を折るからと。それでもおれはのぼった。大きな枝に腰かけて足をぶらぶらさせていた。葉っぱのなかに毛虫を見つけたり、近くに鳥が舞いおりて、脅かさないようにじっとしていたこともある。それを母は描いたんだ。破れたジーンズを穿《は》いて枝に腰かけたおれが、汚れた足をぶらぶらさせているのを、別の枝から青い鳥が見ている絵をね」

ジョイはほほえんだ。「早く見てみたい」

ロイスは息を吐きだした。「実際、すばらしい作品だ。眺めるだけで夏の暑さを感じる」

「ほかには？」

尋ねたジョイの目にはなにかがあった。緑色をまたしても金色に変える輝きが。

それについて考えながらロイスは言った。「八歳のおれを大きな一枚絵に描いた。自分のベッドに転がって眠っているところだ。それから、棚に並んだおれのおもちゃの自動車。おれは腕だけ描かれていて、丸っこい小さな手が車を並べ替えているんだ」

「ロイス」ジョイがささやき、両手で顔を包んだ。「わからない？　お母さんはあなたへの愛を表現しようとしていたのよ」

ジョイの口調にはっとして、動きが止まった。「どういう意味だ？」

「お母さんはとても独特な方だったみたいだけど、わたしがジャックを見て気づくのと同じことを、あなたを見て気づいていたのよ。ジャックのお気に入りのおもちゃがわたしにとって大事なのは、あの子にとってそれが大事だと知ってるから。眠ってるときのジャックは本当に穏やかでかわいくて、胸がとろけそうになるわ。そして、お気に入りの木にのぼっているあなた……だめだと言われてるのにしょっちゅう同じことをする息子……」ジョイは目をうるませて鼻をすすった。「お母さんはあなたをそんなふうに心に描いてたのよ。幸せで自由で、自分の気持ちに正直で、あなたにとっていちばん楽しいことをしている姿を」

真実が心に染みてきた。「母が楽しむことを、おれはできないから?」

ジョイは震える笑みを浮かべてうなずいた。「そう」

なんてことだ。急に霧が晴れた気がした。ジョイの言うとおりだ。いったいなぜわからなかったのだろう。

胸がいっぱいになり、片手を髪に突っこんで軽く引っ張った。「木にのぼったおれの絵は、母が完成させた最後の作品の一つだ。完成したときにはおれは大人だったのに、描かれたおれは恐ろしいくらい当時のままで……」

「汚れた足まで?」

締めつけられた肺から笑いが漏れた。「ああ。裸足《はだし》のほうがのぼりやすかったからな」

病気で苦しんでいても、母はいちばん幸せだったときのおれを描いた。どうしていままで気づかなかった?

母はふつうのやり方で愛を示さなかったかもしれないが、自分がもっともよく知るやり方で表現していたのだ。

絵を通して。

「なあ」ロイスは言った。早くその作品を引っ張りだしたくてたまらなかった。「母の作品のなかで小さめのやつをいくつかジャックに見せたいと思う。喜ぶかな」

「きっと喜ぶわ」ジョイが起きあがった。今回は涙を隠そうともしなかった。

そのせいでロイスも胸が熱くなった。そっとジョイの腕をなであげて、肌のぬくもりと感触を味わう。「泣くな、ベイビー」

ごくりとつばを飲みこんで、ジョイは片手で目を拭った。「泣いてない」

ロイスも起きあがり、少しくぐもった声で言った。「聞いてくれてありがとう」肩にキスをする。「おれには見えていなかったものを見つけてくれて」

「近すぎると、明らかなことも見えなくなるものよ」そう言ってそっと寄り添ってきたが、それもつかの間、ジョイは美しい裸体のまま立ちあがった。

残念だが時間切れだ。

ジョイがパンティに手を伸ばしながら、涙混じりの笑みを投げかけた。「夕食は六時よ」

おれのように一瞬一瞬を楽しんでいれば、一週間は一日と同じくらいあっという間に過ぎるだろう。

足元でカオスがしつこくブーツの靴紐《くつひも》を引っ張り、うなったり首を振ったりしながらほどくのをよそに、ロイスはパーク内を見まわした。昨夜は遅くにドライブインを閉めたので、疲れていてもおかしくない。それなのにこうして用具棟の外にクーパーとバクスターとともに立ち、金属製の壁に肩をもたせかけている。

どうやら離れていられないようだ。

どんな理由であれ、ジョイのそばにいられるなら睡眠時間を削る価値はある。それに実際、パークの面々を手伝うのは楽しい。

このところ天候は協力する気になったらしく、ハロウィンの週末に向けて穏やかな日が続いていた。気温も日ごとに上昇し、いまでは午後遅くになると十五度を超える。朝はまだ寒いものの、日がよく照るのでそれほど不快ではない。雨やみぞれの予報もなかった。

完璧で美しい場所での、完璧で美しい秋の気候。

「階段の屋根は立派なのができてるな」クーパーがさらにいくつか道具をワゴンに積んでから、かがんでカオスの耳を掻《か》いてやった。

子犬は後足で立ち、尻を振ってクーパーの手に飛びつくと、袖をつかまえて引っ張ろうとした。クーパーは笑ってコートを放させ、また立ちあがった。

「もうじき完成だ」ロイスは言った。作業はほぼ毎日、ダロンの手を借りながら進めており、大部分は完成している。この冬は、ジョイも悪天候が階段に及ぼす影響を心配しなくてすむだろう。傾斜つきの屋根が積雪から守ってくれるし、部分的な壁面が雪やみぞれの吹きこみを防いでくれる。

バクスターが言った。「そういえばダロンはまたマリスのところか？」

「この一週間、空き時間はいつもそこだよ」クーパーがにやりとして言う。「ついに粘り勝ちしたようだ」

「よかったな」バクスターがうなずく。「だが、最近マリスにもらうクッキーが減ったと感じているのはおれだけか?」

ロイスは笑った。マリスは忙しすぎてクッキーを焼く時間がないのか、ほかの人の手に渡る前にダロンが食べてしまっているのか。

「新たな展開といえば……」バクスターが眉をあげてロイスを見た。

たしかに、毎日かならず時間をつくってジョイに会いに来ている。アパートメントで夕食をともにした初めての夜、ジャックが大はしゃぎしたことを思い出すと胸がぬくもった。ジョイはたいへんな料理上手で、くつろいだ雰囲気のなか、ジャックは何度もこちらに笑顔を向けた。どんな理由であれ、アパートメントに客を迎えることはめったになかったのだ。

「なにも否定しない」ロイスは言った。「今後はもっと頻繁におれを見かけることになると思ってくれていい」

「手伝ってくれて助かってるよ」クーパーが活気ある周囲を見まわす。「ハロウィンの週末は毎年たいへんでね」

「気にするな。ダロンと同じで、おれもここにいる理由があってうれしいんだ」

「口実なんていらないだろうに」クーパーが言う。

ここに来たくなる理由ならジョイだけでじゅうぶんだと、もはやみんなに知られている。

バクスターが言った。「それにしても、最初はおれたち全員、彼女は興味を示さないと忠告したとはな」

「どうやったにせよ、感謝してる」クーパーが湖のほうを眺めた。「ジョイは笑顔が増えた」

ジャックが生まれたあとにジョイが興味を示した最初の男になれたことを、ロイスは誇らしく思った。アパートメントでの初めての夕食以来、自然とパターンができあがっていた。

最初の晴天の日は、幼稚園から帰ってきたジャックを運動場へ連れていって、ブランコに乗る背中を押したり、ジャングルジムにのぼるあいだ、いつ落っこちてもキャッチできるよう身構えたりして過ごした。ジョイは着ぶくれてベンチに腰かけ、ホットチョコレートを飲みながら、携帯電話で何枚も写真を撮っていた。

別の日には食べ物を持って訪ねていき、運よく日差しが暖かだったので、湖畔のピクニックテーブルで過ごした。三人ともコートとニットキャップで寒さに備え、湖岸で水と追いかけっこするカオスを眺めて大いに笑った。食後は案の定、ジャックが濡《ぬ》れた砂に棒きれで絵を描いた。

芸術家はどんな機会も逃さない。

カオスが足跡で絵を台無しにしたものの、ジャックはただ笑って、子犬と追いかけっこを始めた。

なによりロイスの胸を温めたのは、ジョイが息子のすることすべてをほめるところだった。走る速さ、尋ねた質問、カオスに対するやさしさ。ジョイは本当にすばらしい母親で、交際相手についてそこをプラス材料だと思ったことはなかったが、いまは心の底から魅力的だと感じていた。

その週は二度、午後にジョイと二人きりでシーツにくるまって過ごした。一日に二度ならもっとよかったが、限界があるのはわかっているし納得もしている。

すでにジョイはおれのためにいくつも例外をもうけているが、みんなの話によると、それはいい意味での脱線らしい。

受け入れられるのはうれしいものだ。この関係は、おれが思っていたような人生の重荷にはならなかった。正反対だった。

「ダロンが出てきたぞ」バクスターがキャンプストアをあごで示した。

小高い場所にいるので、歩くダロンが見おろせた。どうやら池とロッジの前を過ぎて、キャンプ場と運動場の前を通るらしい。

まだ青葉が茂っていれば、これほどよくは見えなかっただろう。この土曜、パークはハロウィンを祝う人たちのキャンピングカーでひしめき、だれもが照明や看板や人形で自分たちのエリアを飾りつけている。ジョイはすでにロッジにいて、子ども向けのお化け屋敷を準備していた。

「おっと」ロイスは言った。マリスに呼びかけられてダロンが振り返ったのだ。「忘れ物かな」

三人全員、にんまりした。

近づいてきたダロンにマリスがなにか言うと、ダロンはマリスを抱きあげてくるりとターンしてから、熱烈なキスをした。

バクスターが笑う。「しつこいやつだ」

クーパーがほほえむ。「もっとしつこくしろとせがまれてるんじゃないか？」

「こら、男性陣」女性の声が響いた。「鶏《にわとり》の群れみたいに騒いで、恥ずかしいわよ」

ロイスが振り返ると、クーパーの妻のフェニックスが、お腹の大きな姉のリドリーと腕を組んでやってきた。

二人ともよく似た青い目をしているが、性格はまったく違う。見るからに妊娠中でもリドリーは生まれながらの色気を発散させている一方、フェニックスは控えめでやさしさにあふれている。

「嫉妬してるんじゃない？」リドリーが言い、夫のバクスターに誘うような笑みを投げかけた。「自分たちは既婚のおじいちゃんだから」

「だれがじいさんだって？」バクスターがそう言って抱きあげると、リドリーは甲高い悲鳴をあげた。バクスターが妻を抱えたまま用具棟に入っていく。

フェニックスは天を仰いだ。「リドリーが意地悪を言うたびに、バクスターはそれを口実にして、新婚夫婦みたいにふるまうのよ」

それが目的でリドリーは意地悪を言うのではないだろうか、とロイスは思った。

クーパーが自分の妻に片腕を回して尋ねた。「今度はだれが嫉妬してるのかな?」

フェニックスの頬が染まって笑みが咲いた。「クーパー、わたしにはあなたがいるから、嫉妬する理由はどこにもないわ」

クーパーとフェニックスが見つめ合い、隠し立てなく愛情を示し合うさまを見て、ロイスはその愛に打たれた。

やれやれ、いま嫉妬しているのはおれかもしれない。

そのときフェニックスに言われた。「リドリーとわたし、ジョイの飾りつけを手伝いに行くところなの」

「大仕事のようだから、きっと喜ぶよ」

「マリスも手伝いたがってたんだけど、コーヒーポットがすぐ空になってしまうし、クッキーも作りためておきたいんですって」

「マリスとジョイは仲よくなったたな。きみとリドリーみたいだ」

「たしかに二人はもう姉妹みたいね」フェニックスが同意する。「ただし、リドリーとわたしよりずっと気が合ってる」声を大きくして言う。「だってわたしの姉は隙さえあれば夫と暗がりにしけこむんだもの」

「聞こえてるわよ」リドリーが大声で返した。

バクスターの笑い声が響く。

フェニックスはにっこりして首を振った。「そろそろ行くわ。またあとでね」

そんな彼女にクーパーが短くキスをして抱きしめた。

数秒後、用具棟からいそいそと出てきたリドリーは髪が少し乱れていた。片手を背中に当てたまま、ぶつくさ言いながら妹に続く。「ちょっと待ってよ。妊婦さんがよたよた追いかけてるのよ」

バクスターも気取った笑みを浮かべて出てきて、大声で妻に言った。「きみはよたよた歩いたりしない」

「うるさい！」リドリーがやり返すと、バクスターの笑みは大きくなった。

そこへダロンがやってきた。いつも以上にくしゃくしゃの髪で、帽子は傾き、満面の笑みを浮かべている。マリスになにを言われたにせよ、大いに気に入ったらしい。「なにかおもしろいことでもあった？」

ロイスは笑った。この三人の男はまったく似ていないが、三人ともそれぞれ決まった女性を心から愛している。おれも同じ方向へ進んでいるのは間違いない。

しゃがんでカオスから靴紐を取りあげると、ずいぶん短くなっていた。どうやら子犬はこの闘いには勝ったらしい。

小さな革の噛むおもちゃをポケットから出して与え、どうにか靴紐を結んだ。

ハロウィンの準備を手伝いに来てよかったと思いつつ、ロイスは言った。「このパークでは退屈しないな」カオスを抱きあげる。「気に入ったよ」

「おまえが気に入っているのはなんなのか、みんな知っているぞ」バクスターがのんびりと言う。「きれいな景色じゃないのはたしかだ」

「そうだな」ロイスは肩をすくめた。「だが景色もすばらしい」

13

お化け屋敷のオープンまであと少しというときにマリスが飛びこんできたので、ジョイは驚いた。あたりではブラックライトが点滅し、おどろおどろしい雰囲気たっぷりに裂かれた灰色のガーゼが揺れている。

糸で作った蜘蛛《くも》の巣や、天井のあちこちからつるしたやわらかな発泡ポリエチレン製の筒の迷路や、テーブルいっぱいの不気味なカップケーキをよけてまっすぐこちらに向かってくるマリスに、ジョイはどうにか笑みをこらえた。

視線がぶつかった瞬間、マリスが降参した。満面の笑みを浮かべ、ジョイをつかまえてキッチンのほうへ引っ張っていった。「二分ちょうだい」

「二十分あげるわ」ドアを開けて子どもたちを出迎えるまで、残っているのはそれだけだ。幸い、準備はすべて終わっている。「どうしたの？　どうしてそんなに笑ってるの？」

二人きりなのをたしかめるように、マリスがそっと周囲を見まわした。

「だれもいないわ」ジョイは請け合った。「さっきまでリドリーとフェニックスがいたけど、仮装をしに戻ったの」姉妹は子どもたちにお菓子を配ったり、全体に目を配ったりするのを手伝ってくれることになっている。「ジャックは暗いところで光る悪鬼作りに夢中よ」あまり怖くしないようにと忠告したが、息子の目の輝きからして、なにかものすごいものができそうだ。

マリスが大きく息を吸いこんで発表した。「決めたわ。そろそろわたしも約束を果たす」

ジョイは面食らった。「約束って……？」

片手で互いを示しながらマリスが言う。「あなたがやるならわたしもっていう、あれよ。忘れた？　ほら、あなたとロイスはこの一週間、楽しく過ごしてきたでしょう——否定しないでよ！」

「しないわよ」ジョイは言い、ほほえんだ。ふだんどおりならマリスに毎日報告しているところだが、どちらも相手がいて、ハロウィン直前でパーク全体がにぎやかだったため、おしゃべりの時間がほとんどなかったのだ。「とてもすてきな一週間だった」

「よかった。でね、わたしもあなたに刺激を受けたというわけ」勢いこんでマリスがうなずく。「今夜がそのときよ。ダロンとわたしの夜。どうしよう、声に出して言っちゃった」その場で飛び跳ねて両手を振る姿からは、緊張が目に見えて伝わってくる。「ジョイ、わたし不安で気が変になりそう」

ジョイは笑った。「ええ？　どうして？」

「ダロンったらひどいのよ。この一週間、わたしを期待と不安でいっぱいにして。信じられないくらいキスがうまいから、こっちはすっかり頭がお留守よ。どうやったらこれ以上、彼を遠ざけていられるの?」

「いままで遠ざけていられたのがわたしには驚きだわ」ジョイは首を振った。わたしはマリスが自分を抑えているなんて気づかなかったし、おそらくそれはダロンも同じだ。「きっとすてきなひとときになるわ。期待して」

「だけどもしヘマをしたら?」マリスが動きを止めて目を見開く。「待って。言いなおさせて。もしわたしがお粗末だったら? だって……」両手を宙に放る。「処女より悪いのよ。三十一だもの」

「いまの、Tシャツにプリントしましょう」ジョイは言い、指で宙に四角を描いた。「〝処女より悪い〟。気に入ったわ。キャッチーで」

マリスに肩を押された。「まじめに聞いてる?」

ジョイは笑った。「ごめんなさい。ええ、大まじめよ」ほんの少しだけ笑みを抑えた。「マリス・ケネディ、あなたはわたしが知るなかでいちばん強くて有能な人の一人よ。あなたのそういうところを尊敬してるわ。そのあなたが経験豊富じゃないからって、なんなの?」

「ダロンは超がつくほど経験豊富よ」

「だから緊張しないとはかぎらないわ。いまごろダロンがなにを心配していると思う？　そう、あなたをがっかりさせることよ。長い時間をかけてついにあなたを振り向かせたんだもの、プレッシャーはそうとうかかっているはず」反射的にマリスが否定しようとしたのを、片手をあげて遮った。「わかってるわ。あなたは問題を撃破することに慣れているのよね。でも安心して、ダロンは問題じゃない」

「ああ」マリスがうめき、手で目を覆った。「ダロンは人生最大の問題よ」

「それは、あなたが彼のことを大好きだから」マリスが手をおろしたので、ジョイは眉をあげた。「そうでしょう？」

「そうであってほしくない」マリスが不満そうに言う。

「なに言ってるの。さあ、勇気を出して、認めなさい」

「あなたにだけね」壁に背中をあずけて目を閉じ、わざと後頭部をぶつけた。二度。

ジョイは黙って待った。

マリスが片目を開けて尋ねた。「なにかアドバイスは？」口角がさがる。「そんなに幸せそうにロイスとベッドで燃えあがってるなら、なにかあるでしょう？」

「そうね……」ジョイは戸口から身を乗りだして、ジャックがいまも椅子に座っているのを確認しようとした。

いない。しかもドアが開いている。心臓が止まりかけた。「ジャック！」キッチンから駆けだしながらまた名前を呼んだ。「ジャック！」

　ジャックがひょっこり戸口に現れた。「ママ、ミスター・ナカークが来たよ」

　ジョイは息子に駆け寄った。一歩ごとに心臓が激しく脈打つ。「ジャック・リー、ママがいないときにあのドアを開けてはだめだって知ってるでしょう」

　ロイスが割って入った。「おれが悪いんだ。のぞいたら、きみは、その――」そばに来ていたマリスをちらりと見る。「――話し中だったから、もう少し待つことにした。そうしたらジャックに見つかって」

　関係ない。ジョイは強い口調で言った。「どんな状況でもあのドアを開けるときは、まずわたしに確認することになってるの」パークは見ず知らずの人でいっぱいだ。それだけでもじゅうぶん心配なのに、母が二度も訪ねてきたとあっては、不安にならないほうがおかしい。

　ジャックが気まずそうにちらりとロイスを、続いてマリスを見あげてから、しょんぼりとうなだれた。小さな声でささやくように言う。「ごめんなさい、ママ」

　ああ、息子の気持ちを傷つけてしまった。ジョイはひたいに手を当てて、マリスのほうを向いた。「悪いんだけど――」

「気にしないで。どうせ店に戻らなくちゃいけないし」

「違うの」マリスを帰らせたくはない。「一分で終わるから。待っていてもらえる？」

慰めるようにマリスがぽんぽんと肩をたたいた。「もちろん」

頭のなかを駆けめぐる無数の恐ろしいシナリオにおののきながら、ジョイは息子の前にしゃがんだ。「ねえ、ジャック。知っておいてほしいの、どれだけ危ないことか――」

「ミスター・ナカークが見えたんだもん」小さいけれど強情な声で言う。「ちゃんとだれかわかったもん」

「そうね。それならまったく問題ないとあなたが思うのは、わかるわ。それでもママが心配するのは、どうしてだかわかる？　あなたがいなくなっていて、ミスター・ナカークと一緒にいることを知らなかったからよ。あなたがいるはずの場所にいないことしかママは知らなかった」鼓動が落ちつかない。

「でも、呼ばれたらすぐお返事したよ」

口元をこわばらせてジョイは身を引いた。「前にもこの話はしたわね、ジャック。人がたくさん出たり入ったりするから、あなたがどこにいるか、ママはちゃんと知っておきたいの。いつもよ。例外はなし。言い訳もなし」

ジャックが肩を丸めてうなずいた。

ジョイは息子の髪をなでた。「わかったと言って、ジャック」

「わかった」

「ジャック」息子のあごをあげさせる。「約束して」

ジャックがまたちらりとロイスを見た。

驚いたことに、ロイスはジャックの肩に手をのせた。「きみのママを心配させたくないから、おれも一緒に約束しよう」

ジャックが目を丸くしてロイスを見あげる。「ほんと?」

「ああ。きみがおれと一緒にいることを、すぐに伝えておくべきだった。考えなしだったし、申し訳なく思ってる」視線をジョイに移した。「約束する。今後はかならずきみに知らせるよ」

ジャックは感動の面持ちでうなずいた。「ぼくも。ぼくも約束」

ロイスが小さな肩をたたいた。「ママをびっくりさせたくないもんな?」

両腕をジョイの首に回して、ジャックがぎゅっと抱きしめた。「ママ、ごめんね。もうしないって約束する」

感情でのどが締めつけられた。ジャックがこの約束を守れるかどうかは怪しいけれど、いまのところはこれでじゅうぶん。ハグを返しながらロイスにほほえみかけて、口だけ動かして〝ありがとう〟と言った。

ロイスがうなずき、ジョイを助け起こした。「マリスとの話が終わるまで、ジャックにお化け屋敷を案内してもらっていてもいいかな」

ジョイの許可を待たずに、ジャックがロイスの手に手を滑りこませた。「ぶどうの皮を剝《む》いてゼラチンで固めたの」弾んだ声で言う。「目玉に見えるんだよ。それからね、クッキーを粉々にして土みたいにしたところに、グミの虫を並べて……」

ジャックが食べ物コーナーにロイスを引っ張っていくと、楽しげな声が遠のいていった。

二人を見送るジョイの目に映っていたのは、息子とロイスだけではなかった。未来が見えた。家族が。そして……愛が。

そのとき、マリスに肩を抱かれた。皮肉っぽい声で親友が言う。「なにをそんなに見つめてるの？」

たいへん。恋をわずらう道化のように二人を見送っていたに違いない。

「来て」マリスにうながされてキッチンに戻った。「わたしは店に戻らなくちゃいけないし、あなたはしゃきっとしなくちゃ。だってほら、仮装した子どもたちがいまにもやってくる……」

「ごめんなさい」ジョイは言った。「わたし、さっきはちょっと――」

「動揺したんでしょう、ものすごく。わかるわ。完全にわかる」キッチンにあったパンチをグラスにそそぎ、ジョイの手に握らせた。「二、三滴、垂らせるものはないわよね」

ジョイは笑った。これから子ども向けの企画をしようというときに、飲み物にアルコールを混ぜるわけがないのは、お互いわかりきっている。「残念ながら」一口飲んで、カップを脇に置いた。「もう大丈夫だから、あなたとダロンの話に戻りましょう」

「そうね。アドバイスをもらおうとしてたんだった」マリスが身構える。「さあ、言って」

「前にも一度言ったけど、ダロンを信じて。不安に思っていることを打ち明けて。そうすればなにも心配いらないわ」

「そうよね」マリスが顔をしかめる。「だけどなんて言えばいいの？　〝ダロン、悪いんだけど、わたしはなにも知らないから全部あなたに任せるわ〟？」天を仰ぐ。「そこまでばかだと思われたくない」

「くだらないわ、そんなふうに思われたりしないんだから」もう時間切れだと悟って、ジョイはマリスの両手を取った。「ダロンは絶対にあなたを批評の目で見たりしないから、あなたもしないで。純粋に楽しむの」

「わかった」マリスはふうっと息を吐きだした。「楽しむ、ね。簡単、簡単」

実際、簡単だ。マリスが分析しすぎるのをやめさえすれば。けれどそれは難しそうなので……。「とっておきのアドバイスをしましょうか？　まずダロンを裸にしなさい」

マリスの目が丸くなった。「え、ええ？　それで？」

「いったん彼を裸にしてしまえば、あなたが優位に立てる。でしょう？　そこから始めて、あとはその場その場で臨機応変に」

「やっぱりあなたに相談してよかった」マリスが片手をあげ、二人で手のひらをぱちんと合わせた。「あなたをクラブの会長に推薦するわ」

「〝処女より悪い〟Tシャツを着るなら、考えてもいいわよ」

二人でまだ笑っているところにフェニックスとリドリーが現れた。フェニックスは美しい妖精に、リドリーは丸っこいお化けかぼちゃに扮《ふん》している。

向こうではロイスが発泡ポリエチレン製の筒をたくみによけながら走り、肩にかついだジャックを大いに笑わせていた。

一人一人を眺めて、ジョイは胸を打たれた。このすばらしくてやさしくて温かい人たち。みんなみんな、大好きだ。

パーティを始めるべくキッチンの外へ向かいながら、マリスに言った。「明日なるべく早く、どうなったか教えて」

「もちろんよ」マリスが肩をすくめた。「報告したい相手はあなただけだもの」

予想どおりにものごとが進めば、その相手にはダロンも加わるだろう。けれどいまは、わたし一人。ジョイはその感覚を慈しんだ。

会場のほうを向いて宣言した。「子どもたちを入れて。始めましょう！」

ダロンの家のキッチンで足を止めたマリスは、彼女にしてはめずらしくおどおどして見えた。なぜだろうと考えて、ダロンははっとした。下半身を刺激する夢のような考えがおりてきた。

もしかしたら、マリスはついにおれを救う気になったのかもしれない。

そう思った瞬間、その考えは消えなくなって、マリスを見つめる目つきも熱を帯びた。ずっと求めてきたのだ。もう何年も。

今日のパークでは、人目を気にする様子もなく、マリスのほうから距離を縮めてきた。つまり、やっとおれを拒むのをやめて、おれたちの関係を認める気になったということ。それは大いにうれしかったが、いまのこれは？　さらに先へ進むチャンス？

心臓が激しく脈打ちはじめた。「マリス？」

マリスは十年以上着ているように見えるコーデュロイのコートを脱いで、アイランドキッチンのスツールにのせた。「近々、ジョイと二人でショッピングとランチに行く予定なの。たぶん新しいコートを買うわ」鼻にしわを寄せる。「なんだけど、わたしは女同士のショッピングの経験がほぼなくて。楽しめたためしもない。ジョイは、きっと楽しいって言うんだけど」

「ジョイの言うとおりだと思うよ」ダロンはどうにかさりげない表情を保ち、キスしたい衝動を必死にこらえた。

マリスは携帯電話をジーンズの尻ポケットに収めてから、ハンドバッグをコートの上にのせた。めずらしいことではない。なにしろこの一週間で、スツールはマリスのコートとハンドバッグの定位置になっていた。

マリスが視線をそらして言う。「今夜はドライブインの最後の営業日なのに、ロイスの手伝いをしなくて悪いと思ったりしてない？」

「ちっとも」ついにマリスを手に入れられるなら。目をそらせないまま、数歩近づいた。「今夜のきみはどこか違うな」欲望でのどがつかえ、咳払《せきばら》いをした。「なにが起きてるのか、教えてくれないか？」

「それ以外に？」マリスが言い、ジーンズのファスナーを押しあげている太いものをあごで示した。

ためらいもせずにダロンは言った。「ああ、これ以外に」マリスを求めていることも、マリスには強烈な反応を示してしまうことも、否定する気はない。

触れられるくらい近づいて、指先で頬をなでた。まだ緊張している様子だったので、からかうように言った。「いちゃいちゃでもする？」

マリスがうなずいた。「ええ」それなのにダロンが触れようとすると、遠ざけてこう言った。「服を脱いで」

いきなりの命令に面食らって、ダロンはまばたきをした。混乱して口元をこすり、室内を見まわした。二人がいるのはキッチンとダイニングルームのちょうど中間地点だ。「ここで？」

マリスの唇が引きつった。「抵抗もしないの？　わたしが頼めばなんでもやるの？」

「きみのためにしないことなんてないよ、マリス」

マリスが息を吸いこんだ。「すごい。なんだか強くなった気分」

肌に触れるのをやめられなかった。マリスはとてもやわらかくて温かくて、いたるところに触れたくなる。「むしろ、熱くなってほしいんだけどな」

「じゃあ」マリスは言うなりダロンの手をつかんで廊下を歩きだし、寝室に入った。「ここで脱げばいいわ」携帯電話をナイトテーブルに置いてマットレスに腰かけ、手でうながす。「さあどうぞ」

笑わないようにするので精一杯だった。慎み深いほうではないが、だれかに命じられて服を脱いだこともない。

「レディの仰せのままに」つま先を引っかけて靴を脱ぎ、脇に押しやってから、かがんで靴下を取り去った。体を起こしてスウェットシャツを首から引き抜くまで、燃える欲望のせいでほぼ一瞬だった。

マリスが唇を舐《な》めて、満足そうにうなずいた。「うっとりするわ」

「シャツを脱いだところは見てるだろ？」

「何度もね。あなたはどこででもその体を見せびらかすのが好きだから」

「ええと……」ほめ言葉には聞こえなかった。「おれたちが働いてるのは気取らないリゾートで、夏にはかなり暑くなるって、わかってるよね？」

マリスは鼻で笑った。「そんなにいい体をしてなかったら、あんなにしょっちゅう脱がないでしょう?」

そんなにいい体? ありがたい。

ほめ言葉に満足して、ダロンは両手をジーンズのホックにかけた。

「待って!」

早く下半身を自由にしてやらないと、ファスナーが壊れてしまう。

マリスが突然立ちあがった。「わたしが」

「ファスナーをおろしたいのか?」

マリスがすばやくうなずいた。「ええ。だからそのセクシーな体を早くこっちへよこしなさい」

「いいよ、わかった」まさかこっちが不安にさせられるとは。「だけどお手やわらかに頼むよ。なにしろ――」小さな手にデニム地の上から握られて、ダロンは息を呑《の》み……途切れたうめき声を漏らした。その手がしっかりと長いものをさすったのだ。歯を食いしばったまま、ダロンは言った。「たぶん、あんまりいい考えじゃないな」

「どうかしら」

マリスがゆっくりとファスナーをおろしていくのは、拷問のような前戯に思えた。ファスナーが完全におろされると、小さな手がなかに滑りこんでくる。いまや遮るものはボクサーパンツ一枚だ。

全身の筋肉が収縮した。「そんなことされたら死んじまう」

「わたしも死にそう」マリスが小声で言ったと思うや、驚いたことに身を乗りだして、へそから下降する毛の筋に鼻をこすりつけた。「ああ、いいにおい」

ダロンは首をそらして必死に自制しようとした。容易ではない。マリスの息が腹をくすぐり、唇は腰に触れて、指はそそり立ったものをもてあそんでいるのだから。

不意にマリスが手を離して言った。「残りも全部脱いで」

その声のかすれた響きに、にやりとしてしまった。ことを先に進めたくて、マリスを見つめたまま、できるだけ早くジーンズとボクサーパンツをおろした。

繊細な鼻孔がふくらんで、頬には赤みが差した。「大きいのね」

「人並みだよ」

「そんな」マリスが張り詰めた声でささやく。「あなたに人並みなところなんてどこにもない」

「ねえ、マリス」身を乗りだしてマリスの肘を取り、そっと立たせた。「ちょっと平等になろうか」

ごくりとつばを飲んで、マリスはうなずいた。「忠告しておくけど――本当に長いこと、してないから」

どのくらい長いあいだなのだろう。知り合ってからというものマリスはデートをしていないし、男に興味を示したことさえない。その長い日々を終わらせる相手におれを選んでくれたのだから、なんとしても一瞬一瞬を楽しめるものにしてみせる。

「大丈夫だよ」言いながら首筋にかがみこんで、肌に唇を這《は》わせた。あごまでたどり、感じやすい耳の輪郭をなぞる。聞こえないくらい小さな声でささやいた。「すべておれに任せて」

「ジョイは正しかった」マリスが息を呑んだ。

なんだって……？　動きが止まり、ダロンは身を引いてマリスを見つめた。「正しいって、なにが？」

「あなたを裸にすれば楽になるって、ジョイが言ったの」

うん、まったく意味がわからない。だが当面、説明を求める気はなかった。そんなことよりまた首筋にかがみこんで、マリスが喜ぶのを知っているやり方で肌を味わいはじめた。マリスもぴったりくっついてきて、小さな両手をむきだしの背中に回した。

次の瞬間には、その手はせわしなくいたるところに触れていた。肩から背筋、そのまま尻へ。これを誘いと受け取って同じことを返すと、ほどなく二人の呼吸は速く激しいものになっていた。

分厚いスウェットシャツの裾をつかんで言った。「これを脱いじゃわないか？」

マリスがうなずいてスウェットシャツと格闘しはじめたが、急いだせいで下に着ているTシャツにからまってしまった。

「手伝うよ」まず腕を一本ずつほどいてやり、スウェットシャツとTシャツを首から引き抜くと、現れたマリスはくしゃくしゃの髪に真っ赤な頬で、飾り気のないブラを着けていた。

完全に見とれて体の曲線を愛《め》でていたとき、マリスがぐいとあごをあげた。「セクシーなランジェリーは持ってないの」

甘美な体からどうにか視線をあげて、ダロンはほほえんだ。「もしこれを――」あらわにされた肌を示す。「――とびきりセクシーだと思わないなら、どうかしてる」

マリスがベージュのブラを見おろして、疑わしげに眉をあげた。

「だってきみだよ?」どこまできみに惚《ほ》れてるか、わかっていないんだな。「ブラがどんなだろうと関係ない――きみが進んで脱いでくれるなら」

ユーモアを解したのと安堵《あんど》とで口角があがった。「言うじゃない。だけど今日はあなたが脱がせて」

「喜んで」手を伸ばし、指先ひとつでフロントホックを外した。

「すごい」マリスがブラを見おろして目をしばたたく。「上手ね」

冗談めかした言葉を返したかったが、無理だった。そっとブラカップを開いて、胸のふくらみをあらわにした。

美しい。マリスの肌が黄褐色に輝いているのは陽光のせいだと思っていたが、これでわかった。マリスはあのほのかな輝きを全身に帯びている。

ああ、我を忘れそうだ。

ストラップを肩から押しのけながらそっと抱き寄せ、この女性に感じさせられるのと同じくらいの興奮をもたらすキスをした。唇を分かち、歯に舌を這わせて、さらに奥まで挿入する。おれのものだと主張しつつ、もっと多くを求めた。

髪に指がもぐってきたので、両手をおろし、マリスのヒップを包むジーンズのホックを外した。膝までおろしながらベッドにそっと押し倒す。心臓は早鐘を打ち、もっていたはずのテクニックもすべてどこかに消え去っていた。

目の前にいるのはマリスで、ついに手に入れられるのだ。

マリスがジーンズを完全に取り去ろうと格闘するあいだも、キスを止められなかった。舌が舌にからみ、マリスがもがくたびに胸のふくらみが胸板に押しつけられて――とうとう二人とも、生まれたままの姿になった。

欲求にまみれた下半身は痛いくらい固くなっていたが、マリスの全身を味わいつくしたくもあった。だから、そうした。

そのあいだマリスは小さなあえぎ声や甘く細い声、やわらかなうめき声でダロンを励ましつつ、胸のふくらみをいたぶられ、先端をしゃぶられると背中をそらして反応した。ダロンが指を太もものあいだに滑りこませて探り当て、ゆっくり挿し入れると、肩にしがみついて腰をくねらせた。

「ダロン」息も絶え絶えに言う。

処女のようなきつさに、ダロンは我を忘れそうだった。

お腹に顔を押し当てて、ささやくように言った。「ゴムを持ってる」

「よかった」マリスの手はダロンの髪をぎゅっとつかんでいた。

一瞬離れてナイトテーブルからコンドームをつかみ取り、装着する。マリスは微動だにせず、色濃い目でダロンの動きを追っていた。

装着し終えると同時に、マリスが両腕を伸ばしてきた。

求められるまま重なると口を貪られ、ダロンは必死に自制した。だが腰に片脚をかけられたときにはついに屈し、二人のあいだに手を滑りこませて下半身の位置を整えた。

乱れ髪のマリスがとろんとした目で見あげ、唇を噛《か》む。

「リラックスして」ダロンはささやきながら少しずつ押しこんでいった。

マリスの呼吸が激しくなり、もう片脚もダロンの腰に回して、すべて咥《くわ》えこもうと腰を浮かせた。

二人同時にうめいた。マリスの切迫感にだめを押され、ダロンはひたいにひたいを当てた。「くそっ、きみはきついな」

「あなたは……大きい」

笑いでむせそうになった。だがまあ、そう思いたいなら反論はしない。それよりいまは集中して、マリスが順応するまで待たなくては。

「ダロン？」

低くかすれたささやきに顔をあげると、くすぶる目と出会った。

マリスがキスをして言った。「動いて」

ああ、きみの偉そうなところが大好きだ。「喜んで」目を見つめたまま、ゆっくりと貫きはじめた。

背中にかかとが押し当てられて、肩には指先が食いこむ。下半身を締めあげられながら、低くセクシーなあの声を耳で味わう。

二人で腰を動かしているうちにリズムは加速していき、太いものはさらに深く貫いて、秘めた部分になおきつく締めあげられた。

これ以上はもちこたえられないと悟ったとき、片手をヒップの下に滑りこませて角度をつけた――とたんにマリスが悲鳴をあげて、長く激しく荒々しい絶頂に達した。

ああ、もう無理だ。

ついに自身のくびきを外して、この瞬間を愛した。この女性を愛した。

そして心の底から願った——これが永遠に続きますようにと。

マリスはベッドの上で身じろぎした。ようやく肌のほてりが落ちついて、鼓動もゆるやかになってきた。

じんじんする感覚はまだあちこちに残っている。まるで名残を惜しむ小さな火花みたいだ。

最高のセックスだったに違いない。なにしろ、あれより激しいものに耐えられるとは思えないくらいだった。

ダロンはとなりに横たわっているが、ぴったり寄り添ったままで、片脚をこちらの両脚にのせて、指先はのんびりと髪を梳《す》いている。

これからどうするの？　たぶん、目を開けるべきだ。

そして、家まで送ってと頼むべき？

「ここにいろよ」ダロンがささやいた。

思考を読まれたのかと驚いて、マリスは彼のほうを向いてささやき返した。「え？」

「泊まっていけよ」手が肌をなでおろし、胸のふくらみを覆って、親指でゆっくりと先端を転がす——マリスの体は自然と反応した。「頼む」

マリスは片方の肘をついて周囲を見まわした。二人の服が床に散らばり、毛布はベッドの足元のほうに追いやられている。

ダロンは素っ裸で、そのすばらしさたるや、一生分の妄想に足りるほどだ。

「それをどうにかしなくていいの？」しぼみつつある下半身と使用ずみのコンドームをあごで示した。

「するよ」ダロンが探るような目で、じっとマリスの目を見つめた。「泊まってくか？」

服を着て、あの寒さのなかへまた出ていくことにはまったく惹《ひ》かれないが、ダロンと一緒に眠ることには……ええ、じつに心惹かれる。「だれのところにも泊まったことはないの」

「じゃあ、今夜は泊まって、おれは特別だって示してくれよ」

あなたは特別よ。だったらどうしてわたしはまだ抵抗しているの？　たぶん強情すぎるせい。

「わたしがいびきをかいたら？」

「かわいいじゃないか」

思わず笑ってしまったあと、忠告した。「明日は朝早くに店に行かなくちゃ」

満面の笑みはハンサムな顔をいっそう引き立てた。「問題ない」勢いよくベッドを出ると、しっかり短くキスをしてから、バスルームに向かった。

「歯ブラシがないわ」その後ろ姿に呼びかけた。あっという間にセックスからお泊まりへ変わってしまったことに、少しうろたえていた。

むきだしの尻を隠そうともせずに、ダロンが言う。「おれのを使えばいい」

マリスはどさりとマットレスに倒れて笑ったが、一秒後には手早くシャワーを浴びたいと思っていた。

結果的には長いシャワーになった……途中でダロンが入ってきたから。

そのあとは二人ともお腹が空《す》いたので、ピーナッツバターとジャムのサンドイッチをソファの上で食べながら、古いホラー映画を見た。本当にダロンの歯ブラシを借りて、一緒に毛布を整えてからベッドにもぐった。

ダロンが手を伸ばしてくる前に、マリスは携帯電話をつかんだ。

両眉をあげてダロンが尋ねる。「どうかした?」

「なんでもないの。ちょっとね、一分だけ」連絡先一覧からジョイの名前を見つけてメッセージを入力した。〝大成功〟

ジョイがまだドライブインにいるのはわかっていたので、返信は期待していなかったが――。

〝なにが大成功?〟

マリスはにんまりして返信した。〝あなたのアドバイスに従ったの。もうくせになりそう〟

〝よかった！　きっとそうなると思ってたわ☺〟

たしかにジョイは確信していた。〝今夜は泊まるけど、家に帰ったら連絡する☺　詳しいことは明日〟

ジョイからの返信は――〝！！　待ちきれない〟

おかしな話。だってわたしも待ちきれない。胸のときめきを打ち明ける相手がいるというのはじつに新鮮なことだった。一緒に喜んでくれるだれか、人生のもっとも個人的なことを話せるだれかがいるというのは。

少し迷ってつばを飲んだ……が、正しいと感じたので入力した。〝ジョイ、愛してるわよ〟

一瞬の間のあとにハートが三つ画面に現れて、文章が続いた。〝わたしも愛してる！〟

マリスがにっこりしたとき、ダロンが尋ねた。「やきもちを焼くべき？」

「ジョイにやきもちを焼きたいなら、どうぞ」

「ジョイにメールしたのか？　いま？」

マリスは携帯電話をナイトテーブルに置いて、彼のほうを向いた。ああ、なんておいしそう。よくもいままで拒めたものだ。

からかうように言った。「わたしたち、なんでも打ち明け合うの」

「へえ」また毛布を奪い取って、ダロンがのしかかってきた。「そういうことなら、不満はゼロで自慢が百になるようにしないとな」

そのとおりになると請け合おうとした――けれど唇で唇をふさがれて、両手で体をまさぐられはじめたので、ダロンの好きにさせることにした。


ハロウィンの子ども向け映画を立てつづけに上映したあと、ロイスは安堵のため息をついた。上映会は大成功で、車はひしめき、客も大いに満足してくれた。ポップコーンやホットドッグがいくつ売れたのか、途中でわからなくなったし、いまやお菓子のショーケースはほぼ空っぽだ。

オフシーズンにやってみたいことも、春の再開に備えた計画もいろいろあるが、いまは少し休もう――それはつまり、ジョイとの関係を深める機会が増えるということ。

片づけのために奥で作業をしていたとき、ジョイとジャックが売店エリアに入ってくるのが、開いた戸口から見えた。

ジャックは母親の腰に寄りかかって、立ったまま眠っているように見える。二晩続けての映画鑑賞で、生活リズムが乱れたのだろう。パークでもハロウィンまでにいろいろなイベントが催されてきたのだから、なおさらだ。

ジャックとジョイはほかの家族と一緒にまっすぐドライブインにやってきた。子どもはたいてい仮装をしたままだった。

ジャックはスウェットの上下に着替えていた。おそらくそのまま寝るのだろう。ジョイが半分眠った五歳児にあの階段をのぼらせてベッドに入らせるのかと思うと、その場にいて手伝いたい気持ちでいっぱいになった。自分がジャックを連れ帰ってベッドに寝かせるところを想像すると、やたらと心惹かれた。

そのあとジョイと二人で過ごすことには強烈に心惹かれた。

「いま行くよ」ジョイに呼びかけた。

「おやすみを言いに来ただけだから」ジャックをドアのほうに一歩進ませる。

「ちょっと待ってくれ。一分で終わる」

ジョイがほほえんだ。「わかったわ。迷惑じゃないなら」

「迷惑なもんか」

おれも彼女もずっと流れに抗《あらが》ってきたが、あっという間にジャックとジョイはおれの最優先事項になってしまった。

今日の昼間にジャックを肩にかついだとき、ミスター・ナカークと呼ばれた……あのとき悟ったのだ、堅苦しい関係は終わらせたいと。

ジャックはおれにとってもっと重要な存在だし、おれもあの子にとってもっと重要な存在になりたい。

そしてジョイの心の壁も崩させなければ。今夜がその始まりだ。

ドライブインシアターから去っていく車のヘッドライトが、売店エリアの窓をくり返し照らす。残っている従業員は一人だけ。二十歳になったばかりのシンディだが、戸締まり以上のことを任せられるのはこれまでの働きでわかっている。

念のため、シンディに鍵を渡しながらロイスは言った。「すぐに戻るよ」

「ごゆっくり。あとはわたしでもできるわ」

「ありがとう」ジョイとジャックを待たせている戸口に急いだ。ジョイは疲れているに違いないのに、こんなふうに足止めさせてしまった。「来てくれてありがとう」ジャックを抱きあげて首を肩にあずけさせてから、ジョイの手を取った。「行こう」

「どこへ?」

「話したいことがあるんだ」そしてきみにキスしたくてたまらない。

ジョイが好奇心の笑みを浮かべた。「いいわ。だけど手短にお願いね。ジャックを寝かせなきゃいけないの」

大あくびをしながらジャックが言う。「ぼく、疲れてないよ」

「あら」ジョイがからかうように言った。「ママは疲れてるの」

二人を奥の部屋に案内しながらロイスは尋ねた。「お化け屋敷はうまくいったか?」

「女の子がお菓子をこぼしたの」ジャックが寝ぼけ口調で言う。「そしたら男の子が転んでね、服が破けてわんわん泣いたの。もうね、ずーっと」

ジョイが息子の髪をなでる。「リドリーが頭痛を起こしたからフェニックスに早めに連れて帰ってもらったけど、全体的には楽しかったわ」

ロイスは笑った。「ずいぶんごきげんな時間だったみたいだな」

「うん」ジャックが首をぐらつかせながら言う。

小さな体から力が抜けた瞬間、ジャックが眠ったのがわかった。

「たいへん」ジョイが言う。「寝たわ。こうなったら車まで運んでもらわなくちゃ」

「任せてくれ」ロイスは小さな頭のてっぺんに頬を寄せ、ジャックを小さく抱きしめた。車からおろしたあと、ジョイはどうやって息子をベッドまで連れていくのだろう。まさかかついでいくわけではないだろうが……。

「この子の相手が上手ね」聞いたこともないくらいやわらかな声でジョイが言った。

ロイスは身を乗りだして、短いがやさしいキスをした。体を戻して言う。「ジャックのことだが……」どう切りだしたらいいのかわからなくて、ためらった。

穏やかさがジョイから消えて、目に警戒心が宿った。「ジャックがなに？」

まだ完全には信頼されていないのだとわかるその表情に悔しさを覚えつつ、ロイスは言った。「ジャックに名前で呼んでほしい」

「名前で――」ジョイが目をしばたたき、警戒心は驚きに変わった。「ロイスと呼んでほしいの？」

「みんなのことは、クープやバクスター、フェニックスやリドリー、ダロンやマリスと呼んでるだろう？　おれだけ〝ミスター〟つきだから——」まるで仲間はずれにされて文句を言う子どもだが、なにが悪い？　実際、仲間はずれの気分なのだ。「——おれもみんなの仲間に入りたい。ジャックの仲間になりたい。おれはもう仲間だろう？　だったら〝ミスター〟は取るべきだ」

ジョイの表情を見ればわかった。これはさらなる大きな一歩だと彼女も気づいている。真剣な関係になりつつあるサインだと。

おれが長期的な関係を求めているしるしだと。

「いまではこの町がおれの居場所だ。よそ者気分は味わいたくない」くそっ、説得力がないな。「とりわけ、きみやジャックの前では」

ジョイの口元に笑みが浮かんだ。幸せと、おそらくは理解の笑み。「あなたの言うとおりね。ごめんなさい、もっと早くに気づくべきだったわ」

驚いたことに、ジャックがもぐもぐとつぶやいた。「ぼくもロイスって呼びたい……友達だもん」

二人同時にジャックを見たが、天使のような顔には起きている気配が微塵《みじん》もない。

「狸《たぬき》寝入りか？」ロイスは尋ね、小さな背中を上下にさすった。

返事はなし。ジャックはただすり寄ってきて、ため息を漏らした。

そしてにっこりと笑みを浮かべたので、驚いたロイスは思わずまたジャックを小さく抱きしめていた。「二人でベッドまで運べるか？」

「ジャックが協力してくれるわ」ジョイが浮かべたやわらかな表情は、その心までは読み取れなくても純粋に美しかった。「夢遊病みたいに足を交互に前に出すから、わたしは向きを変えてやればいいの。だけど歯磨きは無理ね。車のなかで、ミネラルウォーターと旅行用の歯ブラシでできるだけきれいにしたから、それでよしとしましょう」

なんと、またしても驚かされた。「そこまで計算ずみだったのか」細かいことまで考えていると思っていた自分が恥ずかしい。

「ジャックが二歳のときからハロウィンにはここへ連れてきてるのよ。いくつか手抜きは覚えたわ」

ロイスは空いているほうの手をジョイの髪にもぐらせた。「きみには〝ママ・オブ・ザ・イヤー〟の称号がふさわしいな」

ジョイは低い声で笑った。「ベストを尽くしてる母親全員がその称号に値するわ」ロイスに一歩近づいてあごをあげ、もう一度キスをしてから言った。「そろそろ帰らなくちゃ」

あと数分でドライブインの戸締まりをしなくてはいけなかったが、ジャックを車まで運んで後部座席のチャイルドシートに座らせ、シートベルトを締めてやった。駐車場にはもうほかの客の車はなく、スクリーンは暗かった。

そよ風が夜の空気を躍らせる。

今夜、すべてが可能性に満ちているように思えた。

「明日、また会えるかな」もちろんジョイが望むならセックスのためだけでも駆けつけるが、それだけが目的ではないことをわかってほしくてつけ足した。「何時でもいい。また一緒に夕食もいいな。うちでもきみのところでも、ジャックと三人でどこかの店に行ってもいい」ジョイと一緒の時間がほしい。そんな時間が必要だ。

ジョイが腕に触れた。「わたしたちみんな、明日は少し遅くまで寝たほうがいいと思うわ。日中はお化け屋敷の撤去とレクリエーションセンターの片づけをしなくちゃいけないけど、そのあとなら大丈夫。そうだ、月曜は……用事があって。だから明日以降だと火曜まで無理なの」

オフシーズンにジョイがなにをするのか知らないことに、いまさら気づいた。ドライブインやみずからの欲求で頭がいっぱいで、尋ねることさえしていなかった。

「それじゃあ火曜」ロイスは言った。「ジャックが幼稚園に行ってるあいだに、二人で話をしよう」

ジョイが真顔でうなずいた。「そうしましょう」

「だが明日は、片づけを手伝うよ」

「ロイス――」

指先で唇に触れた。「おれがそうしたいんだ」きみと一緒にいたい。ただ一緒にいるだけでいい。

一瞬、ジョイはロイスを見つめた。あの金色を帯びた緑の目にはたくさんの秘密が隠れているのだろう。やがてジョイはほほえんでうなずいた。

おれを受け入れた。おれたちを受け入れた。

また一歩前進だ。この調子なら、じきにおれたちの関係もうまいかたちに収まるに違いない。

14

凪は強いがよく晴れた月曜の午後の陽光を、壁一面の遮光ガラスがやわらげていた。会議室の雰囲気はぴりぴりとして、険しい。けれどジョイは気にしなかった。気にすることを自分に許さなかった。

チーク材の長テーブルの端を挟んで弁護士と向き合い、背筋を伸ばして革張りの椅子に座っていた。脇には母と父がいて、父の態度は用心深いものの険悪ではない。一方、母は見るからに不満そうだ。

予想していたことでしょう、とジョイは自分に言い聞かせた。母がなにを考えようと、もう関係ない。この六年間、ずっと関係なかった。

弁護士のミズ・バーバラ・ウィカムは六十代なかばのとても親切な女性で、不動産や写真、宝石や家具の分配について、詳しく説明してくれた。大部分は当然ながら、祖母の唯一の子であるジョイの父のものになるが、親しい友人や介護士や使用人にもかなりの額が遺《のこ》された。ジョイにはいくつか形見が約束されており、そのやさしさに心が震えた。形見の一つは、ジョイが子どものころに大好きだったガラス製の象だ。なにより、祖母が覚えていてくれたことがうれしかった。

祖母の家屋敷は大きいので、すべてを確認するには時間がかかり、ジョイはちらちらと時計を見はじめた。この調子だと、ジャックのお迎えに間に合わなくなる。

弁護士がまだ説明を続けていたとき、母のきびきびした声が響いた。「あなたの考えを知りたいのだけど」

ミズ・ウィカムが動きを止め、眉根を寄せてちらりと母を見た。

けれどもちろん、カーラ・リードが話しかけたのは弁護士ではなかった。冷たい目はぴたりとジョイに向けられていた。

ジョイはため息をついて、母がそこにいないふりをしたが、容易ではなかった。早くこれを終わらせてジャックのお迎えに行かなくてはならない。しつこい母の敵意に反論するのはもちろん、相手をするのも、時間と労力の無駄だ。

カーラ・ヴィヴィアン・リードは簡単に阻止できない。昔からそうだった。ずっと前は、母のそういうところを尊敬していた。なにがあろうとみずからの信条を曲げないところを。いまではあの頑固さを信条とも思わない。

母がテーブルに手のひらを当てて、低い声で言った。「今後どうするつもりなの、ジョイ？　トレーラーパークで一緒にいたあの男はだれなの？」

「キャンピングカーリゾートよ」自分を抑える前に訂正していた。母に挑発されてはいけないのに。そう思いながらもつけ足した。「そっちが勘当したのよ、忘れた？　今後どうするか、どう生きていくかはわたしが決めることだわ」

母がさっと背筋を伸ばし、口角をさげた。「勘当されたなら相続権はないわね」

ジョイは弁護士にうなずいた。「だとしたら、どうしてわたしはここにいるのかわからないわ」正直に言うと、状況がどうなるのかくらいは知りたかったからだ。両親に遺された莫大《ばくだい》な額はすでに聞いた。いまでもじゅうぶん裕福な両親はますます裕福になる。額を聞いても両親はうろたえなかったし、いくらだろうとこちらにはまったく関係ない。

ミズ・ウィカムが言う。「家族間の不和は影響する場合もしない場合もあります。続けていいですか？」

すばらしい。弁護士の冷静かつプロフェッショナルな口調にジョイは笑みをこらえきれなかった。「ええ、お願いします」

「ちょっといいか」父が動いた。

見つめられているのを感じてジョイは視線を向けた。判断に確信はもてなかったものの、父のまなざしは……心配のそれに思えた。

母を案じているの？　それともわたしを？

わからない。

父はいつも母の意見に従ってきた。娘につらく当たったというのではない。正反対だ。けれど旅行業界で働く父はたいてい忙しく、親としての決断はほとんど母任せだった。父のことは愛しているが、特別なつながりのようなものを感じたことはない。

くぐもった声で父が言った。「よければ一つ訊《き》きたいことがあるんだが」

一瞬のためらいのあと、弁護士がジョイに尋ねた。「ミズ・リー、いかがでしょう？」

早く終わらせたいのはやまやまだけれど、父の顔と目に浮かぶ表情は無視できなかった。その目は、ジョイが家を出てからの年月で確実に老いていた。

「ミズ・ウィカム、あなたがお忙しくなければ、わたしも一、二分なら」顔をしかめそうになった。いまの辛辣な物言いは母そっくり。口調をやわらげて言った。「どうぞ、お父さん」

父の口元がこわばった。怒りではなく、なにか別の強い感情を抑えるように。「元気でやってるのか？」

そんな。訊きたかったのはそれ？　本心から出た質問に聞こえて、ジョイの心も解けはじめた。状況を考えるといいことではない。防御をゆるめてはならない。

この苦い再会をできるだけ早く終わらせなくては。意志がゆらいでしまう前に。

父が身を乗りだして言った。「教えてくれ。いままでどうしていた？　体は大丈夫なのか？」

「ええ、大丈夫よ」ゆっくりと言った。父の目のぬくもりに心を打たれていた。「元気にやってるわ」

しばしジョイの顔を見つめた父の口元がやわらいだ。体を戻して言う。「よかった。しょっちゅう考えていたんだ……」

母が咳払《せきばら》いをした。大きく。「ウォレス――」

父が一瞥《いちべつ》で黙らせた。「理由があってここへ来たんだ、カーラ。しゃべらせてくれ」

理由があって？　相続の件だけのはずよ。

なのにどうして突然、それ以上のなにかがあるように思えてきたの？

逃げだしたくて呼吸が加速したものの、自尊心だけでその場にとどまった。

父がジョイにほほえみかけ、テーブルの上のペンをいじりながら切りだした。「いままで……」ペンを握る。「ジョイ、いったいいままで……」また言葉が途切れた。「ネックレスをしていないんだな」

ネックレス？　ジョイの手は自然とのどに向かったが、すぐにまたおりてきた。触れるものがないからだ。十三歳の誕生日にもらったあのプレゼントのことは、もう何年も考えないようにしていた。ずっと大切にしていたプレゼント。

手放した宝石類はすべて、感情よりも重要なことに費やされた。そう、生き延びることに。「売ったわ。ほかの宝石類も全部。訊きたかったのはそのこと？」

「売った？」父がショックの表情でくり返した。

「正しくは、質に入れたの」話していると当時の絶望がよみがえってきた。それで心が固くなり、口調が鋭くなった。「宝石を質入れして現金に変える方法はすべて学んだわ」

「なんてこと」母のささやきには恐怖と狼狽《ろうばい》の両方がこめられていた。

父は急に年老いて見えた。実際の七十歳よりずっと年寄りに。

かたや母は無言のまま……心配そうにも見えた。

話してしまおう。この六年間のことならほんの数行で語れる。

「覚えているかわからないけれど、わたしは衣類と宝石といくつかの私物を持って家を出たの」幸いそのなかには多少の預金も含まれていたが、そう長くはもたなかった。「無職だったからすぐにお金が底をつくのはわかっていて、だから宝石を売って、子育てをしながら働ける仕事を探したわ。パークは完璧だった……」

どこで働いているかだけでなく、どこで暮らしているかまで、本当に母に教えたいの？

答えはイエス。なぜなら、もうどうでもいいから。わたしは二度と母に怯《おび》えたり怖《お》じ気《け》づいたりしない。

「パークでの仕事には小さなアパートメントがついてきたの。そこでジャックを育てたわ」

「すべて……売った」

衝撃に満ちた声に、ジョイは正面から母を見た。「ほかにどうすると思っていたの?」

さっと顔をあげたカーラの目が光った。「帰ってくると思っていたわ」

ジャックなしででしょう? 声に出して言おうと言うまいと、そういう意味だ。ジョイは激怒した。怒りが解き放たれ、自制心が薄れていく——。

「ジャックか」父が味わうようにその名を口にし、高まりつつあった敵意の炎を遮った。「わたしの孫息子」

ジョイはしぶしぶ視線を母からそらし、父のほうを向いた。「そうよ、孫息子。本当に美しくて賢くてやさしい子よ」ジャックへの愛がほかのすべての感情をかき消し、純粋な笑みが浮かんだ。「おまけに絵の才能があるの」

「父親から受け継いだのかしら?」母が尋ねた。

ジョイは笑った。「まさか。ヴォーンは絵に興味なんてなかったわ」そう。ヴォーンの興味の対象は上から順に、セックス、車、パーティだった。

父が身を乗りだす。「ヴォーンとは縁を切ったのか?」

「完全に」訝《いぶか》るような父の顔を見て、ジョイは説明した。「ジャックが生まれる前から、子どもには興味はないと明言していたの」母と同じだ。「離婚してから一度も会ってないわ」

「そうか」ウォレス・リードは弁護士を見てからジョイに視線を戻した。「今後もその状態が維持できるよう、われわれで法的な手続きをとるべきだな」

「いいえ」ジョイはそっと言った。「悪いけど、〝われわれ〟ですることはないわ。ジャックを育てるのも守るのもわたし。あの子にとってなにがいちばんいいかを決めるのも、わたし一人よ」どんなことがあろうとそれだけは変えない。

不思議なことに、誇らしさのようなもので父の口角があがり、年月が刻んだしわをもちあげた。「おまえは昔から意志が強かった」

「わたしが？」そんなふうに表現されるとは思ってもみなかった。

母が鼻で笑った。あまりにも無作法で品のない音だったので、ジョイと父だけでなく当の母さえ驚いた。カーラの顔に浮かんだ滑稽な表情を見て、緊張の糸が切れたジョイはつい笑ってしまった。

父もこらえきれずに含み笑いをした。

カーラが咳払いをし、つんとしてつぶやいた。「失礼」それから顔をしかめて言った。「くだらないおしゃべりはやめて、用件に取りかかりましょう」

父が腕時計に目を落とし、妥協案を掲げた。「日をあらためないか」

父にとってはわけないだろうが、こちらにとっては大問題だ。ジョイはみずからの人生を思った。両親が優先順位を明らかにしてからの日々、だけでなく、最近の変化についても思いを馳《は》せる。

マリスとは、血のつながらない姉妹になった。

ロイスとは、恋人だけでなく友達になった。

我が家でもあるパークには大切な人たちがいて、彼らもわたしを大切にしてくれる。

父に言った。「わたしは今日がいいわ」続けて弁護士に言う。「両親も残らなくてはいけないのかしら」

「いえ……お二人への説明はもう終わりましたので、残っていただく必要はありません。決定事項については後日、わたしのほうからお知らせします」

どういう意味だろう。決定事項って？　だれがなにを決めるの？

いずれにしても、両親には帰ってほしかった。そばにいると感じる胸の痛みのせいではない。痛みに支配されるからでもない。ようやく悟った。いまや人生は大いに満たされていて、新しい盾と新しい感情が古いものを迎え撃ってくれるのだ。

幸せが悲しみを追い払ってくれる。

ジャックを得たときに幸せは手に入れた。みずからの選択を後悔することは絶対にない。けれどいま、人生はより大きく、豊かで、まぶしく、満たされている。

最初は懐中電灯を頼りに暗闇を歩いていた。慎重に足場を選んで、一歩ずつ未来を目指していた。いっぱいに降りそそぐ太陽の光を目指して。

いま、いろいろな変化のおかげで、許す心を手に入れた。もちろん両親のどちらも許しを求めてはいない。そうではなくて、純粋に、自分のために、恨みという陰気な重荷をおろす気になれたのだ。

「わたしたちは帰らないわ」

振り返ると、母の好戦的な姿勢が待っていた。一歩も退かないつもりらしい。

反論する価値はある？　いいえ、それほど。

「わかったわ」ジョイは立ちあがり、焼けつくような母の視線をひしひしと感じながらテーブルを回ると、ミズ・ウィカムのとなりの椅子に腰かけた。「続きをお願いできます？」

「簡単よ」引き取ったのは母だった。「家族と和解すれば相続できるわ」

ああ、やっぱり。条件つきだったのだ……つまり、ここでの用事は終わったということ。ミズ・ウィカムに言った。「そういうことなら、わたしは失礼します。今日はどうもありがとう」

「まだ帰らせないわ」カーラが咳払いをした。「わたしの話が終わるまでは」

ジョイは母に背を向けたままでいようとしたが、無理だった。なにがあろうと母親には違いないし、ならば多少の敬意を払わなくてはならない。深く息を吸いこんで身構え、片方の眉をあげて椅子の上で向きを変えた。

母は体の正面で両手を組み、あごをあげて言った。「わたしたちのもとに帰ってくるなら、こちらは……あなたの相続額を二倍にするわ」

「なんですって?」横っ面を張られても、ここまでうろたえなかっただろう。父も同じくらい驚いたようだ。「カーラ――」

「そろそろ家に帰ってくるころよ」母が言う。「反抗期を終わらせなさい。トレーラーパークから離れて――」

「キャンピングカーリゾートよ!」よく考える前に叫び、気づいたら立ちあがっていた。「だけど念のために言っておくわ。トレーラーパークで暮らしたってなにも問題はない。子どもにとっては人と人との距離が近くていい環境よ。小さな家もすばらしいし、アパートメントだって、そこに住む人にとって居場所であるなら立派な我が家だわ」ジョイが住んでいるのはアパートメントなので、言わずにはいられなかった。「生活のために働くことも、倹約することも、なにも悪くない」両腕を広げて言う。「わたしの人生にはなに一つ問題はないわ」

「家族がいないことをのぞけばね」

「一緒に働く人たちがわたしの家族よ」

カーラが手で水平に空を切った。「だけどあなたは働く必要などないでしょう」

ジョイは胸にこぶしを当てて訴えた。「わたしは自分の仕事が好きなの。住んでいる場所も、そこにいる人たちも大好きなの」よくも母はお金でわたしの心を動かそうとしたものだ。そんなに簡単なことだと本気で思っていたのだろうか。甘やかされた生活のためなら、大切なものをすべて捨てると？　「大好きどころか、一人一人を愛してるわ」母に対抗するべく、あごをあげた。「とりわけ息子を愛してる」

カーラがさっと立ちあがって前に出ると、甲高い声で言い張った。「あなたが産んだ子よ。わたしたちにはよく知る権利があるわ！」

ジョイの全身はすっと冷えた。「ジャックに関して、お母さんたちにはなんの権利もない」いつの間にか、鼻と鼻を突き合わせていた。「わたしたち二人を捨てたんだから」

しまった。いまのは敵意と心の傷をあらわにしたようなものだ。母には知られたくない部分をさらけだしてしまった。

母と娘はにらみ合った。

この闘いで全力を奪われたように、どちらも激しく息をしていた。

母がゆっくりと威厳を取り戻し、コートのようにまとった。「あなたは甘ったれで恩知らずの子だった。わたしたちの助言に耳を貸さなかった。新しい生活がどれほどすばらしいか、さんざん自慢していたけれど、そこは変わっていないようね」その言葉を最後に、母は向きを変えて部屋を出ると、静かにドアを閉じた。

三十分後、ミズ・ウィカムが相続についての詳細な説明を終えたときも、ジョイはまだ少しうろたえていた。じつに……その、人生を変えるような、という表現は使いたくない。

なぜなら人生を変えられたくはないから。それでも、衝撃的なことには違いない。

見当外れなやり方ではあるけれど、祖母は二つの選択肢を与えることで家族が仲直りするよう願っていた。まず、ジョイはそれなりの遺産を受け取って、車を買い換えたり、安心できる額を預金に足すことができる——いっさいの紐《ひも》づけなしで。

あるいは紐つきで、というより鎖つきで、家を現金で購入したり、ジャックにより高度な教育を受けさせたり、二度とお金のことで心配する必要がなくなったりするほどの額を受け取ることもできる。

必要なのは、両親との関係修復のみ。

言うはやすく、行うはかたし。

二つめの選択肢をとれば、これまで与えられなかったものをジャックに与えられるようになる。けれど、その代償は？

ジャックがやさしくて思いやりのある子に育ったのは、母親である自分が甘やかさなかったのも理由の一つだ。

ただし、あの子は絵を描くのが大好きで、画材は高い。余裕があれば、絵の先生をつけたり教室に通わせたりもできる……。

ジョイはまた心のなかで首を振った。ジャックはまだ五歳だ。いくらロイスが保証しようと本人が無類のお絵描き好きだろうと、そんなに幼くして自分がなにものであるかわかる人などいない。今後、ジャックの関心がスポーツや音楽に移る可能性だってある。大人になるにつれて関心の対象は変わるものだ。

そして、そういうものにもお金はかかる。

相続の条件についてジョイが悩むあいだ、父はテーブルの向こう端でずっと黙っていた。母に続いて部屋を出ていかなかったのは、どちらか一人は娘のそばにいようと決めていたからだろうか。それとも頭を冷やす時間を妻に与えることにしたから？

あるいは、もっと娘と一緒にいたかったのか。

なにもかもよくわからなくて、ジョイはちらりと父を見た。

目が合った瞬間、父がほほえんだ。幼いころも十代のころも大人の入り口に立ったころも見てきた、温かい、甘やかすような笑顔。懐かしい。

ミズ・ウィカムが立ちあがった。「もうすぐ電話会議なんです。この部屋はあと一時間は使えるので、ゆっくり考えて結論を出してください」

ジョイは手を振って礼を言った。

弁護士が出ていくと、父も席を立った。「わからないんだが」こちらに近づいてくることなく言葉を続ける。「遺産のことで、おまえは喜んでるのか？　それとも動揺しているのか？」

いい質問だ。「そうね……呆然《ぼうぜん》としている、かしら」自分の気持ちを表す言葉が見つからなかった。「どうすればいいのかわからない」もしロイスかマリスがここにいれば、あるいは二人ともがいれば、結論を出す手助けをしてもらえたのに。

だめよ、と心のなかで打ち消した。これは二人には関係のないこと。けれど、意見を聞ける人がいればずいぶん助かっただろう。信頼できる人がいれば。

娘の背中を押そうとしてか、父がくぐもった声で言った。「簡単な選択だろうに」

「そんなことないわ」父の顔に傷ついた表情が浮かぶのを見て、ジョイ自身もつらくなった。「どうかわかって。ジャックとわたしは楽しく快適に暮らしてるの。そんな額のお金は……なにもかもを変えてしまう」

「そこまで莫大な額じゃない」

父にはそうだろう。一度だって逼迫《ひっぱく》した予算で暮らしたことがない人にとっては。

真剣な顔で父が言う。「お母さんが言ったことは本当だ。わたしたちは喜んで額を二倍にする」

ジョイは唇を引き結んだ。「お母さんが口にするまで知りもしなかったくせに」

父がうなずく。「よくあることだ。だがこの考えには反対しない。考えてみろ、自分とジャックのために家だって買えるんだぞ」反論を遮るように片手を掲げる。「いま住んでいるアパートメントが大好きだと言ったことは覚えている。そこを出ろと言ってるわけじゃない。ただ、おまえの未来のためにアイデアを提供しているんだ。ジャックの未来のために」

父がジャックの名前を口にするのを聞いて、考えがまた振りだしに戻ってしまった。

「息子をそういう人生に引きずりこむなんて、できないわ」

「そういう人生？」父はテーブルを見おろした。ふたたび顔をあげたとき、その目にはかすかな怒りが宿っていた。「わたしたちはおまえに必要なもの、おまえが望んだものをすべて与えてきた。甘やかしすぎたか？　ああ、否定はしない。だがそれはおまえが大事じゃなかったからではなく、大事だったからだ。そして、わたしたちは最高の親だったか？」首を振る。「完璧な親など存在するとは思えない」

「お父さんはわたしを勘当したのよ」父のことは愛している。母のことだって愛している。そうでなければ、今日だって平気で会えただろう。けれど父がごまかすのは見過ごせない。「完璧なんて求めたことはないけれど、命令されるなんて。子どもを産んだらお父さんたちの子じゃなくなるなんて」

父が口元をこわばらせて顔を背けた。

たしかに父は残酷な言葉を放った一人ではないが、母の要求に反対もしなかった。「お父さんたちはわたしを家から追いだしたのよ。頼れる人はいなくて、妊娠していて、生きるすべを知らなかったわたしを。どうやったらそれを愛と呼べるの？」

「乱暴なやり方だったのは認めるが、お母さんもわたしもおまえが心配でならなかったんだ。ヴォーンは最初からろくな人間ではなかったし、おまえには断じてふさわしくなかった。おまえがあの男にぼろぼろにされるのがわたしたちは怖かったんだ」

「代わりに、実の両親にぼろぼろにされかけたわ」

父は怯《ひる》んで息を呑《の》んだが、落ちつきを取り戻して言った。「お母さんは、そうすればおまえも気づくと思ったんだ。正気に戻って、家に帰ってくると」

「お腹の赤ん坊なしで？」狭まったのどからどうにかその言葉を絞りだした。過去を蒸し返して、両親と再会して、また一から自分の立場を守らなくてはいけなくて――そういうことすべてのせいで神経が逆立っていた。

「さっきも言ったが、乱暴なやり方だった。乱暴どころか間違っていた。だが本当に、愛ゆえの決断だったんだ。どうやったら、会ったこともない未来の子どもを、我が子への思いより優先できるというんだ？」

もっと重要な問いがある――もし本当に大事に思われていたなら、どうしてわたしはあんなに一人ぼっちだと感じたの？

「自分は間違いを犯さないと思っているかもしれないが、いずれおまえも間違いを犯す」両手をポケットに突っこんで、父は悲しい笑みを浮かべた。「まあ、まったく同じ間違いではないだろうが。そのとき我が子との関係が一生だめになってもいいと思うか？　それとも息子が許してくれることを願うか？　よかれと思ってやったのだと理解してくれることを」

　母はよかれと思ってやったの？　ちょっと想像できない。

　ジョイが答える前に、父が心のこもった声でつけ足した。「自分の経験や人生についての知識をもとに精一杯のことをしているんだと、ジャックにわかってほしくはないか？」

　父なりに、母はほかのやり方を知らなかったのだと言っているのだろうか。だけどそれで言い訳になる？「お母さんはわたしを支配しようとしたわ」涙で目が焼けるのを感じながらジョイは言った。「わたしが決めることなのに、自分が決めようとした」

「ああ、そうだな」一瞬ほほえんで、父はささやいた。「だがおまえはそれに従うのではなく、カーラのはったりに対抗して、たった一人で切り抜けてきた」

　はったり？　あの日のことを思い出してみる。どんなに打ちのめされ、どんなに怯えたかを。小さな傷ついた声でジョイは言った。「はったりには聞こえなかった」

「だろうな。カーラ自身、言ったときには自覚していなかったかもしれない。ヴォーンと縁が切れて、お母さんは本当に安堵《あんど》していた。もちろんわたしもだ。だが赤ん坊が生まれれば、またよりが戻るかもしれないと——」言葉を探してあごを動かす。「正直に言うと、もしヴォーンが離れていかなければ、おまえも堕落させられるんじゃないかと心配だった」

「わたしがそれを許していたら、そうなっていたでしょうね」否定できない。「わたしを信じてくれればよかったのに」

「おまえはヴォーンを選んだんだぞ」父の目は泣いているのかと思うほど赤かった。「そもそもなぜあんなろくでもない男に引っかかったのか、いまでさえ理解できないのに、どうしてあのときおまえを信じられたというんだ？」

ジョイ自身にもわからないので、説明できなかった。ヴォーンに愛を感じたことも思い出せない。

ロイスに感じるような思いを。

目を閉じた。ロイスに感じる思いは、わたしをヴォーンに走らせたどんな感情よりも大きくて強くて、豊かで深い。わたしがヴォーンに近づいたのは……。

悟ってぱっと目を開いた。「ヴォーンは初めてお父さんたちにだめと言われたものだった」

白いものが交じりつつある父の眉が寄った。「なんだと？」

「どんなに贅沢《ぜいたく》なものでも、お父さんたちに言えばかならず手に入れられた。だけどヴォーンがほしいと言ったとき、お父さんたちはきっぱりだめだと言った」ああ、こんなことを言ったら判断力を認めてもらえない。自己卑下するように笑って打ち明けた。「いまごろ気づいたわ。わたしは〝だめ〟と向き合う方法を学んでこなかったのね」

父が目をしばたたき、顔をしかめた。「わたしたちはあのろくでなしを認めるべきだったというのか?」

「もちろん違うわ」なんて驚くべき、つらい真実だろう。「お父さんの言うとおり、わたしは甘ったれの子どもだったの」

「言ったのはお母さんだ」

「だけどお父さんもそう思っていたでしょう」少し胸が軽くなるのを感じた。「それについては二人とも間違ってなかったわ。しかもわたしは恐ろしいほど子どもだった。実際、自分で自分の人生をだめにしていたかもしれない」

「だがそうはならなかった」父の口ぶりは、娘に代わって弁護しているようだった。

「ええ。むしろわたしの人生は広がって、新しい挑戦を提示して、わたし自身も知らなかったわたしのことを教えてくれた」いまでは強くなって、優先事項も正しい順番に並んでいる。「ジャックは天の恵みよ。ありとあらゆる面で、わたしの人生をすばらしいものにしてくれた」

「そのようだな」ようやく近づいてきた父の顔にはかすかな笑みが戻っていた。「おまえは成長するのに時間がかかったかもしれないが、じゅうぶんおくれを取り戻した」

「子どもを産んだおかげよ。本当に重要なのはなにかがわかるようになったの。できないことじゃなく、できることが見えるようになった」なぜならその必要があるから。ジャックのすべてがわたしにかかっているから。またのどが狭まるのを感じた。「あの子のおかげで、わたしは本当の自分に出会えたの」

父がやさしく低い声で言った。「おまえを誇らしく思うよ、ジョイ」

声に出して言われるのはじつにすばらしいものだった。いまなら認められるけれど、わたしたちをつなぐきずなは弱すぎるだろうか。いまさら遅すぎる？　両親との関係はこのまま修復できないの？　部屋の外にいる母をちらりと見たが、不可能には思えなかった。

父が言った。「今日ここで話したことを、あとでゆっくり考えてみてくれ。そうすれば、わたしたち全員に少しずつ、いまの状況の責任があることがわかると思う」

そう、たしかにわたしにも責任はある。少なくとも、両親と同じくらいには。「そうね——それでなにかが変わるとは思えないけれど」

父が来て正面に立った。とても厳しく深刻な表情だったので、こう言われたときには驚いた。「昔と変わらず美しいな」

「お父さん」ジョイは首を振った。「美しかったことなんてないわ」

「なにを言う」父がそっと肩をつかんだ。「今日、ここでおまえがどんな結論をくだそうと、許されるならぜひ孫息子に会ってみたい」

ジャックの人生には両親を関わらせないとずっと考えてきたので、即座に却下しそうになったが、寸前で自分を抑えた。これほど重要なことに、反射的に答えていいの？　きちんと考えなくては。それに、マリスとロイスに相談してから結論を出したい。代わりに決めてもらうためではなく、考えを整理する手助けをしてほしいから。

マリスとの友情を通して、問題を徹底的に話し合うことの大切さを学んだ。思いやりあふれる友達というのは、とてつもない価値があるものだ。

父がうながすように言った。「どうだ？」

ジョイはそっと答えた。「少し時間をちょうだい」

父が落胆した様子でうなずいた。「おまえのいいようにしてくれ。プレッシャーはかけない」

「お母さんは反対しないかしら」

「意外な反応が返ってくるかもしれないぞ」

どこか別世界に着陸したような気がして、さよならを言うのが難しかった。「最後に一つ訊いてもいい？」

父がうなずいた。「いつでも、なんでも訊きなさい」

もうわたしが勘当されていないから？　だめ。それは忘れよう。先ほどお互いに認めたように、責めは山ほどあるのだから。

「どうしていまなの？　ジャックは五歳――もうすぐ六歳よ。どうしていま、わたしに手を差し伸べてきたの？　あの子のことを気にしはじめたの？　おばあさまが亡くなったから、本当にそれだけ？」

今度は父がじっくり考える番だった。しばらくしてため息をついた。「わたしも七十になった。お母さんより十歳上だ。もう若くはない」笑みが薄れる。「母さんは九十二まで長生きしたが、晩年はずいぶん衰えていた。たった一日でなにもかも変わる。そう悟って人生について考えるようになった。きっとお母さんもそうだろう。わたしたちはもうさんざん時間を無駄にした。これ以上、一秒も無駄にしたくない」両手でジョイの肩をつかんだ。「明日が保証されている人などいないし、後悔というのはつらいものだ。わたしはそれを知っている。山ほどの後悔を抱えているから」

ジョイはとっさに父を抱きしめた。

一瞬の驚きのあと、父も抱擁を返した。両腕で強く抱きしめられるその感覚は、反目の歳月に引き離される前と同じだった。

父に急いで離れる様子はなく、正直なところ、ジョイもまつげに宿る涙をのぞけばこの抱擁を楽しんでいた。

耳元で父がささやいた。「お母さんは頑固だが、おまえはそれ以上だな」

非難されたと思ってジョイは一瞬身をこわばらせたものの、父は抱きしめたままだったし、押しのける気にはなれなかった。「お父さん――」

「わたしが言いたいのは、その頑固さと強さがあれば、お母さんをうまくあしらえるはずだということだ。まあ、おまえがその気になればの話だが」ジョイの肩をぽんぽんとたたいて、ようやく少し体を離した。「お母さんももう若くない。そのことを考えてみてくれ」父の目にうっすらと輝く涙を見て、胸が引き裂かれる思いがした。「わかったわ。考えてみる」

父が頰に触れた。「さっき後悔について言ったことは本当だ。人はだれも——おまえだって、避けることはできない」ひたいにキスをして、部屋の外にいる母のもとへ向かった。

一人残されたジョイは、混乱と……新たな後悔を感じていた。

母がこちらをちらりと振り返るのが、開いた戸口から見えた。母の姿勢も態度も頑《かたく》なままだったが、それでも目にはなにかがあった。

あれは……願い？

両親が去ったときもまだジョイは決めかねていた。

弁護士が戻ってきたので、意識を集中させるものができたとほっとする。

結論を出すにはもう少しいろいろ考える時間がほしいことを説明すると、ミズ・ウィカムは大いに理解を示した。

「結論が出たら電話をください。時間をつくります」

せめて弁護士は急《せ》かさないでいてくれるのがうれしかった。「どうもありがとう」

「お礼なんていりません」ミズ・ウィカムがすっと手を伸ばして、ジョイの手をやさしくたたいた。「おばあさまは、あなたがやさしさと敬意と忍耐をもって扱われるよう望んでおられたの。おばあさまとは長年のおつき合いをさせていただいたから、その願いを裏切るようなことは絶対にしません」

ああ、おばあさま。何年も会っていなかったけれど、いま、祖母がいなくなったことを心から悲しく思った。後悔……ええ、わたしにもある。すでに多すぎるほどに。

ちらりと時計を見た瞬間、ぎょっとした。長居をしすぎた。ミズ・ウィカムにさよならを言ってから、どたばたと大急ぎで建物をあとにした。

灰色の雲が太陽を隠し、まるで冬の気候が戻ってきたようだ。ジョイは身震いしながらコートをはおり、車のロックを開けて運転席に乗りこんだ。

渋滞にさえ巻きこまれなければ間に合うはずだ。

最初の一時間は万事順調に進んだので、つい両親に思いを馳せてしまった。

失敗だった。背の高い松並木に挟まれた高速道路を走っていたとき、目の前に鹿が飛びだしてきて……対応をまずった。

心臓がのどまで飛びあがり、ジョイはハンドルをひねりながらブレーキを踏んで、どうにか美しい動物をよけたものの、そのせいで車が軽くスピンした。指の関節が白くなるほどハンドルを握りしめ、車体の後部が路肩の石にぶつかる衝撃に揺すぶられた。

エアバッグが作動しなかったのは不幸中の幸いだ。

ついに車が止まったときには、心臓は激しく脈打ち、息をするのもやっとだった。

横を向くと、鹿の白い尾が木立のなかへ消えていくのが見えた。立派な角からすると、きっと雄だろう。

ハンドルにひたいをのせた。

なにもかも、もうたくさん。緊張に呑まれ、打ちのめされて、危うく泣きそうになった。ゆっくり深呼吸をして涙をこらえたが、手の震えは止まらなかった。少なくとも、道路のど真ん中にはいない。

車が来ていないことを確認してからドアを開け、外に出た。車は無事のようだ……が、後部に回るとタイヤの一つが裂けていた。

きりりと冷えた空気に軽やかな雪片が舞いはじめ、雲が厚くなってきた。

呆然として車内に戻り、ドアロックをかけてウインカーをつけた。

運転席に座ったまま、これからどうするかを考えた。お迎えには間に合いそうにないので、まずはジャックをなんとかしなければ。

携帯電話を取りだしたものの、木々が鬱蒼《うっそう》と茂った長い田舎道では、電波は二本しか立っていなかった。

なお悪いことに、もうすぐ充電切れだ。

充電する手段もない。その恐ろしい事実が判明したのは、ハンドバッグを引っかきまわして、なぜかケーブルを置いてきてしまったことに気づいたときだった。

焦りと落胆とかなりの動揺を感じつつ、充電が完全に切れてしまう前にマリスに電話をかけた。はらはらしながら待っていると、ようやくつながった。

ありがたいことにマリスは最初の呼び出し音で出た。「ハーイ。どうだった？」

一刻も無駄にできないので、ジョイはまくし立てた。「マリス、時間がないの。悪いんだけどジャックを迎えに行ってもらえない？　タイヤがパンクして、間に合いそうにない――」

「ちょ、ちょっと落ちついて」

「無理よ！　携帯の充電が切れそうなの」

「わかったわ。ジャックは迎えに行く。それは心配しないで。高速の出口は近い？」

「いいえ、どこともわからない場所にいるわ」ジョイは高速道路の路線番号と、最後に通過した出口を告げて、鹿との遭遇を手短に説明した。

「タイヤ交換のやり方は知ってる？」マリスが尋ねる。

ジョイはぎゅっと目を閉じて首を振り、認めた。「いいえ」

「わたしは知ってるわ」マリスが言う。「だからそこにいて。わんぱく坊やをつかまえたらすぐそっちへ向かうから。いいわね？」

「そこまでは頼めないわ」

「そうね。もっといい考えがあった」マリスが息を吸いこんだ。「ロイスに助けを求めるの」

「だめ」ロイスに助けを求めたら、わたしは彼の重荷になってしまう。

「だめじゃない。ね？　わたしが電話するから」

本当に充電が切れそうなので、ジョイは急いで言った。「電話なら、自動車整備工場かどこかにかけてもらえない？」

「残念だけど、自動車整備工場はあなたを迎えに行ってくれないわ」

携帯電話のバッテリー残量を示すマークの色が赤に変わった。危険地帯。いつ切れてもおかしくない。「充電が切れる！」

「任せて」マリスが早口に言った。「じっとしてるのよ！　すぐに助けが行くわ」

「マリス――」

「ありがとう。おかげでダロンをつかまえる口実ができた」

ほんの一瞬、ジョイは言葉を失った。「口実が必要なの？」

「だって、どれだけ好きになりかけてるか教えてやるわけにはいかないでしょう？」

返事をする前に電話の画面は真っ暗になった。

おしまいだ。携帯電話がどれほど重要なライフラインだったたか、いま初めて気づいた。

高い木々が落とす影のなか、寒さと恐怖の両方で身震いが起きた。パークまでは、短く見積もっても四十分はかかる。

ゆっくりと慎重にギアをドライブに入れ、路面が凍結しはじめたときに備えてさらに路肩に寄せた。ハンドルの操縦を失った別のドライバーにぶつけられるのだけは避けたかった。

わたしのようなドライバーに。

うめき声を漏らして、シートに後頭部をあずけた。自力でタイヤ交換をしてみようか。窓の外に目をやり、きらきら光るあられと長い影を落とす木々を見て、やめたほうがいいと判断した。

明日の朝いちばんに携帯電話用の予備のケーブルを買って、車のなかに置いておこう。それから自動車保険を申請する。

そのあとは……遺産相続について決断しなくては。

正直に言うと、むしろタイヤ交換を覚えたかった。

15

ロイスがカオスを連れて〈サマーズエンド〉に着いたとき、ちょうどダロンが店の入り口前の階段にいて、靴についた雪を落とそうと足踏みしていた。ダロンがしかめっ面だと気づいて不思議に思った。ふだんのダロンは絵に描いたような楽天家だ。最近はとくに笑顔が絶えない。

マリスとの新しいロマンスのおかげで。

「よう」なにがダロンの機嫌を損ねたのだろうと訝《いぶか》りながら、ロイスは声をかけた。

ダロンが顔をあげてこちらに気づき、尋ねた。「そっちも店番？」

わけがわからないまま、ロイスは首を振った。「おれはただ、コーヒーを一杯飲みながら、ジョイがお迎えから帰ってくるのを待とうかと」

長い間《ま》のあと、ダロンはくっくと笑いながら腰をかがめてカオスに話しかけた。「ご主人はなにも知らないみたいだね」

言葉を理解したように、カオスがワンと吠《ほ》えてくるくる回り、自分のリードにからまった。

「知らないって、なにをだ?」ロイスは尋ねた。

ダロンが芝居がかったしぐさで入り口のドアを開け、どうぞと手でうながした。「なかで話そう」

二人と一匹は冷たい風を連れて店に入り、風は床に雪を散らした。この悪天候のなか、たとえ幼稚園までの行き帰りだけでもジョイが車を走らせると思うと心配になるが、どうにか心のなかにとどめた。ジョイはこれまでずっと、おれの手伝いなしで立派にやってきたのだから。

「マリス?」ダロンが呼びかけた。

奥からマリスが顔をのぞかせた。「よかった、来てくれたのね」続いてロイスとカオスに気づき、やはりしかめっ面になる。「ロイスに電話したの?」

ダロンが胸に十字を切った。「いや。ロイスはコーヒーを飲みに来ただけだ」

「あら」マリスがなにやら考えるような顔で二人の男性を見比べ、言った。「わたしがクッキーを盛りつけてるあいだに説明してあげて。こっちが終わったら、わたしは出発するわ」

「了解。なんでも仰せのままに」

マリスはまたダロンをじっと見たが、なにも言わずに奥へ戻っていった。

カオスを抱いて足に雪がついていないことをたしかめながら、ロイスは尋ねた。「いったいどうなってる？」

ダロンがカウンターの向こうに回って、カップ二つにコーヒーをそそいだ。「手短に言うと、ジョイは今朝、ジャックを送ってからおばあさんの弁護士に会いに行った。車で数時間かかる距離らしい。で、帰り道で災難にあって、ジャックのお迎えをマリスに頼まなくちゃいけなくなった」

心臓がどくんと脈打った。「無事なんだろうな？」

カオスを抱く手に少々力がこもりすぎたのだろう、子犬が身をよじった。

「ああ、無事だよ」ダロンがカップの一つを差しだした。

ロイスは息を吸いこみ、カオスのリードを外して床におろしてやった。

子犬はすぐさまロイスの靴紐《くつひも》に飛びかかったが、ロイスはジョイが心配で、気にするどころではなかった。「災難って？　なにがあった？」弁護士との話し合いでまずいことでもあったのか？　母親が現れて、また動揺させられた？

「車がパンクして路肩にいるらしい。落ちつけ」ロイスの顔がまた張り詰めたのを見て、ダロンが制した。「急に飛びだしてきた鹿をはねそうになって、よけた拍子にタイヤをどこかにぶつけたそうだ。これからマリスがジャックを迎えに行って、そのままジョイを助けに向かう」

ジョイが町の外へ行くことさえ知らなかった。弁護士と会うのは今日だったのか。用事があると言っていたのは覚えているが……それでも、顔だけでも見られないかと思って来てみた。パークにいる理由ならいつでも見つかる。「ジョイはなぜおれに電話しなかった?」

「それはきみとジョイの問題だ」ダロンが言って肩を回す。「おれが知ってるのは、代りにおれがジョイのところへ行こうかと言ったら、マリスにどやされそうになったことだけ。いわく、あなたの手なんか借りなくてもタイヤ交換くらいできるし、あなたじゃあのいたずらっ子のお迎えはできないでしょうってさ。そういうわけで……」両手を広げる。

「店番をするためにここへ来た」

むしゃくしゃしながらロイスは携帯電話を取りだして、ジョイにかけた。通じない。どういうことだ?

「ああ、ジョイの携帯なら話の途中で充電切れになったってマリスが言ってたよ」

くそっ。つまりジョイはこの寒さと雪のなか、だれにも連絡する手段がないまま、どこかの路肩で立ち往生しているのか? もしまたなにか起きたらどうする?

マリスではなく自分に電話してくれなかったことにもいらだちつつ、ロイスはカウンターを回って奥に向かった。カオスが吠えて、ついてくる。

ダロンも驚いて追ってきた。「ロイス——」

マリスはいい香りのするクッキーを並べたラックのそばで、コートをはおっているところだった。

「どこにいる?」ロイスは尋ねた。

カオスがふんふんとあたりを嗅ぎはじめると、マリスはクッキーを砕いて子犬にかけらを差しだした。「だれが?」

「やめてくれ」どうにか冷静かつ好戦的ではない声で言った。

「カオスにクッキーはよくない?」

たしかにこの子犬に甘いものは与えないほうがいいが、いまのはそういう意味ではない。

「だれのことかわからないふりはやめてくれという意味だ」強調しながら尋ねた。「ジョイはどこにいる?」

マリスがちらりと背後のダロンを見てから、ロイスに視線を戻した。「なぜか知らないけど、ジョイはあなたに迷惑をかけたくないと言い張ったの」

ロイスはその言葉を甘んじて受け止めた。たしかに重荷から解き放たれていたいとは言った。しかし。それについては話したし、説明もしたじゃないか――そしてもうその件は片づいたはずだ。

おれはなぜ、もっと深くて真剣な関係を望んでいるとジョイに言わなかったのだろう。理由が思い出せない。

「どこにいるか教えてくれたら、きみがジャックを迎えに行ってるあいだに、おれがジョイのところへ向かう」

「でも、ジョイがそれを望んでるか……」

「望んでるさ」ロイスは請け合った。「ジョイはただ、おれが望んでないと思いこんでるだけだ」

マリスは腕組みをして尋ねた。「本当は違うのに?」

「ああ」ジョイとジャックの面倒を見たいし、力になりたい——お返しには、ジョイの思いやりと気配りがほしい。

「ジョイにそう伝えるべきじゃない?」

「明日話す予定だったんだが、今夜のほうがよさそうだな」

「いえ」マリスが言い、少し緊張を解いてフックからハンドバッグを取った。「明日のまがいいと思う。話なら、今日はもうじゅうぶんしてきただろうから。頭を冷やす時間が必要だと思うわよ」

「ジョイがどこにいるのか教えてくれ。きみはジャックを、おれはジョイを迎えに行けばいい。頭を冷やす時間が必要なら、ちゃんと待つから」

ダロンが加勢してくれた。「カオスはおれが見ておくよ。帰ったときにこいつがいたらジャックも喜ぶだろうし」

ロイスはうなずいた。「ありがとう」完璧な計画に思えた。

「どうかしら」マリスはまだ納得しない。

「いいじゃないか」ダロンがうながす。「チャンスをあげろよ」

マリスが怖い顔でダロンを見た。「あなたにはぜんぜんあげないから?」

ダロンがいかにも彼らしくにっこりして、マリスに歩み寄って腕を回した。「きみと一緒にいられるんだから、文句は言わない」

「だれにも損はないはずだ」マリスが同意してくれることを祈りつつ、ロイスは言った。

「寒いなか、ジャックを長時間のドライブにつき合わせなくてすむ。それよりあの子はここでカオスとダロンと遊んでいたいだろう」

「わかったわ」マリスがダロンの腕をほどき、ジョイの車がある場所を説明した。ロイスはこのあたりにまだ不慣れなので、丁寧に教える。「三十分以上かかると思うけど、ジャックのお迎えのあとにわたしが行くより早いから、そこはいい点ね」

ロイスもマリスを抱きしめた。「ありがとう。心配するなとジャックに言っておいてくれ」

「携帯の充電ケーブルはある?」

「ああ。車に常備してる」

「よかった。帰る途中で連絡するよう、ジョイに伝えて」

「わかった」ロイスはしゃがんでカオスをなでた。「ダロンと一緒にここで待ってるんだぞ」

カオスはくるりと一周してワンと吠え、またロイスの靴紐を攻撃しようとした。ロイスはほほえんで、噛《か》むおもちゃを差しだした。しばらくはこれに夢中になっていてくれると助かるのだが。「いい子でな」

出発しようとしたとき、マリスにコートをつかまれた。「タイヤ交換のやり方は知ってるのよね?」

ダロンが吹きだし、笑いが止まらなくなったので、さすがのマリスも彼を小突いた。ロイスは歩きだしながら請け合った。「目をつぶっててもできる」

声が届かなくなる寸前、ダロンが言うのが聞こえた。「きみはほんとに男のプライドをぺしゃんこにするのが好きだな」

ロイスはにやりとして車に走った。マリスとダロンは愉快なペアだ。五十年後もあんなふうにじゃれ合っているのではないだろうか。

想像すると楽しい。

だが降りつづく雪のなかにジョイが一人で立ち往生していると思うと、そんな気分も消えた。まだ積もってはいないし、風がときどき厄介になるていどだが、運転するにつれて滑りやすい箇所が路面に増えてきた。

四十分後、見逃したのではと不安になってきたとき、ようやくジョイの車を見つけた。ウインカーを出したまま、古い高速道路の反対車線に停《と》まっている。なるべく早くUターンをして戻った。ギアをパーキングに入れる前に、ジョイが気づいて車からおりてきた。

コートの襟を立てて身をすくめ、髪に雪を舞いおりさせつつ、ジョイが謝罪から切りだした。「ロイス、本当にごめんなさい。あなたには知らせないでとマリスに言ったのに！　自動車整備工場かどこかに連絡してくれって」

ロイスはキスで応じた……そしてあることを悟って胸の鼓動が激しくなった。

ああ、おれは愛しかけているんじゃない。

とっくに愛している。

凍えた唇がやわらかになるのを感じ、キスを深めたい衝動をこらえて唇を離した。鼻で鼻に触れながら、うなるように言う。「きみのリストのナンバーワンになりたい」

ジョイが目をしばたたいた。「ナンバーワン？」

いきなりぶちまけるのは洗練されたやり方ではなかった。ジャックより優先順位を上にしてほしいと思っていると解釈されては困るので、きちんと説明した。「なにかが起きたとき、だれかが必要になったとき」髪から雪片を払ってやる。「助けが必要になったときはとくに。きみが真っ先に連絡しようと思う人物になりたい」

ジョイの目がうるみ、ごくりとつばを飲んだ。「ごめんなさい――」

「もう謝るな」胸がつぶれそうになって、またジョイを抱きしめた。今度はやさしく、そっと。「頼むから」

これにはジョイもつかえた笑いを漏らし、震えながらうなずいた。「わかったわ。ありがとう、ならいい?」

「礼なんて」ジョイの鼻が真っ赤で車はエンジンがかかっていないことに、いまさら気づいた。「エンジンを切ったのか?」凍えそうに違いない。

「タイヤがパンクして、携帯電話のケーブルを忘れたうえに、出発前にガソリンを満タンにしておくことを思いつかなかったの」

恥ずかしそうな、やましそうな口調をやめさせたかった。母親のこととなると、ジョイがかなりのストレスを抱えることはわかっている。そうなればだれだって冷静ではいられない。「鹿に驚くのは当たり前のことだから、タイヤのパンクはきみのせいじゃない」

「それでも、もっといろいろ準備をしておくべきだったわ」

「考えごとで頭がいっぱいだったんだろう? さあ」ロイスは自分の車にジョイを連れていき、乗りこませた。「タイヤを交換してくるから、ここで暖かくしてろ。作業が終わったら、次のガソリンスタンドまでガソリンがもつか確認する」

「もっと思うわ。そのためにエンジンを切ったの」

「賢いな」最後にもう一度、唇を重ねてから言った。「マリスが声を聞きたがってる。おれの充電器を使ってくれ」ダッシュボードからぶらさがっている白いケーブルを指差した。

ジョイは命綱のようにそれに飛びついた。「助かるわ。携帯がつながらないとあんなに絶望的な気分になるなんて、思いもしなかった」

二度とそんな気分は味わわせたくない。「待ってろ。すぐ終わるからな」


ロイスがタイヤを交換するあいだに、ジョイはマリスにメッセージを送った。〝ジャックは大丈夫?〟

〝ええ。いまダロンとカオスと遊んでる〟

〝どうもありがとう〟

〝ロイスのことで怒ってないわよね?☺〟

期待のこもった顔に見えるその絵文字に、ジョイは笑ってしまった。〝怒ってないわ。感謝してる〟

〝よかった!〟

〝それで……あなたとダロンは?〟

〝わたしはあいつに超夢中〟

マリスの声が聞こえる気がした。〝やった!〟

〝帰ってきたら報告するわ。ご期待あれ〟

ジョイは親指を立てた絵文字を返した。

ジャックのことは心配していない……けれど、前方にそびえる大きな決断については考えたくない気持ちでいっぱいだった。

いまは忘れさせてくれるものが必要。そういうわけで、身を乗りだしてロイスを眺めた。こちらの車のヘッドライトが照らすなか、ジャッキを動かしている。ほどなく地面にしゃがんで眉をひそめ、また立ちあがってジョイが待つ車のほうに歩いてきた。

こちらの車から奇妙な見た目の道具を取りだして、戻っていく。もしジョイの肝っ玉が据わっていたら、外に出て作業の一部始終を見守っただろう。

けれど、二人とも雪まみれで凍死しそうになっても意味はない。

とはいえロイスは寒そうには見えなかった。純粋にとても男らしく……セクシーに見える。

いつか、雪が降っていなくて凍えるほど寒くないときに、タイヤ交換のやり方を教わろう。真に自立していると言えるように。だけど今日でなくていい。

今日はもう、思ってもいなかったほどたくさんのことを学んだ。

ジョイのスペアタイヤはお粗末なものだったので、ロイスは車をぴったり後ろにつけ次の出口に向かい、ガソリンスタンドを見つけて給油した。幸いガソリンスタンドの店員は近くでタイヤを買える店も知っていた。

数分後、そちらに着いたロイスは、自分が車の面倒を見るあいだに無料サービスのホットチョコレートでも飲んでいてはどうか、とジョイを説得しようとした。が、どうやらジョイが頼ってよしとしているのはタイヤ交換までらしい。少なくとも、いまのところは。

ジョイがタイヤを注文し、整備士にうなずいて、どれくらいかかるか尋ねるのをロイスは眺めた。

両親との話し合いはどうだったのか、知りたかったがこのタイヤ専門店で訊《き》くのははばかられた。なにしろジョイはすでにとても弱々しく見える。どうだったにせよ、疲弊させられたのは間違いない。

二人分のホットチョコレートをもらって、小さな待合室に入った。ビニールシートのソファが置かれ、音量を絞ったテレビがついていた。

ジョイはまず携帯電話を取りだすと、マリスにかけて進捗状況を説明し、いつごろパークに戻れそうかを伝えてからソファに沈みこんだ。ロイスが差しだしたホットチョコレートを笑顔で受け取る。「ありがとう」

見れば、一口飲むジョイの手は震えていた。「食事はしたのか？」

「朝に食べたきりだけど、キャンプストアに戻ったら食事が待ってるってマリスが。クーパーとフェニックスが来たから、カオスは二人の愛犬のシュガーと遊んでいて、ジャックは……」

声が途切れた。

「ジャックは？」ロイスはそっと尋ねた。

「すごく楽しそうにしてるって」笑顔が崩れ、ジョイはごくりとつばを飲んだ。「あの子にとって、みんなは本物の家族だわ。いままで本当の意味ではわかっていなかったけれど、このごろいろんなことが以前よりはっきりわかるようになったの」

おれへの気持ちも――はっきりしてきた？　そうであるといい。

ジョイが両手で発泡スチロール製のカップを包み、またホットチョコレートを口にした。「聞きたくないのはわかってるけど、言わせて。感謝してるわ、これ全部に」そう言って店内を手で示す。「こんな悪天候のなか駆けつけて、タイヤ交換をして……こうして一緒に待ってくれて」

「きみのいるところがおれのいたい場所なんだ。きみのこともジャックのことも本当に大切に思ってる」

ジョイがまた、胸の苦しくなるような笑みを浮かべた。「フェニックスとクーパーがシチューを大鍋で持ってきてくれたとマリスが言っていたわ。バクスターとリドリーも来るだろうと思ってたんだけど、寒さのせいでリドリーの体調がすぐれないから家にいることにして、バクスターがあれこれ世話を焼いてるんですって」

話題を変えられても、ロイスはなにも言わないことにした。ジョイをどれほど大切に思っているかを伝える時間は、あとでたっぷりある。「バクスターは世話を焼くのがうまそうだ」

「リドリーのことが大好きだから、きっとそうよ。妊娠してからさらに気が利くようになったんだけど、あんまり度が過ぎるから、リドリーはときどき文句を言ってるわ。だけど本当は喜んでるのが傍目《はため》にもわかるの」

「リドリーもバクスターを愛してるから、だな」

ジョイが目をそらしてうなずいた。「シチューと一緒に食べられるようにマリスがパンを焼いて、ダロンは犬たちとジャックの相手をしてくれてるって」次の笑みは少しくつろいでいた。「ジャックは、ダロンと犬二匹の絵を描こうとしたんだけれど、わんこたちはちっとも協力してくれなかったそうよ」

「そこで写真の出番だ」動くものをとらえるために写真を利用する方法を、ジャックに教えてやるのも悪くない。母が懸命に教えてくれたから、動きを表現する技術の説明だってできる。自分でその技術を活《い》かせなくても、言葉では伝えられるのだ。

「ダロンがじっとさせておこうとしたんだけれど、うまくいかなくて。それがものすごくおもしろかったんでしょうね、ジャックの笑い声が厨房《ちゆうぼう》まで聞こえたとマリスが言ってたわ」

打ちとけたおしゃべりがあまりにも楽しかったので、しばらくして整備士が待合室に現れ、車の整備が終わったと告げたときには、ロイスは残念にすら思った。

店を出て〈クーパーズ・チャーム〉までの残りの道を走りだしたころには、太陽は沈んで防犯灯がついていた。パークに着くと、ジョイは定位置であるアパートメントの近くに車を停めたので、ロイスはそのとなりに停車した。

手をつないで二人とも無言のまま、〈サマーズエンド〉まで歩いた。湖から寄せる風は冷たいが、すがすがしくさわやかにも感じた。

「話がしたいの」ジョイがささやいた。

いやな予感がするその言い方に、ロイスの胃はよじれた。「わかった」

ジョイがつかの間、ロイスの肩に頭を休めてつけ足した。「だけどまずジャックの顔が見たい。あなた、すぐ帰らなくちゃいけない？」

必要なら朝までそばにいる。「きみがいてほしいだけ、ここにいるよ」

きみが望むなら、残りの人生ずっとでも。

キャンプストアに入った瞬間、犬たちと一緒に床に座っていたジャックが顔をあげた。

「ママ！」ジョイに駆け寄って熱烈に抱きしめると、二匹も追いかけてきて吠えた。ジャックが早口で、とびきり楽しかった日の報告をする。子どもにありがちなことだが、そこにはタイヤがパンクして路肩で足止めを食らっていた母親を案じる気持ちは含まれていなかった。

ジャックのおしゃべりが続くなか、ロイスはカオスを抱きあげて、容赦ない舌とくねる体という子犬なりのおかえりを受け止めた。

シュガーまでカオスの興奮につられたので、クーパーの犬にも愛情を分けてやった。犬たちをなでながらも、ジョイがいつもよりやや強く、やや長く、ジャックを抱きしめていることに気づいた。

クーパーと目が合ったとき、ほかの面々も気づいているのがわかった。この人たちはジョイを大切に思っている。ジョイ本人が言ったとおり、家族だ。血のつながった家族よりも近しい。

なるべくさりげない口調でクーパーが言った。「二人とも無事でよかった。なにも問題はないかな？」

すでにマリスが全員に状況を伝えているのはわかっていたので、ロイスはこれだけ答えた。「ああ、問題ない。ただし二人とも腹ペコだ」たしかにシチューには惹《ひ》かれていたが、あえて二人ともと言ったのはジョイが心配だったからだ。気兼ねなく食事をしてほしいし、自分だけ目立つのは喜ばないだろう。

フェニックスとクーパーのテーブルを一緒に囲んでいたマリスが、空になったボウルを手に、ジョイを見つめて立ちあがった。「座って、ゆっくりしてて。いま用意するわ」

ダロンがジャックに呼びかけた。「シュガーはもういくつか芸を覚えたから、カオスにも教えてみよう」

その提案にジャックは顔を輝かせ、すぐさま母親の腕のなかから抜けだすと、また駆けていった。シュガーがあとを追ったので、カオスも続こうとじたばたする。ロイスがほほえんで子犬を床におろしてやると、カオスは弾むように駆けていった。

「いいものね」ジョイがささやいた。「こんなに元気なジャックを見るのは」

「ジャックは心身ともに健康で、幸せな子だ」なぜならジョイがすばらしい母親だから。

ジョイが震える息を吸いこんだ。「そうね。本当にそう」

自分にはわからない感情がめまぐるしく働いているのだと察して、ロイスはジョイの肩に腕を回した。「座ろうか」

席までの案内をロイスに許したことが、ジョイの疲労を大いに物語っていた。ロイスは彼女がブース席に腰かける前にコートを脱がせてから、自分も脱いだ。ジョイが息子を眺めながら凍えた手をこすり合わせる。ジャックも、ダロンとマリスも、クーパーとフェニックスも、みんな座席エリアにいるが、テーブルは別なので、ほどよくプライバシーを感じられた。

ロイスは手を伸ばし、ジョイの巻き毛を小指で耳にかけてやった。頬と鼻は寒さでピンク色、唇はひび割れて、マスカラは少しにじんでいる。それでもこれほど美しい女性は見たことがない。「大丈夫か？」

ジョイはうなずいたが、つぶやくように言った。「祖母がかなりの額をわたしに遺《のこ》してくれたの」

言葉の内容より言い方が気にかかった。「そうか」

そこへマリスが現れた。手にしたトレイには、シチューの入ったボウル二つに焼きたてのパン、バターの小皿に、紅茶をそそいだグラス二つがのっている。マリスがじっとジョイを見つめているのは、ロイスが目をそらせないのと同じ理由からだろう。

マリスにも、ジョイが弱っているのがわかるのだ。

「熱いうちにどうぞ」マリスがあえて明るく言う。「よかったらおかわりもあるわよ」

早々とスプーンに手を伸ばしたジョイが言った。「お腹はぺこぺこだけど、あなたにお給仕してもらおうなんて思ってないわ」

「怒るわよ、ジョイ」マリスが短くぎゅっとジョイを抱きしめた。「逆の立場だったらあなたも同じことをするでしょう？」

「そうね。だけどあなたは人を甘やかされた気分にさせるのがとても上手だから」

マリスがおどけて胸を張った。「天職だもの。さあ、食べて」

「いいにおい」フェニックスに聞こえるよう、大きな声でジョイが言う。「シチューをどうもありがとう。今日は食事をする時間がなかったから、本当に助かるわ」

フェニックスが椅子の上で振り返った。「どういたしまして。口に合うといいんだけど」

ジョイが一口含んで言う。「うーん。ほっぺたが落ちそう」

フェニックスはにっこりしてうなずき、夫のほうに向きなおった。

空になったトレイを手に、マリスがおずおずと尋ねた。「すべて順調？」

「ええ、おおむね」ジョイがため息をつく。「話し合いの席でいくつか驚くことがあって。いい驚きよ、たぶん」

「たぶんって、自信がないの？」

ジョイは首を振った。「明日の朝、時間はある？　いまはへとへとだけど、一晩寝ればすべて話せると思うから」

「クラブのミーティングは、学校へ送ってもらった直後に開始よ」

ロイスには意味がわからなかったが、ジョイは笑った。「了解」手を伸ばして、マリスの手を取る。「あなたのほうは、すべて順調？」

「ジャックはとってもいい子だもの」

「はいはい」ジョイが訳知り顔で言う。「わたしが訊いたのはダロンとのこと。今週はあまり話せなかったものね……あれ以来」

ロイスは邪魔者になった気がしたが、こんなふうに友達をからかっているジョイを見ているのは楽しかった。「おれは席を外そうか――」

気にしないでとマリスが手を振って示し、ちらりとダロンを見た。「彼はジャックの相手をするのが上手だわ。動物の相手も得意。というより、生き物全般の相手がね。だから、そう、本人が完璧すぎるっていう点をのぞけば、すべて順調よ」

マリスの視線が向けられたので、ロイスは慌てて自分のシチューを見おろした。が、笑みは抑えられなかった。

「明日ね」マリスがジョイに言う。「たくさん近況報告をし合いましょう」

「それより」ロイスはふたたび申しでた。「二、三分、おれが別のテーブルに移ろうか」

マリスにぽんぽんと肩をたたかれた。「話しはじめたら二、三分じゃすまないし、あなたたちは食べないと」ジョイにウインクをして、フェニックスとクーパーのテーブルに戻っていった。

ロイスは待ったが、ジョイがなにも言わないので、水を向けてみた。「遺産をもらったって?」

「条件つきでね」バターを塗った温かいパンを手に、ジョイが妙に冷めた口調でつけ足した。「わたしはただ、家族との関係を修復すればいいだけ」

餌をぶらさげられたのか?　だからジョイは動揺した?「かなりの額と言ったが……」

「五十万ドル」唇をすぼめて、その天文学的な数字を言う。「わたしが戻ってくるなら額を二倍にすると母は言ったわ」

肺から酸素が抜けて、ふたたび取りこむことができなくなった気がした。じゃあ、ジョイは経済的に安定する？　そして母親は娘が戻ってくることを望んでいる……つまり、ジョイはこのパークを去るのか？

百万ドルあれば、キャンピングカーリゾートのレクリエーション担当として働くよりいい選択肢をつかめるのはたしかだ。

となると、おれたちはどうなる？

ロイスの表情を誤解して、ジョイが首を振った。「安心して。うちの家族には端金《はしたがね》なの。どうして祖母がこんな細工をしたのかわからないけれど、よかれと思ってやったのは間違いないわ」

「ジョイ……」緊張でうなじがこわばった。強く抱きしめて、行かないでくれと言いたかったが、チャンスはもう消えてしまったのだろうか。いまそんなことを訴えるのは、そもそも正しいことなのだろうか。

「両親のもとへ戻ったら、両親の考えやルールに従って生きることを期待されるわ」

それではジョイが不幸になる。どうにか感情を抑えて尋ねた。「きみにはそれができるのか？」

「いいえ。絶対に無理」

安堵《あんど》はしなかった。ジョイが口ではなにを言おうと、決めかねているのを肌で感じた。だがそれについては触れられないので、ただじっと座り、ざわざわする思いを抱えたまま食事を続けた。

本当にジョイを失ってしまうのか？　愛していると気づいた、まさにその日に？

ジョイは文字どおり食事を貪った。ほとんどだれも知らないが、ストレスを感じると余計に食べてしまうのだ。そして今夜はジャックが生まれる前を含めても随一というくらい、大きなストレスを感じていた。

両親の期待に添って生きることはできない。けれど二人をジャックから遠ざけておくのは公平なこと？　父の言ったことは正しいの？　わたしは状況をきちんと整理して、両方の世界のいいところをとることができるの？

もしも両親と和解すれば……まあ、父とはもう和解したけれど、ジャックに最高の教育を与えることができる。わたしが子どものころから享受してきた贅沢《ぜいたく》を、ほどほどに与えることができる。慣れきって、当たり前だと思っていたものを。

いまではその大切さをもっとよく理解できるものを。

それでも、愛や庇護《ひご》、関心や導きに比べれば、それらはさえない代用品だ。

ジャックはいずれわたしを恨むようになるだろうか――本当ならなにを手に入れられていたか、母親がなにをわざと遠ざけたかを知ったときに。

もっと怖いのは、それらを手に入れられるようになることで、あの子が変わってしまうかもしれないことだ。

かつての自分を思い出すと胸が騒ぎ、忘れたくてジョイは首を振った。

ロイスは椅子の背にもたれ、一歩退いているように見えた。「これからどうするつもりだ？」

その低い声にはなにかがあった。ジョイにはわからないなにか。「断るわ」

「本当にそれが賢明なことなのか？」

傷ついたのと驚きとで、かすれた声が漏れた。声をひそめて尋ねた。「ジャックのことを大切だとも思わない、一人の人間として見ようともしないくせに、すべてを与えてしまうような人たちに、あの子をさらすべきだと思うの？　愛してもいない人たちに？」

「ご両親は本当にそうなのかな」

「そうよ」つい大声になり、ほかの人たちにまで心配そうな目を向けられた。ジョイはつばを飲んで、怒りと苦しみをのどの奥へ流そうとした。ロイスへの怒りではなく、この状況への怒りを。「ごめんなさい」

「謝るな」

もちろんロイスはそう言うだろう。この男性はどんなときもすごくやさしくて、かたやわたしは……無残。人生に一度しゃっくりが起きただけで、もうばらばらになりそうだ。なんて立派な自立した女性。

だれもごまかせないし、母はもってのほかだ。

目がうるんできたので、すばやくまばたきをして息を吸いこんだ。唇が震える。どんなに落ちつこうとしても、感情とのこの闘いに負けるのはわかっていた。

息を呑《の》みこみながら、つかえたのどで絞りだした。「ここでは泣けないわ。ジャックに見られてしまう」

「おいで」ロイスが立ちあがり、そっと肘を取って立たせてくれた。

いま抱きしめられたらおしまいだ。長いあいだ闘ってきたので、少しでも同情を示された瞬間、みっともなくめそめそしてしまうに違いない。

「出よう」ロイスが小声で言った。「湖畔を歩こう」

ジョイはうなずいた。またロイスに頼っているのがいやでたまらなかったものの、みんなの前で泣くことから救ってくれたのには心の底から感謝していた。

ロイスがジャックに呼びかけた。「すぐに戻るからな」

ジャックはカオスにおすわりを教えるのに夢中で、返事もしなかった。

ロイスが二人のコートをつかみ、マリスと意味深な目配せを交わした。いまではジョイもその意味がわかるようになっていた。親友がジャックを見ていてくれる——おそらくは、急いで帰る気配のないダロンの手を借りて。

ああ。涙があふれて頬を伝った。

外に出るなり涙を手で払った。のどが狭まって息がつかえる。

ロイスまで少し息苦しいのか、しゃがれた声で言った。「寒いな。ほら、コートを着たほうがいい」ジョイがボタンをかけるそばで自分もコートをはおると、キャンプストアから離れたほうへジョイをうながした。

あられ交じりの冷たい空気が顔をなぶり、涙がちくちくする。

木のそばでロイスが振り返らせ、襟を立たせて首にマフラーを巻いてくれた。ジョイが手袋をはめるあいだ、ロイスは荒れる湖面で輝く星たちを眺めていた。

「ごめんなさい」また無意味な言葉をくり返していると知りつつ、ジョイは言った。「今日はとても長い一日で」

ロイスが体で風を防ぎつつ、なぜかまだ温かい両手でジョイの顔を包んだ。止まりそうにない涙を親指で拭い、そこにキスをする。両頬とひたいと唇に触れる唇はやさしかった。どうにか落ちつきを取り戻せそうだと思った……そのとき、引き寄せられてあの太くたくましい腕に包まれ、きつく抱きしめられてあやすようにそっと揺すられた。

感情が抑制を突き破り、ダムが決壊した。最初のむせび泣きはひどいもので、傷ついた動物が発したようなその声には羞恥心を覚えてもおかしくなかったが、もうぼろぼろでそれどころではなかった。

「ジョイ」ロイスがささやいた。

「ごめんなさい」またむせび泣いた。あふれだす六年間の悲しみを止められずにいると、体に回されたロイスの腕にはさらに力がこもった。

顔に顔を寄せて、ロイスがやさしく語りかけた。「いいんだ、ジョイ。いいんだ」ぽんぽんと髪をなで、指をもぐらせて頭をしっかり抱く。

好きなだけ泣けばいいと言ってくれている。

いったいどれほどの幸運でこんなにすてきな男性と出会えたのだろう。恋人としてだけでなく友達としてもロイスを人生に迎えられたのは奇跡だ。

遠くでキャンプストアのドアが開いて、会話の声が漏れ聞こえた。照明のやわらかな光は二人に届く前にまた消えた。

「クープとフェニックスが出てきただけだ」ロイスが言う。「マリスとダロンがいまもジャックを見てくれてる」

自分の顔がどんなことになっているかと思うとぞっとして、ジョイはしゃっくりのように息を吸いこんだ。「ティッシュがないわ」

こめかみに温かな唇が触れた。「シャツの裾を貸そうか?」

「そんな、だめよ」顔中マスカラだらけだろうし、鼻については考えたくもない。

「じゃあこれは？」ロイスが毛糸の手袋を差しだして、すぐに引っこめた。「いや待て。紙ナプキンがある。カオスの足を拭こうと思って取ったんだが、見たらきれいで必要なかったんだ」

ジョイは一枚受け取って目元を拭い、鼻をかんでポケットに収めた。「カオスのことを忘れていたわ」

「あいつなら大丈夫だ」

「でも、こんな寒いなかにあなたを引き止めて……」

「ジョイ」また胸板に引き寄せられた。「きみさえ凍えなければ、おれは喜んでそばにいる。必要なだけ時間をかければいい」

寛大な言葉に胸を打たれた。こんなにすてきでやさしくて思いやりのある人には会ったことがない。

今日は多額のお金を提示されたけれど、ほしくなかった。両親は和解を申しでたけれど、自分がそれを受け入れるかどうかわからない。

ほしいのはロイスだ。これから先もずっと一緒にいたい。だけどそれは公平なことだろうか。わたしという重荷を負わせるのは。

いいえ、断じて。

「面倒なことを打ち明けるべきじゃなかったわ」

目のすぐ下をロイスが親指でこすったのは、きっと涙を拭ってくれたのだろう。「忘れたか？　おれはきみにとってそういう存在になりたいんだよ。信頼してくれ、ジョイ。どんな気持ちや考えを打ち明けられても、おれは絶対にほかの人に漏らしたりしない」

ああ、また涙がこみあげてきそう。抑えるために、弁護士のオフィスで起きたことをすべて話した。思いがけない父の話も含めて。

「お父さんは、こうなったのはお互いの思いがうまく伝わらなかったからだと思ってるのか？」ロイスの声に批判はなかった。

「というより、わたしたち全員に少しずつ責任があると思うと言っていたわ――それについては同感よ。わたしはそもそもヴォーンとつき合うべきじゃなかった」

「きみがご両親の考えに逆らわなかったら、ジャックは生まれてこなかった。つまり、間違いじゃなかったということだろう？　どこから見ても間違いじゃない」

彼の言うとおりだ。どうして両親はそういう考え方ができないのだろう。「ジャックのいない人生なんて考えられないから、過去を変えたいとは思わないけれど、それでもヴォーンがひどい人間だったのは事実よ」

「全体で見れば、レーダー画面上に一瞬現れた光にすぎないさ」

ジョイは笑いそうになった。そう、だからこの人やマリスと話したかったのだ。二人がつけ足してくれる視点のおかげで、心の重荷が少し軽くなることはわかっていたから。自分が甘やかされて育った失敗作ではなく、だれとも同じ、ふつうに欠点のある人間だと感じられることも。「一瞬現れた光？」

ロイスがうなずく。「何度か転ばずに一生を終える人がいたら、お目にかかってみたい」

「わたしの両親は画面上にもっと大きく現れていそうだけど」

「一瞬の光もあれば、計画的な爆発もある」

ジョイはどうにか、小さな震える笑みを浮かべた。「二人とも、とんでもない人たちよ。とくに母は」

ロイスの手に髪をなでられた。「それでも、きみの母親であることには変わりない」

ジョイはうなずいた。「いまなら両親の考えがわかるわ。ヴォーンの子を産めば、その後も彼がつきまとうと思って……だから心配だったと父は言っていた」

「それなのにきみを出ていかせた？」

「そうすればわたしが折れると思ったんですって」ジョイは激しく首を振った。「言い訳にはならないわ。経済的な援助を断つことはあっても、完全に縁を切るなんて。母はもう自分の娘じゃないと言ったし、父も訂正しなかった。それを弁解する言葉なんてないわ」

「心の傷を埋め合わせる言葉も？」

深い、深い傷を。

「二人からジャックを遠ざけておくのはフェアなことだと思う？」ロイスが答える前に、ジョイは続けた。「父は、わたしなら状況をきちんとコントロールして、わたしがいいと思うかたちで関係を築くことができるはずだって」

「そこはお父さんに同意する」ロイスがうなずいた。「きみはものすごく強い女性だし、どんなときもジャックへの愛があの子を守るだろう」

その信頼に励まされた。「強いという気はしないわ」

「強いよ。おれにはわかるし、きみを大事に思ってるみんなもわかってる」ジョイのあごをすくった。「人はみんな、おのれの最悪の敵なんだ。あまり自分に厳しくするな」

彼の言葉を信じたくて、ジョイはうなずいた。「あなたの言うとおりだと思う……そうであってほしい。ジャックのためなら、わたし、いつでもベストを尽くすわ」問題は、どうやってあの子を守るかだ。それとも、祖父母との接触を禁じることで本当にジャックを傷つけてしまう？「両親のもとに戻るんじゃなく和解するだけなら、祖母の遺産を相続して、両親の言う倍額は受け取らないことになるわ」

ロイスが腕をゆるめた。「見送るには大きすぎる額だ」

「ええ。だけど操られることにはまったく興味がないの」本当に価値のあるものに比べればお金など重要ではない——そのことならだれより知っている。「どうすればいいのかしら。相続すれば助かるのははっきりしているけれど」口座に入れておくだけでも、未来への備えになる。ジャックの未来への。「両親から連絡があったのが久しぶりすぎて、即座に考えてしまったの――どうせ二人はジャックのことなんてなんとも思っていないと。だけど父に、そんなことはない、大事に思っていると言われて。わたしのほうから連絡しなかったのは身勝手だったのかしら」

「我が子にとっていちばんだと思うことをするのは身勝手とは呼ばない。しかも、きみがいちばんだと思ったことは実際、すばらしかったんだから。きみのジャックへの愛情を疑う人はいないよ」

その言葉はうれしかったが、愛情はかならずしも賢明な判断につながるわけではない。一陣の風に髪をあおられてジョイは身震いした。寒さのなかにロイスを立たせておくのはこれくらいにしなくては。

「話を聞いてくれてありがとう。理解して、励ましてくれて」

ロイスが一歩さがり、こわばったような笑みを浮かべた。「じゃあ、今後はご両親と連絡をとり合って、休戦するのか?」

まさか！　あまりにも大きな決断なので急ぐ気はない。「そうは言ってないわ」あられが勢いを増して本格的に降ってきた。「すっかり遅くなってしまったわね。そろそろジャックを連れて帰らなくちゃ。入浴の時間を過ぎてるの」

ロイスがうなずいて尋ねた。「少しは気分がましになったか？」

よじれた笑みを浮かべ、手袋で目の下を拭った。「思いきり泣くのはいいことだってよく言われるでしょう？　でもわたしの場合は、泣くといつも鼻が詰まって目がぱんぱんに腫れて、見るも無残になるの」

「きみはきれいだよ」

おかしくて笑ってしまった。「暗闇が隠してくれるおかげね」

「暗くてもちゃんと見えてる」

ああ、このハスキーな声。ロイスの腕を抱きしめてその強さを味わった。彼のユーモアセンスにはいつも救われる。

「気分はましになったけど、あなたの前で大泣きしたことは後悔してるわ」

「後悔なんてするな」腕をつかんでいた手に手が重なった。「おれとのあいだでは」

ジョイは二人の関係を思った。最近、なにもかもが変わったので、感情を一つずつ吟味する必要があった。

並んで歩き、キャンプストアの数メートル手前まで来たとき、ロイスが口を開いた。

「さっき言ったことは本心だ。いつでも、どんなことでも、必要ならおれに頼ってくれ」

その言い方のなにかが引っかかり、手を伸ばしてつかまえたくなった……今後、手が届かなくなるから？　まさか。感情が高ぶっているのと、疲れてまともに考えられなくなっているだけだ。

大きくてたくましい肩に寄りかかり、うなずいた。「もう一つお願いしてもいい？」鼻にしわを寄せて言った。「こんな顔だから……なかに入ってダロンとマリスに見られたくないの。ジャックを呼んできてもらえる？」

「この寒さのなかで待っていたいのか？」

感じるだろう恥ずかしさに比べれば寒さのほうがましだ。「お願い」

ロイスがそっとキスをして、言った。「一分で戻る」

16

ジャックがのんびり楽しいバブルバスと寝る前のおやつと歯磨きを終えたあと、ジョイは枕元で本を読んでやった。ふだんどおりに息子との日課をこなさなくては、現実に起こったとは思えない今日のできごとのせいで足場を失いそうだった。

ジャックと寄り添うこと以上に、乱れる思考を落ちつかせて心穏やかにしてくれるものはない。

ベッドサイドランプだけを灯《とも》し、ヘッドボードに背中をあずけたジョイのとなりで、ジャックは横たわり、子どもらしい甘いにおいをさせている。

指に触れるジャックの髪はやわらかで冷たい。ジョイが音読するジャネット・リトルの言葉遊び本『バンディクートのヘカテ』にじっと耳を澄ましている。お気に入りの一冊で、挿絵が魅力的なのがその理由なのだが、バンディクートがかわいそうだとジャックはいつも言った。

正直なところ、ジョイも同感だ。

「もしぼくがバンディクートを飼ってたら、お風呂に入れたりしないんだ」

息子の言葉にジョイはにっこりした。「たいていの人はバンディクートをお風呂に入れないし、聞いた話では、たいていのバンディクートは小さすぎて人を食べたがったりしないそうよ。むしろ、大きなネズミみたいなものなんですって」

ジャックが顔をあげ、目に好奇心をたたえた。「写真ある?」

「探してみましょう」ジョイは携帯電話を取りだして画像検索した。

ジャックは見つかった画像をじっくり観察してから、またジョイをちらりと見あげて尋ねた。「バンディクート、飼っていい?」

「野生の動物なのよ。ペットじゃないの」

「じゃあネズミさんは?」

いったいいつの間に、読み聞かせからネズミを飼う話になったのだろう。「カオスが喜ぶと思う?」またジャックの髪をなでて、そのぬくもりに心を癒《いや》された。「やきもちを焼くんじゃない?」

少し考えてからジャックは肩をすくめた。「そっか」次の瞬間、がばっと起きあがるとベッドの上であぐらをかいた。「でも、カオスもお友達ほしいかもしれないよ」

ジョイは心のなかでうめいた。ジャックのこの表情なら知っている。簡単にはあきらめない顔だ。「あなたがカオスのお友達でしょう」ジョイは指摘した。

ジャックがなにか企《たくら》むように片目を細める。「そうだけど、わんちゃんのお友達もほしいんじゃないかなあ」

「ジャック……」この話は前にもしたことがあり、アパートメントで犬を飼うことの難しさについて、ジョイは何度も言ってきた。そして息子の願いを却下するたびに、罪悪感を覚えた。

「わかってるもん」ジャックが沈んだ声でつぶやく。「狭いからだめなんでしょ」

そのとおり——だけれど、そこを変えるチャンスが手に入るかもしれない。いまこそ、引っ越しについてジャックがどう思っているかを知るいい機会だ。

小さな手に手を伸ばし、指と指をからめた。「ねえ、考えてたんだけど……」心配させないように、正しい言葉を選ばなくては。

まじめそのものの小さな眉間にしわが寄った。「どうしたの、ママ。なにかよくないこと？」

「いいえ、そうじゃないの」しっかりと抱き寄せて、母親業のすべてがハグと同じくらい簡単だったならと願った。

「ほんと？」ジャックが尋ね、体を離してジョイの顔を見る。「だって、お顔がなんか変だよ」

腫れた目と赤いぽつぽつの浮いた頬ではどれほど変な顔に見えるか、想像できた。涙が荒らしたあとは何時間も消えない。幸いジャックは風邪っぽいという言い訳を信じてくれた。けれどそこに今日一日の苦悩まで加わったから、ずたぼろの見た目を表現するのに〝なんか変〟はぴったりだろう。

ジョイはどうにか励ますような笑みを浮かべた。「ちょっと考えていただけよ。どこかよそで暮らすことについて、あなたはどう思うかなって」

色濃い目が丸くなって、ジャックは凍りついた。「よそはやだ」周囲を見まわして言う。「ぼくとママのおうちはここでしょ。荷物も全部ここにあるよ」

これほど即座に拒まれるとは思ってもみなかった。「荷物は運べばいいのよ。もっと大きなおうちに」自分の犬を飼わせてやれるほど広い家に。

「ロイスんちみたいな？」

興味を示してくれたのがうれしくて、ジョイはうなずいた。「ええ――」

ジャックが飛び跳ねはじめた。「ロイスと住もうよ！」

なんですって？　どうしよう、完全に失敗だ。「ジャック、あのね、そうじゃないの！　ママが言いたかったのは、ロイスのおうちみたいなということ。ロイスの家そのものじゃなくて」

飛び跳ねるのがやんだ。「でもぼく、ロイスんち好き」ジャックは強情に言い張り、困惑した様子で眉根を寄せた。「あそこのお庭も好きだし、カオスのことは大好き。ロイスと一緒に住んだら、カオスはぼくの犬になるよね」

「わたしもカオスは大好きよ」ジョイは言った。そしてロイスのことは愛している。

いけない。わたしいま、認めてしまった？

そう、彼を愛している。もしもこれまで自分の気持ちに確信がもてなかったとしても、今日ロイスが心に寄り添ってくれたあのやさしさですべてはっきりした。気の毒なロイス。彼を愛することで、わたしは完全に心をさらけだし、肩にもたれてむせび泣いてしまった。たとえマリスにでも、あそこまで感情をあらわにすると思ったらぞっとする。ロイスの前では感情をコントロールできないし、もうコントロールしたくない。

これほどだれかを愛せるとは知らなかったくらいに、ロイスを愛している。それはつまり、彼とすべてを分かち合いたいと思っているということだ。わたしのしんどい過去も、彼のつらい過去も。一緒なら、なんにでも向き合える気がする。

ジャックがまた飛び跳ねたので、ジョイははっとした。

「ロイスんちに住んで、カオスはみんなのにしようよ」

「ジャック――」

「お庭が広いから」ジャックが続ける。「カオスにわんちゃんのお友達をつくってあげられるね」

「ロイスはもう一匹飼いたいとは思ってないんじゃないかしら」もしカオスがあのとき現

れていなければ、ロイスはいま犬を飼っていないはずだ。どうにか明るくジョイは言った。

「別の家のことを考えてみましょうよ」

ジャックのあごが強情そうに突きだされ、唇がすぼまった。「ぼく、マリスのことも好き。クープもバクスターも、リドリーもダロンもフェニックスも好き。ぼくの運動場があるのはここだし、シュガーがいるのもここだよ」

パークの利用者も子どもたちを遊ばせに来るのだから、ジャックがあの運動場を自分のものと思っているのはおかしなことだ。けれど気持ちはわかる。わたしだって同じように感じていた。そんなふうに思える場所はめったにないけれど、パークはもう二人にとっての我が家だった。

ジャックにほほえみかけた。「ここにいるみんなはわたしたちの家族だし、なにがあってもそれは変わらないわ。わたしたちはここで仕事をしてるし」

「お仕事するのはママでしょ。ぼくじゃなくて」

「あなたはたくさん手伝ってくれるでしょう?」

ジャックが毅然《きぜん》とした態度で腕組みをした。「引っ越したくない」

「だけどもし——」

「引っ越したくない」頑固にくり返し、下唇を震わせた。

ああ……これで決まりだ。今日はもう、わたしが二人分泣いた。動揺させたままジャックを寝かせるわけにはいかない。

「じゃあ引っ越しはしない」ジョイは宣言し、ジャックの肩をそっとつかんだ。「あなたがどう思うか聞きたかっただけ」

「ロイスのおうちがいい。それか、ここ」心配そうに尋ねる。「わかった?」

いまは片方の選択肢しか可能ではないから……。「わかったわ」ジョイは言い、軽い口調で言った。「ここで暮らしましょう」そしてジャックがしかめっ面を忘れて悲鳴をあげるまで脇腹をくすぐってから、きつく抱きしめてひたいにキスし、ふとんでしっかりくるんでやった。「いっぱいいっぱい愛してるわ、ジャック」

ジャックは大あくびをし、ふとんを引き寄せて答えた。「ぼくも愛してるよ、ママ」

ジョイは戸口にたたずんで、ジャックが眠りにつくのを見守った。呼吸が深くなって顔つきがやわらぐのを見届けてから、そっと離れる。また涙がこみあげたものの、これは感謝の涙だ。自分の幸運を噛《か》みしめた涙。

明日はなにが起きようと、ちゃんと向き合う。

そしてロイスが言ったとおり、どんなときも息子を守ってみせる。

「それで、どうだったの?」翌朝、ジョイがキャンプストアに現れるやいなや、マリスは尋ねた。

「あら、だめよ。まずはあなたとダロンのことを聞かせて」ジョイがコートを脱ぎながら言う。「この一週間、かなりのことを聞き逃してきた気がするの。そろそろ追いつかなくちゃ！」

ジョイはふだんどおりに化粧をしているが、目がまだ少し腫れぼったいのは昨夜流した涙の証拠だ。それを見て、マリスは胸を痛めた。

もしかすると、先にほかの話題でおしゃべりしたほうが、両親や弁護士との話し合いについて口にしやすくなるかもしれない。わたしにとっても好都合だ。なにしろダロンという驚異について打ち明けたい気持ちで、とっくにはちきれそうなのだから。

「まず第一に」マリスは言った。「二度と、一週間も〈サマーズエンド・クラブ〉のミーティングなしで過ごさない」

ジョイが同意して、指で宙にチェックマークをつけた。「たとえ電話でしか話せなくても」

マリスはうなずいた。「たとえ二人ともがノンストップでオーガズムを迎えていても」

「ちょっと、いまなんて？」指で巻き戻すしぐさをして、ジョイが尋ねた。「あなた、ノンストップでオーガズムを迎えてるの？」

「あなたのことを言ったのよ」

「なんだ」がっかりしたように口を尖《とが》らせてジョイが言う。「そうなの」

薄い反応にマリスは笑いをこらえ、さりげなく言った。「わたしのこともね」

これには悲鳴があがった。「あなたとダロン？　本当なの？」

抑えきれずににっこりした。「ああ、ジョイ、彼のスタミナときたら信じられないくらいよ。度肝なんてものが本当にあるとしたら、みごとに抜かれてるわ」

ジョイが心から喜んで歓声をあげたので、マリスも笑った。すばらしいセックスがお祝いの理由になるなんて、知りもしなかった。

「あなたが毎日彼と会ってることは知ってたわ。みんな知ってた」ジョイが言う。「結果がどうなるか、賭ける人がいなかったからびっくりよ。念のために言っておくと、わたしたちはみんな、あなたたち二人を応援していたわ」

今後がどうなるかはわからないけれど、いまは大いに満足している。「ハロウィンとなると全員が忙しくなるから、うまくやりとりできなくなるのよね」

ジョイが腰に両手をついて言う。「日曜にここで報告してくれなかったなんて信じられない」

マリスは肩をすくめた。「日曜はベッドのなかで過ごしたの」

「まあ、そういうことなら許してあげる」

「メールするべきだったけど、昨日じかに話すつもりだったのよね。あなたの話し合いが終わったあとに――」

「それなのに、わたしの車のタイヤがパンクした」ジョイが首を振り、まっすぐコーヒーポットに向かった。「ともかく、あなたたち二人がやっと正しい道を進みはじめて、本当によかったわ」

「正しい道って、厳密にはどういう道？」マリスは尋ね、自分もカップにコーヒーをついだ。

ジョイがカップからたちのぼる湯気を吸いこんで慎重に一口飲んでから、マリスの腕に腕をからめてブース席に引っ張っていった。「セックスはいい第一歩よ」

「それはダロンも同意するでしょうね」

「間違いなくね」ジョイが冗談めかして言う。「あなたはどう？」

マリスはにんまりした。「大好きになりつつあるわ」

ジョイがそっと尋ねた。「ダロンのことも？」

言ってしまっていいんじゃない？　打ち明けられる親友がいるのはこのうえなくすてきに思えたので、マリスは認めた。「ええ、すごく」声に出してみるとあまりに実感が湧いてきて、思わず固く目を閉じてうめいた。

「彼に伝えなくちゃ」ジョイが前のめりになる。

ジョイに認めるのとダロンに伝えるのとでは大違いだ。「どうして？」

「それは、あなたが伝えればきっと彼も応えてくれるはずだから。そうしたら二人で一緒に人生を歩きだせるから」

「よく言うわ」マリスはコーヒーを口に含んだ。あまり先のことを考えるのは少し怖かった。「あなたこそ、ロイスに気持ちを伝えたの？」

「それは……」

やっぱり。ジョイの顔を見ればまだ伝えていないのがわかった。マリスは片方の眉をあげて言った。「自分のアドバイスに従ったほうがいいんじゃない？」

「でも……」ジョイが躊躇《ちゅうちょ》し、ため息をついて言った。「タイミングがまずいと思うの。いまは両親とのことで頭がいっぱいだし、一度にあれやこれやと闘わなくちゃいけないのはいやなのよ」

「ロイスとは闘わなくていいと思うけど、まあ、わかったわ。先にもう一つの件を話しましょう」マリスはカップを脇に置いた。「ご両親とはどうなった？」

ジョイが顔をしかめた。「本当に聞きたい？　セックスの話だけしているほうが楽しくない？」

もちろん。ジョイにしか聞かせたくないすてきな話なら山ほどある。だけど。「あとでね」マリスは約束した。「それより大丈夫だったの？　一晩中心配してたんだから、早く聞かせて」

ジョイはため息をついて、洗いざらいしゃべった。

信じられないような話だったが、マリスは苦心して反応をこらえた。相手はジョイの両親で、いまはどんな仲違《なかたが》いをしていようと状況は変えられるのだ、とくり返し自分に言い聞かせなくては怒りだしてしまいそうだった。話を聞いたかぎりでは、向こうは状況を変えたがっているように思える。

そして両者が本当に和解するのなら、いま批判的なことを言ってあとあとジョイとぎくしゃくするのはいやだった。長い目で見れば、ジョイが両親とのあいだになんらかの平穏を見いだすのがいちばんなのだ――向こうが娘への態度をあらためるなら。

少なくとも今朝のジョイはいつものジョイに見えた。昨夜、あの目に涙を見たときは自分がとても役立たずに思えた。ジョイのためなら喜んで闘いに乗りだすけれど、親友のことはもうよくわかっているので、もっとも困難な闘いは本人が引き受けたがることもわかっていた。

「ゆうべは眠れた？」話が終わるのを待ってから、マリスは尋ねた。睡眠は母なる自然が考案した、頭と心を落ちつかせる最善の方法だ。

「少し時間がかかったけれど、最終的には眠れたわ」口角をあげてほほえもうとするが、眉間にはしわが寄る。「わたし、泣くとひどいことになるの。頭に血がのぼって、目がぱんぱんになって」

「ちょっと腫れてるかもね」マリスは認めた。「でもわたしなら気にしない」ジョイはもっと重要な悩みを抱えている。「それで、どうするの？」

「難しい質問ね」ジョイが首を振る。「まだ決めかねているけれど、とりあえず今日はそこまでめそめそしてないわ。昨日はすべてが積み重なって。ああ、感情に流されるのは大嫌いなのに」口を片方によじって打ち明ける。「ロイスの前で泣いてしまったの」

「ロイスくんはお兄ちゃんだから平気よ」

ジョイは笑った。「本当に理解のある人よ、マリス。向きを変えるたびに、彼を愛する理由がまた一つ見つかるわ」

「わたしの考えを言ってもいい？　ご両親の件でなにか決めてしまう前に、ロイスとのことをきちんとさせたほうがいいと思う。そうすればロイスに支えてもらえるでしょう？」

彼なら一緒に重荷を背負ってくれるだろう。もうジョイは一人でがんばらなくていい。

ジョイがコーヒーカップを見おろして、ささやくように言った。「昼に問題と向き合って、夜にロイスのいる家に帰れたら、すごくすてきでしょうね」

「だったら――」

「これについては彼に最初の一手を譲るべきだと思うのよ。こちらから訪ねていって、こんなふうに言うわけにはいかないでしょう？　〝ねえ、ジャックとわたし、あなたをキープしたいから、もっと長期的で真剣な関係に進めない？〟」

「わたしにはそうしろって言うくせに！」

「だってあなたは一人だし、逃しちゃいけない女性だもの。お忘れなく、わたしには男の子がついてくるのよ」

「ジャックはうれしいおまけじゃない。みんなあの子が大好きよ」

ジョイは感謝の笑みを浮かべたものの、こう指摘した。「わたしの両親にも対処しなくちゃいけないわ」

わざとらしくうめき声を漏らしてマリスは言った。「こんなふうに考えてみて。もしロイスがご両親を受け入れたら、あなたのことをめちゃくちゃ愛してるって証明よ」

二人一緒に笑った。

ああ、なんてすてきなんだろう。問題を打ち明けるだけで、悩みが少し軽くなるのは。ブース席のテーブルの消えない染みをぼんやりとなぞりながら、マリスは言った。「どうしてわたしがダロンを愛してることに気づいたと思う？」

「裸を見たから？」

また二人で笑いころげ、立ちなおってからマリスは言った。「それが役に立ったことは否定しない。食べちゃいたいくらいだもの。要はね、彼の家を見てみたら、ずっとほしかったものがすべてそこにあったの。完璧な家。温かみがあって清潔で、装飾もちょうどよくて居心地がいい」

ジョイが慎重に言った。「あなたにとって重要なことよね」

そのとおり。「だけど、どんなにあの家がすてきだろうと、もしダロンがあの家を持っていなくてもわたしは彼がほしいんだって気づいたの。明日、ダロンがあの家を売って車で生活することになったとしても、やっぱり彼がほしい。どうかしてるでしょう？」

ジョイが身を乗りだしてマリスの手を取った。「それが愛よ」

「たぶんね」マリスは同意してジョイの目を見た。「だって、たとえあなたとジャックが段ボールハウスに住んでいても、わたしは二人とも愛してるから」

どちらの笑みも薄れた。ジョイが震える息を吸いこむ。「あなたと友達になれて本当によかった」

マリスはうなずいて、胸にこみあげた感情の波を静めた。「まあ、段ボールハウスに住ませたりなんてしないけどね。あなたとあのわんぱく坊やはわたしのアパートメントに迎え入れるわ」

ジョイが鼻をすすった。「そのくらいにしてくれないと、今日は泣かないって誓ったのに、また涙が出ちゃう」ゆっくり息を吸いこんでコーヒーを飲み、目元を押さえた。それからにんまりして言った。「それに、あなたはダロンのすばらしい家で暮らすことになるし、わたしたちはときどき夕食に招かれるのよ」

それが現実になることを祈るように、二人でカップを掲げて乾杯した。

話題を戻してマリスは言った。「近々、ダロンに気持ちを伝えるわ。あなたはいつロイスに伝えるの？」

「向こうから電話があれば……」ジョイは身じろぎした。「ふだんはおはようを言うだけでもかけてくれるんだけど。今日はまだなの」

「ふうん」なるべくしかめっ面を隠して、マリスは言った。「忙しいのかもよ」

「かもね」ジョイがためらって続ける。「ゆうべジャックに、わたしたちの家があったらどう思うかと言ってみたの」

マリスは飲みかけたコーヒーでむせた。どうにか息を整えていると、ジョイが腰を浮かせて紙ナプキンを差しだしてくれた。大丈夫と手を振って示し、かすれた声で言った。

「引っ越すの？　パークを出ていくの？」

ジョイが急いで言った。「まさか。もし家を手に入れることがあるとしても、この近くにするし、仕事は続けるわ。だけどジャックは話を聞くのもいやがった」

「ジャックに賛成！」ジョイとは親友になったばかりなのだ。身勝手かもしれないが、絶対に引っ越してほしくない。「だって、遠くに行ってしまったらどうやって一緒に朝のコーヒーを飲むの？　クラブはどうなるのよ」

ジョイが笑った。「メンバーは二人だけよ」

これにはマリスも顔をしかめた。「メンバーは少ないほうがいいクラブだっていうわよ」

「マリス」ジョイがどこか咎《とが》めるような声でそっと言った。「これのおかげでわたしの人生にどんな変化がもたらされたか、あなたはわかってないのかもしれないわね」キャンプストアだけでなく全体を手で示す。「信じてほしいんだけど、あなたとの友情はかけがえのない宝物よ。わたしは一人で育ったの。両親はいつも家を留守にしていたし、使用人は子どものおしゃべりにはつき合ってくれなかった。両親のところへ行くと、ものを与えられたわ。それだけ――たくさんのものを。話し相手になってくれる人、本当に耳を傾けてくれる人、そういう存在がわたしにとってどれほど重要か。あなたがどれほど重要か。だから信じて。わたしはどこへも行かないわ」

ああ、今度はこっちが泣きそうだ。めったに泣いたりしないのに。マリスは感情を押し戻してうなずいた。「父さんには話ができなかった。いつも酔っ払ってるか、酔って眠ってるかだったから。母さんは、わたしがなにかで悩んでると察したときはただ祈った」悲しい笑みを浮かべた。「よかれと思ってだったんだろうけど、聖書の引用が聞こえるのは、だれかに話を聞いてもらうのとは違うからね」ごくりとつばを飲んでジョイの目を見た。「ジョイ、あなたは聞いてくれる。最初からずっとそう」

ジョイが震える笑みを浮かべて目をうるませ、また乾杯しようとカップを掲げた。「姉妹に」ささやくように言う。

「姉妹に」マリスもカップを掲げてかちんと合わせ、湿っぽいのはここまでとばかりに尋ねた。「それで……いまはどう考えてるの？」

「すべてを吟味するために時間が必要だと考えてるわ」

「だけど引っ越しについてジャックと話したんでしょう？　てっきり、お母さんの申し出を受け入れる方向に傾いてるのかと思った」

「倍額にするというあれのこと？　いいえ」ジョイは首を振った。「それはできないわ。母の言いなりになったらわたしはおしまいだもの」

ああ、よかった。

「それに、そのためには両親のもとへ帰らなくちゃいけないでしょう。ここにいる全員が大好きなのよ。本当の家族みたいに。心のなかではみんな家族よ。もちろんあなたもね。近い将来の話じゃなくて、もしもいつか家を買うことになっても、実際にここを離れることはないわ」

同じ気持ちでマリスはまたカップを掲げた。「パークにいるわたしたちの家族に」

「その一人一人に」ジョイが応じた。

コーヒーを飲んでこの誓いを固めてから、マリスは言った。「じつは、あることを思いついたの」意を決して身を乗りだした。「もちろん、口を挟んでもいいならの話だけど」

「もちろんいいわ。むしろ期待してた」ジョイが打ち明ける。

「おばあさんの条件は……完全服従するかしないかじゃないんでしょう？」

ジョイがうなずいた。「基本的には、わたしは両親と和解すればいいだけ。また人生に迎え入れて仲よくさえすれば」

「それはお互いさまなのよね？」

「ええ。弁護士によれば、孫娘は条件を受け入れたら必死で両親との関係をよくしようとすると、祖母は信じていたみたい。両親のもとに帰るという部分は母がつけ足したのよ。祖母の提案にはなかった」

「じゃあ、ご両親にチャンスをあげて」話すうちに計画がかたちになっていく。「そうしたからといって、親の言いなりになることにはならないわ」

「ええ、だけど二人はどうしてもジャックと会いたいって」

「いいじゃない。ただし状況はご両親じゃなくあなたがコントロールするの。二人をこのパークに招待するのよ。いわば、あなたの縄張りにね。さっきあなたが言ったとおり、ここは我が家でしょう？　わたしたちはあなたの家族。そのなかへご両親を来させなさい」

　ジョイは椅子の背にもたれてしばし考えた。

「そうだ」思いつきに胸を躍らせてマリスは言った。「ここに、〈サマーズエンド〉に呼びなさいよ。みんなにもいてもらいましょう。まずは数で勝ってたほうがいい。心配しないで、コーヒーに変なものを混ぜたりしないって約束するから」

　乗り気になったのか、ジョイは動きを止めたが、すぐに首を振った。「だめよ。絶対にだめ。こんな面倒なことにみんなを巻きこめない」

「わたしたちはあなたの家族だって、あなたが言ったのよ」マリスは反論した。「こんなふうに考えてみて。ここでみんなが集まっていれば、もしジャックが動揺しそうなことが起きたとしても、わたしたちのだれかがあの子を連れて外に出られるわ。ダロンが連れだして犬たちと遊ばせてもいいし、わたしが厨房《ちゅうぼう》に連れていってクッキーをあげることもできる。これは、あなたがすべてをコントロールできる場所で、あなたのやり方でジャックにご両親を紹介できる、確実な方法なのよ」

ジョイは口に手を当てていたが、やがてうなずいた。「そのほうがジャックにとっても受け入れやすいかもしれないわね。なにもかもが馴染《なじ》みのない両親の家に連れていくよりは」マリスの目を見て言う。「あそこへ帰ればわたしまで怖《お》じ気《け》づくかもしれない。ずっと帰っていないから」

「じゃあ決まりね」声に出して言ってしまえばジョイも納得するかもしれない。「ここでやりましょう。あなたは遺産相続に必要な条件を果たして、お金は銀行口座に突っこんで、これまでどおりに生活するの。自分がどうしたいか、ジャックにとってなにがベストか、考えがまとまるまで」

ジョイが小さく笑いながら首を振って言った。「なんだかすごく簡単そう」

「感情を差し引けばすごく簡単よ」マリスは言った。

ジョイが眉間にしわを寄せた。「知っておいてほしいんだけど、少々のお金でわたしは変わったりしないわ」

マリスは口笛を鳴らした。「あんな莫大《ばくだい》な額を〝少々のお金〟と呼ぶのは裕福な家に育った人だけよ。だけど、ええ、言いたいことはわかる。あなたはあなた。わたしたちは友達。クラブは継続。ということで、いい？」

ジョイは唇を噛んで、思案するように周囲を見まわした。「時期的にもいいかもしれないわね。キャンパーはいないし」

「いるのはあなたの家族だけ」マリスは胸に手を当てて宣言した。「あなたのパークファミリーよ」

「みんなはいやがらないかしら」

「ねえ、わたしたちは家族だって何度言えばわかるの？　だれもいやがったりしないって」マリスはジョイの手を取った。親友の不安もためらいも理解できた。「大丈夫よ、ご両親とのことはきっとうまくいく――だって、ジャックを愛さずにいられる人がいる？　本当にいい子だもの。とはいえ、なるべくリスクは分散させたほうがいいでしょうね」

感謝に目を輝かせ、ジョイがうなずいた。「そうね」マリスの手をぎゅっと握り、立ちあがってテーブルを回ると、マリスも立たせて抱きしめた。「完璧だわ。どうもありがとう――なにもかも」

むきだしの愛情表現に慣れるには少し時間がかかりそうだが、悪くなかった。ジョイを強く抱きしめ返したとき、入り口のドアが開いてダロンが入ってきた。

抱き合う二人を見つけて慌てて立ち止まり、つまずきそうになる。「ええと……」

「来て」マリスはジョイの肩越しに言い、片腕をダロンのほうに伸ばした。

ダロンは恐る恐る近づいてきた――が、ジョイも片腕を伸ばしたのを見ると、にっこりして二人ともを抱きしめた。「なんのお祝い？」

ダロンの肩で顔を隠したまま、マリスは言った。「そうね、一つにはわたしが認めることにしたの――あなたを愛してる」

突然の静寂がおりてダロンが固まり、離れようとした。

どちらの女性も放そうとしなかった。ジョイは笑いすぎて、ほとんどダロンにしがみついている。

マリスは尋ねた。「いきなりぶちまけたりして、ずるかった？」

「かまわないわよ」ジョイが言い、なおも二人を抱きしめた。

マリスはにっこりした。ジョイがそばにいたので楽だったし、ついに乗り越えた。もう恐れる理由はない。もう公表してしまった。

「なにか言うべきなんじゃない？」ジョイがダロンをつつく。

そのとおり。わたしが募る期待で死んでしまう前に。

「いま、言った……？」ダロンが言葉に詰まり、マリスを見おろして尋ねる。「きみ、言ったよね……？」

「言ったわよ」ジョイが保証し、うれしそうにくすくす笑った。

ああ、うろたえたジョイを見るよりずっといい。親友の気分を明るくできるのがうれしくて、マリスはダロンに寄りかかった。二人とも大好きだ。人生に起きた変化には心から感謝している。「言ったわ」ジョイの言葉をくり返した。

ダロンがもがき、大声で言った。「ちょっと、きみたち、放してくれ」

二人とも言われたとおりにして一歩さがった。それぞれにダロンを見つめて、親友を見つめ、またダロンに視線を戻した。

マリスはごくりとつばを飲んだ。いまのは喜んでいるようには聞こえなかった。

ダロンはスウェットシャツを引っ張って整え、帽子を脱いで髪をかきあげてから、大きく息を吐きだして言った。「これでよし」

マリスは腕組みをして身構え、尋ねた。「なにがよし？」

「こうできる」言うなりマリスを引き寄せて、焦がすようなキスをした。おかげでマリスはまだジョイがそこにいるのも忘れたが、ほどなく咳払《せきばら》いの音が響いた。

「これはわたしに出ていけという合図ね」

「それか」ダロンが片腕にマリスをのけぞらせ、笑顔で見おろしたまま言う。「そのまま残って、おれがこのレディにどれだけ夢中《クレイジー》にさせられてるか告白するのを聞いててもいい」

「たしかにあなたはちょっとイカれてる《クレイジー》」マリスはまじめな声で言った。「お
「何年もきみを待ちつづけてきた」ダロンがもう一度、短いけれど深いキスをした。「おれと結婚してくれる？」

結婚？　そんなにいきなり？　マリスはちらりとジョイを見た。

満面の笑みを浮かべてジョイが言った。「やっぱり出ていくわ。二人でゆっくり話して。だけどマリス、期待してる――」

「あとで完全リポートね」マリスは約束してから、またダロンを引き寄せて唇を重ねた。

結婚。ああ、すごくいい考え。

なぜならダロンを愛しているから。

それを認めるのに、どうしてこれほど時間がかかったのだろう。

ドアが閉じてジョイが消えると、マリスは唇を離して体を起こしたが、ダロンを離そうとはしなかった。コートの襟を指でいじりながら尋ねた。「わたしを愛してる？」

「ずっと愛してたよ。だけどきみは厄介で」

肩をパンチした。

ダロンが笑って、もう殴れないようにマリスを抱きしめた。「おまけにゴージャスでおもしろくて賢くて死ぬほどセクシーで、ああ、おれは心からきみを愛してる」

マリスはダロンに飛びついた。その腕のたくましさも体が放つ熱も、この男性に呼び覚まされる感情すべてが大好きだ。「どうやったらこんなに長いことあなたを拒めたのかしら」

「さあ。ずっと謎だった」手が滑りおりてきてヒップを包み、愛撫《あいぶ》する。「で、いつにする？」

マリスはのけぞって尋ねた。「いつって、なにが？」

「いつおれの家に引っ越してこられる？」唇をのどにこすりつけて、うなるような声で尋ねた。「いつ結婚できる？」

マリスが答えないでいると、ダロンが顔をあげた。「マリス？　どうしたの」

心臓が胸をいっぱいに満たし、重い鼓動を打って、全身に幸せを送りだしているような気がした。

「あのね、わたしは一人でいることにすっかり慣れてしまったの。人生の計画にデートは含まれてなかったし、それ以上なんて……想定外。だけどあなたはわたしを放っておいてくれなかった」

「できなかったんだ」ダロンの口調と表情は真剣そのものだ。「おれたちは結ばれる運命なんだよ」

いまなら信じられる。それに、一人で用意していた計画よりずっと、ずっとましだ。夜はダロンのベッドで過ごし、目覚めたら彼がいて、一緒に夕食をとり、言い合ったり笑ったりする——まさに夢の生活。

ダロンにチャンスをあげるよう、ジョイが説得してくれて本当によかった。

「あなたを愛することに慣れる時間をもう少しもらえない？」

「一緒にいたほうが早く慣れるよ」ダロンが片手でマリスのポニーテールをなでおろし、そっと頬を包んだ。「ああ、ベイビー、こんなに待ったんだ。もう一晩だって離れて過ごしたくない」

抵抗の最後のかけらが消えて、ささやくように言った。「わたしも」これほどダロンを愛しているという現実に少し圧倒されていた。

ダロンが盛大な式を挙げたいのか小ぢんまりしたのがいいのか、ご両親はどう思うのか……そんなことは知らないし、どうでもいい。

ダロンが望むことならなんでも大丈夫。ダロンに求められているかぎり。

火曜の残りが過ぎて、水曜も過ぎたけれど、ジョイにロイスからの連絡はなかった。ロイスに言いたいことも打ち明けたいことも山ほどあったが、こちらから連絡をとるのはためらわれた。

彼は重荷から解き放たれたくて引っ越してきたというのに、わたしはなにをした？

そう、問題をあれこれ聞かせてしまった。なんてひどい仕打ち。今後はどんなに彼が恋しくても、二度と同じことはしない。わたしたちの関係は終わったのかと尋ねて困らせたりもしない。

だけど、ああ、なんて難しいの。ロイスが人生にいることにあっという間に慣れてしまったので、毎日毎秒、彼の不在を痛感した。

こちらからはロイスに近づかないという決意がもっとも揺らぎそうになったのは、ジャックに彼のことを訊《き》かれたときだった。同じくらいロイスを恋しがっている息子に、なんと言えばいいのかわからなかった。

木曜日、車のガソリンは満タンで、携帯電話の充電器と新たな自信を携えたジョイは、ふたたびミズ・ウィカムと両親に会った。

もちろんやんわりと伝えたが、母のお金を拒むのは胸がすっとした。近い将来、パークを離れるつもりはないし、もし離れるとしても、両親の家のほうへ移る気はないと説明した。

母がこちらを見ないので、その反応を推しはかることはできなかったが、父は目に見えて落胆していた。

二人を安心させたくて、ジョイは言った。「考えたんだけど、それでもジャックに会いたかったらセッティングするわ」

その提案に父の表情が一変し、顔がほころんだ。「聞いたか、カーラ？　孫息子に会えるぞ」

カーラはきちんと正しく椅子に座り、両手をハンドバッグの上で重ねて、自分を律するような顔つきをしていた。まだジョイを見ないが、その横顔は多くを物語っていた。涙をこらえている？　断言はできないけれど、そう見える。

「お母さん？」ジョイはそっと呼びかけた。

カーラが背筋を正して咳払いをした。「今度の週末に二人で夕食に来なさい――」

「それはできないわ」

母の顔が険しくなった。「どういう意味？　いまあの子に会わせると言ったでしょう」

「セッティングすると言ったの」奇妙だが、ジョイが感じたのは馴染み深い痛みではなく、かすかな……同情だった。ロイスが言ったのは真実だ。カーラの最悪の敵は母自身。この女性は頑《かたく》なな自尊心ゆえに多くを犠牲にした。

それについて言うべきことはない。ものごとが楽になるよう、果たすべき役割は果たすけれど、いちばんに考えるのはジャックの幸せだ。「二人とも、〈サマーズエンド〉に招待するわ。親友のマリスがホスト役を務めてくれるの」

母が見るからに驚いて、口をぱくぱくさせてから、ようやく声を出した。「わたしたちにあそこで食事をしろと？」

カーラ・ヴィヴィアンとウォレス・バークレーのリード夫妻がキャンピングカーリゾートのダイナーで食事をするなどたいしたことではないと言わんばかりに、ジョイは続けた。「ジャックのお気に入りの場所の一つなの。あそこのほうが、あの子もくつろげるわ」それに、もしかしたら両親もパークを好きになるかもしれない。どうやったらあの魅力に抗《あらが》えるのか、わからないくらいなのだから。

ミズ・ウィカムがにっこりした。「すばらしいわ。完璧な解決法ね」

「とんでもない」母が鋭い口調で言った。

「カーラ」ウォレスが警告するように言い、ジョイのほうを向いた。「日時は？　二人でかならず行こう」

「その前に」ジョイはまっすぐ母を見て言った。「これは評価のための期間だと理解しておいてほしいの」

母がにらみつけた。「それはいったいどういう意味？」

「もしどちらか一人でもジャックを動揺させるようなことを言ったり、どんなかたちであれあの子の気持ちを傷つけたりしたら、二度とチャンスは与えない」弁護士のほうを向いた。「それで遺産相続が無効になるなら、わたしはかまわないわ」

「ならないとも」父が言い、手を伸ばしてジョイの手を取った。「亡くなった母さんが望んでいたのは、おまえがわたしたちにチャンスを与えることで、いま、まさしくおまえはそうしてくれている」

「どうしてわかるの?」祖母がこんな細工をした理由について、いままでほとんど考えなかった。祖母はいつも愛してくれたし、やさしく接してくれたけれど、家族間のことには干渉しなかった。

「そうしてくれるようにわたしが頼んだからよ」母が言い、あごをあげた。「状況を操作したと言うなら、喜んで認めるわ。あなたは頑なにわたしたちの孫息子を遠ざけて——」

「お母さん」ジョイは冷静に言った。また怒るのはいやだった。「一度も会わせてと言わなかったじゃない」

「言う必要はないはずよ!」

この六年間で多くを学んだ気がした。ほとんどは貴重な教えで、なかには得てこなかった常識もあったけれど、学んだうちのいくつかは〝なにをしないべきか〟だった。そしていま、新たに学んだ。

自尊心は愛の代わりにならない。頑固さは百害あって一利なしだ。そのどちらかのせいで、大切な人に会えなくなるようなことは絶対にしない。

ミズ・ウィカムにほほえみかけて、ジョイは言った。「そろそろ帰らないと」立ちあがってコートをはおった。父も立ちあがる。

母は無言で座っていた……が、いきなり口走った。「わたしたちは怪物じゃないわ」

ジョイは驚いて母のほうを見た。

「自分の孫息子を動揺させるようなことはしません」

意図せず母を傷つけてしまったのだと悟って、ジョイはうなずいた。「わたしが言いたかったのは、あの子はまだ幼いから傷つきやすいということ。わたしたちの……仲違いの理由について、あの子はなにも知らないの。どうかそのままにしてほしい」真実を知ったらジャックがどう感じるか、想像さえできない。

大人になれば理解できるかもしれないし、自分のせいではなかったこともわかるかもしれない。すべてはヴォーンと、わたし自身の誤った判断のせいだ。

けれどいま、それを聞かせる必要はない。

母が口元をこわばらせ、鋭く一つうなずいた。

父がほほえむ。「もちろんなにも言わないさ。忘れてしまったほうがいいことばかりだ」

忘れられはしないけれど、いつか許せるようになりたい。つま先立ちになって、父の頬にキスをした。「日時を決めたら連絡するわ」

父が抱きしめて耳元でささやいた。「ありがとう」

ジョイは母のほうを向き……衝動的に肩に手を置いた。「またね、お母さん」

カーラがすっと手を伸ばしてその手に重ね、一瞬強く握ってから、うなずいた。

ああ。これは意味のあることではないだろうか。頼りない第一歩だけれど、ぽっかり開いた断絶よりはるかにいい。

心はすでに晴れやかになっていた。

さあ、次はジャックに心の準備をさせなくては。

今日はお迎えの時間に間に合ったので、外は寒かったが、一緒に運動場へ歩いた。遊びで滑り台にのぼってみると、体が大きすぎるから収まらないとジャックには言ってきたものの、実際は収まった。ジャックは大喜びだった。

並んでブランコに座り、幼稚園であったことをおしゃべりした。ジャングルジムにのぼりたいと言うので、いざというときにつかまえてくれるロイスはいないが、許可した。必死に構えていたものの、もし息子が落ちたら二人一緒に倒れるのはわかっていた。

じゅうぶん遊んでアパートメントへ帰る途中、ジョイは言った。「あなたに会わせたい人がいるの」

ジャックが松ぼっくりを見つけて拾い、しげしげと観察した。「だあれ?」

「あなたのおじいちゃんとおばあちゃんよ」

ジャックが鼻にしわを寄せてこちらを見あげた。「いたの?」

ニット帽を整えて赤くなった耳を覆ってやり、そっと頬に触れた。「ええ。ママのお父さんとお母さんで、長いあいだ会ってなかったんだけど、最近話をしたら、二人ともあなたに会いたいって。どう思う?」

ジャックは肩をすくめて視線を足元に落とした。「パパもいるの？」

その質問には一瞬、動揺してしまった。慎重に言葉を選んだ。「いたんだけど、その人はママと一緒にいたいと思わなかったのよ」

「ぼくとは？」

「ああ、ハニー、その人はあなたに会ったことがないの。そうでなかったら、きっと一緒にいたいと思ったわ。あなたは本当にすばらしい子だもの」

「その人にもいつか会うの？」

ジョイは足を止めてジャックの肩をぎゅっとつかんだ。「いまはもう、どこにいるかわからないのよ。あなたが生まれるずっと前から会ってないの」

「会いたくないな」ジャックがこちらを見あげた。「その人にも会わなくちゃいけない？」

「いいえ、会わなくていいのよ」ありがたいことに。ジョイは不安になって尋ねた。「おじいちゃんとおばあちゃんにも会いたくない？」

ジャックが手のなかで松ぼっくりの向きを変えた。「なんでママはずっと会ってなかったの？」

ジョイは木の幹に背中をあずけ、湖のほうを眺めた。これほど複雑なことを、どうやったら幼い子に説明できる？「昔、けんかをしたの。ママは頑固で、ママのママも頑固で、だけどいま、どちらも仲直りをしようとしてるの」

ジャックがとなりに寄りかかり、ジョイのコートのポケットにつかまると、体を少しあっちへこっちへ揺らした。「なんでけんかしたの？」

「つまらないことで」ほほえもうとしたが、できなかった。「くだらないこと」しゃがんで息子と視線を合わせる。「マリスが二人をキャンプストアにお招きしたの。そこで会えるわ。どう？」

「ママもいる？」

「ええ」両手でジャックの顔を包んだ。「あなたのすぐとなりにいるわ。ほかのみんなも来てくれるのよ。ダロン、クーパーとフェニックス、バクスターとリドリー。まるでパーティね」

「ケーキは？」

思いがけない要求に、ジョイはぐっと息を詰まらせた。「絶対に用意するわ。どんなのがいい？」

「チョコ！」

「任せて」すべてがこれほど簡単ならと願いつつ、ジョイはほほえんだ。「デコレーションもたっぷりにしましょう」

ジャックが急に自分の靴に多大な関心を示しはじめた。「ロイスも来る？」

ああ。やっぱり簡単ではなかった。

胸の鼓動が少し速すぎる。「どうかしら」

「ママ、頼んでくれない？」

向こうは関心がないかもしれないのにロイスに近づくと思うと口のなかが渇いたものの、ジャックのためだ。それで祖父母との初対面が容易になるなら、やるしかない。「もちろんいいわよ」

「約束？」

「ええ、約束」

だけど、もし断られたら？

ロイスが断るところは想像できない。いつだってジャックにはとてもよくしてくれた。わたしとの関係がいまどういう状況にあろうとも、ジャックの気持ちは思いやってくれるはずだ。

両親とのあいだで無駄にした時間を思った。祖母とのあいだで無駄にした時間を。ロイスには戻ってきてほしいけれど、たとえ願いが叶《かな》わなくても、それは本当に重要なことだろうか。

長い目で見れば、答えはノー。

それならどうして思いを伝えないの？　今後も顔を合わせるなら、いま問題を片づけたほうがいい。ロイスがどんな選択をするかはわからないけれど、このまま伝えないでいることで、また眠れない夜を過ごすのはいやだ。

「ねえママ。おじいちゃんとおばあちゃんは、ぼくを好きになるかな」

「大好きになるわ」

ジャックが目をそらした。「ぼくは……二人を好きになるかな」

この質問にはきちんと答えなくては。「だといいけれど、時間をかけて二人を知っていけばいいわ。そうすれば、そのうちわかる」ジャックのひたいにキスをした。「夕食にしましょうか。マカロニチーズを作るから、手伝ってくれる?」

「マカロニチーズ!」ジャックがいかにも子どもらしく歓声をあげた。

「フライパンで作るハンバーガーもね」

さらに大きな歓声。ジャックを眺めてジョイはほほえんだ。今日はあえて息子の好物を夕食に選んでおいたのだ。

ジャックは話を上手に受け止めてくれた。これ以上を望むとしたら、ロイスとカオスも夕食に加わることだけだ。

今夜……だけでなく、残りの人生ずっと。

17

ジョイとジャックが運動場を去っていくのを、ロイスはメンテ棟から見守った。遊ぶところを眺めていたときは、仲間に加わりたくてたまらなかった。それはカオスも同じで、いま、去っていく二人を見て悲しげにクーンと鳴いた。

ロイスは歯を食いしばってようやく自分を抑えた。ああ、ほんの数日だというのにもう二人が恋しい。二人と一緒にいることに自分もカオスもすっかり慣れてしまったから、一緒にいないと時間がやたら長く感じられる。

「ばかだな」

はっとして振り返ると、ダロンがいた。「うるさいぞ」今日はパークに来てからずっとちくちく言われている。これが目的でダロンは手伝いを頼んできたのではないかと、ロイスは疑《うたぐ》りはじめていた。

ダロンが首を振りながら言った。「好きなように言いなよ。そんな態度をとられても、おれは幸せすぎて傷つくどころじゃないからね。だけど」言葉を切ってつけ足す。「カオスがかわいそうだと思わないか？」

二人同時に見おろすと、子犬はちょうどロイスの靴紐《くつひも》に飛びついたところだった。見つかったと気づいたとたん、濡《ぬ》れてほどけた靴紐を放し、耳を倒しておすわりをすると、大きな黒い目で申し訳なさそうに見あげた。

ロイスはため息をついて、ポケットから噛《か》むおもちゃを取りだした。

「間違ったことをしたのにごほうびをあげてるって、気づいてる？」

「噛んでもいい、なにか別のものをやれと言ったじゃないか」

ダロンは笑った。「タイミングの問題さ。カオスが靴紐を攻撃する前にやらなくちゃ」

ロイスはふうっと息を吐きだした。今日のダロンにはなにもかもが愉快なようだが、その理由はわかっている。マリスと正式に結婚の約束をしたからだ。

二人とも、幸せになるべき人間だ。

「どうしておれに手伝いを頼んだ？」

「いい質問だね。なにしろきみがここまでにしたことといえば、ジョイとジャックに見とれることだけだ」ダロンが塩の入った袋をまたかついで、パレット台にのせた。

ロイスは天を仰ぎ、カオスのリードをドアハンドルにかけると、作業を手伝おうとダロンに近づいた。「ここでの作業に男二人は必要なさそうだが」

「かもしれないね。だけどきみが気の毒になったんだ。きみから電話がないことをジョイがマリスに話して、マリスはおれに話して、いまはみんなで考えてるところだ、どうしてきみがわざと幸せから遠ざかるようなことをしてるのか」

状況にむしゃくしゃしてきた。ジョイはほかになにを話したのだろう。

おれを恋しがっている？

家族とのきずなを取り戻せて喜んでいる？

心配だったが、これでいいのだと自分に言い聞かせていた。ジョイはより強くなり、より自立できるのだから。一目置くべきあの女性は、だれにも屈しないし、だれにもジャックを傷つけさせない。

百パーセント、状況をコントロールできる。

ダロンが目の前に来て、腕組みをして片方の眉をあげた。「ほら、またうじうじしてる。いったいどうした？」

答える代わりにロイスは言った。「来いよ。見せたいものがある」

作業トラックに歩み寄り、後部のゲートをおろした。

「これは？」ダロンが尋ねる。

「じつは、ここへ越してくる前は製材の仕事をしてたんだ。今回、人を雇って、道具を積んだトレーラーを運転してきてもらった。到着を待ってたんだが、ようやく来たんで、あるものを作ってみた。その……マリスのために」

きれいに磨きあげられた板の表面と天然のままの端に、ダロンが手を滑らせた。「すごいな。だけどマリスのためって、どういうこと？」

「前に、ブース席のテーブルを磨いてるのを見たことがある。染みだのなんだのが消えないらしくて……新しいのを作ってやりたいと思った。キャンプストアがますます素朴な雰囲気になるかもしれないが、どうだろう、悪くないと思わないか？」

「マリスはきっと大喜びするよ」ダロンはトラックの荷台に飛び乗って、木の板をしげしげと眺めた。「芸術品だな」

ロイスはほほえんだ。「母は芸術家だったが、おれにはまったく才能がなかった――木の扱いをのぞけば」もしかしたら、思っていたより母とは共通点があったのかもしれない。「幅をじゅうぶんにするために二枚を合わせて一枚にした。これはまだサンプルだ。これ以上の作業は寸法を測ってからにするが、手を使っての作業が恋しかったから……」ジョイのことも、ものすごく恋しかった。時間を埋めるなにかが必要だったし、木工作業はいつだって苦悩をやわらげてくれた。

ダロンが感嘆したように首を振った。「ブース席は十個もあるよ。わかってる？」

「ドライブインの敷地とパークのあいだには、じゅうぶんまかなえるだけの木が生えてる。どうせ何本かは伐採しなくちゃならない」

「驚きだな」ロイスの目を見てにっこりした。「必要ならなんでも手伝うよ。準備ができたらいつでも知らせてくれ」

「助かるよ」少なくとも一つはいいことができたらしい。ロイスはうなずいた。「ありがとう」

「お礼を言うのはこっちさ。マリスが驚くだろうな」荷台から飛びおりて、メンテ棟に戻りはじめた。「彼女がどれだけあの店を愛してるか、知ってるだろ?」

ああ、知っている。「お礼ができてよかった」いつものコーヒーと食事と、そして友情に。

「マリスが本当に喜ぶのはなにか知ってる?　きみが目を覚ましてジョイに会いに行くことだよ」

やっぱりその話に戻るのか。カオスのリードをつかんで、ダロンのあとから建物に入った。子犬がそのへんをくんくん嗅ぎはじめると、ロイスは少し説明しても害はないだろうと判断した。「ジョイが両親と和解しようとしてるのは知ってるよな」

「まあね」ダロンがちらりとこちらを見た。「だから?」

どう言えばいいのか。「ジョイは裕福な特権階級の育ちだ」

いきなりマリスが現れて、ぐいと割って入ってきた。「育ちがなんだっていうの?」

ロイスの返事を待たずにダロンをつかまえたマリスは、未来の夫に音を立ててキスをした。「ハーイ。わたしがいなくて寂しかった?」

「そりゃもう」

すばらしい。まさにロイスが見なくていいものだ——吐き気がするほどの幸せ。「おれは行くよ。あとは二人で——」ぴったりと抱き合っているさまを見る。「——なんでも好きにやってくれ」

「その前に、説明を聞かせてもらうわ」マリスが言って振り返り、視線でロイスを射すくめた。「ジョイがこれから地獄を見ようっていうときに、とんずらすることにしたんですって？　彼女をそんな目にあわせていいと思ってるの？」

全身の筋肉が痛いほど張り詰めた。「どういう意味だ、地獄を見るって？」月曜の夜のジョイはたしかに動揺していたが、あの日はなにもかもがまずい方向へ転がった。あれこれ話して、最後には両親と和解するとほぼ決めていた。

それに、必要なときはいつでも言ってくれと伝えてある。

いまのところ、連絡はない。

「もしもし？」マリスが言う。「ジョイの母親には会ったでしょう？　あなただったら喜んで氷の女王の相手をする？」

ジョイがまだ動揺していると思うとひどく心をかき乱されて、ロイスはつぶやくように言った。「ジョイなら対処できる」

「そうね。わたしの親友は強いもの。だけど一人で対処しなくてもいいはずよ」

たしかに。緊張で首がこわばった。「おれに助けてほしいなら、頼んできたはずだ」

マリスがすぐさま言い返す。「あなたがジョイを大事に思ってるなら、頼む必要はないんじゃない？」

大事に思っているなら？　ふざけるな、おれは彼女を愛してるんだ。「出しゃばるよう

な真似《まね》はしたくなかった」

ダロンがむせて、哀れみの目でロイスを見た。

いまはその哀れみが必要な気がした。「あれだけの額でもジョイは動じなかった」弁解

するように言う。ロイスの母は絵画を売ってそこそこの生活を維持していたが、家は裕福

ではなかった。五十万ドルを端金《はしたがね》と言えるような生活についてはなにも知らない。

「どうしてジョイが動じなかったのか、わかる？」マリスが鋭い口調で尋ねた。「そんな

お金はどうでもいいからよ」

「まさにそこだ」ロイスは大声で返した。「あんな大金がどうでもいい人間なんている

か？」

マリスが首を振りながら向きを変えた。「あなたは自分でわかってると思ってることの

半分もわかってない」

「マリス」ダロンがたしなめるように言った。「少し手加減してやれよ。彼が苦しんでる

のはわかるだろ？」

マリスが動きを止めて息を吸いこみ、うなずいた。「いいわ」またロイスのほうを向く。「どうして、ジョイの、そばに、いないの?」

答える代わりに質問した。「ジョイは遺産相続を断ったのか?」

「いいえ。だけどあなたがジョイと話をしてたら、とっくにそのことも知ってたでしょうね」

ジョイが断るわけがない。それだけの金があればいずれジャックのためになる。将来を保証されて、いままでは与えられなかったものを与えられるようになる。このおれにはけっして与えられるようにならないものを。「マリス、おれは越してきて間もない。もしジョイが両親のもとへ帰るなら——」

「本気で言ってるの? 両親と和解するのと一緒に暮らすのとはぜんぜん別の話よ。ジョイはここにいて幸せなの。あの世界のかけらも求めてないの」

なるほど……いや待て。どうやったらあれだけの遺産を相続しても呑《の》みこまれずにいられる? 混乱して言った。「だがあれは彼女の世界だ。彼女はそこで生まれたんだ」

「だから? わたしは貧しい家に生まれたわ。両親は無料で支給される食料やおさがりの服に頼ってたし、地域の慈善対象になることもなんとも思ってなかった——だけど、わたしがいまもそんな生活にどっぷり浸《つ》かってるように見える?」

これにはロイスも凍りついた。マリスが貧しい家庭に生まれた?

目の前にいる、誇り高くて自立したこの女性がそんな暮らしを強いられていたとは、想像もできなかった。ちらりと見ると、ダロンは裏づけるようにうなずいた。

なんてことだ。「苦労したんだな」

「同情はいらないわ」マリスは肩をすくめた。「おかげでいまのわたしになれたし、ダロンはそんなわたしが好きよ」

「愛してるんだよ」ダロンが訂正する。「だって、貧しかろうが金持ちだろうが、きみはすばらしいからね」

マリスがダロンの頬をやさしくたたいた。「ほらね、ダロンはよくわかってる」

まさしく。そして二人はとてつもなく幸せだ。

自分たちの場合もこれほど簡単だったならと願いつつ、ロイスは言った。「こっちは事情が違うんだ」

「いいえ、違わない。ジョイは同じよ。ジョイの状況も同じ。違わせてるのはあなただけ」

ダロンがまたこちらを見た。「マリスの言うことは間違ってない」

急に心臓がどくんと脈打って、呼吸が浅くなった。二人に加勢するようにカオスが吠《ほ》えてくるりと一周し、ロイスを見あげた。「そうだな」ロイスは認めた。「マリスは間違ってない」

ああ、ジョイを失望させてしまった。あれこれくよくよ悩んだり、ジョイが生まれ育った裕福な暮らしに自分は合わないと考えたりするので忙しくて、致命的にやらかしてしまった。なにがどうあろうと、ジョイはすばらしい女性で、おれは彼女を愛している。

重要なのはそれだけだ。

カオスを抱きあげて言った。「ありがとう、マリス」

「どういたしまして」

きびすを返して歩きだした。

「ジョイのところへ行くの？」マリスが尋ねる。

「ああ」

「よかった。わたしからの愛を伝えてね」マリスの歌うような口調には満足感があふれていた。

ああ、伝えるとも――おれからの愛を伝えたあとに。

ジョイはコンロの前に立ち、自分は大好きな玉ねぎにジャックのハンバーガーが触れないよう気をつけながら、皿に移した。ジャックはマカロニチーズを作る手伝いをして、つけ合わせにアップルソースを選んだ。ジョイはサラダにした。

さあ食べようというときになって、玄関をノックする音が響いた。すぐさまジャックがテーブルから駆けだそうとしたので、ジョイは言った。「だめよ、ママが出るわ」するとジャックはどうにか少しスピードを落とした。

マリスかもしれない。念のためにハンバーガーをもう一つ作っておいてよかった。それでもジャック一人で玄関を開けさせるわけにはいかなかった。

ジャックが背後にぴったりついてくるのを感じつつ、窓に近づいてそっと外を見た。

そこにいたのはマリスではなかった。

険しい顔つきのロイスだった。というより……心配そうな？　腕にはカオスを抱いていて、少なくとも子犬は興奮した様子だ。

「あれ、ロイスじゃない？」ジャックが期待に満ちた声で言った。「ロイスだよね？」

ジョイは切なくほほえんだ。ジャックはこの数日、ロイスに会えなくて本当に寂しがっていた。今夜遅くに連絡して、息子とまた会う前に状況を整理できないかと思っていた。

それが、彼のほうからこうして訪ねてきた。二人の関係がいまどうなっているのか、わからないのに。

「ママってば」ジャックがもどかしげに言い、シャツを引っ張った。

「そうね、ロイスだわ」なにを予期すればいいのかわからなくて、ためらった。

ジャックが歓声をあげて飛び跳ねる。「ドア開けて、ママ！」

「わかったから落ちついて」笑いながら鍵を開け、さりげなさを装ってロイスに挨拶した。

「いらっしゃい」

ジャックがひょいと前に乗りだした。「ロイス！」まだ飛び跳ねながら両脚に抱きついたので、ロイスは倒れないよう足を踏ん張った。

「大歓迎だな」子犬を片腕に移し、もう片腕でジャックを目の高さまで抱きあげる。にっこりして尋ねた。「会いたかったか？」

「うん。ママもだよ。ね、ママ？」

黒い目を向けられて、ジョイは答えるのを避けて後ろにさがった。「どうぞ、入って」

「マカロニチーズ、一緒に食べよ？」ジャックが言う。「ぼくも作るの手伝ったの。ね、ママ？」

「そうね」

ロイスがジャックを抱きしめた。「それなら確実にうまいな」カオスがくーんと鳴いて身をよじりだしたので、ロイスは腰をかがめて少年と子犬の両方を床におろした。

何度来ても、カオスは毎回、すぐさまアパートメントのチェックに取りかかる。今夜もさっそく床に鼻先をつけて、おかしな掃除機のような格好で心躍る旅を始めた。

「ジャック」ジョイは言った。「寝室とバスルームのドアを閉めておいてくれる？　カオスがどこかに入りこんでしまわないように」

「わかった。おいで、カオス！」一人と一匹は同時に駆けだした。

いつもなら、夕食だからすぐに戻っていらっしゃいと呼びかけるところだが、いまはそうせずにロイスを見た。「なにかあったの？」

「いや、なにもない」ロイスは息を吸いこんで肺を満たし、ゆっくりと吐きだした。「というより、そう願ってる」

ジョイは首を傾《かし》げた。困惑していたが、ジャックと同じくらい期待しはじめていた。

「くそっ」ロイスが言うなりジョイを引き寄せて、顔にかがみこんだ。

一度、二度、唇に唇をこすりつけ、わずかに開いて舌で下唇を翻弄する……苦しいほど恋しかった感覚に、気がつけばジョイはとろけていた。

ものすごく会いたかった。

「ジョイ？」ささやくように名前を呼ばれた。

その呼び方に切望と謝罪を聞き取って、胸を撃ち抜かれた。

「おれが悪かった」羽のようにやさしいキスが頬に、耳におりてくる。「本当にすまなかった。おれはばか野郎だったし、それに気づいたいまは、ただ……」

ロイスの胸板に両手を当てて、ジョイは見あげた。「ただ？」

「すべてをあるべきかたちにしたい」

そこへジャックが飛びこんできて、抱き合っている二人を見て急ブレーキをかけた。

「わあ」

カオスは困惑したように周囲を見まわし、どうしてみんな急に黙っちゃったんだろうという顔をしている。

ジョイは大慌てで体を離そうとしたが、ロイスが許さなかった。「きみのママと少し話をしてもいいかな？」

ジャックが目をぱちくりさせて交互に二人を見る。「マカロニチーズ、一緒に食べてく？」

ロイスに視線を向けられたので、ジョイは言った。「死ぬほどお腹が空《す》いてるんじゃなければ、食事はじゅうぶんにあるわ」

「大丈夫だ」ロイスが即座に言った。「喜んで一緒に食べよう」

「やった。じゃあ、ママにキスしていいよ」

ジャックがじっと見ているので、ジョイは苦笑いしてしまった。

「ええと……」ロイスが身じろぎする。「もう一度、カオスに部屋を見せてやったらどうだ？」

ジャックは納得していない顔で言った。「いいよ。でもすぐ戻ってくるからね」

「カオスになにもかじらせるなよ」ロイスが背中に呼びかけた。

少年と子犬が短い廊下の奥へ消えていくのを、二人で見守った。

ジャックの部屋のドアが閉じるやいなや、ロイスが両手でジョイの顔を包んだ。「愛してる」

その宣言に、ジョイの呼吸は止まった。

ロイスが説明する。「ジャックがいつまた駆けこんでくるかわからないし、きみにはちゃんと知っていてほしい」

肺に酸素を送りこもうと、ジョイは必死に息を吸いこんだ。「わたし……その、驚いてしまって」

「おれも驚いた。だが本当なんだ」唇にしっかりキスをして、もう一度言う。「きみを愛してるし、ジャックのことも愛してる」

急に圧倒されて、ジョイは両手の指で口を覆った。「ロイス――」

「念のために言っておくと、金はまったくどうでもいい」

これにはジョイも目をしばたたいた。「どういう意味？」

ロイスは首を振った。「いや、もちろん金は大事だ。だからこそ、きみがあんな大金を相続すると思ったら怖くなった。なにもかも変えられてしまうと思ったんだ。きみが住む場所も、生き方も」

だからあんなにおかしな態度だったの？

「おれが言いたいのは、当然金はきみのものということだ。きみとジャックの。おれは一セントもほしくない」

「あなたが惹《ひ》かれたのはお金じゃないかなんて、一度だって考えたことはないわ」けれど、お金のせいで遠ざけてしまうとも思ったことはなかった。いま考えてみると、百万ドルへの自分の無頓着さがどれだけ周りを混乱させるか、よくわかる。

「よかった」ロイスが両手でジョイの肩をつかんだ。「ご両親との関係がどうなろうと、一緒に解決しよう。きみは引っ越しに興味はないとマリスから聞いたが、もし興味があるなら、おれがいま住んでいる家を修理して売る。それは知っておいてほしい。きみがよりよい選択肢を見送るとは思わないが——」

幸せで少しくらくらして、ジョイは笑いながらロイスの唇に指を当てた。「あなたよりいい選択肢なんてありえない」手のひらでそっとロイスのあごを抱く。「わたしもあなたを愛してる。だけどこのあたりから引っ越すつもりはないわ。ここがわたしの家だもの」

ロイスの目から不安が消えて安堵《あんど》に代わり、大きな肩から力が抜けた。激しくジョイを抱きしめて床から浮かせると、くるりと一周して床におろした。大きく息を吐きだして、笑いながら認めた。「よかった。おれもここが好きになったから。ただ知っておいてほしかった、きみと一緒ならどこにいても幸せだと。ああ、もっと早くにそう言うべきだった。許してくれ」

なんてうれしい言葉だろう。「今夜、ジャックが眠ったあとに、あなたに電話するつもりだったの。なにを言うか、すべて考えたのよ。そのなかでいちばん大事なのがこれ——

あなたを愛してる」胸板に当てた手のひらに安定した鼓動を感じた。「少し心配だったから、先に言ってくれてうれしいわ」

「そうしないとマリスに尻を蹴飛ばされそうだった」ロイスがにやりとする。「マリスとダロンは——いや、このパークで働く全員が、おれがくよくよと間抜けなことを思い悩んでいるのを知ってたんだな」ひたいをひたいに当てて言う。「そのせいで、きみまで苦しませることになった。ごめんよ」

二人の関係がどこへ向かっているのかはまだわからないけれど、愛されているのはわかったし、それはいいスタートだ。「ジャックが戻ってくる前に言っておくと、もちろん母のお金は断ったわ。母とは和解して、一緒に穏やかな未来を歩むつもりだけど、それ以上は……」

ロイスがほほえんだ。「おれには寛大な歩み寄りに聞こえる」

「じっくり考えたの」マリスと話したのが役立った。「祖母からの莫大《ばくだい》な遺産はジャックの信託資金にして、わたしが管理する。そうすれば、あの子が十八になったときに散財してしまうような心配はないでしょう?」

「いかれたスーパーカーはなし?」

ジョイはにっこりした。「ええ。大学か職業訓練校か、もしまだ絵に興味があれば芸術大学のなかから選ばせるわ」

「あの情熱は消えないさ。賭けてもいい」片手でジョイの髪をなでて耳にかけ、そっと唇をなぞった。「ジョイ、おれはきみとの将来がほしい」

その言葉はどんな額のお金にもできないほどの喜びをジョイにもたらした。ほほえんで、少し目をうるませて、うなずく。「わたしもそれがほしい」

ジャックが今度は忍び足で入ってきた。「ちょっとお腹が空いたなー」わかりやすくほのめかし、じろじろと二人を観察する。

将来についての詳しい話は後まわしだ。ジョイはもう一枚皿を取って料理を盛りつけ、そのあいだにロイズが飲み物を用意した。

幸いカオスは窓辺に気に入った場所を見つけ、丸くなって眠りだした。

ジョイが一口めを頬張ったとき、ジャックが発表した。「ぼくね、おじいちゃんとおばあちゃんがいたの」

ロイスが落ちついた声で返す。「そうなんだってな」

「マリスがパーティを開くから、そこで会うことになったの。ママはケーキを用意するよ」

「楽しそうだ」

ジャックは肩をすくめ、ちらりとジョイを見て小声で尋ねた。「ママ、ロイスに来てねって言ってくれた?」

ジョイは笑みをこらえた。「今夜、電話するつもりだったんだけど、こうして訪ねてきてくれたんだから、自分でお願いしてみたら？」

急に恥ずかしそうになって、ジャックが小声で言った。「パーティに来てくれる？」

「暴れ馬に邪魔されても行くさ」

「ほんと？」ジャックがにっこりした。「じゃあ、みんないるね？」

ロイスはうなずいた。「おじいさんとおばあさんに会うのは楽しみか？」

ジャックはフォークでアップルソースをすくいながら、皿に目を落としたまま言った。「それよりパパがほしかった」はにかんだ様子でロイスを見あげ、反応を見る。

「ジャック」ジョイはそっと言った。「説明したでしょう――」

「でも、いないから」ジャックが早口に言いきった。「ロイスがパパになったらよくない？」

度肝を抜かれたのだろう、ロイスが椅子の背にどさりともたれ、フォークを宙に浮かせたまま、ジャックと見つめ合った。

ジャックが今度は不安な顔でささやくように言う。「だめ？」

ロイスは無言でうなずき、ごくりとつばを飲んでから、ようやくほほえんだ。「だめなもんか。最高だ。ありがとう」

ジャックがにっこりする。「ほんと？」

「なにがあっても、喜んできみのパパになる」そしてジョイのほうを見た。「それから、喜んできみのママと結婚する」

ジョイは震える口元を手で覆った。想像しうるかぎりでいちばん遠まわしなプロポーズだけれど、それでもうれしくてたまらなかった。

ジャックがジョイのほうを向く。「するよね、ママ?」

ロイスが笑顔でフォークを置き、そっと言った。「ジョイ、おれはきみを愛してる。きみもおれを愛してる。おれたち二人ともジャックを愛してる」

ジャックがにんまりした。

「おれと結婚してくれるか?」

がくがくとうなずいて、ジョイは笑った。「イエスよ」

「イエス?」確認したくてジャックが尋ねる。

「イエス!」大人二人が同時に答えた。

ジャックが大きな歓声をあげたので、カオスが目を覚ました。

その夜、ロイスは初めてジャックをベッドに寝かしつけた。きっと今後何度もあるうちの一回めだ。

「明日、ぼくが起きたときもここにいる?」ジャックが尋ねた。

「いいや」ジョイと結婚するまでは泊めてくれと言うつもりはない。古風な考えかもしれないが、ジャックには向き合わなくてはならない新しいことがもうじゅうぶんある。一度にたくさん背負わせてしまうのはいやだった。「だが幼稚園へ行く前にまた来るよ」

「わかった」ジャックはぬいぐるみの恐竜を抱きしめて横向きになった。ひそひそ声で尋ねる。「いつからパパって呼んでいい？」

どう答えたらいいのかわからなくて、ジョイに任せた。

ジョイがジャックの髪をなでる。「いつでもあなたがそうしたいときでいいのよ」

眠そうな目がとろんとしてきて、ジャックはあくびをした。「わかった」枕に頭をうずめてにっこりする。「おやすみ、ママ……」片目を開けて言った。「パパ」

その響きに飽きる日など来ないだろう。「おやすみ」

ジョイに手を取られてジャックの寝室をあとにした。ソファに座るとジョイが寄りかかってきて、しばし二人とも無言になった。しばらくしてジョイが言った。「なんて一週間」

「おれのせいでもっとひどいことになったな。すまなかった」

「最終的には埋め合わせをしてくれたと思うわ。ジャックはあなたが大好きだもの」

聞くたびにますますうれしくなる。「おれだってジャックが大好きだ」ジョイを引き寄せて言った。「幸せいっぱいに見えたから、パパがいなくて寂しがってたとは驚きだ」

「寂しがってなかったのよ」ジョイがささやくように言う。「あなたに出会うまでは」

「じゃあ、おあいこだな。子どもは責任重大だし、おれも関わりたいとは思っていなかった――ジャックに出会うまでは」

ジョイがほほえみ、携帯電話を取りだした。「すぐに終わるわ」

愉快になって、ロイスは首を振った。「おれはどこへも行かないよ」

ロイスにも画面が見えるように携帯電話を掲げて、ジョイが入力した。〝ロイスにプロポーズされたわ〟

二秒後には最初の絵文字が現れて、〝やった！〟の文字が続いた。

「マリスか？」答えを知りつつ尋ねた。

「ええ」ジョイが肩に頭をのせてきた。「わたしたち、なんでも話すの」そして返信した。〝詳しいことは明日。愛してるわ。ありがとう〟

〝わたしも愛してる。どういたしまして！〟

にっこりしてジョイは携帯電話を置いた。「きっとダロンと一緒よ。そうでなければ、いますぐ詳しいことを聞かせろってよこすはずだもの」

「二人は幸せだな」

「とてもね」

ロイスはジョイの顔を手で包み、こちらを向かせてそっとキスをした。そっと。そうしないと我を忘れてしまうから。

それからさらに一時間ほど一緒に過ごすなか、ジョイが両親とのあいだで起きたことをすべて話し、二人で計画を立てた。明日のための計画。来週のため、来年のための計画を。新しい人生の始まりだ。

おれのほうが緊張している、とロイスは思った。ジャックを両親に紹介するジョイは冷静そのものだった。

息子のためならどこまでも強くなれるところに驚嘆しなくなる日は来ないだろう。

音楽が流れる店内では、友達というより家族のような仲間たちがのんびりおしゃべりを楽しみ、ジャックにとってこの瞬間がなるべくいつもどおりであるようにしてくれている。

シュガーとカオスも協力しているのか、隅っこでじゃれては吠え合っていた。

ジャックがひどくおとなしいのが、ロイスは気になった。知り合ってからの日々で、ジャックはどんどんおしゃべりで茶目っ気たっぷりになっていった——より愛情を示すように。人目を気にせず抱きついてくるし、ときにはロイスの膝の上に乗ってくる。

ところが今日、この状況下では、ひどく静かで内気な少年に逆戻りしてしまった。

守るようにそばに立ったロイスは、小さな肩に手をのせた。

ジャックがまず母親を、続いてロイスを見あげて、口を片側によじってから、一歩前に出た。

そしてロイスが教えてやったとおり、祖父母に片手を差しだした。誇らしさが胸のなかで燃えた。明らかにそれを感じ取ったのだろう、ジョイがとなりに寄り添ってきた。心から愛するこの女性をなんとしても守りたくて、筋肉がこわばった。

そのとき、カーラ・リードの目に涙があふれた。傍目《はため》にもわかる、幸せと感動の涙だ。この感情の発露一つで、カーラはたちまち人間らしくなった。

ロイスとジョイは驚きの視線を交わした。

ウォレスがほほえみ、ジャックの手を取ってやさしく握手を交わした。

カーラがティッシュを取りだして目元を押さえ、気持ちを静めるべく息を吸いこんだ。錆《さ》びついたように見える笑みを浮かべて、言った。「あなたのおばあちゃんよ、ジャック」

「知ってる」ジャックが少し圧倒されたような声で言った。「ママに聞いたよ」

ウォレスの笑みが大きくなる。「座っておしゃべりしないか?」

ジャックがまたちらりとジョイを見た。

ジョイが言う。「ママも一緒よ」

ジャックが今度はこちらを見た。「ロイスも?」

阻止できるやつがいたら出てこい。「もちろん。そこのブース席に座ろう」カーラとウォレスに座席の一つを手で示し、夫妻の向かいにまずジョイが、続いてジャックが、通路側にロイスが座った。

二人に挟まれて、おませなところを取り戻したらしい。ジャックは膝立ちになると、祖父母をじっくり観察しはじめた。「ぼくの耳はママの耳なの」

その言葉にカーラが両眉をあげた。「あら、そのようね」そっと手を伸ばしてジャックの顔に触れる。「というより、ママが小さかったころにそっくりよ」

「ほんと?」

ウォレスがうなずいた。「ああ、本当にそっくりだ」

ジャックが鼻にしわを寄せて考える。「髪は違うよ」

「五歳のころは似ていたのよ」カーラが言う。「細かいことを言えば、ママの髪も九つか十くらいまではあなたの髪と同じくらい明るい色だったわ。だけど目は違うわね。昔からあの美しい金色がかった緑色をしていたの。わたしのお母さん譲りなのよ」

ロイスと初めて出会ったときのように、ジャックが身を乗りだした。「おんなじ目だ」うれしげにカーラが胸を張る。「そうでしょう。もう昔ほど鮮やかではないけれど、若いころは、それはそれはきれいだったのよ」

母親がそんなことを言うのは初めて聞いたのだろう、ジョイが目をしばたたいて唇を開いた。

ウォレスが割って入る。「いまもとてもきれいだよ。そう思わないか、ジャック?」

若い芸術家にしかできないやり方で、ジャックがカーラの目を見つめた。「うん。とってもきれい。よかったら描いてあげる」

ウォレスがうれしそうな顔になった。「お母さんから絵が上手だと聞いたぞ」

少し謙遜して耳をこすりながら、ジャックはうなずいた。「いまも上手だけど、ずっと練習してたらもっとうまくなるって、パパが」

瞬時に複数の視線が向けられたものの、ロイスは怯《ひる》むことなく見返した。いまではジョイの人生の一部なのだと知ってもらう必要がある。ジョイは二度と一人で両親と向き合わなくていいのだと。

カーラが眉をひそめてジョイを見た。「あなたの話では――」

「わたしたち、結婚するの」ジョイが宣言した。「決めたのはつい最近で、細かいことはまだなにも決めてないわ」

どんな異議にも対抗しようとしてか、ジャックがもたれかかってきた。「でも、ロイスはもうぼくのパパだよ。そうでしょ、ママ？　ぼくは待たなくていいんだよね？」

「ああ、もちろんだ」ロイスは言った。

ジョイは笑顔でうなずいた。

ウォレスが二人を見比べて言った。「お母さんもわたしも、喜んで式を用意しよう」

一瞬、身構えてしまったが、ロイスは勇気を奮い起こして黙っていた。ジョイがきらびやかで盛大な式を挙げたいと言うなら、おれだって耐えてみせる。

「ありがとう。だけど自分たちで用意するわ」ジョイが言った。「たぶん式はここで挙げると思う」

「ここで？」ウォレスが疑わしげにキャンプストアのなかを見まわした。

「ここというのは、つまりロッジで」ジョイが説明する。「前にそこでの結婚式をいくつか企画したことがあるの」穏やかな笑みを浮かべた。「なにしろわたしはパークのレクリエーション担当責任者ですからね」

カーラの表情がこわばったまま固まった。

ジョイがこうつけ加えるまでは。「二人とも出席してくれたらうれしいわ」

そこからすべてが変わった。カーラが行儀よくしているのはおそらく娘と孫息子のためだろう。ロイスは椅子の背にもたれて全体を眺め、ジョイが両親と和解したことに安堵した。これで彼女の人生も少し楽になるはずだ。

ウォレスはロイスにもいろいろ質問をした。娘の未来の夫について知りたがるのは父親として当然だ。カーラの質問はやや立ち入ったものだったが、ジョイがパークの仲間を紹介することでうまく矛先を鈍らせた。

マリスが近づいてきたので、ロイスは席を立って交代したものの、近くにはいた。そして、マリスと一緒に近づいてきたダロンと二人、見張り役を務めた。

どちらの女性にも必要なかったが。

ジョイとマリスはすばらしいコンビで、互いのセリフを言い終えては、明るい話題をもちだして、二人にしかわからない冗談で笑い合った。

ダロンがちらりとこちらを見て、低い声で言った。「どうやらおれたちも親類になるみたいだね」

ロイスは意味深な目でカーラとウォレスを眺め、うなずいた。抑えた声で返した。「ようこそ家族へ」

二人同時に笑うと、ほどなくみんなも近づいてきて、一つのブース席に集まった。

ふたたび一つになった家族。

家族になった友達。

予想もしなかった未来。

ああ、こんな幸福は願ってもみなかった。

訳者あとがき

あなたに兄弟姉妹はいますか？

本書のヒロイン、ジョイ・リーは一人っ子で、たいへん裕福な家に生まれたものの両親の温かな愛情には恵まれなかったため、気持ちのうえでも一人きりで育ってきました。冷淡で威圧的な母には逆らえない日々とはいえ、ほしいものがあれば親に言うだけでなんでも手に入れられてきたのも事実。金銭的な不安とは無縁で、同じように裕福な人たちと交わす話題は、最新流行のファッションやパーティといった華やかなことばかり。そんな特権的で贅沢《ぜいたく》放題の生活も、ひとえに親の財ゆえでした。

ところが二十四歳のとき、ジョイは男性関係のことで初めて親と激しくぶつかり、挙げ句、お嬢さん育ちで世間知らずのまま勘当されて、本当に一人ぼっちになってしまいます。しかもそのお腹には小さな命が宿っていたのです。手持ちのお金はすぐに底をつき、もうおしまいかと思われましたが、それを救ってくれたのはオハイオ州の温かみあふれるキャンピングカー用リゾート〈クーパーズ・チャーム〉とそこで働くすばらしい人たち、そしてなによりジョイ自身、自分がもっているとは思ってもいなかった芯の強さでした。

それから六年経《た》ったいま、ジョイは〈クーパーズ・チャーム〉のレクリエーション担当責任者として立派に働きながら、ちょっぴり人見知りだけれどじつに愛嬌《あいきょう》のある五歳の息子ジャックを一人で育てています。女性の幸せに男性が欠かせないなんてことはないし、息子の幸せがわたしの幸せ――そんなふうに思っていました。ある秋の日、町のドライブインに新しいオーナーがやってくるまでは。

新しいオーナーの名はロイス・ナカーク。ジョイと同じ三十歳で、親しみやすさと誠実さ、やさしさと頼もしさを具現化したような、責任感の強い男性です。初対面で強烈に惹《ひ》かれ合う二人ですが、ジョイは働くシングルマザーとして息子を最優先に考えているし、ロイスも町に越してきたばかりで女性にうつつを抜かしている場合ではありません。そもそも二人とも忙しすぎて、交際に割く時間がないのです。けれど引力は絶対にそこにあって否定できない――そこで二人はある取り決めを交わしました。互いにとって都合のいい、割りきった関係。しがらみはなく、寂しさを癒《いや》して欲求を満たすだけの関係。それこそ二人にとってまさに必要なものだし、それでじゅうぶん……のはずでした。

さあ、どちらも精神的に大人で、相手を気遣うがために遠慮してしまいがちな二人のロマンスの行方やいかに。また、〈クーパーズ・チャーム〉のキャンプストア店主マリスと、そのマリスに何年も前からちょっかいを出してきた年下青年ダロンの恋も、あわせてお楽しみください（こういう、傍目《はため》にはとっくにくっついているも同然なのに、当人だけが否定しているような二人って、いますよね！）。脇役といえば、ジョイの息子で絵の才能あふれるジャックと、ロイスが飼うことになるやんちゃな子犬カオスの存在もお忘れなく。どちらも愛くるしくて、訳者は目尻がさがりっぱなしでした。それから、絶縁状態だったジョイと両親の関係にも注目していただけると幸いです。両者の仲違《なかたが》いについてロイスやジョイの父親が口にするセリフには、はっとさせられるものがありました。人はだれでも過ちを犯したりだれかを傷つけたりしてしまうものだけど、それを償ったり許したりすることもできるのだと信じたいものです。

最後になりましたが、今回もつたない訳者をしっかり支えてくださったハーパーコリンズ・ジャパンのみなさまと編集者のAさまに心からお礼を申しあげます。常に刺激と励ましである翻訳仲間と、いつもそばにいてくれる家族にも、ありがとう。

二〇二一年五月

兒嶋みなこ

訳者紹介　兒嶋みなこ

英米文学翻訳家。主な訳書にシャロン・サラ『いつも同じ空の下で』『さよならのその後に』、リンゼイ・サンズ『修道院で永遠の誓いを』、ローリー・フォスター『胸さわぎのバケーション』(以上、mirabooks)などがある。

mira™

ためらいのウィークエンド

2021年5月15日発行　第1刷

著　者　ローリー・フォスター

訳　者　兒嶋《こじま》みなこ

発行人　鈴木幸辰

発行所　株式会社ハーパーコリンズ・ジャパン
東京都千代田区大手町1-5-1
03-6269-2883(営業)
0570-008091(読者サービス係)

印刷・製本　中央精版印刷株式会社

ISBN978-4-596-91852-9

mirabooks